www.tredition.de

AF197131

R. E. Staniek

Teresa Amanda K.

www.tredition.de

© 2019 R. E. Staniek

Verlag & Druck: tredition GmbH, Halenreie 40-44, 22359 Hamburg

ISBN
Paperback: 978-3-7497-2186-3
Hardcover: 978-3-7497-2187-0
e-Book: 978-3-7497-2188-7

Die Originalausgabe erschien 2018 unter dem Titel «Amanda»
bei «Wydawnictwo rozpisani-pl»

Deutsche Erstausgabe
Umschlaggestaltung, Illustration: tredition GmbH
Lektorat, Korrektorat: Tamara Pirschalawa
Deutsche Fassung: R.E. Staniek

Das Werk, einschließlich seiner Teile, ist urheberrechtlich geschützt.
Jede Verwertung ist ohne Zustimmung des Verlages und des Autors
unzulässig. Dies gilt insbesondere für die elektronische oder sonstige
Vervielfältigung, Übersetzung, Verbreitung und öffentliche Zugäng-
lichmachung.

Ein Leben voller Erwartungen und unerfüllter Träume
Der Tod, plötzlich und unerwartet

Teresa Amanda K.

Copyright by R. E. Staniek, 2019

Kapitel:

Die im Buch erwähnten Orte, Ereignisse und Personen sind frei erfunden und können manchmal von den gesellschaftlichen und politischen Realitäten abweichen.

Einleitung

»Heute ist Montag, der dreizehnte Juni. Es wird leichte oder mäßige Bewölkung ohne Regen vorhergesagt. Nur direkt an der Küste kann es zu vorübergehenden kurzen Regenfällen kommen. Am Tag liegen die Höchstwerte bei sechsundzwanzig Grad. Nachts fällt die Temperatur auf …« Die Stimme des Radiomoderators übermittelte sachlich und ohne zu stottern das Wetter für die ganze Woche.

Eine junge Frau ging ans Fenster und sah nach oben. Am Himmel waren vereinzelte kleine Wolken zu sehen. Sie stützte die Hände am Heizkörper ab. Mit der rechten Hand umklammerte sie das Thermostat und mit der linken hielt sie die gusseiserne Rippe des Heizkörpers fest. Nach ein paar Sekunden wurden ihre Hände blau und danach kreideweiß. Das Thermometer am Fenster zeigte neunzehn Grad.

Die Aussicht aus dem Wohnzimmer war wundervoll, was im Grunde der einzige Vorteil dieser Wohnung war. Der zweite Vorteil war vielleicht, dass sie die Wohnung von ihrer Mutter umsonst bekommen hatte. Und wie man weiß, einem geschenkten Gaul schaut man nicht ins Maul.

Von ihrer Mutter hatte sie auch die Position einer Englischlehrerin übernommen.

In der Ferne befand sich eine hohe Bergkette. Noch weiter entfernt waren an einigen Stellen Einfamilienhäuser und die Schnellstraße zu sehen. Bei schönem Wetter, wie heute, konnte man auch die Bergspitzen erkennen. Manchmal luden ihre Eltern sie in die Nähe von Zakopane ein, wo sie vor drei Jahren ein Haus gekauft hatten, um im Alter sorglos leben zu können, wie ihre Mutter immer sagte.

»I like my Krakow.« Die Frau sagte es leise.

»Es ist fünf nach acht.« Die gleiche nette und beherrschte Stimme im Radio sagte ihr, dass es Zeit war, die Wohnung zu verlassen.

Sie ließ den Heizkörper los und rieb sich die steifen Finger, drehte sich um und ging in die Küche, um das Radio auszuschalten. An der Wand, hinter der Küchentür, hing ein kleiner Kalender, auf den sie die Termine für die ganze Woche notierte. Um Viertel vor neun begann sie mit ihrem Englischunterricht an einer Junior High School. Sie unterrichtete junge Leute drei bis vier Stunden am Tag.

"Jugend"! Wie schwer war es für sie, sich an dieses Wort zu gewöhnen. Am Anfang ihrer Karriere nannte sie ihre Schüler "die Kinder", bis der Schulleiter ihr sanft erklärte:»Irgendwann erreichen unsere Kinder ein Alter, in dem wir sie nicht mehr wie Kinder behandeln können, Teresa. Das ist in der Regel zwischen zwölf und vierzehn Jahren der Fall, Teresa.«

Er wiederholte ihren Namen, um zu zeigen, wie wichtig diese Information war. Sie nickte als Zeichen dafür, dass sie es zur Kenntnis genommen hatte. Tatsächlich hat er Recht, dachte sie damals. Sie hätte im Alter von vierzehn Jahren auch nicht gewollt, dass man sie ein Kind nennt.

Hier und da bat der Schulleiter sie, noch etwas länger zu bleiben, um über einzelne Schüler zu sprechen, die seiner Meinung nach, Probleme verursachten und professionelle Hilfe benötigten. Manchmal gelang es ihm, den "Täter" für ein Gespräch ins Büro zu bringen, wo sie sich zufällig befand. Nach einer Weile verließ er das Büro und erklärte, dass er ein wichtiges Treffen hätte, und er bat Teresa, das Gespräch fortzusetzen. In drastischen Fällen, wie zum Beispiel bei Handgreiflichkeiten, handelte der Direktor entschlossen. Der Schüler stand am nächsten Tag mit seinen Eltern vor ihnen. Die elterliche Beratung wurde zu ihrer Hauptbeschäftigung. Bei dem Gedanken darüber musste sie lachen.

Nachmittags arbeitete Teresa als Psychologin in einer Gemeinschaftspraxis.

Jeden Tag um neunzehn Uhr trug sie einen Namen und einen Platz in den Kalender ein. Die ganze Woche war sorgfältig geplant, erst am Freitag gab es ein großes Fragezeichen mit einem roten Strich.

Sie prüfte, ob in der Wohnung alles in Ordnung war. Die Kochplatte und das Licht waren aus. Sie ging Richtung Ausgangstür.

Vor der Garderobe blieb sie stehen und machte einen Schritt zurück. Ja, jetzt konnte sie sich in ihrer ganzen Pracht bewundern. Der Spiegel im Flur war groß genug, um ihre ganze Figur zu zeigen. Sie betrachtete sich selbst mit kritischem Blick

Wenn ich ER wäre, was könnte ich dann noch an mir selbst ändern?
Vielleicht die Augenfarbe oder Größe, vielleicht das Gesicht? Nein,
nichts davon. Danke Dir, o Herr, Du hast gute Arbeit geleistet!
Sie schaute auf die Uhr an der Wand. Der Sekundenzeiger stoppte an
dem Strich mit der Ziffer fünf. Es sah so aus, als ob die Zeit sowie der
Zeiger stehen geblieben wären. Es waren drei Jahre vergangen, seit sie
hier wohnte.

Alles, was seitdem passiert war, erschien ihr plötzlich fern und unwirklich. Sie versuchte, diese Zeit auszulöschen, auszuradieren, zu vergessen und nie wieder in ihr Gedächtnis zurückkehren zu lassen. Seitdem
war die Uhr zu einer Sanduhr geworden, in der jemand große Sandkörner
durch kleine ersetzt hatte, die ohne Widerstand zum unteren Teil flossen.

Sie öffnete ihre Augen. Der Sekundenzeiger machte einen langsamen
Sprung vorwärts, bevor er die normale Geschwindigkeit erreichte. Ti-
iicktaaack, tiicktaack, ticktack, ticktack.

Sie kam nie zu spät zur Arbeit. Im Gegenteil: Sie war eine der Ersten,
die kamen. Ein Workaholic, wie andere sie vielleicht nannten, hinter ihrem Rücken. Was konnte sie dafür, dass sie ihren Job mochte? Außerdem, wenn sie zu spät zum Bus käme, müsste sie zwanzig Minuten auf
den nächsten warten. Reizte sie das Geld, das sie verdiente? Nein, definitiv nicht! Was sie bekam, reichte nicht mal für die Hälfte des Luxusle-
bens, das sie führte.

Sie ging noch näher an den Spiegel. Mit ihrer linken Hand zog sie
eine helle Strähne ihres fast strohfarbenen Haares aus der Stirn. Ihre großen, schönen, blauen Augen sahen ihr Gesicht aufmerksam an. Sie hatte
eine hohe Stirn, ein schmales Gesicht und ein zartes, fast unmerkliches
Grübchen im Kinn. Außerdem formschöne, sinnliche, rote Lippen. Das
Haar hatte sie über die Ohren gekämmt und zu einem Pferdeschwanz
gebunden, der auf die rechte Schulter fiel. Die Ohren waren mit zarten
Clips versehen, in denen kleine Diamanten in Form eines vierblättrigen
Kleeblatts glänzten.

»Jeder trägt heute Ohrringe. Solche Clips wurden vor hundert Jahren
von Frauen getragen.« Ihre Mutter hatte gelacht. »Meine Freundin sticht
deine Ohrläppchen durch, du wirst nicht mal Schmerzen spüren!«

Sie hatte ihr nicht geglaubt. Und sie hatte panische Angst vor Schmerzen. Als sie die Kanüle gesehen hatte, mit der sich einmal eine Schwester ihrem Unterarm näherte, um Blut zu entnehmen, war sie aus Angst fast ohnmächtig geworden.

»Also bleiben die altmodischen Clips. Und basta!«

Sie lächelte sich zufrieden an und glättete die schwarze Lederjacke mit der Hand. Ihre Jeans steckte in fast kniehohen Stiefeln mit Absätzen.

Von oben blickte sie aus dem Fenster auf die Passanten, die oft hinter ihr herschauten. Frauen voller Eifersucht, Männer voller Verlangen. Sie gab vor, diese Blicke nicht zu sehen, aber sie machten sie in Wirklichkeit sehr stolz. Sie lief dann etwas langsamer und sah in die Schaufenster. Nicht um zu sehen, was der Laden zu bieten hatte, sondern um ihr Spiegelbild im Glas zu sehen und die Männer, die ihre Köpfe in ihre Richtung gedreht hatten. In solchen Momenten fühlte sie sich wie der Fahrer eines schicken Sportwagens, der an einer Reihe von Schaufenstern langsamer fährt, um sich in seinem schönen Auto zu bewundern.

Teresa lief zur Tür und tippte den Code in die Alarmanlage. Sie schaute flüchtig zum Aufzug und ging ohne nachzudenken zum Treppenhaus. Sie hatte keine Schwierigkeiten, den fünften Stock über die Treppe zu verlassen, auch wenn sie, wie heute, High Heels trug. Auf der anderen Seite war das Hochsteigen nicht sehr angenehm.

Sie belog sich selbst, dass das Treppensteigen gut für ihre Gesundheit wäre, denn sie war nicht wirklich davon überzeugt.

Ich weiß bereits, o Herr, was Du in mir ändern kannst! Die Phobie! Nimm sie, bitte, weg von mir. Ich habe Angst vor Aufzügen, ich habe Angst vor Spinnen, Hunden, Katzen, ich habe Angst vor Schmerzen, ich habe Angst vor Angst.

Ich weiß, was ich tun werde! Ich werde viel Geld opfern, damit Du meine Ängste von mir wegnimmst. Bis Weihnachten ist noch etwas Zeit, und wie Du weißt, o Herr, besuche ich dich nur zweimal im Jahr, aber dafür bekommst Du von mir das Geld für das ganze Jahr. Schwierig ... Ich muss noch ein paar Monate bis Weihnachten die Treppe laufen. Oder? Ich werde am Sonntag zur Messe gehen und Du kriegst von mir das ganze Geld im Voraus. Und am Montag, wenn Du mich erhörst, o Herr, werde ich mit dem Fahrstuhl fahren; am Dienstag werde ich mir einen Hund kaufen; am Mittwoch werde ich mir die Ohren piercen lassen; am Donnerstag werde ich mir eine Katze kaufen; am Freitag werde ich Blut für die Untersuchung abgeben – es ist wieder an der Zeit –; am Samstag werde ich mit einem Hund und einer Katze in den Zoo gehen und mir Spinnen ansehen.

Sie war wütend über ihre lächerlichen, ironischen Gedanken und ging nach unten. Vierter Stock, dritter Stock, zweiter Stock ...

»Wenn es dich juckt, dann schmiere es mit Salbe ein!«

Als sie diese Worte hörte, blieb sie wie festgenagelt stehen. Ein kalter, schmerzhafter Schauder lief ihr über den Rücken. Sie traute ihren Ohren nicht und sah sich um. Im Treppenhaus war außer ihr und ihrer Nachbarin niemand.

Langsam wandte sie sich der Frau zu und ihr Gesicht nahm wieder einen natürlichen, sanften Ausdruck an. Sie ging mit einem Lächeln auf sie zu, und bevor die andere merkte, was geschah, hielt sie sie mit beiden Händen an den Ohren fest, zog ihr Bein hoch, beugte das Knie und rammte es ihr zwischen die Beine.

Sie war überrascht, dass es überhaupt keinen Eindruck auf die Frau machte. Jeder Kerl würde bei so einem Schlag zu Boden gehen ... Sie beugte das Knie wieder, diesmal zwanzig Zentimeter höher und stieß es kräftig in den Magen der Nachbarin. Diese fiel mit lautem Stöhnen auf die Knie und erbrach gleichzeitig ihren gesamten Mageninhalt auf den Boden.

Sie wusste ganz genau, dass sie, wenn sie jetzt gehen würde, spätestens in einer halben Stunde die Bullen am Hals haben würde, also musste sie es jetzt ein für alle Mal beenden. Sie öffnete ihre Tasche und zog ein Messer heraus. Die Messerklinge sprang aus dem Griff und machte ein metallisches Geräusch. Sie mochte dieses Taschenmesserchen, wie sie es scherzhaft nannte. Sie trennte sich nicht von ihm, ebenso wenig wie von dem Tränengas, das sie zusammen mit Kosmetika in ihrer Handtasche hatte. Berufsrisiko.

»Weißt du, was ich jetzt mit dir machen werde?«

Die Frau sprach kein Wort, sie drehte nur ihren Kopf nach links und rechts, als ob sie hypnotisiert wäre. Anscheinend stand sie unter Schock.

Teresa schob den Kopf ihrer Nachbarin nach vorne, und als diese auf alle viere fiel, setzte sie sich auf sie wie auf einem Pferd und legte die Messerklinge an ihre Kehle.

»Ich werde deinen fetten Hals durchschneiden. O, hier.« An einer Stelle ihrer Kehle fuhr sie mit dem Finger über die Haut und demonstrierte, wo sie mit dem Messer den Schnitt machen würde.

Die Frau bekam Krämpfe.

»Dann schiebe ich deine widerliche Zunge in das Loch, schneide sie durch und stecke sie wieder in den Mund. Ich reiße deine Augen heraus und werfe sie auf die Straße. Es sei denn ... wir vergessen die ganze Geschichte und du wirst mich nie wieder so ansprechen?«

Die Nachbarin brachte kein Wort hervor, also schüttelte sie nur den Kopf und deutete an, dass sie zustimmte. Teresa stand auf, machte einen Schritt zurück, steckte das Messer in ihre Handtasche und sah die Frau genau an. Sie schätzte sie auf fünfunddreißig Jahre. Die Nachbarin war deutlich übergewichtig und wirkte nicht so abstoßend, wie sie es zuerst gedacht hatte. Sie trug ein sommerliches Blumenkleid mit großem Ausschnitt, an den Füßen hatte sie Sandalen. Helles, höchstwahrscheinlich gefärbtes Haar fiel auf ihre Schultern herunter und bedeckte teilweise ihr Gesicht.

Teresa wartete darauf, dass sich die Frau beruhigte und endlich ein Wort herauswürgte. Sie ging wieder auf sie zu und hielt sie am Arm. Die Frau kniete sich nieder. Sie zitterte vor Angst. Eine ihrer riesigen Brüste rutschte heraus und zeigte einen Brustwarzenring. Zuerst schien es so, als ob da eine Tätowierung von etwa fünf Zentimetern zwischen ihren Brüsten wäre, aber bei genauerem Hinsehen stellte sie fest, dass sie sich irrte. Es sah aus wie ein Schmetterling, der aus den Brüsten flog. Einer der Flügel war voll entwickelt, der andere leicht abfallend, als würde er gerade erst an Fahrt gewinnen. Die sanfte, weiße Haut unterstrich die Perfektion ihrer Brüste noch mehr, trotz des Fehlens eines BHs. Kein Künstler hätte ein besseres Kunstwerk erschaffen können.

Die Jungs fliegen auf solche riesigen Brüste. Hätte diese Idiotin etwas Verstand im Kopf, könnte sie damit viel verdienen und gleichzeitig etwas Spaß erleben, den sie anscheinend nie in ihrem Leben gehabt hat. Arme Frau!

Sie hatte unbeabsichtigt ihre Augen auf die Brüste gerichtet. Teresa selbst trug keinen BH, weil sie ihre Brüste leicht in einer Hand verstecken konnte. Ein BH hätte nichts festhalten müssen. Sie hatte ein paar Mal einen angezogen, um zumindest optisch den Eindruck größerer Brüste zu erwecken, aber sie fühlte sich damit immer so unwohl, dass sie ihn normalerweise nach zwei oder drei Stunden abnahm und in ihre Handtasche steckte. Einmal hatte sich ein Arzt, den sie später in ihre Liste der guten Freunde eintrug, wie folgt über sie geäußert: »Wenn sie größer wären, würden sie wie Traktorräder an einem Auto aussehen.«

Der Vergleich der Brüste mit den Rädern vom Traktor gefiel ihr nicht so gut, aber sie war dankbar für diese ehrliche Meinung.

»Komm jetzt, sag endlich ein Wort! Ich kann nicht den ganzen Tag über dir stehen.«

»Tschul ... Tschuldigung. Ich weiß nicht, was in mich gefahren ist«, antwortete die Nachbarin leise.

»Das weiß ich aber.« Teresa zog ein paar zerknitterte Banknoten aus ihrer Jackentasche. »Einhundert, einhundertfünfzig, zweihundert, dreihundert.« Sie nahm eine weitere heraus, aber nach zwei Sekunden des Nachdenkens steckte sie sie wieder in ihrer Tasche. »Bringe dich dafür in Ordnung ... und ich will dich nicht mehr sehen.« Sie drückte das Geld in die Hand ihrer Nachbarin.

»Wie ist dein Name?«

Die Nachbarin sagte kein Wort, also drehte sich Teresa auf der Ferse um und machte einen Schritt zum Ausgang.

»Dorota«, hörte sie dann hinter sich. »Und du?«

Teresa überlegte einen Moment.

»Amanda.«

Für dich bin ich Amanda.

Sie ging noch ein paar Schritte weiter. Auf dem Bürgersteig vor dem Hauseingang blieb sie für einen Moment stehen und fasste sich ans Knie. Ihr Herz schlug laut vor Angst und ihr Magen wurde plötzlich zehn Kilo schwerer, obwohl sie kein Frühstück gegessen hatte. Sie machte weitere zwei Schritte und lehnte sich an einer Laterne an. Sie streckte ihre rechte Hand vor sich aus. Die Finger zitterten nervös. Sie strich noch einmal über das schmerzende Knie.

»Verdammte Scheiße«, sagte sie leise. »Wegen dieser Schlampe kriege ich ein blaues Knie.«

Trotzdem lächelte sie zufrieden. Ein Taxi fuhr an ihr vorbei. Ohne zu zögern und ohne zu überlegen, als ob sie von einer anderen Person gesteuert werden würde, steckte sie ihre beiden Finger in den Mund und pfiff so laut, dass der Fahrer das Auto anhielt und zwei Spuren von verbrannten Reifen auf dem Asphalt hinterließ. Die Passanten auf der anderen Straßenseite standen wie festgenagelt da. Eine Verkäuferin aus dem Kiosk auf der anderen Straßenseite steckte den Kopf durch das kleine Fenster und sah zu ihr.

»Gnädige Frau! Soll ich die Polizei rufen? Was ist passiert?«, schrie sie.

»Nichts ist passiert!« Diesmal beeilte sich der Taxifahrer mit der Antwort und fügte leiser hinzu: »Du klemmst deinen dicken Arsch im Fenster ein und niemand befreit dich aus der Bude. Man wird sie abreißen müssen, um dich rauszuholen.«

Teresa setzte sich neben ihn.

»Danke, dass Sie angehalten haben.«

»Kein Problem.« Er sah sie schnell von Kopf bis Fuß an. »Für Sie würde ich sogar einen Kilometer rückwärtsfahren. Der erste Kunde diese Woche ... und dazu noch so ein Fang. Sie werden mir sicher Glück bringen. Nur dieses verdammte ABS fiel mir wieder aus.«

»Es wird eine wunderschöne Woche.« Sie sah ihn mit einem Lächeln an. »Das hat man im Radio gesagt«, fügte sie schnell hinzu.

Erstes Kapitel

London

Dreieinhalb Jahre zuvor

Von der U-Bahn-Station bis zu "Dirty Johny" war es etwa fünfhundert Meter weit. An diesem Tag dauerte es länger als an einem normalen Tag. Ein normaler Tag ist ein Tag, an dem es nicht regnet. Obwohl, sie sollte vielleicht die Tage andersherum nennen. Auf jeden Fall hieß die erste Regel: Verlassen Sie Ihr Haus im November nicht ohne einen Regenschirm.

Seit etwa zwei Jahren trafen sie sich alle zwei Wochen am Samstagabend in einem fast unveränderten Kreis in diesem Pub in der Londoner City. Heute gab es einen besonderen Anlass, den sie mit essen und trinken feiern wollte.

»Teresa! Du siehst klasse aus. Was sage ich da? Du siehst immer wunderbar aus, aber heute strahlst du nur noch Glück aus.« Ihre beste Freundin Cindy Lardes streckte die Arme aus und umarmte sie herzlich.

Teresa befreite sich mit Mühe aus ihrer Umarmung.

Sie war mit ihrer Mutter Marta hier. Zuvor hatte sie ein Treffen mit Dr. Hawlett gehabt, wegen eines Jobs als seine Assistentin. Das Gespräch fand in einer angenehmen Atmosphäre statt und vor allem entsprachen die von dem zukünftigen Arbeitgeber vorgeschlagenen Bedingungen voll und ganz ihren Erwartungen.

»Aufhören! Du erwürgst mich. Ist mir das Glück ins Gesicht geschrieben? Heute bin ich die glücklichste Doktorin der Psychologie in ganz London.«

Seit zwei Wochen hatte Teresa das Recht, den Doktortitel zu benutzen. Dr. Teresa Krammer. So würden sie die Patienten nennen und sie würde ein Schild mit ihrem Namen an der Tür ihres Sprechzimmers anbringen lassen. Die ersten vier Semester ihres Studiums hatte sie sich der Psychiatrie zugewandt, doch nach zwei Monaten Praktikum im Krankenhaus gab sie diesen Studiengang zugunsten der Psychologie auf.

»Im Alter von 27 Jahren hast du das erreicht, wovon viele andere nur träumen. Bald wirst du deine eigene Praxis haben, deine eigenen Patienten. Was brauchst du noch mehr?« In diesem Moment zwinkerte Cindy deutlich. »Ich habe meinen Cousin mitgebracht. Ich habe dir von ihm erzählt, erinnerst du dich?«

»Ja, es ist der, der die Menschen in Somalia heilt und ihnen hilft. Du hast nicht erwähnt, dass er bereits nach London zurückgekehrt ist.«

»Völlig unerwartet. Gestern hat er mich angerufen und gefragt, ob ich Lust hätte, mit ihm zu Mittag zu essen. Ich habe ihm erzählt, dass du heute deine Doktorarbeit feierst und ein paar Leute in einen Pub eingeladen hast und dich bestimmt sehr freuen würdest, wenn ich ihn mitnehme. Hast du was dagegen?«

»Nun, ich denke, du bist verrückt! Sicher nicht. Wie sieht er aus? Ist er Single? Wie alt ist er?«

»Beruhige dich. Langsam. Also er ist Single, zweiunddreißig Jahre alt, sehr gutaussehend und hört auf den Namen Steven Milles. Da, an der Bar, siehst du ihn?« Sie drehte ihren Kopf zu dem gebräunten Mann, der in diesem Moment mit dem Barkeeper sprach.

Teresa folgte ihrem Blick.

»Wow!« Mit der linken Hand ergriff sie die Hand ihrer Freundin und mit der rechten winkte sie wie mit einem Fächer vor dem Gesicht und demonstrierte, dass der Mann einen großen Eindruck auf sie gemacht hatte.

»Du wirst ihn mir später vorstellen, ich muss jetzt meine Gäste begrüßen. Bediene dich bitte. Essen, Trinken ... und alles könnt ihr an der Bar bestellen.«

Teresa küsste Cindy auf die Wange und ging zu den anderen Gästen. Sie erklärte ihren Freunden den Grund, warum sie heute Abend feierte. Insgesamt hatte sie zwölf Personen eingeladen, darunter ihre Mutter, die zwei Tage zuvor nach London gekommen war, um ihr persönlich zu gratulieren. Cindys Cousin war die dreizehnte, unerwartete Person.

Die Mutter stand allein da und hielt ein Glas Weißwein in der Hand. Sie ging ein paar Schritte in ihre Richtung, aber dann kam gleichzeitig ein Mann von einer anderen Seite auf sie zu. Er legte seinen Arm um ihre Taille und küsste sie auf die Wange. Teresa beobachtete die Szene. Der Mann war Henry, Teresas Vater. Ihre Eltern hatten sich getrennt, als sie zwölf war. Ihr Vater war nun zurück in London, wo er bis letztes Jahr eine Handelsfirma geleitet hatte. Er war im Ruhestand und hatte endlich genug Zeit, um Freunde auf der ganzen Welt zu besuchen.

Vor einer Woche war er aus Australien zurückgekehrt und hatte seiner Tochter erklärt:»Ich weiß noch nicht wohin, aber ich ziehe hier weg. London erdrückt mich, es ist keine Stadt für so alte Leute wie mich.«

Sie war ihm um den Hals gefallen und hatte gesagt:»Für mich bist du der schönste und wunderbarste Alte, den ich kenne.«

Zum ersten Mal sah sie eine Träne, die ihrem Vater über die Wange floss.

»Im Alter werden wir alle sentimental! Verdammt!« Er versuchte, seine Schwäche ihr gegenüber zu rechtfertigen.

»Marta! Du siehst reizend aus wie damals ... als wir uns das letzte Mal gesehen haben. Du hast dich nicht verändert.« Er sprach diese Worte auf Polnisch und küsste sie wieder auf die Wange. Diesmal bewegte er sein Gesicht nicht so schnell von ihr weg.

Teresa beobachtete die Szene weiterhin bewegungslos. Ihr Herz klopfte wie verrückt. Sie legte ihre linke Hand auf die Brust in der Hoffnung, dass sie sich nach einer Weile beruhigen würde. In den letzten fünfzehn Jahren wollte sie nichts anderes, als dass sich ihre Eltern eines Tages auf diese Weise versöhnen, und sie hätte sie nur für sich gehabt. Zwei Menschen, die sie über alles im Leben liebte, endlich zusammen.

»Henry! Es ist schön, dich nach so vielen Jahren wiederzusehen. Wie ich höre, hast du die polnische Sprache nicht vergessen.« Marta sprach zur Abwechslung auf Englisch mit ihm. Sie beherrschte diese Sprache perfekt, wenn auch mit einem starken slawischen Akzent.

»Ja, ich erinnere mich noch ein bisschen. Und ich denke jeden Tag an dich!«

Das Gespräch klang seltsam. Ihr Vater sprach polnisch, zog die Worte in die Länge und gab ihnen einen englischen Klang, und ihre Mutter sprach mit ihm englisch.

Teresa vergaß ihre Gäste für eine Weile und zog mit ihren Gedanken in die Kindheit. Eine Zeit der Sorglosigkeit, die plötzlich durch die Scheidung der Eltern zerstört wurde.

Sie war zwölf, als ihr Vater nach London ging. Er bat ihre Mutter, mit ihm zu gehen. Er hielt sie, wie jetzt, an der Hand, aber sie drehte, anders als heute, ihren Kopf in die andere Richtung. Keiner von ihnen fragte sie, kleine Teresa, wie sie ihr Papa nannte, nach ihrer Meinung. Niemand machte sich die Mühe, ihr zu erklären, was vor sich ging. Sie ahnte, dass etwas Schreckliches passiert war, aber sie verstand die Tragödie erst, als ihr geliebter Vater mit zwei Koffern vor der Tür stand, sich dann umdrehte und zu ihr kam. Er nahm sie in die Arme. Sie erinnerte sich an seine Trauer, die man ihm an den Augen ansah, und an seine starke Umarmung. Sie konnte sich aber nicht an die Worte erinnern. Er sprach englisch mit ihr, aber sie verstand die Bedeutung dieser Worte nicht. Sie fragte ihn nur: »Why?« Worauf er antwortete: »Irgendwann, wenn du groß bist, werde ich es dir erklären. Jetzt vergib uns.«

Schließlich bin ich erwachsen! Ich bin doch zwölf Jahre alt!

Sie würde alles für beide geben und sie sahen nur ihr eigenes Leben. Ihr Leben hatte offenbar keine Bedeutung für sie.

Die Zeit danach, bis sie selbst nach England ausreiste, war ein unendlich langer, tiefer Fall voller Sehnsucht nach ihrem Vater. Im Alter von dreizehn Jahren wollte sie ihr noch so junges Leben beenden. Damals glaubte sie, dass es genügte, eine ausreichende Menge an Tabletten zu schlucken. Sie mit Wasser runterzuspülen, sich hinzulegen und für immer und in alle Ewigkeit einzuschlafen ... Amen. Glücklicherweise war dies nicht geschehen. Obwohl es viele Tabletten im Erste-Hilfe-Kasten der Mutter gab, hätte keine von ihnen den Tod verursacht, selbst bei einem Baby nicht. Sie schüttete etwa fünfzig verschiedene Vitamine, drei Aspirin und zwei Verhütungsmittel in ein Teeglas, schluckte eine nach der anderen, trank Wasser dazu und vergoss Tränen der Verzweiflung über ihr trauriges Leben als ungeliebtes Kind. Sie schaltete das Radio laut ein, damit niemand einen eventuellen Hilferuf hören konnte, und legte sich auf das Sofa. Nach zehn Minuten, in denen ihre Nachbarin mit einem Hammer auf einen Heizkörper schlug und schrie, dass sie, wenn sie das verfluchte Radio nicht ausschaltete, die Polizei rufen würde, zwang sie sich aufzustehen und die Musik leise zu stellen. Sie wollte sich wieder hinlegen, aber es wurde ihr so schlecht, dass sie alle unverdauten Tabletten in die Toilette erbrach.

Zwei Tage später bemerkte ihre Mutter das Verschwinden ihrer letzten beiden Verhütungsmittel-Pillen. Sie setzte sich ihr gegenüber an den Tisch und sah ihr in die Augen, ohne ein Wort zu sagen. Dann stellte sie die erste Frage: »Seit wann hast du Sex?«

»Ich, ich weiß nicht, Mom, wovon du redest. Ich habe noch nie ...« Teresa leugnete es mit Entsetzen und wurde plötzlich rot.

»Meine geliebte Tochter. Meiner Meinung nach bist du noch nicht bereit, diesen Schritt zu wagen, der dein Leben in einer Weise verändern wird, wie du es dir jetzt noch nicht vorstellen kannst. Ich möchte, dass du weißt, dass ich nicht nur eine Mutter für dich bin, sondern auch die beste Freundin, der du alles erzählen kannst, was dich stört und was dir auf dem Herzen liegt. Wenn die Zeit kommt, und glaub mir, die wird kommen, wirst du einen Jungen finden, in den du dich verlieben und dem du grenzenlos vertrauen wirst. Dann komm zu mir. Viele Mädchen denken zu diesem Zeitpunkt nicht über die Folgen nach. Das Ergebnis ist oft ein sehr verlorenes Leben, denn es stellt sich meistens heraus, dass dieser nette Junge gar nicht so nett ist, wie er am Anfang schien. Oder, was am schlimmsten wäre, eine unerwünschte Schwangerschaft.«

Die Mutter streichelte ihr über das Haar und küsste ihre Wange. Nach einer Weile zog sie sich an und ging in die Apotheke, um die Pillen nachzukaufen. Sie vergaß nur eines; wahre Freundinnen erzählen sich alles, was in ihrem Leben passiert. Marta hielt es aber nicht für angebracht, ihre Tochter über einen neuen Mann zu informieren, der seit einiger Zeit in ihrem Schlafzimmer schlief.

Als Teresa vierzehn war, bot ihr der Vater einen Ferienaufenthalt in England an. Ihre Mutter wollte es erst gar nicht hören, aber Teresa gab nicht auf. Sehr lange redete sie auf ihre Mutter ein, versuchte es mit Bitten, mit Schreien und schließlich mit Schweigen, bis Marta endlich ihre Zustimmung gab. Nach den Ferien kehrte Teresa nicht nach Krakau zurück. Sie sagte ihrer Mutter, dass sie Selbstmord begehen würde, wenn sie ihren Vater verlassen müsste.

Die neue Beziehung der Mutter dauerte drei Jahre. Danach widmete sich Marta ganz ihrem Beruf und fand sich mit dem Gedanken ab, dass sie allein bleiben würde.

Teresa war siebzehn Jahre alt, als sie das "erste Mal" erlebte. Sie vertraute sich statt ihrer Mutter, die nicht bei ihr war, ihrem Vater an. Sie war froh, dass sie es sich gewagt hatte, mit ihm zu reden. Er erwies sich als sehr liberal, wenn es um Sex ging. Am Ende der Diskussion sagte er, dass eine Frau – er betonte das Wort "Frau" – in ihrem Alter es bereits hinter sich haben sollte.

Was den Mann anging, mit dem sie geschlafen hatte, stellte sich heraus, dass er ein totaler Versager war. Der Sex mit ihm dauerte nur wenige Minuten und brachte ihr nur Schmerz und Ekel. Am nächsten Tag machte Joel – so hieß er – einen großen Bogen um sie und sie trafen sich nie wieder. Die Nächsten, die in ihrem Schlafzimmer erschienen, wurden am nächsten Tag ohne Frühstück nach Hause geschickt.

Sie näherte sich ihren Eltern und umarmte beide von hinten.

»Ich bin so glücklich! Ich bin so froh, euch nach so vielen Jahren wieder zusammen zu sehen«, sagte sie auf Polnisch. Ihre Eltern vermuteten, dass sie das Treffen arrangiert hatte, aber wenn das der Fall war, hatten sie nichts dagegen. Vielleicht hätten sie es sogar in der Tiefe ihrer Herzen gewollt.

»Ich habe etwas für dich.« Henry zog eine schwarze Schachtel, die mit einem goldenen Band umwickelt war, aus seiner Jackentasche und gab sie seiner Tochter. »Bitte, mach sie auf.«

Teresa hielt den Atem an, als sie eine Perlenkette darin sah. In ihrem Gesicht war unverhüllte Freude sichtbar.

»Leg sie um den Hals. Sie passt perfekt zu deinem schwarzen Kleid. Warte, ich werde dir helfen.«

Marta stand hinter ihrer Tochter und half ihr, sie anzulegen, danach drehte sich Teresa zum Spiegel um, der sich hinter der Bar befand. Dieses Mal schien es so, als ob ihre Eltern sie umarmten, und alle schauten sie im Spiegel an. Sie bemerkte, dass die beiden sie nicht wirklich berührten. Henry hielt Martas Hand über ihren Rücken.

Plötzlich erschien Cindy mit einer Kamera in der Hand.

»Jetzt dreht euch zu mir!« Der Blitz der Lampe erhellte für einen Moment den ganzen Raum. »Sie ist wunderbar!« Sie hatte die Kette sofort bemerkt und berührte die glänzenden Perlen sanft.

»Ja. Sie ist wunderschön!« Teresa verbarg ihre Bewunderung nicht. »Machst du bitte ein paar Fotos von allen Gästen?«

»Das ist meine Absicht. Und jetzt fliege ich weg und lasse euch allein.«

Das Licht des Kamerablitzes erhellte ab und zu den Raum. Cindy erfüllte Teresas Wunsch enthusiastisch und mit vollem Einsatz.

»Entschuldige mich, ich habe noch Gäste, die ich begrüßen muss ...« Sie unterbrach, als sie sah, dass die Eltern nicht auf sie achteten, sondern mit sich selbst beschäftigt waren. Sie regte sich deswegen überhaupt nicht auf. Im Gegenteil, sie lächelte zufrieden.

Mein Plan funktioniert!

Teresa hatte sofort bemerkt, dass ihre Strategie funktionierte, aber dass es so schnell gehen würde, davon hätte sie nicht einmal zu träumen gewagt.

Sie drehte sich voller Energie um und fiel direkt in die ausgestreckten Arme von Steven Milles, Cindys Cousin.

»Entschuldige, ich habe dich nicht bemerkt.« Sie legte ihre Arme um seine Taille.

»Nichts ist passiert. Ich wollte mich nur vorstellen und dich natürlich beglückwünschen.« In seiner Hand hielt er einen kleinen, roten Umschlag. »Ein kleines Geschenk für dich, bitte.«

»Ich weiß, wer du bist. Cindy hat mir von dir erzählt. Was ist da drin?« Sie nahm den Umschlag.

»Schau rein. Cindy sagte, dass du das Theater liebst. Ich hoffe, es gefällt dir.«

Teresa öffnete den Umschlag und zog die Eintrittskarte für die Aufführung von "Hamlet" heraus, diesmal vorgestellt von einer neuen Schauspielergruppe.

»The Globe! Shakespeare Theatre. Das freut mich sehr.« Sie hatte diese Vorstellung schon zweimal gesehen, aber sie ließ sich nichts davon anmerken. »Das ist in einer Woche!?«

»Ja. Aber wenn es dir das kommende Wochenende nicht passt, tausche ich die Karten gegen andere aus. Ich glaube nicht, dass es damit ein Problem geben wird.«

»Nein, nein, nein. Es ist wunderbar. Ich habe den ganzen nächsten Samstag frei. Ich muss jetzt aber die anderen Gäste begrüßen. Hättest du Lust, mich zu begleiten? Du könntest uns von deiner Arbeit erzählen.«

»Ich glaube nicht, dass die Arbeit eines Arztes für jemanden von Interesse sein könnte.«

»Also, dann erzähl uns doch von Afrika.«

Steven nickte. Teresa packte seine Hand und zog ihn zu einer Gruppe, die in der Mitte des Raumes stand.

Sie traf sich hier mit den besten Freunden, die sie über die Jahre an der Universität begleitet hatten, und drei Dozenten, denen sie ihre Hilfe und ihren wertvollen Rat bei ihrer Doktorarbeit verdankte. Theodor

Goldberg hatte ihr ein Thema vorgelegt, das sie nach Meinung aller drei sehr gut vorbereitet hatte: "Probleme der heutigen Familie in den hochentwickelten Ländern".

In diesem Moment stand Goldberg vor seinem größten politischen Gegner, dem konservativen Sir James Payrton. Sie hatte gehört, dass ihre politische Diskussion eines Tages mit einem Kampf geendet hatte. Im Endeffekt waren beide am nächsten Tag mit einem "blauen Auge" an der Universität erschienen.

Der dritte Professor, Frederik Keyton, stand an der Seite und hörte schweigend zu. Das Schicksal von Millionen von Flüchtlingen stand nun in dieser kleinen Bar im Zentrum Londons im Fokus.

»Das Europäische Parlament sollte dieses Problem lösen ...«

»Du sprichst vom Europäischen Parlament und befiehlst den Engländern, die Union zu verlassen!« Goldberg setzte sich gegen seinen Gegner durch, mit der Unterstützung einer größeren Gruppe von Studenten, die der Ansicht waren, dass England nicht von der Europäischen Union getrennt werden sollte. »Was machen wir mit den Tausenden von armen Menschen, die in Italien auf ihre Einreise nach Westeuropa warten? Willst du sie auf das Schiff setzen und zurück in den Tod schicken?«

Niemand wusste zu dem Zeitpunkt, dass dieses Problem und der Zustrom von Ausländern mit der Zeit zunehmen und zu einem der Hauptthemen der Kampagne werden würden, die am 23. Juni 2016 ein Referendum zur Folge haben sollte, bei dem sich die Briten für die Trennung des Vereinigten Königreichs von der Europäischen Union entschieden. Und dass die von der EU finanzierten Flüchtlingslager in der Türkei und in Griechenland aus allen Nähten platzen würden.

»Ich habe eine Idee!« Teresa wollte die Diskussion beenden, obwohl sie wusste, dass ihr Vorschlag das Migrationsproblem nicht lösen würde. Keine Regierung und kein Politiker hatten bisher eine tragfähige Lösung gefunden.

»Wir hören dich, unsere Göttin, unsere Athene.« Payrton verbeugte sich theatralisch vor ihr.

»Konflikte und Kriege sind das Ergebnis menschlicher Natur und Fantasie, die von den Medien angetrieben wird, die uns ins Ohr flüstern, wie wir uns verhalten sollen. Sie zeigen uns, wer unser Feind und wer unser Freund ist. Manchmal kehren sich diese Rollen um. Freunde streiten und versöhnen sich wieder. Die heilbringenden Armeen, hinter denen die Rüstungsindustrie steckt, marschieren mit Befreiungsparolen um die Welt, um sich als ihr Heiler zu zeigen. Gut gegen Böse. Ich habe den Eindruck, je schrecklicher der Krieg ist, desto mehr Freude macht es, ihn zu beenden.« Für eine Weile herrschte Stille. Teresa fügte hinzu: »Die Länder, die Millionen durch den Verkauf von Waffen verdient haben, mit denen Gottes unschuldige Diener ermordet werden, sollten sie aufnehmen oder ihnen anständige Lebensbedingungen schaffen. Sind diese Menschen die Opfer der falschen Politik? Das werden Historiker sicher irgendwann beurteilen. Ich danke dem Herrn, dass ich in Europa und in einem Land lebe, in dem ich ohne Angst auf die Straße gehen kann und ohne den Gedanken, dass mir jemand aus irgendeiner Ecke den Kopf mit einem Gewehrschuss wegpusten könnte.«

»Es war schon mal anders in unserem Europa. Was die Flüchtlinge betrifft, so hätten einige der Schiffe mit ihnen um die ganze Welt fahren müssen«, fügte Goldberg hinzu.

»Und jetzt genug von der Politik.« Teresa zeichnete einen Halbkreis in die Luft, wie ein Schauspieler auf der Bühne. »Das ist mein besonderer Gast. Er wird uns von Afrika erzählen, von wo er gerade zurückgekehrt ist. Ich möchte Sie um Ruhe bitten, meine Herren.«

Steven hielt eine Hand in seiner Hosentasche. Dieser gebräunte, junge Mann sah aus wie jemand, für den der Blick von Hunderten oder gar Tausenden von Menschen, die ihn mit Aufmerksamkeit beobachteten, ein tägliches Brot war, etwas völlig Bedeutungsloses.

»Als ich hierherkam, hatte ich nicht erwartet, dass ich in dieser kleinen Bar eine echte Göttin sehen würde, vor der ich mich verneige.«

»Sie hat uns vor ein paar Jahren um den Finger gewickelt. Seitdem sind wir ihre treuen Sklaven, aber in ihrem steinernen Herzen hat die Göttin keinen Platz für menschliche Gefühle.« Payrton hob seinen Krug hoch. »Teresa! Auf dein Wohl.«

Cindy näherte sich und umarmte Teresa.

»Ihr irrt euch. Ich weiß es besser als jeder von euch. Teresa ist und wird für immer meine beste Freundin bleiben, und meine Schwester, die ich mir immer gewünscht habe. Ihr Herz ist offen für die wahre Liebe und ich bin mir sicher, dass sie sie eines Tages erleben wird.« Sie sah ihren Cousin an. »Steven, erzähl es uns endlich! Ich bin sehr neugierig, was du dort getrieben hast.«

»Mein Aufenthalt in Afrika sollte sechs Monate dauern.« Er glättete die Jacke, die sich an bessere Zeiten erinnerte. Sie sah aus, als hätte er sie von seinem älteren Bruder vererbt bekommen. »Bis zum Schluss war unklar, dass Somalia unser Ziel sein würde. Wir wollten in verschiedenen Krankenhäusern arbeiten und den Ärzten dort helfen, aber eine Person in unserer internationalen Ärzteorganisation fand es zu gefährlich. Wir erhielten eine Soldatentruppe zum Schutz, ein paar Autos mit medizinischer Ausrüstung, und wir bauten ein Krankenhaus in einer Region, die relativ sicher war. Wir hatten etwa sechzig Kilometer bis Mogadischu und von dort aus brachte man hauptsächlich Patienten zu uns. Aus den umliegenden Dörfern kamen viele Menschen zu uns, viele von ihnen waren zu Fuß unterwegs und riskierten, ihr Leben zu verlieren. Obwohl wir von den zahlreichen Konfliktzentren in diesem Land weit entfernt waren, haben wir indirekt jeden Tag durch unsere Patienten das Resultat gesehen. Besonders Kinder ...« Er schwieg eine Weile, als ob er sich selbst fragte, ob er die Geschichte erzählen sollte.

In diesem Moment kamen ihre Eltern zu Teresa. Henry flüsterte ihr ins Ohr: »Ich habe ein Taxi bestellt. Ich will Marta London bei Nacht aus dem Autofenster zeigen. Später werden wir ein wenig durch den Hyde Park laufen und ich bringe sie zum Hotel. Du musst dir um uns keine Sorgen machen.«

»Hyde Park! Also jetzt, um diese Zeit? Verschieb es auf morgen, bitte. Mama wird nicht so schnell vor uns weglaufen.«

Soweit ich sehen kann. Warum zum Teufel will er sie mit ins Hotel nehmen, schließlich wohnt Mama bei mir!

Sie wollte schon nach dem Namen des Hotels fragen, aber schließlich biss sie sich auf die Zunge. Ihre Eltern umarmten sie und gingen weg. Sie hielten sich wie ein Liebespaar an den Händen.

»Erzähl weiter! Was ist mit diesen Kindern?« Einer von Teresas eingeladenen Freunden ermutigte Steven, die Geschichte weiterzuerzählen.

»Ja ... Kinder. Es gibt schrecklich viele kranke, körperlich verstümmelte, psychisch und physisch missbrauchte Kinder. Mädchen, deren Eltern sie verstoßen hatten, weil sie von Banditen vergewaltigt worden waren, und aus diesem Grund hatten sie der ganzen Familie Schande gebracht. Oft waren es die Eltern, die die Beseitigung der Tochter angeordnet hatten, die dabei schwanger geworden war. Das Urteil wurde in der Regel von älteren Brüdern oder Onkeln vollstreckt. In einigen Fällen nahm der Vater die Tochter mit auf eine Reise und kehrte allein nach Hause zurück.«

»Das klingt doch absurd. Woher kommst du?« Tom, der neben Teresa stand, schüttelte ungläubig mit dem Kopf.

»Allein aus der Teufelshölle! Bis jetzt hatte ich nicht gewusst, dass es sie gibt. Jetzt kann ich sie dir auf der Karte zeigen. Eines Tages fanden unsere Soldaten ein bewusstloses dreizehnjähriges Mädchen, fünfhundert Meter vom Lager entfernt, im achten Monat schwanger. Wir konnten sie und ihren Sohn retten, den sie in sich trug. Das Mädchen erinnerte sich nicht, wie lange sie wanderte, bevor sie unser Lager sah. Ich glaube, dass sie etwa drei Tage unterwegs war, ohne zu trinken oder zu essen. Später erzählte sie uns, dass ihr Vater sie in die Wüste brachte, sie mit einer Schnur fesselte, einen Stein in seine Hand nahm und ihren Kopf damit zerschmettern wollte. Vermutlich hörte Allah ihren verzweifelten Schrei und ihr Flehen, ihr Leben zu verschonen, denn ihr Vater warf den Stein beiseite und ließ sie gefesselt zurück. Nach ein paar Stunden schaffte sie es, sich zu befreien. Die ganze Familie wandte sich von ihr ab; sie würde lieber sterben, als wieder nach Hause zu gehen.«

»Was ist dann mit ihr passiert?« Cindy verfolgte die Geschichte ihres Cousins mit Entsetzen. »Sie blieb insgesamt etwa sechs Wochen bei uns. Vier Wochen vor der Geburt des Kindes und nach weiteren zwei Wochen brachten wir sie nach Mogadischu, einem Zufluchtsort für alleinerziehende Mütter. Was anschließend mit ihr passiert ist, kann ich dir nicht sagen, denn wir hatten keine Nachrichten von ihr. Ich hoffe, dass sie nicht in die Hände ihrer Familie oder der terroristischen Miliz geraten ist. Die meisten Patienten wurden nach Hause geschickt, nachdem wir sie versorgt hatten. Manche von ihnen mussten einige Zeit in speziell für die Behandlung eingerichteten Zelten bleiben. Im Prinzip war dies nur nach komplexen Operationen notwendig. Es gab auch welche, die leider zu spät zu uns kamen. In solchen Fällen haben wir sie mit Schmerzmitteln versorgt und schweren Herzens nach Hause geschickt. Die Dankbarkeit dieser Menschen für die Hilfe war unser größter Lohn. Es war wahrscheinlich das Einzige, was mich motiviert hat, dort das ganze Jahr über zu bleiben. Jeden Abend verließ ich das Lager und ging auf einen Hügel, der weniger als einen Kilometer von unserem Lager entfernt war, um diese fast mondähnliche Landschaft bei Sonnenuntergang zu bewundern. Noch bevor sich die riesige rote Kugel hinter dem Horizont versteckte, kreiste eine Herde von Hyänen mit angehobenen Schnauzen in sicherer Entfernung von mir in der Hoffnung, dass sie mich eines Tages erwischen und in Stücke reißen könnten. Es sah so aus, als ob sie um eine glühende Pfanne herumjagen würden, die Wellen heißer Luft um sich wirft. Damals erkannte ich nicht einmal die Gefahr, die auf mich zukam. Ich habe mir diese Tiere immer als feige Hunde vorgestellt, die aus Angst vor dem Anblick des Menschen fliehen. Ich erfuhr viel später, dass selbst ein einsamer Löwe seine Beute liegen lässt, wenn er eine Herde dieser gefräßigen Tiere sieht. Um ein Haar wäre es damals zu spät für mich gewesen. Eines Abends saß ich, wie immer, auf meinem Hügel und tauchte in Gedanken in England ein. Ich träumte davon, im Regen durch die Straßen Londons zu gehen. Alle versteckten sich unter schwarzen, riesigen Regenschirmen, und ich war der Einzige, der sein Gesicht zum Himmel richtete. Wir alle vermissten den Regen, die angenehme Kälte.

Ich wurde durch das Bellen des Anführers der Herde geweckt, diesen Monstern, etwa zwei Meter von meinem Kopf entfernt. Aus seinem mit Zähnen bewaffneten Maul, das mir in diesem Moment viel schrecklicher als das eines weißen Hais erschien, lief Speichel. Seine bösen Augen richteten sich auf mich, und er wartete auf den günstigsten Moment zum Angriff. Die restlichen Hyänen umkreisten mich, ohne mir die geringste Chance zu geben, zu entkommen. Ich lag vor Angst gelähmt da, konnte mich nicht bewegen oder schreien. Als einer von ihnen es wagte anzugreifen und mein Bein über dem Knöchel in die Schnauze packte, schloss ich meine Augen und bat Gott, dass mich die Bestien im Handumdrehen töten sollten, damit ich nicht stundenlang mit den zerrissenen Eingeweiden daliegen und sie in der Agonie blind anschauen musste.

Eine Maschinengewehrsalve, die von einem der beiden Soldaten abgefeuert wurde, die auf der Suche nach mir waren, krachte und pfiff ein paar Zentimeter über meinen Kopf. Sie machte ein Sieb aus demjenigen, der mich am Bein hielt. Die anderen Monster begannen zu fliehen. Einige von ihnen wurden getötet. Der Rest der überlebenden Herde fing unabhängig von den Kugeln, die an ihnen vorbeizogen, mit dem Fest an. Der Anblick war schrecklich. Einer der Soldaten machte ein paar Fotos von diesem Kannibalismus.«

Steven zog das Handy aus seiner Jackentasche und durchsuchte die Fotos.

»Oh, ich sitze hier und ein Soldat verbindet mein Bein. Sie hatten natürlich keinen Verbandskasten dabei, also rissen sie mein Hemd in Streifen. Und hier sind noch weitere Fotos.«

Er gab Cindy sein Handy. Ein paar Leute standen um sie herum und betrachteten die Fotos mit Interesse. Als sie ihren Cousin mit einem verwundeten und schrecklich blutenden Bein sah, zeigten sich Tränen des Mitgefühls auf ihren Wangen. Cindy konzentrierte sich auf das Durchblättern der Fotos, aber auf einmal hörte sie auf, die Bilder zu wechseln. Sie stoppte ein Bild mit dem Finger und brachte das Gesicht des fotografierten Mädchens näher.

»Ist das die, die ihr am Lager gefunden habt?« Sie zog das Handy vor Stevens Augen.

»Ja. Der zweite Tag nach der Geburt des Sohnes.«

»Sie ist doch selbst noch ein Kind!«

Sie näherte sich dem Rest der Leute und zeigte ihnen nacheinander die Fotos. Zu dieser Zeit kamen zu Teresas Gästen noch andere, wahrscheinlich regelmäßige Gäste der Kneipe, hinzu. Alle, die sich für Stevens Geschichte interessierten, schufen einen zweiten Kreis um sie herum und hörten sich seine Geschichte an.

»Jesus Maria ...«, einer der Fremden stöhnte ungläubig und betrachtete das Bild eines schwarzen Mädchens, das mit schwarzen Augen, wie zwei glühende Kohlesteine, in die Kamera sah und ein großes Kind mit kontrastierender rosa Hautfarbe in den Armen hielt. »Wie konnte ein so kleines Mädchen ein so großes Kind zur Welt bringen?«

»Das Kind war nicht groß. Soweit ich mich erinnere, wog es etwa fünf Pfund. Nur in den Armen einer so zierlichen Mutter sieht es überproportional groß aus. Wir haben es mit einem Kaiserschnitt herausgeholt. Ohne unsere Hilfe hätten beide diese Geburt nicht überlebt. Zurück zu meinem Treffen mit den Wüstenhunden. Das war mein letzter Abend auf diesem Hügel. Ich wagte es nie wieder, allein aus dem Lager zu gehen. Wie auch immer, ich verbrachte die nächsten zwei Wochen als Patient im Krankenhaus, und weitere drei Wochen ging ich mit Gehstützen. Dieses Monster hat mir den Knochen gebrochen!«

Als hätte er in den Augen einiger Zuhörer Skepsis gesehen, stellte Steven seinen linken Fuß auf den Stuhl und rollte sein Hosenbein hoch.

»Es sieht schrecklich aus!« Teresa lehnte sich nach unten, um die Narbe zu sehen. Das Schienbein über dem Knöchel sah aus, als hätte es jemand an zwei Stellen in circa zehn Zentimeter Entfernung getrennt und das fehlende Teil zurückgesetzt.

»Ich hatte Glück, dass meine Kollegen mich sofort operierten und die Infektion nicht eindrang. Solche Bisse heilen nicht so gut.«

»Ich habe gehört, dass einige Einheimische die Hyänen in ihren Häusern wie wir Hunde halten. Hast du schon mal so ein Exemplar an der Leine gesehen?«, fragte Professor Keyton.

»Ich sah nur einen Pavian an der Leine. Aber du hast Recht, ich habe auch davon gehört, ebenso wie von der Tatsache, dass der Koran das Essen von Hyänenfleisch nicht verbietet. Schrecklich!«

»Und wer ist dieser schwarze, gutaussehende Mann?«

Cindy gab Steven sein Handy mit einem Bild, auf dem er einen dunkelhäutigen jungen Mann umarmte, der einen Arztkittel trug.

»Das ist Bobby. Er kommt aus Äthiopien. Wir haben zusammen Medizin studiert. Er ist mein liebster Freund.« Stevens Gesicht war leicht gerötet. »Bobby hatte diese Reise organisiert und er überredete mich letztendlich, dorthin zu gehen.«

»Bleibst du jetzt in England?« Teresa sah ihm in die Augen.

»Ja. Auf jeden Fall. Ich habe meine Familie und Freunde vermisst. Ab nächster Woche arbeite ich wieder im Krankenhaus.«

»Ist das Theaterticket, das du mir geschenkt hast, das einzige Exemplar, das du bekommen hast? Weißt du, ich mag es nicht, allein ins Theater zu gehen.«

Steven nahm seine Brieftasche aus der Jackentasche und holte das gleiche Ticket heraus, das er Teresa gegeben hatte.

»Wenn ich mich nicht irre, sitzen wir nebeneinander.« Das Lächeln erhellte sein gebräuntes Gesicht. Stevens blaue Augen trafen wieder auf Teresas Blick.

»Ich bin so glücklich. Du musst mir mehr über dich erzählen.«

Steven nickte und packte Teresa an der Hand.

»Sehr gerne, vorausgesetzt, dass ich auch etwas über dich erfahre. Cindy ist sehr gesprächig, wie du weißt, aber wenn es um dich geht, war sie still wie ein Grab. Sie sagte, dass ich alles selbst aus dir herausholen muss.«

Die letzten Gäste gingen kurz vor zwölf Uhr. Steven bestand darauf, Teresa nach Hause zu bringen, aber sie weigerte sich kategorisch. Angesichts dieses charmanten Cousins ihrer besten Freundin hatte sie andere Pläne, bei denen ein One-Night-Stand nicht infrage kam.

*

Henry rief sie am zweiten Tag am Vormittag an und kündigte an, dass er den ganzen Tag mit Marta verbringen würde, wenn Teresa nichts dagegen hätte, und dass sie sich am Abend wieder bei ihr melden würden. Im Hörer hörte sie das stille Kichern ihrer Mutter. Sie ahnte, dass beide noch im Bett waren. Sie erinnerte sich daran, wie ihr Vater während ihrer

Kindheit ihre Mutter immer zum Lachen brachte, indem er sie am Bauch kitzelte, und sie sich vor Lachen zusammenrollte.

»Dad?«, unterbrach sie ihn.

»Ja, mein Töchterchen.«

»Ich liebe dich so sehr.«

»Wir dich auch, meine Liebe. Wir sind so stolz auf dich!« Die Stimme ihrer Mutter, die aus dem Hörer kam, strahlte vor Glück.

Sie traf ihre Eltern erst am Mittwochabend. Der Vater schlug vor, dass sie zusammen bei ihm zu Abend essen sollten. Teresa hoffte leise, dass sie eine Neuigkeit dieser Art hören würde: "Mom hat sich entschieden, bei uns in London zu bleiben". Sie war sogar davon überzeugt, und in dem Moment, als Henry zu ihr sagte: "Hör zu, meine Liebe, ich muss dir etwas sagen", wollte sie ihn unterbrechen und ihm sagen, dass sie erwartet hatte, dass ihre Mutter bei ihm bleiben würde, und dass sie seit Jahren auf diese wunderbare Nachricht gewartet hatte.

»Henry entschied sich, mit mir nach Polen zu gehen.« Ihre Mutter hatte für ihn den Satz vollendet.

»Wie denn? Ihr wollt nach Polen! Was ist mit mir? Was ist mit dieser Wohnung hier und ... überhaupt?«

»Wir haben über alles nachgedacht. Schließlich bist du erwachsen und unabhängig, du kommst hier ohne mich gut zurecht. In zwei Wochen fängst du an zu arbeiten, und wenn du willst, kannst du in diese Wohnung ziehen, sie ist viel größer als deine. Du kannst uns besuchen, wann immer du willst. Mit dem Flugzeug wirst du in anderthalb Stunden bei uns sein. Heute ist eine solche Entfernung kein Problem mehr. Außerdem reist Henry jetzt nicht ab, nicht sofort.« Ihre Mutter versuchte Teresa bei Laune zu halten, weil sie ihre Reaktion auf die Nachricht sah.

»Und wann?«

»Ich brauche etwa zwei bis drei Wochen, um mein ganzes Geschäft hier abzuwickeln.« Henry sah Teresa mit einem bedauernden Blick an.

»Sei nicht sauer auf uns, nur weil wir im Alter ein wenig Glück für uns behalten wollen.«

»Dazu habe ich kein Recht. Aber ich werde euch vermissen. Ich konnte euch nie für mich allein haben, und jetzt, als ich dachte, wir wären endlich zusammen, platzt plötzlich alles wie eine Seifenblase.«

Marta und Henry gingen zu ihr und kuschelten sich an sie. Teresa verstand, dass es keinen Sinn machen würde, sie davon zu überzeugen, ihre Entscheidung zu ändern. Außerdem musste sie im Leben endlich auf eigenen Füßen stehen. Ihr Vater hatte ihr bei jedem Schritt einen guten Rat und finanzielle Hilfe gegeben, obwohl sie ihn nie um Geld bat. Ihr wurde klar, dass ihre erste Stelle nach dem Studium ihre einzige Einnahmequelle sein würde.

Ihr Vater erriet ihre Gedanken.

»Du musst dir um nichts Sorgen machen. Du kannst immer auf meine und Martas Unterstützung und Hilfe zählen, wann immer du willst. Setzen wir uns jetzt an den Tisch. Das Abendessen wartet!«

Der Truthahnbraten, der, wie Teresa vermutete, das kulinarische Kunstwerk der Mutter war, schmeckte großartig.

Sie konnte schon immer gut kochen. Zumindest in dieser Hinsicht werde ich mir keine Sorgen um meinen Vater machen müssen.

Während des Essens schaute sie sich unbewusst im Raum um, obwohl sie die Wohnung ihres Vaters sehr gut kannte. Der Gedanke, dass sie in einer so wunderbaren Wohnung wohnen würde, war für sie sehr angenehm. Sie hatte bei Henry gelebt, bis sie zur Universität ging. Im Alter von zwanzig Jahren war sie in ihre eigene Wohnung eingezogen, die ihr Vater gemietet hatte.

Auf Wunsch ihrer Mutter sprach Teresa über die Arbeit, die sie bei Dr. Hawlett als seine Assistentin haben würde. Es war absolut unrealistisch, eine Praxis in London zu eröffnen, weil es viele Jahre Arbeit brauchte, um einen guten Ruf und Patienten zu bekommen, die einer so jungen und unerfahrenen Psychologin, die sie zweifellos war, grenzenlos vertrauten. Noch dazu hätte es viel Geld gekostet, das sie nicht hatte.

Auch wenn Henry die Hilfe bei der Finanzierung eines solchen Projekts gewährt hätte, fehlte ihr die Berufserfahrung. Professor Frederik Keyton hatte ihr einen Job bei seinem Freund angeboten. Zuerst sollte sie einige seiner Patienten übernehmen und in drei Jahren die komplette Praxis, denn dann würde er in den Ruhestand gehen. Für sie war es eine großartige Gelegenheit, unter der Anleitung eines namhaften Spezialisten Erfahrungen zu sammeln und Geld für ein unabhängiges Leben zu verdienen.

»Und, sag es, Mädchen ...« Henry sah Marta an, als ob er Hilfe von ihr erwartete.

»Henry möchte fragen, hast du schon an die Ehe gedacht? Du bist in einem Alter, in dem es für dich nicht schwer sein sollte, den richtigen Partner zu finden, und glaub mir, jedes Jahr wird eine solche Entscheidung schwieriger sein. Oder vielleicht sollte ich es anders formulieren: Es wird immer weniger solcher Möglichkeiten geben. Und diejenigen, die deinen Weg kreuzen werden, passen vielleicht nicht zu dir. Der Mensch wird in einem bestimmten Alter sehr wählerisch.«

Teresa betrachtete ihre Eltern mit Verlegenheit.

»Ihr werdet die Ersten sein, die davon erfahren. Ich verspreche es. Im Moment denke ich aber noch nicht darüber nach.«

»Und dieser junge, gutaussehende, gebräunte Mann am Samstag im Pub? Ich sah die Blicke, die er dir schenkte. Und er sprach so interessant über seinen Aufenthalt in Afrika. Was hältst du von ihm?« Ihre Mutter gab nicht auf und wollte sie nicht in Ruhe lassen.

Teresa war überrascht von der Tatsache, dass sie auf ihn aufmerksam wurden, denn es schien ihr, dass sie zu sehr mit sich selbst beschäftigt waren.

»Wir gehen am Samstag zusammen ins Theater.« Plötzlich wurden ihre Wangen rot. Ihre Mutter schubste leicht Henrys Knie unter dem Tisch. »Wenn ich ehrlich sein soll, er gefällt mir auch sehr, aber ob er von dieser Bekanntschaft etwas mehr erwartet? Ich habe keine Ahnung, Mom. Ich weiß nichts über ihn. Vielleicht wirst du uns zur Abwechslung mal etwas über dein Leben in Krakau erzählen?«

»Es hat sich nichts geändert. Ich unterrichte weiterhin Englisch in der High School, wie du ja schon weißt. Aber jetzt, als Henry sich entschied, nach Polen zu kommen, beschloss ich, nur bis zum Ende des Schuljahres zu arbeiten und mich dann in den Ruhestand zu begeben.«

Sie glättete ihr helles Haar mit der Hand, in dem seit ihrem letzten Treffen viele Silberfäden erschienen waren. Aber ihre blauen Augen verloren nicht die Ausstrahlung, die Teresa aus ihrer Kindheit kannte. Marta war immer noch eine attraktive, schlanke Frau, die sicherlich vielen Männern den Kopf verdrehen konnte. Mehr als zehn Jahre lang hatte sie allein gelebt, vielleicht liebte sie Henry während dieser Zeit immer noch und hatte insgeheim auf das Treffen gehofft, das ihre Tochter am Samstag arrangiert hatte.

Henry war fünfundsechzig Jahre alt und damit sechs Jahre älter als Marta. Sie sahen beide viel jünger aus, als sie tatsächlich waren. Alle Bekannten von Teresa hatten sie um ein paar Jahre jünger geschätzt. Bis vor Kurzem war ihr Vater vollständig auf sein Unternehmen fixiert gewesen, und nachdem er es an einen dänischen Investor verkauft hatte, mit dem er hauptsächlich Geschäfte machte, hörte er auf, darüber zu reden, und nahm ein völlig neues Leben auf. Er sagte, dass er all die Jahre genug gestresst gewesen sei und jetzt mehr Ruhe bräuchte.

Er joggte jeden Morgen eine Stunde vor dem Frühstück und verabredete sich oft mit seiner Tochter, wenn sie vor dem Unterricht an der Universität Zeit hatte, zusammen mit ihm zu laufen. Jedes Mal bat ihn Teresa, langsamer zu werden, weil sie nicht mit seinem Tempo mithalten konnte. Ihr Vater war über einen Meter neunzig groß und für sein Alter immer noch in guter Kondition. Aufgrund seiner starken Glatze rasierte er jeden Tag den Rest seines Haares, was ihn noch athletischer wirken ließ. Er sah aus wie jemand, dem man besser aus dem Weg gehen sollte. In Wirklichkeit war er ein Mann mit einem guten Herzen, der seine körperliche Stärke nicht gegenüber anderen einsetzen wollte.

Zwei Tage später arrangierte Teresa ein Treffen mit Cindy. In letzter Zeit hatten sie selten Gelegenheit, sich zu sehen: Cindy arbeitete als Stewardess und flog immer nach Mexiko. Vor sieben Jahren hatten sich beide über ein Zwischenunternehmen um einen Stewardessenjob beworben. Sie stellten sich vor, dass sie eines Tages an Bord des Flugzeugs reiche und gutaussehenden Scheichs treffen würden, die sich bis zum Hals in sie verlieben würden. Die reichen Männer würden sie eines Tages heiraten und sie zu ihren Palästen bringen. Damals hatten sie keine Ahnung, dass sich fast hundert Kandidaten auf die zwei Stellen bewarben, von denen diese jungen und attraktiven Mädchen träumten. Aufgrund ihrer ausgezeichneten Spanischkenntnisse erhielt Cindy eine von ihnen.

Cindy flog zunächst kurze Strecken nach Madrid und später lange nach Mexiko. Teresa fiel in einen Abgrund und konnte sich lange Zeit nicht mit dem Quasi-Verlust ihrer besten Freundin abfinden. Also schlug ihr Vater vor, dass sie mit dem Studium beginnen sollte. Sie hatte gute Referenzen, und wenn es um die finanzielle Seite ging, musste sie sich um nichts kümmern. Und das tat sie auch.

Sie erinnerte sich gut an ihr erstes Treffen am zweiten Tag nach ihrer Ankunft. Ihr Vater lebte noch in einem Reihenhaus, das er von seinen frühzeitig verstorbenen Eltern geerbt hatte, die sie nur einmal in Polen sehen konnte. Es war ein typisch englisches Haus, ohne Unterschied zu den Tausenden von Häusern, die man in England sehen konnte. Vor dem Eingang gab es einen Bürgersteig und eine Straße, gegenüber auch eine Reihe der gleichen Gebäude mit einem von der Straße aus nicht sichtbarem Garten.

Sie frühstückte damals mit ihrem Vater und danach musste sie zwei Stunden lang allein bleiben, weil man aus der Firma anrief, dass der Vater dringend gebraucht werde. Sie stand am Fenster und starrte das Mädchen mit dem Buch in der Hand an, das auf der Treppe des gegenüberliegenden Hauses saß. Es war ungefähr gleich alt, aber völlig anders als Teresa. Das Mädchen schien kleiner als sie zu sein. Die schwarzen, leicht lockigen Haare, die sie von ihrem Vater geerbt hatte, einem gebürtigen Spanier, fielen auf die rechte Seite ihres schönen, dunkelhäutigen Gesichts.

Irgendwann hob das Mädchen, das sich höchstwahrscheinlich von Teresas Blicken beobachtet fühlte, den Kopf. Sie lächelte sie an, zeigte mit der Hand auf die Stelle neben ihr und gab ein Zeichen, dass sie kommen sollte. Ohne lange nachzudenken, legte Teresa einen Pullover um ihre Schultern und ging zu ihr. Sie setzte sich neben sie hin, und ohne ein Wort zu sagen, nahm sie das Buch in die Hand.

»Robinson Crusoe. Ich habe es auf Polnisch gelesen.«

»Willst du, dass wir es gemeinsam lesen?«

»Wie gemeinsam?« Teresa wusste nicht wirklich, was sie meinte.

»Ich werde eine Seite lesen, du die nächste und so weiter. Okay?«

»Okay. Ich bin ...« Sie wollte sich vorstellen, aber das Mädchen unterbrach sie.

»Du bist Teresa. Ich weiß das und ich habe deine Fotos gesehen, bevor du gekommen bist. Dein Vater erzählte uns immer wieder von dir und er konnte es kaum erwarten, dass du endlich herkommen würdest. Mein Name ist Cindy, und wenn du willst, kannst du meine Freundin werden.«

Teresa hatte nichts gegen den unerwarteten Vorschlag des Mädchens. Überrascht von ihrer Kühnheit und Direktheit nickte sie nur als Zeichen der Akzeptanz. Sie dachte, dass diese Art, Freundschaften in England zu schließen, offensichtlich selbstverständlich waren und dass sie nach zwei Wochen Aufenthalt dort mindestens ein Dutzend neue Freunde haben würde, wenn es so weiterging.

»Möchtest du zuerst anfangen?« Cindy zeigte auf die Seite, von der aus sie beginnen sollte.

Nach zwei Sätzen, die Teresa gelesen hatte, sagte ihre neue Freundin, dass sie an ihrer Aussprache arbeiten müsste, was natürlich überhaupt nicht schwer wäre, und nach einem Monat würde sie perfekt Englisch sprechen.

»Aber ich kann nur zwei Wochen bleiben. Meine Mutter wird nicht damit einverstanden sein, dass ich länger bleibe.«

»Es reicht, wenn dein Vater zustimmt.« Cindy stieß sie humorvoll zur Seite.

Seit diesem Tag trennten sich die Mädchen nicht mehr voneinander.

Für Marta war die Aussage ihrer Tochter, dass sie für immer in London bleiben würde, ein Schock, von dem sie sich lange Zeit nicht erholen konnte. Sie fragte sich ständig, was sie falsch gemacht hatte, was für einen Fehler sie gemacht hatte, dass ihre einzige Tochter sie verlassen wollte.

Henry versuchte ihr zu erklären, dass Teresas Entscheidung nichts mit ihr zu tun hatte. Töchter liebten Väter einfach oft mehr als Mütter, und das wäre normal. Außerdem hätte er auch das Recht, die Zeit mit ihr zu genießen. Ihr würde nichts fehlen und er wäre in der Lage, jeden Wunsch der geliebten Tochter zu erfüllen – das versicherte er. Finanziell war er völlig unabhängig, denn das von ihm geführte Unternehmen erwirtschaftete von Jahr zu Jahr mehr und mehr Gewinne. Seine Argumente fassten bei Marta nicht im Geringsten Fuß, aber um teure und komplizierte Gerichtsverfahren zu vermeiden, gab sie schließlich auf.

Seitdem war Teresa nicht ein einziges Mal in Polen gewesen. Ihre Mutter besuchte sie mehrmals in London, aber jedes Mal wohnte sie im Hotel. Sie wollte Henry nicht sehen und lehnte seinen Vorschlag, die beiden zu Hause zu besuchen, rigoros ab.

Aber der große Erfolg von Teresa an der Seite ihres Vaters, der zweifellos ihr Medizinstudium in England war, löste die Änderung der Einstellung zu ihrem Ex-Mann aus.

Teresa und Cindy hatten vereinbart, sich am Donnerstag um achtzehn Uhr im Dirty Johny zu treffen. Um diese Uhrzeit besuchten nur wenige durstige und völlig erschöpfte Touristen den Pub, nach einer verrückten Jagd hinter den Londoner Attraktionen. Am nächsten Tag würde Cindy wieder mit der Arbeit auf langen Flügen nach Amerika beginnen.

Die Freundinnen umarmten sich, als hätten sie sich seit Wochen nicht mehr gesehen.

»Ich weiß, dass du dich am Samstag mit ihm verabredet hast.« Cindy hatte die Unterhaltung angefangen. »Ich habe gestern mit ihm telefoniert. Du hast ihm den Kopf verdreht. Er ist von dir fasziniert und hat mich verstehen lassen, wenn du etwas für ihn empfindest, dann möchte er gerne, dass sich eure Bekanntschaft in etwas Ernstes verwandeln wird.

Er meint, dass er kein junger Mann mehr ist und beabsichtigt, sich zu etablieren. Mit einem Wort: Er sucht eine Partnerin, mit der er eine feste Beziehung aufbauen oder die er sogar heiraten kann. Was hältst du davon?« Ohne auf eine Antwort von Teresa zu warten, sprach sie weiter: »Meine Mutter hat eine drei Jahre ältere Schwester. Sie hat wiederum einen Iren kennengelernt, den sie heiratete. Er ist Katholik. Er bestand darauf, dass ihre Söhne, Tom und Steven, auch katholisch werden sollten. Meine Tante stimmte zu, auch wenn es damals keine leichte Entscheidung war, wie du selbst sehr gut weißt. Tom war zwei Jahre älter als Steven. Im Alter von zwölf Jahren wurde er von einer Bombe getötet, die in seiner Nähe explodierte. Ein paar Jahre später besuchten wir sie. Ich war damals zehn Jahre alt und, offen gesagt, hat es mir bei ihnen nicht gefallen. Das Haus glich im Inneren einem Museum mit Schwarz-Weiß-Fotografien des verstorbenen Sohnes.

Meine Tante ist wahrscheinlich bis heute nicht aus dem Schock erwacht, den sie nach Toms Tod erlitten hat. Steven hat sich zum ersten Mal bei mir gemeldet, als er sein Medizinstudium in London begann. Und er hat uns sogar ein paarmal besucht. Kurz vor seiner Abreise nach Afrika trafen wir uns mehrmals und ... ich glaube, erst dann konnte ich ihn besser kennenlernen. Er hat sich verändert, seit er angefangen hat zu arbeiten. Er wurde erwachsen, so cool, beherrscht ... Nun, ich muss es dir nicht sagen, denn du hast es selbst gesehen – und er ist ein verdammt gutaussehender Kerl.«

Teresa bemerkte einen Blitz in den Augen ihrer Freundin und leicht gerötete Wangen. Sie kannte sie schon so viele Jahre. Ihr spanisches Temperament hatte sie jedes Mal überwältigt, wenn sie sich für etwas engagierte. Jetzt sah sie aus wie ein verliebtes Mädchen, das über ihren Liebsten sprach. Sie wollte sie nicht unterbrechen und schon gar nicht nach ihren Gefühlen für Steven fragen. Sie hatte den Eindruck, dass ihre Freundin sich der Hoffnungslosigkeit der Situation, in der sie sich befand, bewusst war. Sie wusste sicher, dass, wenn sie ihn nicht für sich allein haben konnte, dann Teresa vielleicht mit ihm glücklich sein würde. Sie waren fast wie Schwestern, also würde ER quasi in der Familie bleiben.

Plötzlich wurde es schrill neben dem Tisch, an dem sie saßen. Eine große Gruppe von Touristen betrat den Saal. Die Jugendlichen schrien und unterhielten sich sehr laut, sodass die beiden Freundinnen nicht mehr ruhig reden konnten.

»Lass uns von hier verschwinden!« Cindy stand vom Tisch auf und zog Teresa mit sich. An der Bar warf sie dem Barkeeper eine Münze zu und verkündete: »Der Rest ist für dich.«

Er starrte überrascht auf die Münze.

»Für ein Pfund bekommst du ein Bier in einem Supermarkt, aber nicht hier!«

»Jetzt ist aber genug.« Sie zog eine weitere Münze aus der Tasche und steckte sie in seine Hand.

»Aber nur unter einer Bedingung!«

»Welche?«, fragte ihn Teresa.

»Ihr werdet wieder herkommen. Die nächste Runde geht auf mich.«

»Johny! Du weißt, dass wir nur wegen dir in diese Kneipe kommen.«

Die Mädchen küssten ihn von beiden Seiten auf die Wangen. Der Barkeeper seufzte tief und verdrehte die Augen.

»Ich wusste, dass diese Tussis in mich verliebt sind!« Er blickte in den Spiegel und glättete seine fettigen, grauen Haare.

Vor der Ausgangstür hielt Teresa ihre Freundin an und packte ihre Hand. Cindys Augen strahlten immer noch von dem Feuer, das sie vorhin am Tisch sah. Die Wangen der jungen, verliebten Frau brannten vor Leidenschaft.

»Ich muss ihn nicht treffen. Sag nur ein Wort und ich werde das Samstags-Date absagen.«

Cindy verneinte energisch.

»Ich will, dass du ihn verführst! Bringe ihn mit deiner Liebe so weit in den Wahnsinn, dass er an den Tagen, an denen er nicht bei dir sein kann, vor Schmerz heult. Ich möchte, dass er sieht, was Liebe bedeutet, und wie es ist, aus Liebe leiden zu müssen. Ich will ... Ja, ich möchte, dass du mir alles bis ins Detail über die Nacht erzählst, in der du ihn in den Liebeswahnsinn treibst, als ob du ich wärst, eine ohne Zweifel verrückte Frau. Lehne zumindest für einen Moment deine verdammten Regeln ab, Selbstkontrolle, Berechnung und kaltes Blut. Tue mit ihm, was ich getan hätte, werde zu mir und erzähl mir alles. Verwandle dich in mich für diese eine, einzige Nacht. Es wird das beste Geschenk, das du mir geben kannst.«

Bevor Teresa Worte der Empörung über die Absurdität dieser Aufforderung ihrer besten Freundin aussprechen konnte, sagte Cindy:»Morgen werde ich für ein paar Wochen nach Mexiko fliegen. Ich habe einen ausstehenden Urlaub und möchte ihn dort mit ein paar Kolleginnen und Kollegen verbringen. Wenn ich zurückkomme, wirst du keine Zeit mehr für mich haben. Ich weiß das genauso gut wie du und ich werde dir deswegen keine Vorwürfe machen. Jetzt kaufen wir dir ein neues Kleid für Samstagabend. Es wird mein Abschiedsgeschenk für dich sein.«

Sie gingen nach draußen. Obwohl sie von kühler, feuchter, leicht nebliger Luft umgeben waren, löste Teresa die beiden oberen Knöpfe ihres Mantels, entblößte ihren Hals und atmete tief durch.

Bis Samstag verbrachte sie ihre Zeit mit Treffen und Gesprächen mit ihren Eltern. Sie und ihr Vater beschlossen, ihrer Mutter trotz des schlechten Wetters die interessantesten Ecken Londons zu zeigen. Zum Programm gehörte auch das London Eye. Das Millennium Wheel machte in dreißig Minuten eine volle Umdrehung, und wenn das Wetter einigermaßen freundlich war, konnte man das Panorama der Stadt sehen, und mit etwas Glück, auf das sie kaum zählen konnten, sogar das vierzig Kilometer entfernte Windsor Castle.

Allein der Gedanke, dass sie plötzlich in einer Höhe von mehr als hundert Metern schweben würde, machte Teresa Angst. Sie wagte es nicht, ihren Eltern die Gesellschaft beim Mittagessen zu verwehren, das sie in einer eigens dafür gemieteten Gondel bekommen würden.

Sie besuchte ihren zukünftigen Arbeitgeber Dr. Hawlett jeden Vormittag. Normalerweise zog sie sich nach einem kurzen Gespräch in ein Zimmer zurück, das in wenigen Tagen ihr Büro werden sollte, zusammen mit den Akten ihrer zukünftigen Patienten. Es handelte sich in der Regel um ältere Menschen, die – was sie ängstlich machte – meist an Demenz litten. Die Patientenakten waren oft staubig und erweckten den

Eindruck, als ob sie von niemandem eingesehen wurden. Sie waren für sie umso mysteriöser. Dennoch wagte sie es nicht, neugierige Fragen zu stellen – sie war zu sehr an dieser Arbeit interessiert. Sie sortierte die Akten systematisch nach dem Alter der Patienten und den Krankheiten, unter denen sie litten, und gab diese Daten in ihren Laptop ein. Die manuell erfassten Diagnosen wurden in der Regel vom Arzt auf der Grundlage eines Gesprächs mit dem Patienten erstellt und beruhten nur in wenigen Fällen auf neurologischen Untersuchungen. Sie schaute nur ein Drittel der Akten durch und bemerkte erneut den Eintrag unter der Überschrift "Krankheit": "Alles deutet auf die Anfangsphase der Alzheimer-Krankheit hin."

Am Samstag erschien der Arzt unerwartet im Büro.

»Guten Morgen, Teresa. Ich muss zugeben, dass ich gehofft hatte, dich heute hier zu treffen.«

Dr. Hawlett schüttelte ihre Hand. Bei ihrem ersten Treffen hatte Teresa darauf bestanden, dass er sie mit Vornamen ansprach und nicht den Titel benutzte, weil es ihr peinlich war, dass sich ein Mann, der sich dem Alter ihres Vaters näherte, so offiziell an sie wandte.

»Lass uns vielleicht in mein Büro gehen. Ich werde Tee kochen und wir können uns unterhalten, ohne den Stress, den unsere Geldgeber mitbringen.« Er blinzelte dabei unter seiner dicken Hornbrille mit dem Augenlid. »Unsere Patienten«, fügte er hinzu. »Und gleich der erste Ratschlag: Du betrachtest die Gespräche, die du mit ihnen führen wirst, von Anfang an als den wichtigsten Teil deiner Arbeit, aber denk daran, dass du dich nicht zu sehr in ihre Probleme einmischen darfst. Behalte dein Privatleben für dich, sonst landest du eines Tages mit kaputten Nerven auf meiner Ledercouch.«

Teresa nickte verständnisvoll und folgte ihrem Chef. Sie wusste genau, worum es bei ihrer Arbeit ging, und brauchte keinen Rat von einem Arzt, der sein Studium vor ihrer Geburt abgeschlossen hatte.

Sie setzte sich in einen Sessel vor seinem Schreibtisch.

»Ich werde dich für einen Moment allein lassen.«

Als er in den Flur hinausging, bemerkte sie, dass er keinen Computer für die Arbeit benutzte. Auf dem Schreibtisch lagen links gestapelte Papiere und ein Block mit handschriftlichen Notizen. Auf der rechten Seite befand sich ein Kalender mit Datum, Uhrzeit und Namen der Patienten. Die zur Hälfte heruntergelassenen Jalousien warfen einen Schatten auf einen Teil des Büros, in dem ein Metallschrank mit Schubladen untergebracht war, in dem, wie sie vermutete, Patientenakten lagen. Gegenüber dem Schreibtisch stand eine Ledercouch, die er erwähnt hatte, und daneben waren ein Sessel und ein Tisch mit einer Wasserkaraffe, einem Notizbuch und einem Füller.

Niemand benutzt heute mehr einen Füller. Dieser Typ ist wirklich ein alter Jahrgang.

Hawlett kam mit einem Tablett, auf dem zwei Tassen Tee standen. Er stellte eine vor Teresa, die andere nahm er in die Hand und setzte sich ihr gegenüber. Er fixierte mit der Hand eine Haarsträhne, die die Kahlheit seines Kopfes überdeckte und von der linken Scheitelseite aus direkt über dem Ohr verlief.

»Du musst wissen, meine Liebe, dass ich seit siebenundzwanzig Jahren praktiziere. Als du im schönen Krakau geboren wurdest, begann ich meine selbständige Arbeit. Ich habe deinen Lebenslauf sorgfältig gelesen und weiß einiges über deine Heimatstadt. Mein ehemaliger Freund kam aus Krakau und erzählte mir manchmal von der Stadt. Er sagte, dass er eines Tages dorthin zurückkehren würde. Leider starb er vor zehn Jahren nach einer schweren Krankheit und erlebte diesen Moment nicht mehr. Ich habe ihm versprochen, dass ich, wenn ich diese Stadt eines Tages besuche, eine Kerze in der Kirche am Marktplatz anzünden werde. Eine Kerze für seine Seele. Ich habe vergessen, wie man diese Kirche nennt.«

»St. Mary's. Glauben Sie an das Leben danach?«

»Wir müssen an etwas glauben. Der Glaube gibt uns Kraft und erlaubt uns, in schwierigen Momenten des Lebens zu überleben. Dank ihm werden wir zu besseren Menschen. Meine Eltern waren gute Christen und erzogen ihre Kinder in diesem Geiste. Mich und meine beiden Schwestern, die noch in Wales leben. Glaubst du an Gott?«

»Meine Mutter hat mich auch im katholischen Glauben erzogen. Glaube ich das wirklich? Auf der einen Seite leugnet eine realistische Sicht des Lebens jede Art von Glauben. Auf der anderen Seite verlieren wir in Momenten der Einsamkeit dieses Gefühl des Realismus und wir müssen uns auf jemanden verlassen, der noch bei uns ist, auf den wir uns stützen können, wenn wir hilflos und verloren sind. Zweifel kommen zu einer Zeit, in der wir menschliche Tragödien beobachten und über die Existenz übernatürlicher Kräfte nachdenken, deren Aufgabe es ist – davon gehen wir als gläubige Menschen schließlich aus –, verletzten Lebewesen zu helfen.

Zweifel kommen, wenn wir von den ermordeten, wehrlosen, gottschuldigen Wesen in den Medien sehen, hören oder lesen. Dann stellen Tausende von Menschen die gleiche Frage: Wo bist du, lieber Gott? Die Antwort auf Ihre Frage: Ja. Ich bin ein gläubiger Mensch.«

Teresa schaute zu dem Ledersofa auf der anderen Seite und wieder zu dem Arzt. Sein leicht lächelndes Gesicht zeigte das Antlitz eines herzlichen Mannes, dem sie, wie viele seiner Patienten, voll vertrauen konnte.

»Du musst vor nichts Angst haben, meine Liebe. Dies ist ein Gespräch zwischen Profis. Wenn du den Rat eines alten Psychologen brauchst, würde ich dir eine bequemere Position anbieten, als auf einem Sessel zu sitzen, und nach dem Besuch würde ich dir eine Rechnung stellen.« Sie lächelten einander an. »Und nun, um auf deine Arbeit hier zurückzukommen, werde ich dir meinen konkreten Vorschlag unterbreiten und meine Vorstellung von deinen Pflichten als meine Assistentin kundtun. Patienten, deren Akten ich auf deinen Schreibtisch lege, besuchen mich selten oder gar nicht mehr. Es liegt in deiner Verantwortung, mit ihnen in Kontakt zu treten und eine Gruppe zu bilden. Nach dieser Zeit wirst du langsam den Rest meiner Schützlinge übernehmen, bis du hier allein bleibst und ich mir endlich mehr Zeit für meine Enkelkinder nehmen kann. Du hast drei Monate Zeit, um eine Gruppe von Patienten aus den von mir vorgeschlagenen zu bilden. Sollte sich herausstellen, dass du Hilfe bei der Kontaktaufnahme benötigst, helfe ich dir gerne weiter. Das Vertrauen, das sie in dich setzen müssen, ist überhaupt nicht leicht zu gewinnen, daher kann meine Empfehlung sehr hilfreich sein. Ich schlage vor, dass du sie zu Hause besuchst und mit ihnen persönlich sprichst. Drei Monate sind eine lange Zeit. Du kannst viel erreichen ... oder sie vergeuden. Denke daran, es hängt alles von dir ab.«

Teresa verbrachte eine weitere Viertelstunde im Büro des zukünftigen Chefs und hörte sich beim Teetrinken eine Geschichte über seine Kinder und Enkelkinder an. Dann sah sie auf die Uhr und verabschiedete sich bis Montag von ihm. Ihre Eltern warteten bereits im Auto vor dem Gebäude auf sie.

Es hatte nicht geregnet! Henry fuhr selbstbewusst mit seinem Auto durch die überfüllten Straßen Londons. Sie sprachen über Martas Abreise nach Polen am Montag und Henrys geplanten Umzug.

»Bevor ich dich hier allein lasse, meine Liebe«, wandte sich Henry an Teresa, »werde ich meine Wohnung renovieren lassen. Ich möchte, dass wir uns gemeinsam bezüglich der Änderungen, die ich vornehmen werde, und der Möbel, die du behalten möchtest, entscheiden. Marta und ich werden jedoch deine Wohnung für die Zeit, in der wir dich hier besuchen werden, behalten. Sie ist kleiner, aber es reicht für Wochenendausflüge. Was hältst du davon?«

Teresa hörte ihm nur mit einem Ohr zu. Sie war mit ihren Gedanken bei dem Treffen mit Steven am heutigen Abend. Er hatte gestern angerufen und angeboten, sie um neunzehn Uhr mit einem Taxi vor dem Haus abzuholen. Sie stimmte gerne zu, gab ihm die Adresse und dankte ihm für seine nette Geste.

Sie wachte aus ihrer Träumerei auf.

»Ja, Dad. Wir werden tun, was immer du dir wünschst.«

Marta sah ihre Tochter auf dem Rücksitz mit einem leichten Lächeln an.

»Weißt du, Liebes, wovon wir reden? Sag uns die Wahrheit, wo du in diesem Moment warst? Etwas sagt mir, dass unsere Tochter uns nicht beachtet, weil sie mit ihren Gedanken beim heutigen Abend ist, den sie in Begleitung eines gutaussehenden Arztes verbringen wird.«

»Ja, Mama. Du hast Recht, wie immer.« Teresa steckte ihren Kopf zwischen die Vordersitze und wiederholte die Worte ihres Vaters, als ob sie sie von einem Tonbandgerät abspielen würde.

Die nächsten fünf Minuten, bis sie die Westminster Bridge Road erreichten, sagte Marta kein Wort mehr.

Vor der Brücke musste Henry wegen des dortigen Verkehrs kurz anhalten. Mit Bewunderung blickten sie direkt auf das hundertfünfunddreißig Meter hohe Londoner Auge. Nur Teresa zappelte ängstlich auf dem Sitz und sah die oberen Gondeln an, die an diesem bewölkten Novembertag den Himmel zu berühren schienen. Auf dem Parkplatz wollte sie anbieten, im Auto zu bleiben und auf ihre Rückkehr zu warten, aber sie wurde sich bewusst, dass sie die Reise, die ihr Vater ein paar Tage zuvor mit ihr geplant hatte, dann verderben würde. Sie stieg mit starren Beinen aus dem Auto. Henry nahm beide Frauen am Arm.

Ich habe das Schlimmste vor mir. Gott, gib mir Kraft!

In der Gondel blickte sie meist auf den Boden oder auf japanische Touristen, die die Mehrheit der Passagiere bildeten. Alle, ohne Ausnahme, hielten eine Kamera oder ein Handy in den Händen. Jeder von ihnen war begeistert von dem vor ihm liegenden Londoner Panorama und äußerte sich bewundernd. Wie kleine Kinder zeigten sie sich gegenseitig die Ansichten mit den Fingern und verewigten sie auf den Speicherkarten ihrer Kameras.

Teresa trank zwei Schlucke Champagner und ihr Kopf drehte sich noch mehr. Sie zählte die Sekunden und Minuten, bis das Rad eine volle Umdrehung vollendet hatte und sie schließlich auf dem Boden stehen konnte. Sie atmete erleichtert auf und ging zuerst los.

»Ich bin verzaubert. Es war wunderbar! Das hat dich wohl nicht im Geringsten beeindruckt, wie ich bemerkt habe. Du hattest wahrscheinlich schon oft die Gelegenheit, euer wunderbares London von diesem Rad aus zu betrachten.« Marta wandte sich an ihre Tochter.

»Heute gab es eine Premiere ... und ich fürchte, ich werde das nicht wiederholen.« Teresa wischte mit einem Taschentuch die schweißbedeckte Stirn ab.

Marta beobachtete ihre kreidebleiche Tochter mit Besorgnis.

»Wenn du bereits von deiner Unpässlichkeit wusstest, warum hast du es uns nicht gesagt?«

»Ich hatte auch keine Ahnung davon.« Henry sah Marta verlegen an.

»Ich auch nicht! Ich wusste, dass etwas nicht stimmt. Ich dachte, es sei die Beunruhigung über die Ereignisse der letzten Tage. Mein erster Job, mein erstes echtes Date, Dads Reise zu dir. Jetzt weiß ich, dass ich mich geirrt habe. Aber Höhenangst kann überwunden werden. Ich bin sicher, ich kann damit umgehen. Das Wichtigste ist jetzt, dass es dir gefallen hat.« Sie küsste ihre Mutter auf die Wange.

Henry brachte Teresa nach Hause, ohne sie vorher um Erlaubnis zu bitten. Beide hatten ihr angeboten, eine Weile bei ihr zu bleiben, bis sie sich erholte, aber sie weigerte sich kategorisch und behauptete, dass alles in allerbester Ordnung sei.

In der Wohnung rannte sie ohne den Mantel auszuziehen ins Badezimmer und übergab sich.

Als kleines Mädchen hatte sie sich oft in Abwesenheit ihrer Eltern mit einem Buch in der Hand auf eine Fensterbank in der Küche im dritten Stock gesetzt und von Zeit zu Zeit Passanten beobachtet. Dabei hatte sie wegen der Höhe nicht die geringste Furcht verspürt. Die Angst, die ihre Gedanken jetzt überfallen hatte, kam unerwartet wie eine Krankheit. Etwas war mit ihr passiert. Etwas, das sie im Moment nicht kontrollieren konnte.

Sie zog ihren Mantel aus, setzte sich auf das Bett und umarmte ihre Knie, auf die sie ihren Kopf legte. Tränen flossen über ihre Wangen und tropften auf die Oberschenkel. Sie schlief ein.

Teresa lag auf der Seite, als sie aufwachte. Hinter den Fenstern herrschte Dunkelheit, die vom Licht der Wolkenkratzer einer pulsierenden Metropole erhellt wurde. Eine elektronische Uhr an ihrem Bett ließ sie feststellen, dass sie nur eine Stunde Zeit hatte, sich vorzubereiten. Sie stand auf und begann in der Schlaflethargie, verstreute Bücher und andere Dinge aufzuräumen. Cindys Worte erklangen wieder in ihren Ohren.

Pünktlich um neunzehn Uhr ertönte die Türklingel. Sie zog den Vorhang am Küchenfenster zur Seite und sah nach unten. Steven stand neben dem Taxi und zeigte ihr, dass sie nach unten kommen solle. Sie nickte, zog einen Mantel über einem neuen Kleid an und korrigierte die Perlen-halskette. Vor dem Spiegel drehte sie sich hin und her und verbeugte sich mit einem Lächeln vor ihrem Spiegelbild.

Perfekt! Baby, du gehörst heute mir.

Steven begrüßte sie mit einem Kuss auf die Wange, und bevor er die Taxi Tür öffnete, fixierte er sie von Kopf bis Fuß. Sie setzten sich auf den Rücksitz.

»Deine Freunde aus der Kneipe haben absolut Recht.«

»Was meinst du jetzt?«

»Ich habe einen Theatertermin mit der Göttin Venus arrangiert.« Er ließ seinen Blick nicht von ihren Augen.

»Sie nannten mich Athena, die Göttin der Weisheit in der griechi-schen Mythologie. Sie wiederum war nicht so hübsch wie Venus, die römische Göttin der Schönheit und des erotischen Begehrens.«

»Gott hat sie heute in einer Gestalt auf die Erde geschickt, nämlich derjenigen, die im Moment neben mir sitzt und von der ich meinen Blick nicht mehr lassen kann.« Er hob ihre Hand hoch und küsste sie.

Teresa sah ihn mit Ungläubigkeit an. Im Freundes- und Bekannten-kreis wurde sie eher wegen ihrer Art – Beredsamkeit, Intellekt und Of-fenheit gegenüber anderen – geschätzt. Einmal bezeichnete Professor Sir Payrton sie als eine äußerst sensible, aufrichtige Person, deren Wärme den kalten Hörsaal zum Strahlen brachte.

Wenn sie sich im Spiegel betrachtete, sah sie eine reife Frau von durchschnittlicher Schönheit. Auf ihren Wangen und auf der Stirn waren kleine Narben von Akne zu sehen. Im Alter von zehn Jahren, als sie mit ihren Freunden vor dem Wohnblock spielte, traf sie eine Schaukel heftig an der Nase. Die dadurch entstandene Fraktur war schief zusammenge-wachsen, hinterließ einen leichten Buckel, sodass die Nase ein wenig ei-nem Falkenschnabel glich. Die abstehenden Ohren versuchte sie unter ihren Haaren zu verstecken. Sie war sich sicher, dass sie kein Objekt der Männerbegierde war. Und diejenigen, mit denen sie bisher eine Affäre gehabt hatte, traf sie in der Disco bei ihren Wochenendausflügen mit Cindy. Ihre Beziehungen – über die niemand etwas erfuhr – waren von reinem "Hilfscharakter", wie sie es in ihren Gedanken nannte. Nur ihrer Modelfigur konnte sie nichts vorwerfen. Manchmal stand sie nackt vor der Spiegeltür des Kleiderschranks im Schlafzimmer, schaute sich dabei von allen Seiten an und sprach zu sich selbst: *Nun, nun! Netter Arsch. Wenn ich ein Kerl wäre, würde ich dich den ganzen Tag lang ficken, aber zuerst würde ich dir ein Handtuch über den Kopf werfen, um deinen Smiley nicht zu sehen.*

»Worüber willst du reden?«, fragte Steven sie.

»Zum Beispiel über deine Arbeit. Was hast du heute gemacht?«

»Das kann ich dir nicht sagen. Ärztliche Schweigepflicht.«

»Rede keinen Unsinn. Erzähle, bitte.« Sie stieß ihn humorvoll in die Seite.

»Also ...«

Sie hörte ihm aufmerksam zu und betrachtete gleichzeitig sein von der Afrikasonne gebräuntes Gesicht. Seine blauen Augen, die sie anstarrten, seine Lippen, die bei einem Lächeln schöne, weiße Zähne enthüllten, die mit seiner Haut und einer Narbe kontrastierten, die von der linken Augenbraue bis zur Schläfe lief. Wenn er erzählte, ließen sein strahlendes Gesicht, seine Mimik und Gestik den Zuhörer nicht los und zwangen ihn, sich nur auf ihn zu fokussieren.

»Morgen musst du arbeiten?« Als er aufhörte zu reden, stellte sie ihm diese Frage, aber im selben Moment bedauerte sie es. Sie wollte nicht, dass es wie ein Vorschlag klang, die Nacht mit ihr zu verbringen, und so sah es im Moment aus.

»Ja, am Nachmittag.«

Das Taxi hielt vor dem Theater. Bis zur Aufführung blieb noch etwas Zeit. Steven schlug vor, ein Glas Sekt in der Bar zu trinken und noch eine Weile zu reden. In der Garderobe legten sie ihre Mäntel ab. Teresa bemerkte sofort seinen neuen Anzug, der diesmal wie angegossen passte. An der Seite der rechten Tasche befand sich noch ein Preisschild. Sie hielt ihn für einen Moment an und zog ihn zu einer Säule, wo niemand auf sie achtete.

Steven betrachtete es als einen Kussantrag und lehnte sich zu ihr hin. Teresa schob ihn energisch weg.

»So schnell und leicht zu haben bin ich nicht!« Sie öffnete die Handtasche und fing an, etwas zu suchen. Steven sah sie mit einem leichten Schrecken an.

»Ich weiß nicht, was du dort suchst, aber ich werde dir wirklich nichts tun.«

»Das würde noch fehlen. Ich will jetzt nur das Etikett von deiner neuen Jacke abschneiden.« Sie hielt eine kleine Nagelschere in der Hand, mit der sie es abtrennte. Teresa betrachtete den Preis und steckte das Etikett in seine Tasche. »Herzlichen Glückwunsch zu deiner Wahl. Ich muss zugeben, sie ist den Preis wert.«

Sie nahm seine Hand und führte ihn zur Bar, wo sie mit Sektgläsern anstießen.

»Worauf trinken wir? Hast du einen Vorschlag?«

»Ja. Auf diesen Abend ... auf unsere Bekanntschaft ... und deine neue Jacke.« Teresa trank zwei Schlucke kalten Sekt. »Diese Narbe am Auge ... Was ist passiert? Ein weiteres Souvenir aus Afrika?«

»Nein, es ist aus meiner Kindheit. Ich hatte einen Bruder. Tom war zwei Jahre älter als ich. Ich war damals zehn. Ich erinnere mich an diesen Tag, als wäre es gestern gewesen. Wir lebten am Rande von Belfast. Mutter hat sich unglaublich mit uns angelegt, weil wir das Zimmer nicht sauber gemacht haben. Sie zog ihn an den Ohren und stellte ihn zur Strafe in eine Ecke. Ich sollte das Bett machen, auf dem wir uns geprügelt haben. Das taten wir fast jeden Tag, aber diesmal wurden wir erwischt. Kaum verließ meine Mutter das Zimmer, drehte sich Tom in meine Richtung, zeigte zum Fenster und sagte, ich solle nachsehen, ob jemand unten war. Es war niemand da. Daraufhin zogen wir unsere Jacken und unsere Schuhe an. Im Schuppen standen unsere Fahrräder, und wir beschlossen, von zu Hause aus ins Stadtzentrum zu fahren. Tom musste mir, wie immer, zeigen, wie schnell er war. Er raste wie ein Verrückter und ließ mich weit zurück. In dem Moment, als wir neben einem Auto waren, das auf dem Bürgersteig parkte, erhob es sich plötzlich wie ein unsichtbarer Riese in die Luft, explodierte und zerbarst in tausend Stücke. Ich sah, wie mein Bruder und sein Fahrrad durch einen kräftigen Stoß gegen die Wand des Gebäudes nebenan geschleudert wurden. Erschüttert und halb taub von einer gewaltigen Explosion fiel ich auf die Straße und schlug mir den Kopf an. Nach einer Weile sammelte ich mich und rannte in seine Richtung. Er setzte sich auf den Bürgersteig und sah mich mit den Augen eines verängstigten Kindes an. Zuerst schien es mir, dass ihm nichts passiert war. Ich versuchte, ihn anzuheben, aber Tom konnte nicht auf den Beinen stehen bleiben. Aus seinem Hosenbein kam Blut. Die Blutung war so stark, dass ein Blutstrahl direkt in die Gosse floss. Ich rannte auf eine Gruppe von Menschen zu und flehte sie um Hilfe an. Sie vertrieben mich, als wäre ich ein aufdringliches Insekt. Eine Frau schrie, dass sie mich kenne und dass wir verdammte katholische Bastarde seien, die man sofort niederstrecken sollte. Als schließlich jemand mit mir zu meinem Bruder ging, der an der Wand lag, war er bereits bewusstlos. Ein Mischlingshund saß neben ihm, zitterte vor Angst und leckte ihm das Gesicht ab. Tom starb mit dem Kopf auf meinen Knien. Ich spürte seinen schwachen Atem und sein Herz, das plötzlich aufhörte zu schlagen. Ein Stück Blech des kaputten Autos hatte die Arterie in seinem Oberschenkel durchschnitten. Es hätte genügt, das Bein über der Wunde abzubinden ... und ich habe es nicht getan. Ich konnte es nicht tun. Jeden Tag habe ich ihn vor meinen Augen und ich kann mir nicht verzeihen, dass ich ihm nicht geholfen habe. Ich habe mir damals versprochen, dass ich Arzt werde und niemand jemals bei mir auf so banale Weise sterben wird. Unsere Mutter hat sich von seinem Tod noch immer nicht erholt. Sie gibt sich selbst die Schuld. Wenn sie ihn nicht bestraft hätte, hätte Tom bis jetzt glücklich gelebt. Das behauptet sie. Wenn er langsamer gefahren wäre, wäre auch nichts passiert. Wenn ich die Blutung gestoppt hätte, hätte er überlebt. Der Lauf des Schicksals. Ich weiß es selbst nicht. Vielleicht hat Gott uns verlassen und diese schreiende Frau hat unser Leben verflucht.«

Teresa hörte ihm zu und versuchte die Tränen zurückzuhalten.

»Sein Tod war nicht belanglos. Damals starben viele Menschen in Nordirland. Der Tod ist nie trivial. Der Tod ist grausam, schrecklich und der letzte Akt unseres Lebens. Er beendet es.«

Steven sah sie mit einer Art Befriedigung an. Da waren auf der einen Seite die unangenehmen Kindheitserinnerungen, die sein ganzes Leben geprägt hatten, und auf der anderen Seite war da die Reaktion von Teresa auf seine Erinnerungen. Es gibt viele Möglichkeiten, eine Frau zu erobern. Einige von ihnen fasziniert das Aussehen eines Mannes. Andere sehen ihn als gefüllte Brieftasche. Andere sehen seinen Humor, sein Talent als Athlet, seine Musik oder etwas, das ihn von der Masse der grauen und scheinbar uninteressanten Menschen unterscheidet. Es hängt alles vom Charakter, von den Erwartungen und der Sichtweise auf das Leben ab. Es gibt auch diejenigen, deren Herzen gewonnen werden, indem man Mitgefühl und Mitleid in ihnen weckt. Sie sind meist sehr sensible Wesen mit einer guten Seele. So bewertete er Teresa, und jetzt, als er ihr Gesicht und ihre strahlenden, mit Tränen gefüllten Augen sah, war er sicher, dass sich die gewählte Strategie als der richtige Weg zu ihrem Herzen erwies.

»Ich fürchte, dass wir unser erstes Treffen nicht richtig begonnen haben. Ich sollte dir jetzt nichts davon erzählen.«

»Nein. Definitiv nicht! Ich bin froh, dass du mir so viel Vertrauen entgegengebracht und dein Herz für mich geöffnet hast. Wir alle brauchen einen Beichtvater, jemanden, dem wir vertrauen, jemanden, den wir mögen.«

»Oder lieben! Wann wirst du mir dein Herz öffnen?«

»Alle gehen hinein.« Teresa zeigte auf den Eingang. »Komm, lass uns auch reingehen.«

Diesmal nahm sie seine Hand in ihre und führte ihn zum Theatersaal.

Ich habe es bereits geöffnet, nur dass du es noch nicht bemerkt hast!

Den Hamlet spielte ein junger, gutaussehender Schauspieler, dessen Gestalt die Aufmerksamkeit des weiblichen Teils des Publikums auf sich zog. Teresa sah nebenan sitzende Frauen, die ihn anstarrten, sogar hypnotisiert von seiner Schönheit waren. Das Stück war gut inszeniert und die Besetzung war außergewöhnlich erfolgreich. Ab und zu hörte man im Publikum Applaus. Dann hatte sie die Möglichkeit, ihre Hand von Stevens Händen zu befreien. In diesen Momenten sahen sie sich mit einem Lächeln an. Sie wiederholte in ihren Gedanken die Worte der Schauspieler, als ob sie sich für immer an sie erinnern wollte.

Am Anfang der dritten Szene mit den Worten von Hamlet: "Sein oder Nichtsein, das ist hier die Frage", standen einige Leute auf und begannen, dem Schauspieler zu applaudieren. In dem Moment, als Hamlet weiter seinen Monolog rezitierte: "Sterben ... schlafen ... einschlafen ... Oder vielleicht träumen davon?", stellte sie fest, dass ihre Hand taub war und Stevens Berührung nicht mehr spürte. Mit etwas Erleichterung registrierte sie das Ende der Vorstellung.

Steven schlug vor, in die Bar zu gehen und später, wenn sie möchte, etwas zu essen.

»Um diese Zeit ist es wahrscheinlich etwas zu spät zum Abendessen, Herr Doktor.«

Teresa schaute auf die Uhr. Es war kurz vor Mitternacht.

»Ich denke, du hast Recht. Man soll um diese Uhrzeit nicht mehr essen. Was schlägst du vor?«

»Bestell ein Taxi.«

Steven sah sie mit sichtbarer Enttäuschung an, dann blickte er auf eine Gruppe von Menschen, die vor dem Ausgang standen.

»Es wird einige Zeit dauern, bis wir eins bekommen. Ich fürchte, wir müssen uns anstellen.«

Sie gingen nach draußen. Ein unangenehmer Wind vermischt mit winzigen Regentropfen traf ihre Gesichter. Nach drei Minuten Wartezeit begann Steven, in der Kälte zu zittern.

»Mir scheint so, als ob du das Londoner Klima nicht mehr gewöhnt bist.«

»In Somalia sind Temperaturen von etwa dreißig Grad normal. Im Sommer konnte ein längerer Aufenthalt an der Sonne ohne Kopfbedeckung zu einem Hitzeschlag führen. Gegen Mittag verließen wir die klimatisierten Räume nicht, und wenn doch, dann nur für wenige Meter zu unseren Zimmern. Die von mir erwähnten Zelte waren in der Tat moderne Container, die wirklich gut mit Medizingeräten ausgestattet waren. Zwei Zelte, obwohl sie wegen ihrer großen Fläche schwer so zu nennen sind, dienten uns als Lager. Und du hast Recht, ich bin das Klima hier, das wir alle so sehr vermisst haben, nicht mehr gewöhnt.«

Irgendwann fuhren drei Taxis gleichzeitig vor. Das letzte von ihnen, dasjenige, in das sie einstiegen, war zweifellos eine Touristenattraktion, die an die siebziger Jahre erinnerte.

»Egal. Das Wichtigste ist, dass die Heizung funktioniert!« Teresa umarmte ihn und legte ihren Kopf auf seine Schulter. Nach einer Weile schaute sie auf, blickte ihm in die Augen, und bevor er etwas sagen konnte, küsste sie ihn auf die Wange. »Vielen Dank für ein wunderbares Geschenk und einen schönen Abend.«

Steven hob ihr Gesicht sanft an.

Sie küssten sich leidenschaftlich, bis Teresa im Spiegel die Augen des arabischen Taxifahrers sah. Sie drehte sich um, umarmte Steven noch stärker und legte ihren Kopf auf seine Schulter. Beide sprachen nicht, bis das Auto vor ihrem Haus stehen blieb.

Sie stiegen auf dem Bürgersteig vor der Treppe zum Eingang aus. Teresa lebte in einem Gebäude mit sechs weiteren Mietern. Sie kannte sie nur vom Sehen her; mit einigen von ihnen wechselte sie nur ein paar höfliche Sätze, was in London, einer Stadt, in der alle in Eile waren, normal war.

»Kann ich hoffen, dass wir uns wiedersehen? Diesmal will ich nicht eine ganze Woche auf ein Treffen warten.« Er legte seine Hand auf ihre Schulter und lächelte sie an.

»Ich hoffte, du würdest auf einen Drink nach oben kommen ... oder vielleicht zum Tee«, fügte sie schnell hinzu. »Es wird dir helfen, dich aufzuwärmen.« Steven zitterte wieder am ganzen Körper. »Lass mich wenigstens die Taxirechnung bezahlen.« Sie wartete nicht auf seine Antwort und gab ihm keine Gelegenheit, darüber nachzudenken, sondern drehte sich um und näherte sich dem Taxi. Der Fahrer grinste mit halb offenem Mund und zeigte dabei seine langen, gekrümmten und gelben Nikotinzähne, die sich infolge einer fortgeschrittenen Parodontitis am Zahnfleisch verengten. »Wie viel muss ich zahlen? Und wissen Sie eigentlich, dass Sie nicht auf die Gäste schauen sollen, die Sie fahren? Das hat Ihnen wohl noch niemand gesagt?«

»Ich weiß von nichts, Lady. Ich fahre nur, Lady.«

Als sie sein gebrochenes Englisch hörte, sprach sie nicht mehr mit ihm. Sie zog zwanzig Pfund aus ihrem Portemonnaie und gab sie ihm durch das offene Fenster.

*

Teresa betrat leise das Schlafzimmer. Steven lag auf dem Rücken, mit geschlossenen Augen, und atmete gleichmäßig. Das glückselige Gefühl von Sättigung und Faulheit breitete sich von ihrem Schoß auf den Rest ihres Körpers aus. Sie erinnerte sich an die Karamellbonbons, die sie eines Tages von ihren Eltern erhalten hatte. Sie aß die ganze Schachtel. Sie erinnerte sich noch immer an den Geschmack, an die Süßigkeit, die sich im Mund ausbreitete. Sie lag mit dem letzten Bonbon im Mund mit geschlossenen Augen auf dem Sofa und es war das gleiche Gefühl, das sie heute, in diesem Moment, empfand. Zufriedenheit.

Sie schloss die Augen. Mit den Händen berührte sie ihren nackten Körper. Die Stellen, die er gerade berührt und geküsst hatte. Teresa legte sich leise neben ihn und schob ihr Kissen zu seinem Kopf. Sie starrte ihn an. Sein Gesicht wurde von dem Londoner Nachtlicht, das durch das Panoramafenster eindrang, erhellt.

»Ich wurde geboren, wie du weißt ...« Sie begann damit, ihrem Beichtvater ihre Sünden zuzuflüstern.

Er schlief, sie war sich dessen sicher.

Sie stellte sich vor, dass ihr imaginärer Priester sie am Ende ihrer Beichte im Namen seines Chefs bestrafen würde, mit dem er jeden Tag sprach.

»Ich blieb in London. Damals wusste ich nicht, wie verzweifelt das Herz meiner Mutter war, die, wie ich später herausfand, vor Sehnsucht nach mir verdorrte ...«

Der Ehrwürdige rutschte noch weiter zu dem Gitter, das ihn von dem Sünder trennte, der sie im Moment war.

»Hast du, mein Kind, dich bei ihr dafür entschuldigt? Hast du vor ihr und Gott Buße getan?«

Er wandte sich ihr zu und die grauen Augen des irdischen Vertreters des "Einzigen Allmächtigen" durchdrangen sie. Das sanfte Gesicht des alten Mannes wurde ernst. Seine Gesichtszüge schärften sich, die Falten wurden tiefer und gaben ihm noch mehr Ernsthaftigkeit und Weisheit.

Tränen der Reue liefen ihr aus den Augen. Sie suchte nach einem Taschentuch, um sie abzuwischen, und erkannte plötzlich, dass sie nackt auf einer harten, hölzernen, ungehobelten Gebetbank kniete. Die Augen des Ehrwürdigen umfassten ihre ganze Gestalt und veränderten ihre Form. Das waren nicht mehr die Augen eines alten Mannes, vor dem sie ihre sündige Seele reinigte, sondern die Augen eines anderen, der mit Gier auf ihr Gesicht, ihre Brüste, ihre nackte Haut sah. Plötzlich änderten sie erneut ihre Farbe und Form. Sie wurden kristallklar, sie nahmen den Glanz eines wilden Tieres an, eines unmenschlichen Lebewesens. Die Pupillen wurden schwarz und oval, wie zwei Kohlensteine mit einer leicht gebogenen Form, die miteinander verbunden waren. Seine Iris brannte mit gelbem Feuer, aus dem Millionen von Silbersternen des ganzen Universums hervorgingen. Die Augen des Teufels! Ja, sie war sich dessen sicher, sie sahen so aus, die Augen des Herrschers des Untergrundes mussten so aussehen.

Kühle Luft durchdrang ihren nackten Körper. Sie zitterte am ganzen Leib, aber nicht nur von der Kälte, es war das Zittern des Verurteilten vor der Vollstreckung des Urteils.

Die Wände des Beichtstuhls waren mit einer Schicht Weißrost bedeckt. Der Zeigefinger des Beichtvaters fuhr entlang des Holzgitters hin und her und erzeugte einen Klang, der dem der Speichen im Fahrrad ähnelt, auf denen die Kinder ein Stück Holz oder einen Stock verschieben. Der Finger endete mit einem zwei Zentimeter langen Fingernagel, doppelt so lang wie die anderen, die an die Krallen eines Raubvogels erinnerten.

»Rede weiter, Schlampe! Du kommst zu mir und nimmst mir meine kostbare Zeit, indem du mir von den verdammten Tränen deiner verdammten Mutter erzählst! Ich bin hier, um deine dunkelsten, schmutzigsten, schrecklichsten Gedanken und Taten zu hören. Ich will Hass,

Böses und das Leiden deiner sündigen Seele hören. Ich sammle die Herzen von Mördern, Diktatoren, Selbstmördern. Herzen voller Wut, Herzen egoistischer, erbärmlicher Kreaturen, die sich Menschen nennen. Wer bist du denn?«

Das Gesicht eines ursprünglich gutmütigen Hirten fing an zu zittern, die Haut begann zu pulsieren und sich wieder zu verändern, wobei die Augen einen Blick wie das Maul eines grauen, riesigen Wolfs bekamen.

Teresa hob ihren schüttelnden Kopf nach oben. Die Oberlippe des Tieres vibrierte vor Wut und zeigte die langen, gelben Zähne des Taxifahrers. In diesem Moment fand eine vollständige Metamorphose statt. Es war nicht mehr ein Wolf, sondern eine Hyäne, aus deren Maul der Speichel lief und die Gitterstäbe des Beichtstuhles hinunterfloss.

»Ich bin ein guter Mensch! Wenn du wegen meiner Seele gekommen bist, bist du vergeblich hier. Ich habe nichts getan, was es dir erlauben würde, mein reines Herz zusammen mit denen, die du sammelst, in die Vitrine zu stecken. Und egal wie mein Leben weitergeht, es wird nie mit Hass erfüllt sein.«

»Das wird sich noch zeigen! Ich werde dafür sorgen, dass du den Abzug drückst, und dann gehörst du mir. Ich werde dir das Privileg geben, zu erobern und zu besitzen, und dann werde ich über dich herrschen. Zuerst werde ich deinen menschlichen, erbärmlichen Körper nehmen.«

Mit sichtlicher Freude sah er Teresas nackten Körper an. Wie ein hungriger Hund, wenn er ein Stück Fleisch sieht, begann der Speichel noch stärker aus seinem Mund herauszulaufen. »Dann werde ich die böse Seele eines Sünders aus dir herausreißen. Du wirst aus dieser Brache in schreckliches Leid hinabsteigen und ich werde dafür sorgen, dass du dich an mich erinnerst, bevor es passiert. Ich werde zu einem Zeitpunkt vor dir erscheinen, den ich für angemessen halte. Ich werde als eine Figur aus deiner Vorstellung erscheinen und du wirst mich erkennen. Ich werde dir meine Hand reichen, bevor du deine verdammte Welt verlässt ... Und du wirst mich erkennen. Du wirst mit mir in ein Reich gehen, in dem es keine Zeit gibt, in dem Leiden und Schmerzen unvorstellbar grausam sind und für immer andauern. Unendlichkeit hat keine Vergangenheit, keine Gegenwart und kein Morgen. Du bist meine Auserwählte, mein schönes Spielzeug, meine Gabe. Von nun an entscheide ich über dein Schicksal, über deine Taten und deine Zukunft. Stell mir nicht die Frage: "Warum ich?" Sag mir nicht: "Ich habe nichts getan!" Millionen von ähnlichen Wesen haben nichts getan! Jetzt sind sie meine Untergebenen, jetzt haben sie das Vergnügen, ewiges Leiden zu meiner Ehre zu ertragen. Du, sie und diejenigen, die ich noch wählen werde, sind meine Laune, meine Marotte. Der einzige Unterschied besteht darin, dass ich dich dank meiner Kraft unter meinen Flügeln zu einem mir würdigen Wesen formen werde. Eine kleine Belohnung für deine bösen Taten, die meinem Herzen des Herrschers der Finsternis gefallen werden, wird die Tatsache sein, dass du mit jeder von ihnen ein verlockenderes Objekt der Männerbegierde wirst und den Neid der anderen Frauen erregst. Ich werde dir ein weiteres Geschenk überreichen, das ein Vorgeschmack auf das ewige Leben in meiner Macht ist. Angst! Angst, die die Sinne lähmt. Angst, die zu den erschütterndsten und schlimmsten Taten drängt. Ist das nicht ein wunderbares Geschenk? Wir sehen uns in deiner irdischen, unvermeidlich kommenden Zeit ... Amanda!«

Sie wachte auf, als Steven eine Bettdecke auf ihren nackten Körper legte.

»Du bist kalt, als ob du aus dem Kühlschrank gekommen wärst.« Er lehnte sich hinunter und küsste ihre von der Kälte blauen Lippen. »Sprichst du oft im Schlaf? Ich bin aufgewacht, als du mir von deinem Leben erzählt hast. Zuerst schien es mir so, als ob du mir etwas anvertrauen oder sogar dein Herz öffnen willst. Es klang ... es klang wie ein Geständnis. Dann fingst du an, vor Kälte zu zittern, und erst dann habe ich verstanden, dass du schläfst.«

»Worüber habe ich gesprochen? Ich erinnere mich an nichts.« Teresa tat so, als wäre sie überrascht. Tatsächlich machte sie der Albtraum, der wie ein Film vor ihren Augen abgelaufen war, fast hysterisch und schwindlig.

Es war kein Traum gewesen! Sie war sich genauso sicher wie mit der Tatsache, dass sie im Moment neben dem Mann lag, mit dem sie den Rest ihres Lebens verbringen wollte. Ihre Mutter würde morgen abreisen, und in ein paar Wochen würde ihr Vater sie verlassen, während sie hierblieb, allein in dieser riesigen Stadt. Ihre und Cindys Wege waren jetzt endgültig auseinandergegangen, in dem Moment, in dem Steven in ihrem Leben auftauchte. Ihre beste Freundin hätte sich nie entschieden, ohne sie in den Urlaub zu fahren. Sie reiste jetzt mit anderen nach Mexiko und machte ihr klar, dass es an der Zeit war, sich zu verabschieden.

»Jetzt weiß ich alles über dich! Ich weiß, wo du geboren wurdest, wo du zur Schule gegangen bist, dass du deine Eltern liebst. Cindy ist deine beste Freundin, und gestern hast du gesagt, dass du Höhenangst hast, die plötzlich und unerwartet wie eine Allergie erschienen ist. Und du hast Furcht vor einem neuen Job.«

»Habe ich etwas über dich gesagt?« Sie rückte zu ihm und küsste ihn auf den Mund.

»Ja. Du hast mich mit Karamellbonbons verglichen. Ich weiß nicht, ob es gut ist oder nicht ...«

»Ich liebe sie! Schmecken genau wie du.« Sie wollte seine Aufmerksamkeit in eine andere Richtung lenken.

Teresa tauchte unter die Bettdecke. Das war das Einzige, was ihr in den Sinn kam und was ihr sicherlich erlauben würde, zumindest für kurze Zeit die Albträume zu vergessen.

Steven schloss die Augen und packte mit den Händen den Bettrahmen über dem Kopf.

Am Morgen weckte Teresa Steven mit einem Kuss auf und stellte ein Tablett mit Kaffee, Brot und Ei auf Speck auf die Bettdecke.

»Du bist der erste Mann, der die Ehre hat, mit mir im Bett zu frühstücken.«

»Der erste und der letzte!«

»Bist du sicher, dass du das willst?«

Sie sah ihn ernst an. Ein leichter Bart war auf seinem Gesicht zu sehen. Er gefiel ihr so sehr, dass es sie schwindlig machte. Sie würde ihn gerne für ein paar Tage nicht aus dem Haus lassen. Er hatte sie von der ersten Begegnung an verzaubert, mit seiner Ruhe, seinem leichten Lächeln, das nie aus seinem Gesicht verschwand, mit Augen, die sie aufmerksam anblickten, wenn sie sprach. Sie fragte sich, wie es möglich war, dass so ein Mann wie er allein sein konnte. Vielleicht hatten sie sich gegenseitig gesucht und erst jetzt gefunden?

»Ja. Da bin ich mir sicher. Übrigens hat mir noch nie eine Frau das Frühstück auf einem Tablett serviert, mit Ausnahme meines Krankenhausaufenthaltes, aber das spielt natürlich keine Rolle.«

Teresa legte sich neben ihn, lehnte ihren Kopf auf seinen Arm und sah ihn liebevoll an.

»Wirst du bei mir bleiben?«

»Ich fürchte, das ist nicht möglich. Um zwölf Uhr beginne ich mit dem Dienst.«

»Das war nicht das, was ich meinte.«

Steven stellte das Tablett auf den Boden und nahm sie in seine Arme. Er sprach kein Wort. Sie bedauerte diese Frage, sie hatte ihn zu früh gefragt. Es war alles zu früh, zu schnell. Normalerweise hätten sie ein paar Wochen bis zum ersten Kuss warten sollen. In dieser Zeit über Liebe, Musik und Philosophie sprechen und sich gegenseitige leidenschaftliche Blicke zuwerfen und voller Lust seufzen sollen, wie in alten Filmen.

Nach einer Weile schob er ihren Kopf sanft zurück, schaute ihr in die Augen und küsste ihre Stirn.

Der Eindruck, dass er von Mitgefühl oder Widerwillen getrieben wurde oder dass er ihre Gefühle ihm gegenüber nicht verletzen wollte, ließ sie den ganzen Tag nicht los. Bis zu dem Moment, als er sie anrief und um ein Treffen bat.

Am nächsten Tag brachte sie zusammen mit ihrem Vater Marta zum Flughafen. Während der gesamten Fahrzeit sprachen sie kaum miteinander. Teresa sah im Spiegel, wie ihre Mutter nach einem Taschentuch griff und ihre Augen und Nase wischte. Für einen kurzen Moment trafen sich ihre Blicke.

»Ich habe Schnupfen bekommen. Das Londoner Klima ist eindeutig nicht gut für mich.« Verlegen steckte sie das Taschentuch weg.

»Also wirst du dich nicht mehr im Guten an deinen Aufenthalt hier erinnern? Ihr beide verschwindet einfach und lasst mich hier allein! Ich bin wirklich sauer auf euch!«

Ihr unerwarteter Wutausbruch überraschte sie selbst. Sie hatte bereits ihren Mund geöffnet, um sich zu entschuldigen, aber da fing ihre Mutter an zu weinen.

»Es war mein schönster Aufenthalt hier. Mein Herz bricht mir bei dem Gedanken, dass ich mich in einer Stunde von dir verabschieden muss. Teresa, meine Liebe, versprich mir, dass du uns nach Henrys Abreise mindestens einmal im Monat besuchen wirst. Schließlich ist es nicht weit ...«

»Sag mir, wenn es so nah ist, wie oft hast du uns, mich hier besucht? Ich kann deine Besuche an den Fingern einer Hand abzählen. Und jetzt bittest du mich, dich einmal im Monat zu besuchen. Das ist nicht fair.«

»Dank dir haben wir uns alle verändert. Verurteile uns nicht so. Die Zeit können wir nicht zurückdrehen, aber wir haben die Chance auf ein besseres Leben. Ein Leben voller Respekt und Liebe, das wir dir seit vielen Jahren vorenthalten haben. Du musst uns verzeihen. Wir werden alles wiedergutmachen, und wir werden alles für dich tun.«

Der Vater hielt auf dem Parkplatz an, wandte sich in ihre Richtung und wollte sie an der Hand packen, aber sie drehte sich um.

»Du bezahlst wie üblich mit deinem Geld. Aber es wird dich nicht ersetzen, verstehst du das nicht?«

»Was meinst du, was wir tun sollen? In London bleiben, um dich glücklich zu machen? Wenn du willst, werden wir es tun.«

»Geht alle zum Teufel und lasst mich in Ruhe, dann werde ich glücklich sein.«

Marta stieg als Erste aus dem Auto und wischte sich die Augen mit einem neuen Taschentuch ab. Der plötzliche Wutausbruch ihrer Tochter schockierte die beiden. Bis zum Eingang des Terminals sprachen sie kaum noch miteinander. Als Henry sich von Marta verabschiedete, ging Teresa ohne ein Wort zu verlieren in die Boutique, um sich dort Schmuck anzusehen.

Auf dem Rückweg versuchte Henry herauszufinden, was der Grund für das Verhalten war, das er so nicht von seiner Tochter kannte.

»Kannst du mir erklären, was das alles bedeutet? Hat es etwas mit deiner neuen Bekanntschaft zu tun? Diesem Arzt? Was ist in dich gefahren, meine Liebe?«

»Der Teufel! Er versprach, meine Seele zu nehmen, aber zuerst würde er mich zu einem anderen Menschen machen, der ihm gebührt. Einen bösen Menschen!« Sie drehte ihr Gesicht zu ihm.

»Bedeutet das, dass ich mir Sorgen um dich machen muss? Verlasse London für ein paar Tage, erhole dich und schaffe Kräfte. Dr. Hawlett wird nichts dagegen haben, wenn du später mit der Arbeit bei ihm beginnst.«

Er sah seine Tochter an. Er war überrascht, Veränderungen in ihrem Aussehen zu bemerken. Die in der Regel helle Gesichtsfarbe nahm die Farbe eines perfekten Make-ups an, ohne die geringsten Spuren von Akne. Die blauen, erweiterten Pupillen wurden dem sommerlichen, arktischen Himmel ähnlich, an dem anstelle der Sterne mikroskopisch kleine, dunkelrote Funken tanzten.

In letzter Sekunde hielt er das Auto mit quietschenden Reifen an einem Fußgängerübergang an, wo eine junge Frau einen Kinderwagen hinüberschob. Als sie das sich nähernde Fahrzeug sah, blieb sie wie gelähmt auf der Stelle stehen. Die Stoßstange berührte den Kinderwagen leicht und kippte ihn gefährlich zur Seite.

Teresa lachte, klatschte wie ein kleines Mädchen und schlug hin und wieder mit den Händen auf die Knie.

Am nächsten Tag begann sie ihre erste selbständige Tätigkeit. Drei Monate Probezeit. Drei bahnbrechende Monate, die, obwohl sie sich dessen noch nicht bewusst war, ihr Leben um hundertachtzig Grad verändern würden.

Den ganzen Tag verbrachte sie mit Telefonieren und dem Festlegen von Terminen für die nächsten zwei Wochen. Bevor Massen von labilen und gestressten Menschen ihr Büro stürmen würden, beschloss sie, ihre zukünftigen Patienten zu Hause zu besuchen. Dr. Hawlett, der das Engagement seiner Assistentin sah, legte ihr den nächsten Stapel von Akten vor. Diesmal waren es Familienangelegenheiten und sie war sehr glücklich darüber. Es ging um Hilfe suchende Paare, deren Ehe aus verschiedenen Gründen aufgehört hatte zu funktionieren. Ihre Aufgabe war es, eine Lösung zu finden und sie vorzuschlagen. Der Hauptgrund für das Zerbrechen von Ehen war der Ehebruch. Nach Ansicht ihrer Vorgesetzten war es fast unmöglich, einen solchen Riss zu kitten. Früher oder später wird der Betrogene auf diese Missetat verweisen und es beginnt von Neuem zu eskalieren. Viele der Betrogenen handeln als Vergeltung für den entstandenen Schmerz und nutzen die erstbeste Gelegenheit, einen anderen Partner zu finden. In einer solchen Situation ist die beste Lösung, einen guten Scheidungsanwalt zu empfehlen – das schlug Dr. Hawlett vor und legte ein paar Visitenkarten auf ihren Schreibtisch.

Die nächste Gruppe von Paaren mit Problemen war diejenige, deren Charaktere keine soziale Bindung zuließen. Das heißt in der Regel zwei Alphatiere, die dem Partner ihren Willen aufzwangen, was mit der Zeit, wie im Falle des Betruges, ebenfalls eskalierte und den Zerfall der Beziehung verursachte. Es war manchmal schwierig, aber nicht unmöglich, einen von ihnen zur Vorbeugung und Kapitulation zu bewegen. Es gab Ehen, bei denen die Paare die Beziehung um jeden Preis retten wollten und den Aufgabenbereich festlegten, in den sich der andere Partner nicht einmischen sollte. Sie sollte Hilfe bei der Aufteilung dieser Aufgaben leisten.

Die größte Gruppe waren Ehen mit finanziellen Problemen. Tägliche Konflikte aus diesem Grund eskalierten schnell und wurden zur Ursache von Alkoholismus, Handgreiflichkeiten und der unvermeidlichen Zerstörung der Ehe. Diese Menschen suchten aus einem einfachen Grund nicht die Hilfe eines Psychologen: Sie konnten es sich nicht leisten.

Familienangelegenheiten umfassten auch Erziehungsprobleme. Die Pubertätszeit wurde von ihr perfekt in Erinnerung behalten. Sie wusste, wie schwierig es für einige Eltern ist, dies zu überleben. Ein Gespräch mit einem Fremden, wie zum Beispiel einem Psychologen, ist in vielen Fällen die einzige Lösung.

Teresa betrachtete die Terminliste mit Zufriedenheit. Jeden Tag erwarteten sie drei bis fünf Sprechstunden. Einige Leute beschlossen, sich in Dr. Hawlett's Praxis in ihrem Sprechzimmer zu treffen, aber die meisten von ihnen musste sie leider bei ihnen zu Hause besuchen. Am nächsten Tag hatte sie drei Treffen in verschiedenen Teilen der Stadt.

Allein um mit der U-Bahn dorthin zu gelangen nimmt viel Zeit in Anspruch.

Am Abend würde Steven sie besuchen, worauf sie sich sehr freute. Der Gedanke an ihn, an die Nacht … Sie spürte eine angenehme Wärme, die sich vom Schoß zur Brust ausbreitete. Sie wollte das Abendessen selbst zubereiten. Kochen war nicht ihre Stärke, aber sie wollte ihn um jeden Preis beeindrucken. Sie fand ein Rezept für gebratenen Lachs mit italienischer Pasta, und dazu sollte es Rotwein geben.

Bevor sie das Büro verließ, bot Dr. Hawlett ihr an, an einem Gespräch mit seiner Patientin teilzunehmen, dem sie gerne zustimmte.

Mrs. York war zweiundsechzig Jahre alt und sie war eine echte Lady. Der mit Diamanten verzierte Schmuck wog mindestens ein halbes Kilo und war mehr wert, als einige Menschen ihr ganzes Leben lang verdienten.

Bevor er sie hereinbat, begrüßte Dr. Hawlett sie mit einem Handkuss. Beim Anblick von Teresa hielt Mrs. York einige Sekunden lang inne und richtete ihren neugierigen und gleichzeitig erhabenen Blick auf sie. Über die Anwesenheit einer weiteren Frau im Zimmer ihres Lieblings-Seelenheilers, wie sie Dr. Hawlett nannte, war sie nicht sehr glücklich, was sie nicht zu vertuschen versuchte.

»Ist dieser junge Mensch eine Lösung für meine Probleme? Wenn ja, sind Sie ein Hellseher, Herr Doktor. Weil ich nun eine neue Putzfrau brauche. Aber ich muss Ihnen alles nacheinander erzählen. Ich brauche in dieser Angelegenheit dringend den Rat eines Arztes.«

Sie setzte sich auf den Stuhl vor dem Schreibtisch, legte ihre Hände auf die Schreibtischplatte und demonstrierte riesige Ringe an ihren Fingern.

»Diese junge Dame, die ich Ihnen jetzt gerne vorstellen möchte, ist meine Assistentin. Dr. Teresa Krammer. Ich habe sie gebeten, an diesem Gespräch teilzunehmen, und ihr erklärt, wie wichtig ihr Besuch, Mrs. York, für mich ist. Gemeinsam mit Dr. Krammer werden wir versuchen, die bestmögliche Lösung für Ihre Probleme zu finden. Natürlich nur, wenn Sie nichts dagegen haben.«

Teresa machte zwei Schritte in Richtung von Lady York und reichte ihr die Hand.

»Ich freue mich, Sie kennenzulernen, Mrs. York.«

»Ich auch.« Sie gab Teresa die Hand, ohne sich die Mühe zu machen, ihren Kopf in ihre Richtung zu drehen. »Apropos neue Putzfrau«, sagte sie zu Dr. Hawlett, »Sie müssen wissen, dass die Situation unerträglich geworden ist. Ich denke, ich werde durch sie verrückt werden. Diese Hure, sorry für den Ausdruck, aber es ist wahr, erlaubt sich, alles zu tun. Sie arbeitet seit sechs Monaten für uns. Nicht genug, dass sie ungenau ist – ich muss alles danach wieder in Ordnung bringen –, sie ist nicht einmal in der Lage, das Kissen genau an die richtige Stelle zu legen. Dann hat sie auch noch mit meinem Mann geflirtet. Ich habe mit eigenen Augen gesehen, was dieses Miststück treibt.«

»Entschuldigen Sie, dass ich Sie unterbreche: Kann ich Ihnen etwas zu trinken anbieten, Mrs. York? Tee, Kaffee?«

»Ein Glas Wasser. Ich danke Ihnen.«

Teresa stand auf, ging zur Karaffe mit Wasser, goss ein Glas voll und stellte es auf den Schreibtisch.

»Wo war ich gerade?«

»Sie wollten uns nur sagen, was dieses Miststück treibt.«

»Genau! Am besten erzähle ich alles von Anfang an. Nun ...« Sie unterbrach für einen Moment, um die Halskette perfekt an der richtigen

Stelle zu platzieren. Die Haut an Mrs. Yorks Hals und Wangen wurde rot, was auf Nervosität hindeutete.

»Es war am Dienstag letzter Woche. Seit zehn Jahren treffe ich mich dienstags mit Lady Carrington beim Mittagessen. Auf halbem Weg bemerkte ich, dass ich meine Kreditkarte vergessen hatte, also befahl ich dem Fahrer, nach Hause zurückzukehren. Ich ging ins Wohnzimmer und sah ...« Mit zitternder Hand hob sie das Glas zu ihrem Mund und trank zwei tiefe Schlucke Wasser. »Dieses Flittchen stand gebeugt vor der offenen Vitrine, wedelte mit Federn und blies Staub in den ganzen Raum. Ich habe dieser dummen Person so viele Male gesagt, dass sie den Staub mit einem feuchten Tuch wegwischen soll und nicht mit Straußenfedern, die an meine Urgroßmutter erinnern. Sie lehnte sich dabei so sehr nach vorne, dass ihr kurzer Rock ihren sündigen, schlanken Arsch enthüllte und ihr Höschen zeigte. Nicht nur das: An der Seite stand mein gemeiner Ehemann und streichelte ihr Gesäß, als ob das völlig normal wäre. Ich stand für einen Moment wie angewachsen da, unfähig, ein Wort herauszubringen, und um ein Haar bekam ich einen Herzinfarkt. Aber als diese Dirne noch weiter ging und ihm erlaubte, seine Hand unter ihr Höschen zu schieben, bin ich dazwischen gegangen und habe ihr befohlen, sofort aus meinem Haus zu verschwinden. Glauben Sie, Herr Doktor, dass sie es getan hat? Hat sie nicht! Sie sagte, wenn ich sie rauswerfe, würde sie mich vor Gericht bringen und einen Skandal heraufbeschwören. Alle Zeitungen Englands würden uns so verunglimpfen, dass wir aus Scham ins Ausland ziehen müssten. Ich weiß nicht, was soll ich tun? Ich glaube, ich werde wegen ihr wahnsinnig werden!«

»Zuerst einmal beruhigen Sie sich.« Dr. Hawlett nahm ihre Hand in seine Hände. »Ist etwas passiert, dass das Dienstmädchen Sie erpressen könnte? Sie haben mit Ihrem Mann darüber gesprochen, wie weit ist er gegangen ... Wissen Sie, vielleicht war es nicht der erste derartige Fall?«

»Ja, ich habe ihn gefragt.«

»Und was sagte er?«

»Er schwieg wie ein Grab. Er sagte kein Wort. Nichts, nichts, nichts, nichts! Was soll ich tun? Sie ist fast vierzig Jahre jünger als ich ... und auch hübsch. Ein alter Stiel kann nicht mit einer Rosenblüte konkurrieren.« Zwei Tränen rollten über ihre Wangen.

»Ich möchte nicht verhehlen, dass die Situation nicht einfach ist. Die Lösung wird schwierig sein, bis Ihr Mann einem Gespräch zustimmt.«

»Nun, das ist es. Seitdem hat er kein Wort mit mir gewechselt.«

»Und was ist mit dem Dienstmädchen?«

»Er schickte sie gleich am nächsten Tag in den Urlaub. Ich konnte nicht mit ihr reden.«

»Hm ... Ich fürchte, dass wir uns vorerst nur um Ihre Gesundheit kümmern können. Früher oder später wird Ihr Mann anfangen zu reden, und hoffentlich wird die Situation nach Ihren Wünschen geklärt. Bitte erklären Sie ihm, dass sein Verhalten unangemessen ist. Das Wohlergehen und die Meinung der Familie stehen im Vordergrund. Ich werde Ihnen etwas verschreiben, damit Sie sich beruhigen. Kommen Sie wieder zu uns, am besten so schnell wie möglich. Wir können nicht zulassen, dass Sie deswegen depressiv werden. Die Medikamente, die ich Ihnen verschreiben werde, werden Ihnen helfen, den inneren Frieden zu finden, der in dieser Situation so notwendig ist.« Der Arzt schrieb ein Rezept aus und gab es Lady York. »Bitte nehmen Sie die Tropfen dreimal täglich. Zwanzig bis dreißig Tropfen mit Wasser trinken.«

Er stand auf und wollte Mrs. York zum Ausgang führen.

»Würden Sie mir erlauben, Herr Doktor, Mrs. York zum Ausgang zu begleiten?«

Ohne auf die Zustimmung zu warten, stand Teresa neben der Frau. Etwas überrascht von dem Vorschlag seiner Assistentin nickte er nur.

Sie gingen schweigend durch den Flur und blieben am Lift stehen. Teresa drückte nicht den Knopf, sondern sah zu Mrs. York, packte ihren linken Ellbogen und drehte sich in ihre Richtung. Völlig perplex, gelang es Mrs. York nicht, zu protestieren. Die Frauen standen von Angesicht zu Angesicht und sahen sich in die Augen.

»Brauchen Sie einen guten Rat? Einen Rat, der Ihre Sorgen und Befürchtungen ein für alle Mal lösen wird?«

Mrs. York konnte ihren Blick nicht von Teresas Augen reißen. Mit leicht offenem Mund starrte sie sie an, als ob sie hypnotisiert wäre. In ihren klaren, blauen Pupillen sah sie Millionen von Funken, die wie winzige Kristalle am Firmament des Universums tanzten und das Licht reflektierten, das von einer unsichtbaren Quelle auf sie fiel.

Sie nickte zustimmend, ohne ein Wort zu sagen.

Teresa lehnte sich an ihr Ohr und flüsterte nur einen Satz, dann ließ sie die Schulter der Frau los. Sie drehte sich in Richtung des Lifts und drückte die Taste. Die Tür öffnete sich in der gleichen Sekunde. Mrs. York machte einen Schritt vorwärts und blieb stehen.

»Und das werde ich tun. Vielen Dank, Frau Doktor Krammer.«

*

Sie sah mit großer Nervosität auf die Uhr.

Zwei Minuten nach neun und er ist noch nicht da. Vielleicht ist etwas passiert? Eine plötzliche Operation oder er musste den Dienst eines Kollegen übernehmen, der krank wurde?

Zum vierten Mal überprüfte sie, ob der Wein die richtige Temperatur hatte. Sie glättete ihr Kleid zum zehnten Mal. Zweimal zog sie die Perlenkette an und nahm sie wieder ab. Sie probierte alle Schuhe an, bevor sie sich schließlich für ein Paar entschied.

Wieder sah sie auf die Uhr.

Es ist schon drei Minuten nach ...

Ein Klingelton ertönte in der gleichen Sekunde. Sie rannte zur Tür. Die Bosheit der Dinge hat es für sich, dass man nie weiß, wann sie offenbart wird. Als sie im Flur den Knopf der Gegensprechanlage betätigen wollte, stürzte sie vor lauter Hast auf den Boden. Mit Erleichterung stellte sie fest, dass ihr nichts passiert war. Als sie aufstand, hob sie zuerst ihr rechtes Bein an. In diesem Moment riss ihr enganliegendes Kleid bis zu den Hüften auseinander. Sie näherte sich dem Spiegel und betrachtete die neue Kreation mit Entsetzen. Es war zu spät, um sich umzuziehen. Sie zog nur ein paar herausstehende Fäden heraus, bevor sie Steven hereinließ, der in der Zwischenzeit seine Ungeduld zeigte, indem er den Klingelknopf immer länger und länger betätigte.

»Ich dachte schon, du hättest unser Treffen vergessen oder es ist etwas passiert.«

Er sah sie einen Moment lang genau an, bevor er sie küsste.

»Nichts ist passiert. Ich war in der Küche etwas beschäftigt. Sorry, dass du warten musstest.« Teresa log.

Sie betraten den Salon. Teresa gab ihm einen Weinöffner und zündete die Kerzen auf dem Tisch an.

»Schenk den Wein ein und ich serviere das Essen.«

»Kann ich dir bei etwas helfen?«

»Ja. Wenn du dich mit der Flasche auseinandergesetzt hast, schalte die Musik ein. Du kannst etwas wählen, was dir gefällt.«

»Was magst du?«

»Ich mag alles. Schließlich sind das meine CDs. Hast du meine neue Kreation bemerkt?« Teresa ging vom Tisch weg und drehte sich wie eine Balletttänzerin auf den Schuhspitzen. Der Rock stieg nach oben und zeigte ihre nackte Hüfte.

Steven ließ fast die Flasche aus seinen Händen fallen.

»Am Samstag war ich mit einem Aschenputtel im Theater, heute habe ich eine Prinzessin vor mir. Ich schlief mit einem charmanten, temperamentvollen Mädchen, das sich innerhalb von zwei Tagen in eine Kleopatra verwandelte.«

»Erzähl keine Märchen! Kleopatra hatte schwarze Haare und lebte etwa neunundsechzig Jahre vor der Geburt Christi. Sie war wahrscheinlich nicht mehr als einen Meter fünfzig groß, was damals normal war. Du musst mich mit jemand anderem vergleichen.«

»Ich habe niemanden, mit dem ich dich vergleichen könnte. Ich habe niemanden gesehen, der so aussieht wie du. Wie kann man sich in zwei Tagen so verändern? Zum Teufel!«

»Du hast es erraten! Ich bin eine Teufelin.«

Steven goss Wein in die Gläser, stand auf und servierte ihr eins.

»Ich möchte dich jetzt, vor dem Essen, als Vorspeise. Eine Teufelin soll mich nehmen!«

Teresa trank nur einen kleinen Schluck und verneinte mit dem Kopf.

»Erst das Abendessen, und dann, wenn du höflich alles aufgegessen hast, werden wir sehen.«

Sie stellte das Weinglas auf den Tisch und ging in die Küche.

Das Essen gefiel ihm sehr gut. Er musste nicht so tun, als wäre er begeistert davon. Teresa hatte nur die Hälfte ihrer Portion gegessen, und er zog bereits den letzten Nudelfaden in seinen Mund.

»Fertig! Es war großartig! Der Lachs hat sich im Mund aufgelöst. Wer hat dir beigebracht, wie man Essen zubereitet?«

»Meine Mutter kocht köstlich. Ich erinnere mich noch ein wenig aus meiner Kindheit. Wir standen beide oft am Herd und sie zeigte mir, wie man kocht, oder wir probierten neue Gerichte aus dem Kochbuch aus. Ich bin sicher, dass ich nie ihre Kochkunst erreichen werde, aber ich bin froh, dass es dir geschmeckt hat.«

»Gleich ein Dessert?«

Er hob das Glas in ihre Richtung. Sie stießen mit den Gläsern an.

»Dessert ja, aber nicht so, wie du denkst. Magst du Eiscreme? Ich habe Vanille mit heißen Kirschen zubereitet.«

»Ich liebe es!«

Teresa überlegte einen Moment lang, bevor sie wieder anfing zu reden. Sie vermisste Cindy, mit der sie stundenlang über Probleme, Liebe oder Gott und die Welt plauderte. Jetzt war nur noch Steven bei ihr geblieben. Wenn er sie auch verlassen würde, bliebe ihr nichts anderes übrig, als sich bei ihrem Chef auf das Sofa zu legen.

»Mein Vater verlässt London ... für immer«, sagte sie leise.

Steven hob seinen Kopf an. Etwas Sauce war auf dem Teller geblieben, die er erfolglos versuchte, mit einer Gabel aufzufangen. Bei diesem Anblick stand sie ohne ein Wort zu sagen auf, nahm seinen Teller und ging in die Küche. Sie kam mit einer neuen Portion zurück und stellte sie vor ihm auf dem Tisch. Er lächelte sie dankbar an.

»Fahr fort, bitte. Ist etwas passiert, dass er sich entschieden hat, diesen Schritt zu tun?«

»Nein. Eigentlich ja. Meine Schuld. Ich weiß es selbst nicht mehr ...«

»Fang am besten von vorne an. Wir haben den ganzen Abend vor uns.«

Er sah sie nicht an und rollte die Pasta auf die Gabel.

»Ich wollte, dass meine Eltern wieder zusammen sind. Dieses Treffen habe ich anlässlich des Abschlusses meines Studiums arrangiert. Ich wusste ... ich fühlte, dass sie mir nicht absagen würden, dass beide erscheinen und dann möglicherweise ihre Gefühle zurückkehren würden – und sie würden wieder zusammen sein. Ich habe davon geträumt, seit ich ein Kind war. Ich träumte, dass wir eines Tages wieder eine Familie sein würden, aber ich dachte nicht, dass mein Plan in die falsche Richtung gehen würde.«

»Zieht dein Vater zu deiner Mutter?«

Diesmal hob er seinen Kopf vom Teller und sah ihr in die Augen.

»Ja. Nach Polen. Jetzt werde ich sie überhaupt nicht mehr sehen. Ich weiß, was du mir sagen willst ... Ich bin kein kleines Kind mehr und kann hier alleine klarkommen. Aber das ist nicht so einfach für mich. Mein Vater war immer in meiner Nähe, war für mich da, bei jedem Anruf, zu jeder Zeit. Wenn ich ihn brauchte, kam er sofort. Jetzt weiß ich nicht, was ich tun soll. Auf der einen Seite bin ich froh, dass sie wieder zusammen sein werden, aber auf der anderen Seite ... Mutter will hier nicht leben, Vater will London verlassen. Er glaubt, dass dies keine Stadt für einen alten Mann wie ihn ist. Dabei ist er überhaupt nicht alt!«

»Wann beabsichtigt er abzureisen?«

»In zwei Wochen. Kannst du dir das vorstellen, in zwei Wochen! Sie verbrachten nur ein paar Tage miteinander und schon wirft er alles weg. Sein ganzes Leben. Er lässt mich hier zurück und geht einfach weg!«

»Übertreibst du nicht ein wenig? Polen ist nicht das Ende der Welt. Wenn du willst, kannst du sie jederzeit besuchen.«

»Du sagst es genauso wie sie.« Sie steckte die Gabel mit einem mürrischen Gesicht in ein Stück Fisch. »Ich werde seine Wohnung in Chelsea bekommen.«

»In Chelsea?«, wiederholte er ungläubig und pfiff dann leise.

»Ein Appartement, fast hundert Quadratmeter.«

»Bedeutet das, dass ich vor einer Millionärin sitze? Eine solche Wohnung in Chelsea kostet über eine Million Pfund.«

»Es sind genau zwei.«

Steven pfiff wieder leise.

»Also kannst du wenigstens damit die Tränen abwischen.« Er hob sein Weinglas hoch. »Auf deine zwei Millionen. Zum Wohle deiner Gesundheit!«

»Auf uns.« Teresa trank zwei kleine Schlucke und stand vom Tisch auf. »Jetzt das versprochene Dessert.«

Auch Steven stand auf.

»Ich sprach von Eiscreme. Setz dich hin.«

Sie ging wieder in die Küche.

»Ich muss dir etwas gestehen. Cindy hat das alles initiiert ... unsere Begegnung. Nach außen sollte es spontan aussehen, tatsächlich hat sie es bis ins Detail geplant. Es ist nicht so, dass ich etwas bereue, und ich möchte nicht, dass du schlecht über mich denkst ... Ich will dir nur die Wahrheit sagen. Ich habe Tickets für das Theater gekauft. Sie sagte, du liebst das Theater. Ich traf sie oft, bevor ich nach Afrika aufbrach. Ich mag sie sehr gerne als meine Cousine und ... nichts anderes. Manchmal hatte ich jedoch den Eindruck, dass sie etwas mehr erwartete als eine familiäre, freundschaftliche Beziehung. Ich machte ihr klar, dass ich nicht mit ihr ins Bett gehen werde. Ich denke, sie war sehr enttäuscht, vielleicht sogar wütend. Damals haben wir uns miteinander gestritten. Seitdem haben wir uns nicht mehr gesehen. Ich war sehr überrascht, als sie mich nach meiner Rückkehr aus Afrika anrief. Sie bat um ein Treffen. Die ganze Zeit hat sie nur von dir gesprochen und sie wollte, dass ich dich kennenlerne. Sie bestand darauf, dass ich kommen sollte. Schließlich stimmte ich zu, denn ich wollte, dass sie mich in Ruhe lässt.«

»Was soll ich jetzt sagen? Soll ich mich für dein mir entgegengebrachtes Wohlwollen bedanken?« Teresa hatte schon vermutet, dass all dies von Cindy geplant wurde, aber Stevens plötzliche Aufrichtigkeit hatte keinen positiven Einfluss auf ihre Stimmung. Sie erkannte, dass sie nur ein Werkzeug in ihren Händen geworden war. Sie warf es ihm vor, wie einem Löwen ein Stück Fleisch zum Fraß. Nah dem Wutausbruch, wollte sie den Abend beenden, indem sie ihn vor die Tür setzte.

Steven, der die ganze Zeit auf den Teller geschaut hatte, hob den Kopf noch immer nicht hoch. Als er mit dem Teelöffel einer Kirsche nachjagte, klingelte sein Telefon.

»Sorry.« Er griff in die Jackentasche.»Ich höre ... Ja, ich verstehe ... Sehr dringend? Ich werde es versuchen ... Zehn Minuten.«

»Es tut mir leid. Ich entschuldige mich sehr bei dir. Ein Notfall. Alle Ärzte sind beschäftigt, sie brauchen mich sofort. Danke für das leckere Abendessen.«

Er wollte sie auf den Mund küssen, aber Teresa drehte ihren Kopf zur Seite. Der ganze Charme des Abends platzte wie eine Seifenblase. Das angenehme Gefühl der Wärme, das aus ihrem Schoß strömte und sie vom Morgen an begleitete, verwandelte sich in eisige Kälte.

Sie räumte den Tisch auf, zog sich aus und brachte die Akten der Patienten, die sie morgen besuchen sollte, ins Schlafzimmer. Sie schaute sie zum zweiten Mal durch und trocknete ab und zu Nase und Augen mit einem Taschentuch. Als sie das Licht ausschalten wollte, ertönte ein Klingeln. Sie stand auf und ging zum Küchenfenster. Vor der Tür zur Treppe stand Steven im Regen und blickte zu ihr. Sie zog schnell den Vorhang vor und machte zwei Schritte zurück. Ihr Herz schlug wie verrückt. Für einen Moment stand sie still da. Die Türklingel ertönte wieder, diesmal länger und lauter als beim ersten Mal. Sie näherte sich der Tür und drückte den Knopf an der Sprechanlage.

Am Morgen, als sie das Haus verließ, schaute sie wieder in das Schlafzimmer. Steven schlief mit dem Kopf auf ihrem Kissen. Sie nahm einen Ersatzschlüssel für die Wohnung aus der Schublade und legte ihn auf den Tisch in der Küche. Dann schloss sie leise die Tür hinter sich.

*

Dr. Hawlett stand mit einer Tasse Kaffee in der Hand vor der Tür seines Büros, als ob er auf sie wartete.

»Warum, meine Güte, willst du nicht den Lift benutzen? Es sind nur drei Stockwerke, aber es ist komfortabler und schneller. In diesem Sinne, denke ich, installieren sie diese Geräte, um unser Leben einfacher zu machen.«

»Ich betrachte das Treppensteigen als Morgengymnastik. Etwas Bewegung schadet mir nicht«, log sie.

Schon der Gedanke, in einen geschlossenen Käfig ohne Fenster zu steigen, hatte sie an diesem Morgen so sehr geängstigt, dass ihre Hände zitterten und kalter Schweiß auf ihrer Stirn erschien. Klaustrophobie! Während des Praktikums im Rahmen des Studiums hatte sie mit davon betroffenen Menschen zu tun gehabt. Es wäre ihr nie in den Sinn gekommen, dass sie einmal eine solche Diagnose für sich selbst stellen müsste.

Sie genoss es hingegen sehr, jeden Tag mit der U-Bahn zu fahren. Dann beobachtete sie die Passagiere mit Neugierde. Manchmal tauschte sie ein paar Worte mit ihnen aus, scherzte mit ihnen oder hörte sich ihre Klagen über die Regierung, Unordnung oder immer mehr Einwanderer, die nach England kamen, an. An diesem Morgen hatte sie jedoch damit gekämpft, den Fuß auf die Stufe des Wagens zu setzen. Das Gespräch der Passagiere drang nicht an ihre Ohren. Das einzige Geräusch, das sie aufnahm, war das von rauschenden Wagen. Sie sagte sich, dass es sich nur um eine kurzfristige Depression handelte, die durch die turbulenten Ereignisse der letzten Tage verursacht wurde. Sie wollte nicht an einen Traum glauben, an den Dämon, den sie vor ihren Augen gehabt hatte. Dieses Etwas, unwirklich und absurd, schien Macht über sie zu haben, über ihr Verhalten, über ihr Leben. Das Etwas hatte ihr Bedingungen diktiert, die sie ohne Einwände akzeptierte, so wie eine plötzliche Explosion von Wut oder ein Lachanfall im Auto ihres Vaters.

Letzte Nacht war ihr im Schlaf wieder ein paar Minuten lang ein schrecklicher Geist erschienen. Aus Angst öffnete sie ihre Augen nicht. Sie presste sie so fest zu, wie sie konnte, aber er verschwand nicht. Er flüsterte etwas sehr leise, so leise, dass sie es nicht verstehen konnte, aber dann öffnete sie doch die Augen und las aus der Bewegung seiner Lippen drei Worte ab: Ein wunderbares Mädchen! Dann verschwand er im Handumdrehen. Am Morgen erinnerte sie sich nicht an dieses Ereignis, erst jetzt, als sie vor ihrem Chef stand, kehrte der Traum wieder in ihr Bewusstsein zurück.

»Komm rein und trink eine Tasse Kaffee mit mir.« Er bewegte einladend seine Hand. »Hast du noch etwas Zeit?«

»Ja.«

Er ließ sie für eine Weile allein und kehrte dann mit einer Tasse duftendem Kaffee zurück, den er auf seinen Schreibtisch stellte.

»Wie kann ich dir helfen, bevor du dich auf den Weg machst, um die kranken Seelen unserer Patienten zu heilen?« Er betonte das Wort "unserer" und machte damit noch einmal deutlich, dass er sie als seine Partnerin anerkannte. Er beobachtete sie aufmerksam.

»Heu...« Teresa öffnete ihren Mund, aber er unterbrach sie.

»In der Regel schaue ich nicht auf junge Frauen, nicht in diesem Alter, außerdem kann man heute schnell der sexuellen Belästigung beschuldigt werden, also ... mit einem Wort ... Was ich sagen wollte ... Ich finde es nicht leicht, dich wiederzuerkennen! Hast du nicht an eine Karriere als Model gedacht? Das ist ein Kompliment, meine Liebe. Hüte dich vor bösen Männern und pass auf dich auf. Es gibt viele merkwürdige Typen in der U-Bahn, besonders am Abend. Hast du ein Auto? Nicht unbedingt schneller, aber zweifellos komfortabler und sicherer.«

»Nein, eigentlich ja. Mein Vater will mir sein Auto geben.«

»Willst du es nicht?«

»Ich habe nicht darüber nachgedacht, aber jetzt, da Sie darüber sprechen, denke ich, dass Sie Recht haben.« Sie dachte mit Grauen an die überfüllte Metro.

»Heute werde ich drei Ihrer Patienten besuchen.« Sie gab ihm einen Zettel mit Namen und Adressen. »Sie können mir etwas über sie erzählen, etwas, das Sie vielleicht in Ihren Akten ausgelassen haben ... Persönliche Eindrücke und so weiter.«

»Mrs. Nilsen. Eine gutherzige alte Dame. Sie brach nach dem Tod ihres Mannes zusammen. Vor nicht allzu langer Zeit hat er sie verlassen. Ich bin überzeugt, dass es sich lohnt, sie zu besuchen und zu sehen, in welchem mentalen Zustand sie sich befindet. Ich habe ihr Antidepressiva verschrieben ...«

»Ja, ich weiß, es ist in den Akten eingetragen.«

»Mrs. Oldborn. Der Beginn der Demenz. Ich empfahl, einen Neurologen zu kontaktieren. Sie hätte sich letzten Monat wieder bei mir melden müssen.«

»Sie hat es vergessen«, fügte Teresa hinzu.

Sie lächelten beide.

»Tom McWinhorst. Er hat zwei Suchtbehandlungen hinter sich. Alkohol, Drogen. Er ist als Broker an der Börse tätig. Psychisch schwach, labil. Es scheint mir, dass er den falschen Beruf gewählt hat. Frau, zwei kleine Kinder. Hast du mit ihm gesprochen?«

»Ja. Er hat einen netten Eindruck hinterlassen. Er stimmte einem Gespräch bereitwillig zu.«

In den nächsten Minuten sprachen sie vor allem über das Wetter und über Politik, die Teresa überhaupt nicht interessierte. Sie stimmte in allem mit der Meinung des Arztes überein, der schnell erkannte, dass seine Gesprächspartnerin nicht die geringste Ahnung davon hatte, wovon er sprach.

Teresa betrat ihr Sprechzimmer und blieb abrupt stehen. Vor einer leeren Wand stand ein Ledersofa, sehr ähnlich dem, das Dr. Hawlett in seinem Büro hatte. Daneben stand ein bequemer Stuhl mit Armlehnen. Sie drehte sich zur Tür um. Der Chef stand mit den Patientenakten da.

»Heute um siebzehn Uhr empfängst du hier deinen ersten Patienten«, er gab ihr eine Aktentasche, »und du musst dich nicht bedanken. Es ist mir etwas dazwischengekommen. Viel Glück.«

Sie betrachtete die neue Büroausstattung. Dann berührte sie das Leder auf dem Sofa, legte sich darauf und schloss ihre Augen.

Ja, Frau Doktor, seit dem Unfall kann ich nicht mehr schlafen, mein schlechtes Gewissen lässt mich nicht mehr los. Jedes Mal, wenn ich ins Auto steige, sehe ich das arme Huhn vor mir, von dem in der nächsten Sekunde ein Federhaufen auf dem Asphalt liegt. Können Sie mir, Frau Doktor, helfen und mir diese Albträume nehmen? Ich will wieder so sein wie vor diesem schrecklichen Unfall.

Ängstlich öffnete sie die Augen. Sie war offenbar eingeschlafen. Teresa nahm das Telefon aus der Handtasche. Steven hatte ihr eine Nachricht geschickt.

"Sehen wir uns heute Abend? Ich werde dir den Schlüssel zurückgeben."

Einen Moment lang überlegte sie und schrieb dann zurück: "Er gehört dir. Ich warte."

Sie suchte nach der Telefonnummer ihres Vaters und rief ihn an. Henry ging erst nach längerer Zeit dran.

Wie üblich, hat er die ganze Wohnung nach seinem Handy abgesucht.

»Was würdest du sagen, wenn ich dich jetzt für einen Moment besuchen würde?«

»Ich würde sagen: Komm!«

»In …«, sie schaute auf die Uhr, »zwanzig Minuten.«

»Kaffee oder Tee? Wirst du mit mir frühstücken?«

»Tee … und sehr gerne.«

Teresa brauchte für den Weg etwas mehr Zeit als üblich. Sie ging in den ersten Stock und war etwas atemlos. In der Wohnung ihres Vaters standen überall Umzugskartons.

»Wenn meine Mutter dich mit diesen Bündeln sieht, bekommt sie einen Herzinfarkt.« Sie lachte.

»Du liegst falsch. Komm, ich zeige dir etwas.«

Er legte ein Tablet auf den Küchentisch.

»Was sagst du dazu?«

Teresa sah das Foto eines nicht zu großen Hauses mit einem spitzen Dach vor einer malerischen Landschaft.

»Sieh dir die anderen Fotos an.« Ihr Vater zeigte das nächste Bild.

»Das Haus ist möbliert. Wohnt dort jemand?«

»Wir übernehmen es, wie es ist, mit allem. Wenige Kilometer von Zakopane entfernt. Was sagst du dazu?«

»Es sieht idyllisch aus.«

»Marta hat es bis zu meiner Ankunft reserviert.«

»Sehr klug, letztendlich wirst du den Kauf finanzieren.« Sie sah ihm in die Augen.

»Ja, natürlich. Deine Mutter kann sich so ein Haus nicht leisten. Für mich ist der Preis erschwinglich. Hast du was dagegen?«

»Du wirst tun, Dad, was du meinst.« Sie küsste ihn auf die Wange. »Ich möchte, dass du, dass ihr glücklich werdet.« Sie hoffte, dass ihr Vater nicht über ihr Verhalten bei ihrem letzten Treffen sprechen würde.

»Gibt es einen konkreten Grund für deinen unerwarteten Besuch?« Der Vater sah sie genau an.

»Ich wollte dich nur sehen. Heute habe ich meine ersten Treffen mit Patienten. Bis zu meinem ersten Besuch hatte ich noch etwa anderthalb Stunden Zeit.« Sie sah auf die Uhr. »Übrigens ...«

»Es gibt also einen Anlass.« Henry lächelte.

»Nun, ja. Du hast gesagt, du würdest mir dein Auto überlassen. Ist dieses Angebot noch aktuell?«

Henry stand auf und ging in den Salon. Nach kurzer Zeit kam er zurück und hielt die Schlüssel und Autopapiere in der Hand.

»Ich sagte auch, dass ich dir diese Wohnung vermache. Es hat sich nichts geändert.« Er legte Schlüssel und Dokumente vor sie. »Du kannst dein Auto sofort nehmen, ich benutze Taxis. Du musst aber auf die Wohnung warten, bis ich abreise. Ich fliege am dritten Dezember. Diese Dinge«, er wies mit dem Kopf auf die Kartons, »werden Ende dieser Woche abgeholt. Du musst mir etwas versprechen.« Er legte seine Hand auf ihre. »Wir möchten Weihnachten gern zusammen mit dir feiern. Versprichst du, dass du kommst?«

»Und wenn ich noch jemanden mitbringe?«

»Könnte es sein ...? Meinst du Cindy oder den Metzger-Arzt, mit dem du ein Date hattest?«

»Von Cindy gibt es kein Lebenszeichen, und Steven schneidet seine Patienten nicht auf, sondern sorgt dafür, dass sie narkotisiert werden.«

»Das ist umso mehr ein Grund, vorsichtig zu sein. Bring ihn am Samstag zum Tee mit. Wir können dann gemeinsam zum Abendessen losziehen. Was hältst du davon?«

»Eine gute Idee. Ich werde mit ihm reden.« Sie freute sich über den Vorschlag ihres Vaters.

Nach dem Frühstück brachte sie ihr Vater in die Garage unter dem Gebäude, wo nur die Besitzer der Wohnungen ihre Autos parken durften. Teresa hatte viele Male ein Auto von ihrem Vater benutzt, besonders wenn er ins Ausland ging oder wenn sie Ausflüge mit Cindy ausmachte. Henry tippte die Adressen ihrer heutigen Patienten in die Navigation ein und zeigte, wie man sie benutzt, danach verabschiedeten sie sich.

Teresa kam um neunzehn Uhr nach Hause. Als sie aus der Dusche kam und vor dem beschlagenen Spiegel stand, tastete sie mit geschlossenen Augen die Wand entlang, auf der Suche nach einem Bademantel. Sie hörte Stevens Schritte nicht. In dem Moment, als er ihre Augen von hinten mit seinen Händen bedeckte, bekam sie fast einen Herzinfarkt.

»Hallo Liebling.«

Er küsste sie und legte ihr den Bademantel um die Schultern.

»Tu das nie wieder«, sie wandte sich ihm zu, »wenn du nicht willst, dass ich aus Angst sterbe.«

Sie fingen an, sich zu küssen. Steven nahm sie auf die Arme. Teresa schloss die Augen und kuschelte ihr Gesicht an seinen Hals. Sie öffnete sie nicht einmal, als er sie auf das Bett legte und ihren Bademantel auszog. Das herrliche, intensive Gefühl der Wärme strahlte wieder zwischen ihren Oberschenkeln, und nach einer Weile erreichte sie das Herz, das in einem verrückten Tempo schlug.

Sie lagen nebeneinander und sagten nichts, diesmal hatte Steven die Augen geschlossen. Teresa starrte auf sein Gesicht.

»Ich hatte einen wunderbaren Tag. Und wie war deiner?«

»Wie Hunderte von anderen ... mit einer gewissen Ausnahme. Das Finish scheint perfekt zu sein.«

»Scheint es oder ist?«

»Der Tag ist noch nicht vorbei. Ich werde das Ende morgen beurteilen. Möchtest du eine Pizza?«

»Ja, sehr gerne. Bestelle dazu bitte eine Flasche Rotwein.«

Fast eine halbe Stunde verging, bevor die Bestellung aus einer nahegelegenen Pizzeria eintraf.

»Das Warten hat sich ausgezahlt. Es ist großartig! Wirst du mir jetzt sagen, was du heute getan hast?«

Steven goss Wein in zwei Gläser. Sie saßen beide nackt am Küchentisch.

»Am Morgen habe ich den Land Rover meines Vaters genommen. Er ist hundertmal bequemer als eine U-Bahn. Er wird ihn nicht nach Polen mitnehmen, also gehört er jetzt mir.«

»Sie fahren dort rechts, glaube ich?«

»Ja. Dort, wie auch fast überall auf der Welt, gibt es Rechtsverkehr, wie du nächsten Monat selbst sehen wirst. Wir haben eine Einladung zu Weihnachten bekommen, zu meinen Eltern in die Berge. Wirst du mitfahren? Hast du Lust dazu?«

»Ich arbeite nicht an Weihnachten, also warum nicht? Sehr gerne.«

»Am Samstag gehen wir zu meinem Vater. Er will, dass wir den Abend zusammen verbringen und gemeinsam essen gehen. Was hältst du davon?«

»Oookay. Wie du willst.«

»Warum stimmst du mir zu? Schließlich kannst du deine eigene Meinung haben und musst nicht einverstanden sein.«

»Ich habe meine eigene Meinung. Dein Vater ist mir sympathisch, also freue ich mich, mit ihm zu Abend zu essen.«

Er sah ihr über die Pizza hinweg in die Augen. Für einige Sekunden konnte er seinen Blick nicht von ihr abwenden. Funken, die ihren Glanz über die Iris hinaus zu verbreiten schienen, zogen ihn an, hypnotisierten ihn sogar. Gleichzeitig weckten sie in ihm Angst und Schrecken. Aber so schnell, wie sie auftauchten, verschwanden sie wieder. Die Augen von Teresa erhielten ihren normalen, sanften Ausdruck zurück. Er schüttelte leicht den Kopf, als wolle er aus dem Schlaf erwachen.

Sie fing an, ihm von ihren Treffen mit Patienten zu erzählen. Über die Tatsache, dass sie mehr als zwei Stunden verloren hatte, um von einem zum anderen zu pendeln, dass sie ihre ersten Termine in ihrem Sprechzimmer hatte, dass sie heute glücklich war und dass sie jeden Abend bis zum Ende ihres Lebens mit ihm verbringen könnte.

Steven unterbrach sie nicht. Er hörte aufmerksam zu und starrte ihr ins Gesicht. Nach einer Weile schaute er auf ihren Hals und richtete seinen Blick immer mehr nach unten. Er bewunderte ihren nackten Körper. Langsam erkannte er, dass sich das, was zunächst eine unbedeutende Romanze sein sollte, zu etwas Ernsterem entwickelte. Er erkannte, dass sie ihm wichtig war. Steven wartete, bis sie mit dem Erzählen der Geschichte fertig war und ihn hoffentlich fragen würde, ob er bei ihr übernachten möchte. Er wollte es so sehr, er wollte sich nicht anziehen und die warme Wohnung verlassen.

Steven sah sie immer noch an und hielt ein Stück kalte Pizza in den Fingern, als sie schließlich fragte: »Wirst du über Nacht bleiben?«

»Nur wenn du willst.«

»Was willst du denn?«

»Ich konnte es kaum erwarten, dass du mich endlich danach fragen wirst!«

»Bedeutet das, dass du mir überhaupt nicht zugehört hast?«

»Natürlich habe ich das!«

Tatsächlich hatte er ihr nicht zugehört, stattdessen war er in Gedanken durch Afrika gewandert. Die dort verbrachte Zeit kam ihm immer wieder in den Sinn. Manchmal träumte er davon. Vom Sonnenuntergang in einer Savanne oder von einer Gruppe von Kindern, die ihn ständig an den Händen hielten. Jedes von ihnen versuchte um jeden Preis, seine im Vergleich zu ihrer erschreckend weiße Haut zu berühren. In jedem dieser Träume begleitete ihn Bobby auf Schritt und Tritt.

Teresa schlug vor, den Abend vor dem Fernseher zu beenden, und nahm eine halb volle Weinflasche mit. Steven machte das Licht hinter sich aus und verließ die Küche.

Am Donnerstagmorgen ging Teresa auf eine Tasse Kaffee ins Büro ihres Chefs. Es wurde zu ihrem täglichen Ritual. Nebenbei besprachen sie Pläne für den ganzen Tag. Sie setzte sich bequem in einen Sessel.

Hawlett saß am Schreibtisch, auf dem er die "Times" vor sich ausgebreitet hatte.

»Hast du das gelesen?« Er zeigte mit dem Finger auf einen kurzen Artikel mit einem Bild.

»Nein. Dafür hatte ich noch keine Zeit.«

Er gab ihr die Zeitung. Teresa begann laut zu lesen:

»[...] Lord York wurde nach Ende der Sitzung des Parlaments von Anarchisten angegriffen und geschlagen [...]. Auf dem Weg zum Haus zogen zwei bewaffnete, unbekannte Männer den Lord an der Kreuzung aus dem Auto und schlugen ihn mit Golfschlägern [...].

[...] Lord York liegt im Krankenhaus [...]. Sein Leben ist nicht in Gefahr [...].«

Sie wurde durch das Klingeln des Telefons, das auf dem Schreibtisch des Arztes stand, unterbrochen.

»Dr. Hawlett.« Für einen Moment hörte er schweigend zu. »Ja. Sie ist in meinem Büro. Mrs. York, für dich.« Er wandte sich an Teresa und reichte ihr mit einer gewissen Überraschung den Hörer.

»Guten Morgen, Mrs. York.«

»Hast du die heutigen Zeitungen gelesen? Weißt du, was passiert ist?«

»Ich habe sie in der Hand. Es tut mir aufrichtig leid ...«

»Was für einen Mist erzählst du mir hier?« Sie unterbrach sie. »Es ist wichtig, dass wir uns heute sehen. Um sechzehn Uhr wirst du von Nikolai abgeholt.«

»Welcher Nikolai?«

»Mein Chauffeur! Bye, bye.« Sie legte auf.

Teresa sah Hawlett eine Weile an.

»Sie möchte mich um sechzehn Uhr treffen.«

»Du nimmst mir meine Patienten weg. Du nimmst mir meine besten Patienten weg«, sagte er lächelnd.

Heute hatte sie zwei Treffen mit Patienten in der Stadt und drei in ihrem Büro.

Die letzte Patientin war die zweiundvierzigjährige Mrs. Kelvins, die Erziehungsprobleme mit ihrer sechzehnjährigen Tochter hatte. Sie fand zwei neue Blusen bei ihrer Tochter und ahnte, dass sie sie gestohlen hatte, weil sie sich die Kleidung, die mehr als zweihundert Pfund kostete, nicht leisten konnte. Sie drohte damit, die Polizei zu alarmieren, wenn sie die Ware nicht sofort zurückgab.

Teresa riet ihr, ihre Tochter davon zu überzeugen, mit ihr zu sprechen. Die Polizei schien die schlechteste Lösung zu sein. Der Versuch, die Tochter einzuschüchtern, würde dazu führen, dass sie sich von ihrer Mutter entfernte und das Vertrauen in sie verlor.

Mrs. Kelvins verließ Teresas Zimmer ein paar Minuten nach sechzehn Uhr. Da stieß sie auf einen Mann, der an der Tür stand.

Er trug einen schwarzen Anzug und ein weißes Hemd mit Krawatte, war etwa vierzig Jahre alt und hatte eine enorme Statur. Teresa schätzte ihn auf etwa zwei Meter und fünf Zentimeter hoch, weil die Spitze seines Kopfes ein wenig über den Türrahmen ragte.

Er machte Platz und ließ Mrs. Kelvins vorbeigehen, die mit weit geöffneten Augen und Bewunderung auf ihrem Gesicht langsam vorbeikam und ihn von Kopf bis Fuß musterte. Bereits im Flur wandte sie sich wieder Teresa zu, hob den Daumen nach oben und machte deutlich, welchen Eindruck dieser Riese auf sie hinterlassen hatte.

»Mrs. York wartet auf Sie.« Er sprach mit einem starken russischen Akzent und zeigte auf die Uhr.

»Ja. Ich bin so weit.«

Teresa schaltete die Lampe auf ihrem Schreibtisch aus und zog ihre Handtasche und Lederjacke vom Bügel runter. Sie schloss die Bürotür hinter sich.

Nikolai nahm ihr, ohne um Erlaubnis zu bitten, die Jacke ab und half beim Anziehen. Sie wagte es nicht, sich ihm zu widersetzen, genauso wie in dem Moment, als er vor dem Aufzug stand und den Knopf drückte. Teresa fühlte sich bei ihm sicher und vergaß für einen Moment ihre Angst vor kleinen, geschlossenen Räumen.

Sie brauchten fast vierzig Minuten, um zu Mrs. York zu gelangen. Die Zeit wurde durch einen Fernseher in der Limousine und einen von Nikolai zubereiteten Cocktail gut überbrückt. Das Auto hielt vor dem Eingang zum Anwesen der Yorks. Nikolai öffnete ihre Tür und half ihr, auszusteigen. Sie stand neben der Limousine und bewunderte für einen Moment den Blick auf den prächtigen Garten vor ihr, in dessen Mitte ein Wasserstrahl aus dem Brunnen nach oben schoss und sich in einen riesigen Regenschirm verwandelte, der mit allen Farben des Regenbogens beleuchtet war. Der Leibwächter, der Nikolai zweifellos war, stand bewegungslos neben ihr. Es schien, dass er dieses ungewöhnliche Bild auch bewunderte.

»Noch einen Moment und ihr werdet hier anwachsen, bevor ihr hineingeht!« Mrs. Yorks Stimme weckte sie aus der Nachdenklichkeit.

Die Frau lief wie ein junges Mädchen auf sie zu und umarmte Teresa herzlich.

»Ein wunderbares Mädchen!«, flüsterte sie ihr zu. Dann ging sie einen Schritt zurück und sah Teresa in die Augen. Beide verstanden sich wie zwei Seelenverwandte ohne Worte.

Teresa registrierte das veränderte Aussehen von Mrs. York sofort. Sie sah viel jünger aus als zum Wochenbeginn in Hawlett's Büro. Sie trug Jeans mit abgewetztem Stoff an den Knien, einen marineblauen Pullover mit großem Ausschnitt und Schuhe mit flachen Absätzen. Sie hatte sich einen Schal um den Hals geschlungen, der er ihre großen Brüste aber nicht verdeckte.

»Niko – ich bin die Einzige, die ihn so nennt – riet mir, die Beleuchtung im Brunnen zu installieren. Ist das nicht wunderbar! Ich kann eine Stunde mit ihm im Garten spazieren gehen«, sie sah den Riesen liebevoll an, »und die Aussicht bewundern. Aber jetzt kommt rein, ihr werdet euch noch erkälten.«

Teresa konnte sich irgendwie nicht vorstellen, dass Nikolai mit einem Schnupfen im Bett lag. Als Mrs. Yorks Hand seine Hand drückte, wurde ihr die Rolle des Chauffeurs an ihrer Seite bewusst.

Sie gingen hinein. Im Wohnzimmer war ein Tisch für alle gedeckt.

»Ich hole den Chai«, sagte Nikolai und verließ den Raum.

»Ich muss dir gestehen, meine liebe Freundin, dass sich mein Leben in nur wenigen Tagen völlig verändert hat. Es gewann wieder an Sinn, Charme und ... ich hätte nicht gedacht, dass ich dieses Vergnügen noch einmal erleben würde ... das Glück, in den Armen eines jungen, attraktiven Mannes zu liegen. Ich bin eine Realistin und weiß, dass nichts ewig ist, aber ich nutze, was mir noch übrigbleibt. Man kann für Geld viel kaufen, sogar eine Illusion von Glücksgefühlen. Ich bin nicht daran interessiert, was andere morgen sagen werden. Ich habe sie alle rausgeworfen! Ich habe ihnen eine Abfindung gegeben und sie zum Teufel geschickt. Niko kümmert sich nun um den gesamten Haushalt. Wenn wir etwas brauchen, bestelle ich eine Firma oder Reinigungskräfte. Sie machen ihre Aufgaben und gehen zum Tchort – Teufel –, wie Niko sagt. Ist das nicht wunderbar? Ich möchte dem Schicksal danken, dass es mir ihn geschenkt hat. Er arbeitet seit einem Jahr bei uns, aber erst jetzt habe ich diesen Schatz entdeckt. Dank dir und ihm.« Sie unterbrach für einen Moment.

Nikolai betrat den Salon mit einer Kanne Tee in einer und einer Platte mit Kuchen in der anderen Hand.

»Setz dich zu uns.« Sie zeigte auf den Platz neben sich. »Wir haben keine Geheimnisse, oder?« Diesmal wandte sie sich an Teresa.

»Stimmt. Das haben wir nicht», sagte Teresa, die sich über die Geheimnisse ihrer Gesprächspartnerin unsicher war.

»Und worüber wir reden, wird das Haus nicht verlassen?«

»Natürlich, Mrs. York. Ich behandle diesen Besuch professionell. Worüber ich mit meinen Gästen beruflich spreche, geht nicht nach draußen.« Sie benutzte bewusst das Wort "Gast" und nicht "Patient" und machte damit deutlich, wie sehr sie ihre Bekanntschaft schätzte.

»Ja, Kathrin. Du kannst dich auf mich verlassen. Ich werde alles tun, was immer du willst.« Nikolais starker Stimmenklang füllte den Wohnraum aus.

»Das weiß ich und wir werden später über alles reden, was ich mir wünsche.« Sie lachte und küsste ihn.

Bei diesem Anblick empfand Teresa ein Gefühl des Ekels. Sie hoffte, dass Mrs. York ihr jetzt nicht ein Stück Kuchen anbieten würde. Es könnte in ihrem Hals stecken bleiben.

»Lasst uns jetzt ein Glas Cherry trinken. Für unser Treffen und ...«, sie unterbrach kurz, »gemeinsame Interessen.«

Nikolai griff, ohne vom Tisch aufzustehen, nach dem Dekanter auf der gegenüberliegenden Seite und goss Likör in drei Kristallgläser. Alle drei leerten ihr Glas auf ex. Der Riese füllte sie wieder auf, ohne sie zu fragen.

»Bei uns ist es Tradition. Ein Glas sollte nicht leer auf dem Tisch stehen.«

»Da es eine Tradition ist, müssen wir sie beibehalten«, kommentierte Mrs. York.

»Ein prächtiges Anwesen, Mrs. York. Zum ersten Mal bin ich in einem so wunderbaren Haus. Wie lange leben Sie schon hier?«

»Hier bin ich für dich Kathrin. Lass uns nun mit diesen Formalitäten aufhören.« Sie hob ihr Glas hoch. Wieder leerten alle die Gläser und Nikolai füllte sie erneut bis zum Rand. »Ich bin hier geboren. Mein Urgroßvater baute diese Burg zu Beginn des neunzehnten Jahrhunderts. Denn du musst wissen, dass es ein echtes Schloss war. Während des Krieges wurde ein Teil davon zerstört und nie wiederaufgebaut. Was blieb, kostet mich eine Menge Arbeit und Ärger. Allein der Unterhalt kostet ein Vermögen. Und nun kommen wir auf den Punkt, meine Liebste. Die Zeitungen schreiben über Anarchisten, aber das ist völliger Unsinn. Niko half mir, den Plan, den du mir vorgeschlagen hast, umzusetzen. Zwei Typen, die für ein paar Pfund bereit waren, alles zu tun, schlugen ihm den Rest seiner alten, nutzlosen Männlichkeit aus und zerschlugen seine Knie mit Golfschlägern. Nie wieder wird er einem so jungen Dienstmädchen hinterherblicken. Er wird nie wieder auf eigenen Füßen stehen.«

Sie erinnerte sich, was nach dem Besuch bei Dr. Hawlett am Montag geschah: Sie weinte während der Heimfahrt. Nikolai bot ihr bei diesem Anblick an, bei der Lösung von "Familienproblemen", wie er es damals nannte, zu helfen. Kathrin fragte nicht, wie er auf wundersame Weise auf die Idee kam, dass sie von solchen Problemen gequält wurde. Sie fragte einfach, ob er jemanden kannte, der diskret war und ihrem Mann eine Lektion erteilen würde.

»Wie groß soll diese Lektion sein, Mrs. York?«, fragte er nur.

»Mache ihn zu einem Eunuchen und zerbrich seine Knie. Ich bezahle so viel, wie du willst.«

»Ihr Glück ist mein Glück. Und es wird die größte Belohnung für mich sein.«

Am Dienstagabend verschwand der Russe für ein paar Stunden. Am Mittwochmorgen teilte er Mrs. York mit, dass ihr Mann nach einer Sitzung des Parlaments nicht nach Hause zurückkehren werde. Gegen Mittag ging Kathrin mit Nikolai und ihrer Cousine Lady Smothby nach Bloomsbury, wo sie fast den ganzen Abend verbrachten. Genau bis zu dem Moment, als sie einen Anruf bekamen und von dem Unfall erfuhren, den ihr geschätzter Ehepartner erlitt. Zwei Typen überwältigten den Fahrer und fuhren sein Auto in eine dunkle Straße. Dort zogen sie ihren ängstlichen und um Gnade flehenden Mann raus und warfen ihn auf die Straße. Einer von ihnen packte seinen Hals mit der rechten Hand, wie mit einer Zange. Er schloss seinen Mund mit der linken Hand, sodass er kein Wort sprechen konnte. Der andere Angreifer zog seine Hose aus und schlug ihn mit einem Golfschläger abwechselnd auf die Knie und zwischen die Beine, bis die Knochen eine kristallische Form annahmen und der Penis sich zu einem blutigen Fragment verwandelte.

Mrs. York nickte in Richtung Nikolai. Er griff mit der Hand in die Jacke und zog einen weißen Umschlag aus der Innentasche, den er vor Teresa legte.

»Es liegt in meiner Natur, dass ich mich für gute Ratschläge revanchiere. Du musst dich nicht dafür bedanken. Ich bin in deiner Schuld. Wenn du jemals Hilfe brauchst, kannst du auf uns zählen.«

»Ich helfe gerne den Hilfsbedürftigen.«

»Na Sdarowje.« Der Riese leerte sein Glas, ohne auf die Frauen zu warten.

»Ist er nicht süß?« Kathrin seufzte vor Bewunderung.

Teresas Besuch dauerte weniger als eine Stunde. Während des Treffens erzählte Mrs. York ihr von der ganzen Familie und der Verwandtschaft mit königlichen Familien in Europa. Dann führte sie Teresa zu der Limousine. Der Russe öffnete die Tür und trat zur Seite. Bevor Teresa ins Auto stieg, umarmte Kathrin sie herzlich und flüsterte ihr ins Ohr: »Er war bei mir! Er sagte ... sagte, dass ich für jede "gute" Tat mit ein wenig Jugend belohnt werde.« Sie streichelte ihre Wangen, als ob sie beweisen wollte, wie sehr sie sich verändert hatte.

»Er versprach mir Schönheit im Tausch gegen Angst und endlose Qualen, was seine Herrschaft bedeutet. Keine Wahl! Keine schöne Perspektive.«

Teresa blickte vom Auto aus auf die verschwindende Gestalt von Mrs. York. Nach einer Weile senkte sie den im Dachhimmel versteckten Spiegel ab. Sie sah sich selbst genau an.

»Für jede gute Tat wird er mich mit ein wenig Jugend belohnen.«

»Haben Sie etwas zu mir gesagt, Miss Krammer?«, fragte Nikolai und drehte den Kopf zu ihr.

»Nein, nein, nur zu mir selbst. Hältst du mich für eine attraktive Frau?«

»Sie sind die schönste Frau, die ich je getroffen habe. Sie können mir glauben, die Russen lügen nicht.«

»Die Russen sprechen zu wenig. Sie lassen geschickt unangenehme Themen aus. Bring mich nach Hause.«

»Ja, Miss Krammer. Möchten Sie etwas trinken?«

Ohne auf eine Antwort zu warten, drückte er einen Knopf im Cockpit. Unter dem Monitor kam eine Minibar zum Vorschein. Teresa überlegte einen Moment, was sie trinken sollte. Aus einem Glasbehälter nahm sie ein paar Eiswürfel heraus und warf sie in ein Glas, danach goss sie es mit Whisky voll.

»Brauche heute etwas Stärkeres!«

Nikolai hielt vor dem Eingang zu ihrem Haus und führte sie bis zur Haustür. Teresa ging unsicher und stolperte leicht.

»Alles in Ordnung, Miss Krammer? Soll ich Sie in den ersten Stock begleiten?«

»Alles ist in Ordnung. Ich werde es alleine schaffen. Danke, Niko.«

»Auf Wiedersehen, Frau Doktor.«

Er drehte sich um, ging zum Auto und beobachtete sie dann, bis sie hinter der Tür verschwand.

In der Wohnung zog sie ihre Schuhe aus und warf sie in die Ecke. Die Jacke, die sie einfach so aufgehängt hatte, rutschte von selbst vom Bügel. Im Raum fiel sie träge auf den Sessel. Teresa nahm den Umschlag aus ihrer Tasche, den Nikolai ihr gegeben hatte. Sie riss die Seite ab und zog den Scheck heraus.

»Verdammt! Ich glaube, ich mache mir noch einen Drink.« Sie sprach laut mit sich selbst.

Im selben Moment wurde sie völlig nüchtern. Ein paar Mal sah sie sich die Zahlen in der oberen rechten Ecke des Schecks an. Fünfzehntausend Pfund.

Plötzlich wurde ihr klar, dass der Russe sie nicht nach ihrer Adresse gefragt hatte.

Woher wusste er, wo ich wohne? Woher wusste er, dass ich im ersten Stock wohne?

Gänsehaut erschien auf ihren Unterarmen.

Am nächsten Tag wachte Teresa in ihren Kleidern auf, unter einer Bettdecke. Sie hielt sich ihren schmerzenden Kopf und betrat den Salon. Sie hob einen Scheck über Fünfzehntausend Pfund vom Tisch auf. Langsam begannen die Ereignisse des Vortages, zu ihrem Bewusstsein zurückzukehren. Abgesehen von einer Tatsache.

Wie bin ich ins Bett gekommen?

*

Am Samstag holte sie Steven um siebzehn Uhr ab. Nur einmal war sie in seiner Wohnung gewesen, wobei es schwierig war, ein Zimmer, das gleichzeitig ein Kleiderschrank, ein Schlafzimmer und eine Fahrradgarage war, als Wohnung zu bezeichnen. Er behauptete, dass es ihm genügte. Vielleicht würde er eines Tages, wenn er etwas mehr verdiente und sich etwas Größeres leisten könnte, eine andere kaufen – doch jetzt war er mit dem, was er hatte, zufrieden.

Sie war nicht überrascht, dass er eher bereit war, bei ihr zu bleiben als in seinem Nest, was sie ihm nie vorgeworfen hatte. Im Gegenteil. Ihr Gefühl der Sympathie wurde von Tag zu Tag stärker. Sie war glücklich in seiner Gesellschaft, sie fühlte sich sicher und nicht so einsam. Sie wollte, dass dieses Gefühl sie jeden Tag begleitete.

Nach einer Stunde Fahrt durch überfüllte Straßen parkte sie das Auto in der Garage unter dem Gebäude. Sie entschied sich, dass sie die Ereignisse vom Donnerstag gegenüber niemandem erwähnen wird, ebenso wenig wie den Scheck, den sie als Vergütung für den Rat eines Psychologen betrachtete. In der heutigen London Times las sie es:

"[...]. Der Gesundheitszustand des Lords ist immer noch sehr ernst, aber nicht lebensbedrohlich. [...]. Seine Frau wacht ständig an der Seite ihres Mannes. [...]."

Das Bild zeigte Kathrin, die auf der Bettkante saß und die Hand des Fürsten hielt. Dahinter sah sie die Gestalt eines riesigen Mannes, dessen Kopf nicht mitfotografiert wurde, weil die Kamera höchstwahrscheinlich die ganze Figur nicht erfassen konnte.

Sie begrüßte ihren Vater mit einem Kuss auf die Wange. Steven gab ihm die Hand und murmelte etwas. Er sah etwas verwirrt aus. Teresa flüsterte ihm ins Ohr: »Beruhige dich. Mein Vater wird dir nichts tun. Du bittest mich doch nicht um meine Hand. Wir gehen nur zum Abendessen.«

»Ich hörte, dass Sie in einer Woche England für immer verlassen werden.« Er wandte sich an Henry, und ohne auf eine Antwort zu warten, fügte er hinzu: »Eigentlich wollte ich im Restaurant fragen, aber weil Teresa mit diesem Thema begonnen hat ...« Diesmal wandte er sich an die verblüffte Teresa und nahm eine kleine rote Schachtel aus der Jackentasche heraus. »Ich weiß nicht, wann es so eine Gelegenheit noch mal geben wird, dass wir uns alle zusammen sehen. Es ist schade, dass deine Mutter heute nicht anwesend ist, aber ich denke, dass wir das eines Tages auch mit einem gemeinsamen, feierlichen Abendessen nachholen werden. Ich möchte dich in Anwesenheit deines Vaters bitten, mich zu heiraten.« Er gab ihr die Schachtel.

Teresa stand einige Sekunden lang da und sah ihn mit Unglauben an. Sie öffnete die Verpackung und erblickte einen goldenen Ring, der mit einem prächtigen Diamanten besetzt war. Seine geschliffene Oberfläche reflektierte das Licht des Kronleuchters und warf flackernde Funken an die Wand. Sie warf sich Steven an den Hals.

»Sohn! Du hast ein Tempo vorgegeben, lass dich ...« Henry umarmte ihn herzlich, klopfte ihm auf die Schulter und gab ihm die Hand.

Teresa trat einen Schritt zurück. Tränen liefen über ihre Wangen und sie zog die Nase hoch. Nur ein einziger Gedanke ging ihr wie ein Blitz durch den Kopf:

Ich werde nicht allein sein! Ich werde nicht allein in dieser riesigen Stadt bleiben. Jemand liebt mich, ich liebe jemanden.

Sie tat, was sie unter keinen Umständen tun sollte. Mit der Oberfläche ihrer Hände wischte sie sich die Nase ab, dann ihre vor Glück mit Tränen gefüllten Augen. Ihr Lippenstift zog seltsame Bögen unter ihrer Nase und die Wimperntusche verschwamm und verursachte den schrecklichen Blick von Horrorfilm-Charakteren.

»Bedeutet das, dass du zustimmst?« Er bat um eine formale Zustimmung wie ein Richter, der die Angeklagten auffordert, ihre Schuld zuzugeben, und erwartete ein klares und lautes "Ja".

»Und was denkst du, mein Eselchen, warum ich heule? Ja! Ich werde es dir schriftlich geben, wenn du willst.«

Ein weiterer Fehler war, sich wieder an Stevens Hals zu kuscheln, der zu spät auf diesen Ansturm von Zärtlichkeit reagierte. Er schaffte es nicht, ihr Gesicht aufzuhalten, das unweigerlich auf sein blaues Hemd zukam.

Von allen behielt nur Henry kaltes Blut. Er nahm eine Flasche Champagner aus der Bar, öffnete sie und goss die Gläser voll.

»Anstatt des Abschieds, haben wir ein Verlobungsabendessen. Zu eurem Wohl.« Er reichte ihnen die Sektgläser. »Ich fürchte, dass ihr in diesem Zustand nirgendwo reinkommen werdet. Mein Sohn … ich hoffe, dass du dich nicht beleidigt fühlst, dass ich dich so nenne?« Steven verneinte. »Im Schlafzimmer, in der Garderobe findest du noch ein Hemd. Du, meine Liebe, musst dich auch in Ordnung bringen. Mit einer Hexe wird man uns nicht in ein Restaurant lassen.«

Teresa und Steven sahen sich an und brachen gleichzeitig in Gelächter aus.

Zwei Wochen nach der Abreise ihres Vaters nach Polen zog Teresa mit Steven in die neue Wohnung ein. Sie hatte ihm noch am Tag des Abschieds von ihrem Vater angeboten, mit ihr zusammenzuleben. Sie war der Meinung, dass sie es in Anwesenheit von Henry vorschlagen sollte, als es ohne sein Wissen umzusetzen. Der Vater erklärte, dass er natürlich nichts dagegen habe, sogar im Gegenteil. Außerdem war sie bereits offizielle Besitzerin dieser Wohnung. Sein Anwalt kümmerte sich um die rechtliche Seite dieser Änderung.

Teresas Arbeit nahm sehr viel Zeit in Anspruch. Bereits Anfang Dezember stellte sie mit Freude fest, dass sie so viele Termine in der Praxis hatte, dass sie keine Zeit für Hausbesuche verschwenden musste.

Sie erkannte schnell, welche Beratung ihr besonders gut gefiel: Familienangelegenheiten und schwierige junge Menschen, wie die Eltern ihre Nachkommen oft nannten. Ihrer Meinung nach gab es keine schwierigen Kinder, sondern nur unvorbereitete Erwachsene, die irgendwann bemerkten, dass ihre Kinder außer Kontrolle gerieten. Dann suchten viele von ihnen schnell die Hilfe eines Psychotherapeuten, wie die letzte Rettungsplanke.

Junge Leute, die zuerst mit ihren Eltern kamen – wenn sie überhaupt für ein Gespräch bereit waren –, fragten sie oft, ob sie mit ihnen unter vier Augen sprechen könnten. Die Eltern reagierten meist unbehaglich auf diese Bitte, denn ein Fremder, an den sie sich wandten, übernahm plötzlich ihre Rolle. Sie vermutete, dass sie diese Bitte ihrer Persönlichkeit verdankte. Junge Menschen behandelten sie wie eine ebenbürtige

Ansprechpartnerin, nicht wie eine elterliche Autorität oder einen Erwachsenen.

Wenige Tage vor Weihnachten und ihrer mit Steven geplanten Reise nach Polen erhielt sie einen Anruf von Esther McWinhorst, der Frau eines ihrer ersten Patienten, Tom McWinhorst. Sie bat um ein Gespräch. Die Stimme der Frau brach von Zeit zu Zeit zusammen. Sie schien dringend Hilfe zu brauchen. Teresa vermutete zu Recht, dass es sich um ihren Mann handelte. Mrs. McWinhorst schlug ein Treffen in einem Café vor, nur zwei Straßen von der Mansell Street entfernt.

Teresa musste nicht lange suchen. Eine Frau, die allein in der Ecke des Raumes an einem Zwei-Personen-Tisch saß, fiel gleich auf. Ihr steinernes Gesicht war zum Fenster gerichtet. Sie blickte auf die Menschen, die vorbeikamen, und auf Hunderte von Autos, die über die ständig überfüllte Straße rasten.

Die Frau bemerkte Teresa im ersten Moment nicht, sie war mit ihren Gedanken und Sorgen beschäftigt, was man ihr direkt anmerkte. Welche Traurigkeit diese noch junge Frau empfand, signalisierte der schwarze Krepp, den sie in den Kragen ihrer weißen Bluse gesteckt hatte. Teresa schätzte sie auf etwa achtunddreißig Jahre. Ihr hübsches Gesicht mit den ersten Falten auf der Stirn schmückte ein zartes Make-up. Eine sorgfältig auf ihren Look abgestimmte Brille mit schwarzer, zarter Fassung gab ihr einen noch intelligenteren, respektableren Look als ohnehin schon. In ihrem dunklen, langen Haar sah man eine Silbersträhne, fast wie eine Weihnachtslamelle, die über ihrer Stirn begann und in einem dicken Pferdeschwanz am Nacken verschwand.

»Mrs. McWinhorst?« Teresa sprach sie an, zog sie aus der Träumerei heraus und streckte gleichzeitig die Hand in ihre Richtung.

»Teresa Krammer.« Sie korrigierte sich: »Dr. Teresa Krammer.«

Der Doktortitel, der ihr erster und für die meisten Patienten der wichtigste Teil ihres Nachnamens wurde, war ihr noch fremd. Sie brauchte Zeit, um sich daran zu gewöhnen. Ihre Patienten halfen ihr zweifellos dabei. Fast jeder sprach sie mit "Frau Doktor" an, ohne ihren Nachnamen zu nennen.

Die Frau gab ihr die Hand, ohne ein Wort zu sagen, und zeigte mit dem Kopf auf dem Stuhl gegenüber. Für einige Sekunden betrachteten sie sich schweigend. Teresa fragte sich, aus welchem Grund sie sich mit ihr treffen wollte. Das, was geschehen war, hatte nichts mit ihr zu tun, sie konnte nicht mit dem Tod des Mannes von Mrs. McWinhorst belastet werden. Ja, sie war sich sicher, dass er sich das Leben genommen hatte, dass er die Sucht, die sein Fluch wurde, nicht bewältigen konnte. In ihrer kurzen Praxis als Psychiatriestudentin traf sie auf Menschen, die von starken, harten Drogen abhängig waren. Oft waren es Jugendliche, denen die sinnesreizenden Stimulatoren wie Amphetamin, Methamphetamin, Ecstasy den Verstand genommen hatten. Sie zerstörten sie geistig, körperlich und drängten sie unvermeidlich in den Abgrund, dort, wo der Tod lauerte. Nur wenige schafften es, mit der Sucht aufzuhören. Als beste Methode erwies sich, die Umgebung zu verlassen, ans andere Ende des Landes oder sogar ins Ausland zu ziehen, so weit wie möglich weg von dem früheren Leben, weg von süchtigen Freunden und Dealern.

Esther McWinhorst hob ihre Tasche auf, stellte sie auf die Knie und zog etwas heraus, das sie Teresa gab.

»Ich fand das in seinem Schreibtisch. Er hat sich nicht einmal die Mühe gemacht, sie einzulösen.

Es waren Rezepte. Teresa sah sie durch und gab sie dann zurück.

»Sie wurden in der Klinik ausgestellt, in der die Behandlung Ihres Mannes durchgeführt wurde. Diese Antidepressiva werden in der Regel von Krankenhäusern ausgestellt. Die Behandlung von Depressionen ist langfristig und erfolgt unter der Aufsicht eines Psychiaters. Dr. Hawlett riet Ihrem Mann zu einer medikamentösen Behandlung. Er empfahl ihm Sheffield. Dort ist sein Freund, den er von der Universität kennt, der Direktor. Soweit ich sehe, hat Ihr Mann nicht einmal London verlassen.«

»Er entschied sich für eine ambulante Behandlung. Er sagte, dass er seine Familie nicht verlassen wolle. Er hat uns betrogen! Er behauptete, dass er gesund sei und nie wieder zu Kokain greifen würde. Er hat bis zum Ende gelogen. «

»Wenn ja, dann hat er mich auch angelogen. Statt ihn ...«

»Ich bin anstelle von ihm hier«, unterbrach die Frau. »Ich habe um dieses Treffen gebeten, in der Hoffnung, dass Sie mir helfen würden, eine Antwort zu finden: Warum? Ich liebte ihn so, wie er war. Ich liebte ihn in schwierigen Momenten, in denen er mit sich selbst nicht zurechtkam. Er ließ uns einfach egoistisch, ohne Chance, ohne Alternative zurück. Wessen Schuld ist es? Meine? Ihre? Die der Ärzte, die zu wenig getan haben, um ihm zu helfen?« Sie nahm ein Taschentuch aus der Tasche und rieb sich die Augen.

Teresa nahm ihre Hand und schüttelte sie mit Mitgefühl.

In diesem Moment dachte sie an Steven. An ihre Beziehung zu einem Mann, den sie soeben erst kennengelernt hatte und der ihr Leben so sehr veränderte. Wenn sie ihn jetzt verloren hätte, wäre sie wahrscheinlich vor Verzweiflung verrückt geworden. Sie liebte die so wunderbaren Abende wie den von gestern, als sie sich im Wohnzimmer zusammensetzten und sich aneinanderschmiegten. Er hatte seinen Kopf auf ihre Oberschenkel gelegt und seinen Arm fest um ihre Taille geschlungen. Sie hörten Musik, tranken Wein, sprachen leise oder schauten einfach durch das Fenster auf das Panorama der beleuchteten Stadt. Als er eine Geschichte erzählte, verwandelte sich der Raum in einen Kinosaal und das Fenster wurde zu einer riesigen Leinwand, auf der sie Szenen aus Stevens Kindheit, Bilder aus Afrika oder einem Krankenhaus voller hilfsbedürftiger Patienten sah. Inmitten von ihnen ihr geliebter, ruhiger und Gelassenheit bringender Halbgott. Seine Geschichten waren so real, voller Leben, dass ihre Fantasie sie in die Welt dieser Geschichten entführte. Die Gestalten standen praktisch auf kürzester Entfernung vor ihr, als ob sie lebendig wären, wie ein dreidimensionaler Film. Sie sah Steven mit seinem Bruder Tom und einer Gruppe von Kindern, die in einem Bach badeten. Die Jungen verbrachten die Ferien jedes Jahr mit ihren Familien auf dem Land, bis zu Toms Tod. In den Geschichten aus dem Studium, dem Aufenthalt in Afrika oder der Arbeit in einem Krankenhaus spielte Bobby eine der Hauptrollen. Sie hatte Stevens Freund während des Umzugs getroffen. Er und seine Krankenhauskollegen halfen Steven, all seine Sachen zu tragen, die in einen kleinen Lieferwagen passten.

In ihren Gedanken nannte sie Bobby eine Schlange. Seine zarte, glänzende Haut und sein flexibler Körper, in dem – wie es schien – keine

Knochen waren, erinnerten sie an dieses Reptil. Er ließ Steven nicht aus den Augen, bereit, jeden seiner Wünsche zu erfüllen. Teresa hätte nie erwartet, dass sie wegen seines Freundes eifersüchtig werden würde.

Sie liebte Stevens Duft. Es war zweifellos diese Chemie, die sie dazu brachte, sich grenzenlos in ihn zu verlieben. Am Morgen, wenn sie ohne ihn aufwachte, legte sie vor dem Aufstehen ihren Kopf auf sein Kissen und atmete seinen Duft mit geschlossenen Augen ein, wie ein Junkie, der sich mit Drogen berauschen will, deren Dosis für den ganzen Tag aus-reichen musste. Sie verstand ihre Gesprächspartnerin also vollkommen.

Esther fasste ihre Hand.

»Es tut mir so leid, dass ich Sie mit meiner Traurigkeit belaste, aber ich habe jetzt niemanden, mit dem ich reden kann. Die Kinder sind noch zu jung, und erst später werden sie den Verlust ihres Vaters begreifen.«

»Es ist meine Pflicht, Menschen in schwierigen Lebenssituationen zu helfen. Ich freue mich, dass Sie darum gebeten haben, mich zu treffen. Die Antwort auf Ihre Frage: "Warum" – hier muss ich zugeben, dass ich es nicht weiß. Ich hätte Ihren Mann besser kennenlernen müssen. In mei-nem ersten und einzigen Gespräch mit ihm hatte ich den Eindruck, dass ich mit jemandem sprach, der fest auf dem Boden steht und weiß, was er will und was die Familie von ihm erwartet. Er sagte mir, dass er eine schwierige Zeit hinter sich hat, aber erst jetzt genießt er jeden Tag, den er mit Ihnen zusammen verbringt, und das gibt ihm noch mehr Durch-haltevermögen.«

Die Frauen rückten vom Tisch ab, als sie die Kellnerin sahen, die zwei Tassen Tee und zwei Teller mit Apfelkuchen von einem Tablett nahm. Das war anscheinend zuvor von Esther McWinhorst bestellt wor-den.

»Ja, es war eine kurze und leider schnell vorübergehende Zeit nach dem Ende der Therapie. Mein Mann war glücklich und sehr optimistisch. Er hatte einen neuen Job. Der gab ihm Zufriedenheit, und es schien uns, dass wir ein neues, besseres Leben begonnen hatten. Bis zu diesem Abend ... vor zwei Wochen. Er sprach lange Zeit mit jemandem am Te-lefon. Er sagte mir nur, dass es sich um einen alten Bekannten handelt, mit dem er sich morgen nach der Arbeit treffen wird. Am nächsten Tag kam er spät nach Hause. Ich bemerkte sofort, dass etwas nicht stimmte. Er log, dass er Methadon nehmen musste, und fühlte sich danach schlecht. Wenn ich ihn in Ruhe gelassen hätte ... Vielleicht wäre das nicht passiert? Ich weiß es nicht! Dann haben wir uns schrecklich gestritten. Er gab zu, dass er wieder damit angefangen hat. Er bat um Vergebung. Wir weinten beide. Ich wollte ihm so sehr helfen. Ich habe ihn genauso sehr enttäuscht wie er uns. Vor einer Woche fand die Polizei ihn tot in seinem Auto. Dieser Brief lag auf dem Sitz daneben.« Sie gab ihn Teresa.

Teresa zögerte einen Moment lang. Sie war sich nicht sicher, ob sie einen Brief lesen sollte, der nicht an sie adressiert und dazu noch der Abschiedsbrief eines Selbstmörders war. Sie hielt ihn in der Hand und sah fragend in Esthers Augen.

»Teresa, ich möchte, dass du es liest, vielleicht können wir dann verstehen ...« Esther ging zu einem weniger offiziellen Ton über und sprach sie mit Vornamen an, als ob sie sie ermutigen wollte, eine Entscheidung zu treffen.

Bevor Teresa das Blatt Papier ausbreitete, fragte sie: »Wie?«

Zuerst verstand Esther nicht, was sie meinte, aber bevor Teresa ihre Frage genauer formulierte, antwortete sie: »Mit einer Beretta, neun Millimeter. Er hatte diese verdammte Waffe, wie er sagte, für den Fall eines Überfalls, aber in der Tat hat er immer daran gedacht, dass er sich damit den Kopf wegpusten wird. Er steckte sich den Lauf in den Mund. Die Kugel schlug die Heckscheibe in unserem Auto und die Frontscheibe in einem dahinter geparkten Auto ein. Sein Gehirn und das Blut bedeckten den gesamten Innenraum des Autos, das noch immer auf dem Polizeiparkplatz steht. Es ist nur noch Schrott wert, ich kriege dafür nicht mal ein paar Pfund.«

Teresa betrachtete noch einmal das Blatt Papier. Erst jetzt bemerkte sie kleine Blutstropfen darauf. Sie ließ den Brief auf den Tisch fallen, nahm zwei Papierservietten als Ersatz für Handschuhe und breitete das Papier vor sich aus. Dann begann sie mit leiser Stimme zu lesen:

„Wenn du diesen Brief in der Hand hältst, bin ich nicht mehr da! Ich möchte mich nur entschuldigen, es erklären und mich von dir verabschieden. Es tut mir leid, dass ich dir mehr Schmerz als Freude bereitet habe. Dass ich mit einer Sucht, die für mich in den letzten Jahren meines Lebens eine Qual war, nicht umgehen konnte."

Teresa betrachtete den Text, ohne viel Aufmerksamkeit auf seine Bedeutung zu richten. Sie fühlte sich durch die ganze Situation beschämt und hatte keine Lust mehr, den Abschiedsbrief eines Selbstmörders an seine Familie und Freunde zu lesen. Sie hatte den Eindruck, dass sie die frischen Wunden von jemandem ausstechen würde.

Sie schaute auf die Uhr und machte Esther klar, dass sie nun die Zeit, die sie für sie vorgesehen hatte, längst überschritten hatte.

»Bist du auf der Suche nach einer Antwort auf die Frage: Warum? Du hast sie vor dir.« Sie deutete auf den Brief. »Jeder Erwachsene ist sich bewusst, was er oder sie tut, wenn er oder sie nach Drogen greift. Toms Depression war eine Folge davon. Du kannst dir nicht selbst die Schuld für das geben, was passiert ist. Wenn du jemals jemanden zum Reden brauchst, lade ich dich in mein Sprechzimmer ein.«

Teresa nahm eine Visitenkarte aus der Tasche und gab sie ihr. Sie trank zwei Schlucke Tee aus der Tasse und schob sie und den Teller mit Kuchen zur Seite. Dann verabschiedete sie sich schnell und verließ das Café. Um die Ecke des Gebäudes hielt sie für einen Moment an und atmete tief die kühle Dezemberluft in die Lunge ein. Tränen flossen über ihre Wangen. Das Bewusstsein, dass Esther versucht hatte, ihr die Schuld für den Tod ihres Mannes in die Schuhe zu schieben, ließ sie für die nächsten Tage nicht mehr los.

*

Weihnachten war in diesem Jahr viel schneller als sonst gekommen. Teresa war bis dahin vollständig mit ihrer Arbeit beschäftigt gewesen. Nun packte sie ihre und Stevens Sachen in die Koffer. Sie hatten nur noch zwei Stunden vor der Abreise zum Flughafen. Steven kam erst im letzten Moment ins Haus und schaffte es gerade noch, sich für die Reise umzuziehen.

Sie landeten am Tag vor Heiligabend in Krakau. Teresas Eltern konnten ihre Ankunft kaum abwarten und waren eine Stunde früher am Flughafen angekommen, um sie abzuholen.

Die Kombination von Medikamenten zur Linderung der Unruhe und der Symptome von Flugangst stellte sich für Teresa als ungünstige Mischung heraus. Sie stieg auf weichen Beinen aus dem Flugzeug und musste sich auf Stevens Schulter stützen, um nicht umzufallen. Sie entschied, dass sie während des Rückfluges seinen Rat befolgen und einen doppelten Whisky bestellen würde, noch bevor sie das Flugzeug betraten.

»Wir bedauern sehr, dass wir euch nicht so lange bewirten können. Drei Tage sind wirklich nicht viel, um euch Krakau und seine Umgebung zu zeigen«, sagte Henry im Auto. »Marta hat eine kleine Liste der interessantesten Orte zusammengestellt, die man ihrer Meinung nach unbedingt sehen sollte. Schade, schade. Es ist schade«, er wiederholte es mehrmals, um die Wichtigkeit der verlorenen Gelegenheit hervorzuheben.

»Mein Samariter hat nur drei Tage frei«, sagte Teresa, die auf dem Rücksitz saß. Sie fühlte sich immer noch ein wenig benommen, wie nach zwei großen Weingläsern. Ihr leichter Schwindel verschwand langsam mit jedem Schluck Wasser aus einer Flasche, die Henry ihr gegeben hatte. »Niemand wollte mit ihm tauschen. Nicht mal Bobby wollte das!«, fügte sie mit einer klaren Bosheit hinzu.

»Wie könnte er mit mir tauschen, wenn er auch arbeiten muss«, sagte Steven mit einer seltsamen Grimasse auf dem Gesicht, die Entrüstung ausdrücken sollte.

Bei Teresa, die das Thema für noch nicht beendet hielt, sorgte es für Vergnügen.

»Also arbeitet er auch? Was für ein seltsamer Zufall. Er muss auch arbeiten!« Sie lächelte ihn an.

Steven sprach nicht mehr und nahm den Fehdehandschuh nicht auf, der ihm zugeworfen wurde. »Wer ist das, dieser Bobby?« Ihre Mutter fragte sie flüsternd auf Polnisch.

»Ein Kollege aus dem Studium. Sie waren zusammen in Afrika, jetzt arbeiten sie zusammen. Nur, dass Steven die Patienten narkotisiert, der andere schneidet sie auf. Er ist Chirurg«, sie flüsterte ihr ebenfalls ins Ohr.

»Bist du eifersüchtig?« Marta versuchte, von Teresa weitere Informationen über den ihr unbekannten Arzt zu erhalten.

»Nein. Ich weiß es nicht. Vielleicht ein bisschen.«

Ihre Mutter sah ihr in die Augen.

»Ja. Verdammt! Ich bin eifersüchtig«, Teresa trank einen Schluck aus der Flasche.

»Der andere ist ...?«

»Ich bin mir nicht sicher«, sie zuckte mit den Schultern, »aber es scheint mir, dass, wenn er die Wahl hätte, mich oder ihn auszuziehen«, sie nickte in die Richtung ihres Verlobten, »er zweifellos Steven wählen würde.«

»Ich auch.« Sie stieß ihre Tochter scherzhaft in die Seite. Beide begannen zu kichern.

»Nach Hause oder zum Marktplatz?« Henry sprach laut von vorne und erwartete anscheinend eine sofortige Entscheidung.

Teresa sah auf die Uhr. Es war erst zwölf Uhr.

»Zum Markt! Bring uns ins Zentrum, Dad. Letztes Mal war ich dort ...«

»Vor dreizehn Jahren«, Marta beendete den Satz für sie.

Henry, der sich inzwischen in Krakau und seiner Umgebung so gut wie in den Straßen Londons bewegte, fuhr von Zakopane aus bergab und lenkte den Wagen in Richtung Zentrum der Hauptstadt eines Landesteils.

In den nahegelegenen Feldern gab es Reste von Schnee, der vor einigen Tagen fiel und nun bei milden Temperaturen schmolz. Die Sonne kämpfte damit, den nebligen Himmel zu durchdringen. Je näher an der überfüllten Stadt, desto schwieriger war es für sie, eine Lücke am Himmel zu finden, um einen Lichtstrahl auf die Windschutzscheibe zu werfen.

Henry parkte sein Auto in der Nähe des Bahnhofs. Es war fast wie ein Wunder, dass er dort eine Parklücke gefunden hatte.

»Ich will nur auf den Markt gehen. Ich will es wirklich noch einmal sehen. Ich möchte die Krakauer Tuchhalle und Gemälde alter Meister sehen, auf denen alle Pferde von Małopolska und vielleicht auch aus benachbarten Provinzen gemalt wurden. Erinnerst du dich, Mama? Wir haben sie immer bewundert. Oder die mit Autolacken in Aerosol. Es war unglaublich!«

»Ich habe hier seit Jahren niemanden mehr gesehen, der sie mit dieser Methode malt. Die Luftverschmutzung in Krakau ist so hoch, dass die Stadtpolizei eine solche Malerei sicherlich nicht zulassen würde.«

»Chcesz precla?«, Teresa fragte Steven in der polnischen Sprache, ob er eine Brezel haben wollte, und rannte, ohne auf eine Antwort zu warten, auf eine ältere Frau zu, die aus einem Glas-Rollwagen Brezel verkaufte.

»Was?« Er machte große Augen. »Was bedeutet das?«

Henry kam zu Hilfe und versuchte ihm zu erklären, was eine Brezel ist. Bevor es ihm gelang, stand Teresa wieder bei ihnen und drückte allen das traditionelle Krakauer Gebäck in die Hand.

Sie verpasste keinen einzigen Stand in der Cloth Hall. Auf jedem von ihnen musste sie verschiedene Souvenirs und Schmuckstücke berühren und begutachten. Nach einer Stunde gingen sie Richtung Ausgang. Steven hielt eine Tasche voller Einkäufe in der Hand, die Teresa mit nach England nehmen wollte.

»Jetzt bin ich glücklich.«

Sie umarmte Steven und küsste ihn heiß auf den Mund. Sie verspürte ein bis jetzt unbekanntes, angenehmes Gefühl der Zufriedenheit und sogar des Glücks, als sie all die Dinge kaufte, die sie in Wirklichkeit nicht brauchte.

Teresa drehte sich instinktiv in die andere Richtung und sah SIE zum ersten Mal. Sie ging langsam auf das Mädchen zu. Teresa schätzte sie auf etwa zwanzig bis höchstens fünfundzwanzig Jahre. Ihr Gesicht war von unvergleichlicher Schönheit und mit dem leichten, unbeschwerten Lächeln eines Menschen verziert, dessen Leben nach seinen Wünschen gestaltet war. Das Lächeln von jemandem, der alles erreicht hatte und jetzt von den Gaben des Schicksals profitierte. Das Mädchen trug ein kurzes, schönes Zobelfell, das im Licht in Braun, Beige und heller Asche schimmerte. Ein enger Rock brachte den wohlgeformten Hintern zum Vorschein. Die Beine waren mit dicken, schwarzen und mit Silberfäden verwebten Strümpfen bedeckt. Hohe, schwarze Stiefel mit Absätzen reichten bis zu den Knien. Ihr schwarzes, dichtes, leicht lockiges Haar fiel auf die Schultern.

Als sie aneinander vorbeigingen, hielten beide für einen kurzen Moment voreinander an und sahen sich gegenseitig in die Augen. Die schwarzhaarige Schönheit neigte ihren Kopf leicht zu Teresa, als ob sie sie begrüßen wollte, und enthüllte eine Reihe hübscher, weißer Zähne beim Lächeln. Dann drehte sie sich um und ging weiter.

Am letzten Stand blieben Teresa, Steven, Marta und Henry für einen Moment stehen. Diesmal sah Steven sich die Seidenschals an. Zusammen mit Henry diskutierte er die Wahl der richtigen Farbe für seinen Mantel. Marta zog beide zurück in die Tuchhalle und meinte, dass Steven dort sicher etwas finden wird. Teresa blickte auf das Denkmal des Dichters und Nationalhelden Adam Mickiewicz sowie auf die zahlreichen Touristen, die an der Stelle Fotos machten.

Plötzlich zwickte sie jemand in den Ärmel. Bevor sie sich umblickte, sagte ihr Instinkt, dass es niemand anderes sein könne als das schöne Mädchen, das sie vor ein paar Minuten getroffen hatte.

Ja, sie war es. Das Mädchen blieb wieder stehen, aber nur für kurze Zeit, denn diesmal war sie in Begleitung eines viel älteren, eleganten Mannes. Sie drückte ein Kärtchen in Teresas Hand und ging so schnell und unerwartet, wie sie erschienen war, weiter.

Die Karte war in der Hälfte gefaltet. Teresa zog sie auseinander. Ihr Herz schlug wie verrückt. Sie fühlte sich wie Aschenputtel, auf das der Märchenprinz aufmerksam wurde. Plötzlich wurden ihre Wangen rot.

Sie ahnte, was das Mädchen tat, aber das hatte sie nicht von ihr erwartet. Sie zerknitterte die Karte und warf sie zu Boden.

Die Eltern und Steven verließen die Tuchhalle und sahen sich um. Steven präsentierte aus der Ferne seinen Kauf. Der Schal war wirklich schön. Das zarte Material, wie ein Lebewesen, zerfiel praktisch in seinen Händen. Teresa berührte ihn und musste offen zugeben, dass die Wahl perfekt war. Sie wickelte ihn um seinen nackten Hals.

»Passt zu deinen Augen.« Sie zog am Ende des Schals und schob seinen Kopf zu sich.

»Du bist eiskalt und hast ein rötliches Gesicht.« Marta sah sie mit Sorge an. »Willst du, dass wir jetzt nach Hause fahren?«

»Lass uns noch ein bisschen spazieren gehen, dann können wir fahren.« Teresa steckte ihre Hand in die Jackentasche. »Es scheint, dass ich etwas verloren habe.«

Sie drehte sich um, kehrte ein paar Schritte zurück, hob die zerknitterte Karte vom Boden auf und steckte sie unauffällig in die Tasche.

Das einstöckige Elternhaus erwies sich als eine schöne Villa auf einem Hügel bei Zakopane. Ihr Vater blieb dort die ganze Zeit, während Marta wegen ihrer Arbeit nur am Wochenende zu ihm kam. Im Juni, nach dem Ende des Schuljahres, wollte sie auf Dauer dorthin ziehen.

In dieser Nacht kühlte es ab und unerwartet, entgegen der Wettervorhersage, fiel Schnee. Der Blick von der Terrasse auf den bewaldeten, schneebedeckten Hügel und die majestätisch aussehende Tatra war so großartig, dass sie beschlossen, dort zu frühstücken.

»Vielleicht wird es dich ein wenig überraschen, dass wir an diesen Feiertagen bereits über die nächsten sprechen«, Marta begann mit einer gewissen Verlegenheit, »aber Henry und ich wollen an Ostern heiraten. Außerdem ... Henry schlug vor ...«

»Vielleicht erzähle ich es weiter, denn es ist eigentlich meine Idee. Marta und ich denken, dass, wenn ihr auch, dann vielleicht wir alle zusammen ... hier? Was meint ihr? Es wäre schön! Familienhochzeit, gemeinsame Hochzeit.«

Für einen Moment herrschte eine unangenehme Stille. Teresa sah Steven fragend an. Der wiederum mied ihren Blick.

»Ich kann nicht verhehlen, dass du uns jetzt völlig überrascht hast«, sagte er endlich. »Wir haben noch nicht darüber gesprochen und es ist schwierig, sofort eine klare Antwort zu geben. Ich denke, wir müssen vorher ein paar Probleme lösen, nämlich die Entfernung von England hierher, wegen meiner Familie, unserer Freunde und dergleichen. Wir haben noch nicht alle gezählt, aber es scheint mir, dass wir viele Leute zu unserer Hochzeit einladen möchten, oder?« Er wandte sich an Teresa.

Teresa schwieg. Henry sprach stattdessen: »Denkt darüber nach. Ihr müsst uns nicht sofort eine Antwort geben. Was die Anreise deiner Verwandten und eurer Freunde hierher betrifft, so überlasse es mir.«

Teresa wusste, dass für ihren Vater nichts unmöglich war. Zu jeder Zeit war er bereit, nicht nur einen Bus, sondern auch ein Flugzeug zu organisieren, um alle Gäste hierherzuholen.

Teresa hatte seine Eltern noch nicht kennenlernen dürfen und das tat ihr sehr weh. Sie waren endlich verlobt und es wäre eigentlich angebracht, seinen Eltern seine Verlobte vorzustellen. Es sei denn ... seine Absichten ihr gegenüber waren nicht aufrichtig.

Nach dem Frühstück half sie ihrer Mutter, in der Küche die Heiligabend-Gerichte zuzubereiten und Weihnachtskuchen zu backen. Henry fuhr nach Zakopane mit der Begründung, dass er einige Dinge zu erledigen habe. Steven hingegen saß die ganze Zeit auf der Terrasse, in eine dicke Decke eingehüllt, fasziniert von der Aussicht auf die Berge, die er noch nie gesehen hatte.

»Bring es ihm, bevor er sich in einen Eisbrocken verwandelt.« Marta gab ihrer Tochter eine Tasse Tee mit einem Schuss Rum. Sie sah auf die Uhr. »In einer Stunde könnte man anfangen, den Weihnachtsbaum zu schmücken. Was hältst du davon?« Sie wollte damit sagen, dass sie dankbar wäre, wenn sie beide die Arbeit übernehmen würden.

»Wird gemacht. Ich jage ihn sofort von dort weg.«

Steven lag auf einem Holzliegestuhl und starrte auf die weiter weg liegende Skipiste. Aus dieser Entfernung sahen die Skifahrer aus wie

Partikel, die sich auf einem schneebedeckten Berg bewegten. Die Sonne, die aus einer kleinen Wolke herauskam, bräunte sein Gesicht und bedeckte seine Wangen mit Rötungen.

Teresa gab ihm die Tasse, ohne ein Wort zu sagen. Sie wollte, dass er sofort einen kräftigen Schluck heißen Tee nahm und sich damit den Mund verbrannte. Steven ergriff ihre Hand, aber sie zog sie sanft heraus. Sein Zögern beim Vorschlag seiner Eltern, eine gemeinsame Hochzeit zu feiern, schmerzte sie sehr, und es fühlte sich an wie ein Splitter in ihrem Herzen. Sie hatte das Gefühl, als hätte er heute ihre Liebe abgelehnt.

»Henry war mal anders ...«, begann sie.

»Wir waren alle mal anders. Wir verändern uns mit dem Alter, wir reifen, wir werden älter. Das muss ich dir doch nicht erklären.« Er lehnte sich bequemer auf dem Liegestuhl zurück und legte seine Lippen vorsichtig an den Rand der Tasse. Teresa bemerkte mit Enttäuschung, dass er sich nicht verbrannte.

»Als wir noch vor ihrer Scheidung in Krakau zusammenlebten, nahm mich mein Vater regelmäßig zu den Fußballspielen der Ersten Liga mit. Er sagte mir, dass er immer ein fanatischer englischer Fan war und Fußball sein Element war. Meine Mutter erzählte mir, dass er wieder zu den Spielen geht, und diesmal nimmt er sie mit, obwohl sie ... nun, weißt du, sie interessiert sich überhaupt nicht für Fußball. Ich glaube, sie tut es nur für ihn. Ich war zwölf Jahre alt, als es bei einem dieser Spiele in der Nähe unseres Sitzplatzes einen Kampf gab. Einer der Fans schubste den anderen weg und er fiel auf mich. Ich stürzte zu Boden und fing aus Angst an zu weinen. Mein Vater erwischte denjenigen, der die Schlägerei provoziert hatte, und schlug ihn butterweich. Niemand hat sich für ihn eingesetzt, aber ich denke, selbst dann hätte Henry sie alle geschlagen.

»Bedeutet das, dass ich jetzt Angst haben sollte?« Steven stellte die Tasse auf den Holzboden und stand vom Liegestuhl auf.

»Wenn er der Henry von vor fünfzehn Jahren wäre, dann ja, sicherlich ja. Er hätte dich verprügelt, später hätte er dich wie ein Kalb an den

Füßen zusammengebunden und an einem Haken in seinem Pick-up befestigt, dann über diese herrlichen Hügel gezogen. Weil er, im Gegensatz zu dir, seine Teresa liebt!«

»Ich liebe dich auch! Es tut mir leid.« Er näherte sich ihr, packte sie an den Händen und kniete vor ihr nieder. »Wir werden tun, was immer du willst.«

Teresa bemerkte Marta, die hinter dem Vorhang stand und sich die Augen rieb. Ihre Mutter sah durch das Fenster jedoch nicht Stevens schelmisches Lächeln und seine amüsierten, jungenhaften, blauen Augen.

»Aber nur für alle Fälle würde ich dir raten, nicht mit ihm allein zu bleiben. Und jetzt müssen wir einen Weihnachtsbaum schmücken! Hast du das schon mal gemacht?«

»Ich habe nichts anderes lieber getan, als an Heiligabend einen Christbaum zu schmücken. Zusammen mit meinem Bruder ...«, er hielt für einen Moment inne, »während er noch am Leben war, später nie wieder.« Als er aufstand, nahm er sie auf die Arme. »Haben wir einen Moment Zeit?« Er fing an, ihren Hals zu küssen.

»Eine Stunde.«

»Dann müssen wir uns beeilen.«

Er ging mit ihr zur Tür am Ende der Terrasse, die zu ihrem Schlafzimmer führte. Teresa drückte den Griff mit dem Fuß runter und öffnete dann die Tür mit den Beinen.

Als das schönste Weihnachtsgeschenk nach dem Abendessen an Heiligabend erwies sich eine Fahrt in einem Schlitten, vor dem zwei prächtige Zugpferde gespannt waren. Henry hatte das organisiert. Später schlug Marta vor, dass sie in einer historischen Holzkirche in Zakopane an einer Heiligen Messe teilnahmen. Nach der Rückkehr nach Hause bauten die Männer auf der Terrasse einen Metallkoksofen auf, der im Sommer als Grill diente, und feuerten darin Holzkohle an. Sie alle saßen noch fast zwei Stunden auf der Terrasse, in Decken gehüllt, und tranken Glühwein. Teresa erklärte, dass sie den Vorschlag der Eltern – eine

Stunde Diskussion vor dem Schmücken des Weihnachtsbaums – durch-diskutiert hätten und sich sehr freuen würden, an Ostern eine Doppel-hochzeit zu feiern.

Henry verschwand für einen Moment, und als er zurückkam, hielt er zwei Zigarren in der Hand.

»Ich habe sie für einen besonderen Anlass aufbewahrt. Nicaragua-nisch. Die beste, die ich je geraucht habe. Heute haben wir, ohne Zweifel, einen besonderen Anlass«, er gab Steven eine. »Willkommen in der Fa-milie!«

»Danke sehr. Ich muss zugeben, dass ich mich zum zweiten Mal in kurzer Zeit verliebt habe. Beim ersten Mal in eure Tochter«, er küsste Teresa, »und beim zweiten Mal in diese schöne Gegend. Ich freue mich, dass wir bald hierherkommen werden und unsere Hochzeit gemeinsam feiern.«

Die Männer umarmten sich. Steven fühlte sich wie in den Armen ei-nes Bären und musste mit Entsetzen feststellen, dass er einen halben Kopf kleiner war als sein zukünftiger Schwiegervater. Er erinnerte sich an Teresas Geschichte über den Vorfall im Fußballstadion.

*

Sie kehrten am Abend des zweiten Weihnachtstages nach London zu-rück. Steven begann am nächsten Tag mit der Arbeit. Teresa beschloss, in ihre Praxis zu gehen, um Akten für die Patienten vorzubereiten, für die sie im Januar, kurz nach dem Jahreswechsel, Termine vereinbart hatte. Unterwegs kaufte sie die "Daily Express". Beim Durchblättern der Seiten stieß sie auf die Nachricht vom Tod von Lord York. Unter seinem Foto wurden sein Leben und seine Verdienste kurz dargestellt:

"Er starb an einer plötzlichen Lungenentzündung im Krankenhaus. [...]. Die Ärzte konnten nichts für ihn tun. [...]. Die Witwe, Mrs. York, ist in tiefe Trauer gestürzt. [...]. Das Parlament hat ein treues und loyales Mitglied des House of Lords verloren."

Ein Besuch auf dem Anwesen der Yorks stand Teresa bevor. Sie erkannte auch, dass sie es war, die indirekt zu seinem Untergang und damit vielleicht zu seinem Tod beigetragen hatte. Was Kathrin betraf, so hatte sie ernsthafte Zweifel an der Aufrichtigkeit ihrer Trauer.

An diesem Tag ging Teresa wie gewohnt um acht Uhr morgens ohne Frühstück zur Arbeit. Steven schlief nach dem Dienst noch, also verließ sie die Wohnung leise. Sie nahm die Post aus den Briefkästen heraus, ging die Treppe hinauf ins Büro und sortierte sie unterwegs. Das meiste war Werbung, aber ein Brief war an ihren Namen adressiert und wurde aus Las Vegas verschickt. Unmittelbar nach dem Betreten des Büros öffnete sie den Umschlag und zog ein Foto und einen Brief heraus.

Das Foto zeigte Kathrin, die von Nikolai wie ein kleines Mädchen auf den Armen gehalten wurde. Es war zweifellos ein Hochzeitsfoto, was durch ihre Kleidung und Eheringe an den Fingern zu erkennen war.

"Meine Liebe", sie fing an, Kathrins Worte zu lesen, die auf einem kleinen Blatt Papier geschrieben waren. "Wie du sicher ahnst, habe ich es getan! Ich habe wieder geheiratet und bin sehr glücklich. Ich denke oft an dich und wir würden uns freuen, wenn du uns wieder besuchst. Bis Ende Januar bleiben wir in Vegas. Ich melde mich, wenn wir zurückkommen. Auf Wiedersehen in London. Schöne Grüße, Kathrin und Nikolai."

Sie war ein wenig überrascht von der Eile, mit der Kathrin diese Entscheidung getroffen hatte. Sie war sich sicher, dass die lokalen Zeitungen sie zerreißen und kein gutes Wort über sie verlieren würden, wenn sie nach England zurückkehrte.

An diesem Tag sagten zwei Patienten die Sitzungen ab und baten um andere Termine. Sie beschloss, die Zeit, die ihr unerwartet zur Verfügung stand, zu nutzen, um einzukaufen und den leeren Kühlschrank aufzufüllen. Weil Steven wahrscheinlich noch schlief, öffnete sie leise die Eingangstür und betrat die Wohnung. Aus dem Schlafzimmer kam der vertraute Klang ihres Bettes, Musik und die aufgeregten, tiefen Atemzüge von Steven und einer weiteren Person.

Sie legte die Einkaufstasche im Flur ab und stand in der offenen Tür zum Schlafzimmer.

Ihr Verlobter kniete mit leicht angehobenem Kopf und geschlossenen Augen auf dem Bett, seine Hände lagen auf Bobbys schwarzem Gesäß. Die Haut der beiden war mit Schweiß bedeckt, was darauf hindeutete, dass die Aktion schon seit längerer Zeit stattfand.

Teresa umklammerte die Türzarge. Der Raum begann vor ihren Augen zu kreisen. Sie zog sich in den Flur zurück, fasste mit den Händen wie ein Betrunkener an die Wand und betrat das Wohnzimmer. Vor der Kommode rutschte sie auf die Knie, öffnete die untere Schublade und warf einen Stapel Papiere, die einen Karton bedeckten, auf den Boden. Sie nahm etwas heraus und legte es auf die Schenkel. Bis gestern war sie noch böse darüber gewesen, dass ihr Vater diese Waffe nicht losgeworden war. Nun hatte sie keinen Grund mehr zu Groll gegen ihn und beschloss, sie zu benutzen.

Alles machte im Leben einen Sinn. Schicksal! Sie erwähnte gegenüber den Patienten nie das Wort, weil sie ihren Rationalismus in deren Augen nicht schwächen wollte, aber sie glaubte tief daran, so wie sie an die Machtlosigkeit und Verzweiflung glaubte, die die menschliche Existenz oft mit sich bringt.

Zweifellos hatte Henry sie zurückgelassen, damit sie sie nutzen konnte. Sie würde ihnen die Köpfe zertrümmern!

Teresa nahm die Waffe vorsichtig aus dem Karton, ein wenig überrascht von ihrem Gewicht. Sie dachte immer, wie einfach es für Schauspieler war, sie in Filmszenen zu bedienen. Bevor sie den Griff umfasste, betrachtete sie die Pistole eine Weile. Mit den Fingern der linken Hand fuhr sie sanft über das Metall, wie über ein zerbrechliches, wunderschönes und unbezahlbares Kunstwerk. Plötzlich schien es ihr, dass das, was sie zu tun vorhatte, etwas Mystisches, Unvermeidliches, vielleicht sogar Schönes sein müsse. Ihr war nicht bewusst, dass sie für die Tötung von Steven und seinem Freund für viele Jahre ins Gefängnis kommen würde. Sie würde zu Steven gehen und Worte sagen, die ihn zutiefst bewegen, seine Seele erschüttern und unendliche Trauer hervorrufen würden wegen dem, was er ihr angetan hatte. Sie würde ihm sagen: "Ich habe dich mehr geliebt als mich selbst. Du hast meine Liebe getötet, du hast mich getötet, und jetzt werde ich dich töten!" Im Geiste hörte sie sein Flehen um Gnade, um Vergebung, sie entschied aber, dass sie skrupellos bleiben würde.

Plötzlich hörte sie Bobbys Schrei, der wahrscheinlich den Höhepunkt der Lust empfand, der ihr Geliebter ihm bereitet hatte. Diesmal betrat sie, ohne nachzudenken, mit einem schnellen Schritt das Schlafzimmer und blieb hinter Stevens Rücken stehen. Seine Hände umfassten diesmal Bobbys Schultern. Er drückte die Finger so fest in seinen Körper, dass sie rote, längliche Spuren auf der Haut hinterließen.

Teresa setzte den Lauf der Pistole an Stevens Schläfe, und als er seinen Kopf zu ihr drehte, zog sie den Sicherungshebel zu sich, wie sie es in Filmen mehrmals gesehen hatte. Bobby stieß weiterhin dumpfe Schreie aus und erkannte nicht, dass die Vorführung unerwartet beendet war.

»Halt endlich die Klappe!« Sie schrie ihn an.

Als Bobby Teresa mit einer Pistole sah, hob er instinktiv seine Hände nach oben, verlor das Gleichgewicht, und er und Steven fielen aufeinander.

Sie wollte so sehr, dass beide aus Angst anfingen zu schluchzen und zu flehen, sie am Leben zu lassen, aber sie lagen bewegungslos und schweigend da. Nach einer Weile begann Steven, eine Steppdecke über sich selbst zu ziehen.

Bobby drehte langsam seinen Kopf zu ihr. In seinem Gesicht sah sie keine Spur von Angst. Im Gegenteil. Seine schwarzen Augen strahlten mit der Flamme der Hölle, die sie bereits in ihren Albträumen gesehen hatte. Ein spöttisches, provokantes Lächeln erschien auf seinem Gesicht. Als ob er zu ihr sagen wollte: "Drück den Abzug. Worauf wartest du noch? Schieß!"

Ihr nach vorne gestreckter Arm, begann aufgrund des Gewichts der gehaltenen Waffe zu zittern. Sie nahm die Pistole in beide Hände. Der Finger drückte mehr und mehr auf den Abzug. Sie fühlte das Metall und hörte fast den Knall eines Schusses. Durch die Augen ihrer Vorstellungskraft sah sie das Blut an die weißen Wände des Schlafzimmers spritzen.

Plötzlich, kurz bevor der Abzug vollständig gedrückt wurde, kamen leise Worte aus Bobbys Mund – ein Satz, der einmal ähnlich von jemandem ausgesprochen wurde: »Eines Tages drückst du den Abzug und ich komme, um dich zu holen.«

Er war es! Er erschien in seiner Gestalt, um mich zu provozieren und über mich zu herrschen. Dieser arme Todgeweihte weiß nicht einmal, wer ihn manipuliert, wer sich dahinter verbirgt. Der Herrscher der Dunkelheit gibt Befehle, zieht die Fäden. Sie springen nur wie Harlekins im Theater des Lebens umher.

»Hör mir zu, bitte ...«, Steven versuchte, sie zu beruhigen. »Es tut mir so leid. Ich wollte nicht ...«

»Fuck yourself!« Während sie die Pistole noch fest in ihrer rechten Hand drückte, streckte sie den Mittelfinger der linken in seine Richtung aus. »Fünfzehn Minuten und ich will dich in diesem Haus nicht mehr sehen. Nicht mal eine Spur von dir. Was du nicht mitnehmen kannst, werfe ich aus dem Fenster.«

Sie senkte die Waffe und rannte aus der Wohnung.

Im Treppenhaus sah ein Nachbar Teresa mit der Pistole, er warf sich auf den Boden und bedeckte seinen Kopf mit den Händen.

»Bitte töte mich nicht! Ich habe zwei kleine Kinder.«

Er klebte noch mehr an der Wand und zog die Beine an, um ihr genügend Platz für den Durchgang zu verschaffen.

»Halt die Schnauze! Ihr seid doch alle gleich und einen Scheißdreck wert!«

Teresa trat ihm ans Schienbein und rannte in die Garage, wo sie das Auto geparkt hatte. Sie zog den Schlüssel aus der Jacke, richtete ihn nach allen Seiten und drückte nervös den Knopf, um das Auto zu öffnen. Unter Schock hatte sie vergessen, wo sie es geparkt hatte. Der Land Rover stand nur zwei Meter vor ihr entfernt. Sie stieg ein, legte die Pistole auf die Knie und bedeckte ihr Gesicht mit den Händen. Ein Schrei der Verzweiflung löste sich aus ihren Lungen. Sie fing an, mit den Fäusten mit solcher Kraft auf das Lenkrad zu schlagen, dass ihre Hände rot wurden und sie kaum noch ihre wunden Finger strecken konnte. Sie wollte immer noch nicht glauben, was passiert war. Es war wie ein böser Albtraum, der sie heimsuchte, aber diesmal erwies es sich als etwas viel Schlimmeres als der Nachtfluch, weil das die Realität war.

Sie nahm die Waffe in beide Hände und steckte sich den Pistolenlauf in den Mund. Bevor sie den Abzug drückte, schaute sie in den Spiegel. Hinter ihrem Auto parkte jemand einen Lieferwagen. Die Geschichte von Esther McWinhorst über den Selbstmord ihres Mannes ging ihr durch den Kopf. Eine Kugel aus seiner Waffe hatte die Windschutzscheibe im Auto hinter ihm zerstört. Teresa senkte die rechte Fensterscheibe, hielt die Waffe in der linken Hand, atmete tief ein und setzte den Lauf an die Schläfe. Ohne einen Moment zu überlegen, drückte sie den Abzug.

*

Überrascht hob Dr. Hawlett den Kopf von seinem Schreibtisch. Teresa kam in sein Büro, ohne anzuklopfen. Sie zog die Jacke aus und warf sie auf den Stuhl, legte sich auf das Sofa und faltete ihre Hände auf dem Bauch. Bevor er zu ihr ging, stand sie wieder auf, goss Wasser aus der Karaffe in ein Glas, trank es aus und legte sich wieder in der gleichen Position hin.

Er näherte sich ihr, schob einen Stuhl zum Sofa und beobachtete sie einen Moment lang in Stille. Schließlich fing er sanft ihre roten und geschwollenen Hände ein.

»Er hat alle Patronen aus dem Magazin genommen«, sie begann leise, aber mit einem klaren Vorwurf in der Stimme.

»Wolltest du jemanden verletzen? Was ist passiert?«

Teresa schüttelte den Kopf.

»Ich wollte die beiden töten, aber ich konnte es nicht. Mir fehlte der Mut. Wie auch immer, ich hätte es sowieso nicht umsetzen können – es waren keine Kugeln in der Pistole. Vater ließ die Waffe ohne Kugeln zurück.«

»Jemand hat dich angegriffen und du hast dich verteidigt? Du hast geschwollene Hände.«

»Ich ging einkaufen, dann nach Hause«, sie begann am Anfang. »In der Wohnung fand ich Steven in unserem ... in meinem Bett mit seinem Freund. Ich weiß nicht, wie lange die Beziehung dauert, vielleicht länger als unsere. Ich diente nur als Deckmantel für seine Freunde und Bekannten, er wollte seine Homosexualität verheimlichen. Warum hat er mir das nicht gesagt? Wir wollten doch heiraten.«

»Ich versuche nicht, mein Erstaunen darüber, was du mir gesagt hast, zu verbergen. Für so eine Vorgehensweise gibt es verschiedene Gründe. An erster Stelle steht die konservative Erziehung, gefolgt von der Religion, die solche Beziehungen verbietet, dem Druck aus dem Umfeld, dem Arbeitsplatz, von den Freunden, und wahrscheinlich das Wichtigste bei all dem ist die Schwäche einer solchen Person. Aber ich muss dir doch das alles nicht erklären, meine Liebe.«

»Ich wollte die beiden umbringen! Vater hat die Waffe ...«

Teresa schilderte das ganze Ereignis, einschließlich ihres erfolglosen Selbstmordversuchs.

Dr. Hawlett stand auf und ging zum Medizinschrank. Er nahm etwas raus und kam zu ihr. In der Hand hielt er eine kleine Flasche mit Tabletten. Er goss Wasser in ihr Glas.

»Nimm jetzt zwei. Ich bringe dich nach Hause.«

Teresa schüttelte mit dem Kopf.

»Ich möchte keine Widerrede hören«, er hielt einen Moment inne. Teresa nahm die Tabletten und schluckte sie mit etwas Wasser.

»Aber bevor wir gehen, gibt es noch etwas, was ich dir erzählen möchte. Mein Vater gestand mir kurz vor seinem Tod etwas, das mich schockierte. Dieser ruhige, freundliche und hilfsbereite Mann hatte ein Geheimnis, das er noch niemandem offenbart hatte. Während des Zweiten Weltkriegs diente er in der Infanterie. Er war dreiundzwanzig, vielleicht vierundzwanzig Jahre alt, als sein Bataillon 1944 in Belgien und dann in Frankreich stationiert war. Eines Tages, am frühen Morgen, als bekannt wurde, dass der Ausgang des Krieges bereits besiegelt war, stieß ihre Aufklärungseinheit auf eine zahlreichere feindliche Soldatentruppe. Sie griffen diese an und erschossen alle. Die anderen waren völlig überrascht und schafften es nicht einmal, nach ihren Waffen zu greifen. Es gab keinen Kampf. Es war eine Hinrichtung, eine Ermordung, wie er es nannte. Viele von ihnen knieten mit erhobenen Händen vor ihnen nieder und baten um Gnade. Waren es schlechte Menschen? Frauen- und Kindermörder? Er glaubte, es waren die gleichen Soldaten wie er. Sie hatten wohl den Traum, nach dem Krieg zu ihren Familien, Ehefrauen und Kindern zurückzukehren. Von diesem Tag an begannen ihn seine Albträume zu verfolgen. Jede Nacht sah er ihre Gesichter, den Schrecken in ihren Augen. Einige von ihnen waren noch Kinder gewesen. Um mir die Glaubwürdigkeit seiner Geschichte zu dokumentieren, holte er ein Maschinengewehr, das er nach dem Krieg auf dem Dachboden aufbewahrt hatte, sorgfältig in ein Tuch gehüllt. Das hat er mir an diesem Tag gesagt: "Tue nichts, was dein Leben zerstört. Dieses Ereignis hat meins zerstört. Ich dachte oft an Selbstmord, aber ich war ein Feigling und habe es nie gewagt. Später traf ich deine Mutter und mein Leben ergab einen Sinn. Nur die verfluchten Albträume sind bis heute geblieben!"«

»Ich wollte sie nicht vorsätzlich töten. Etwas kam in mir hoch, so viel Wut und Enttäuschung. Ich weiß selbst nicht, warum ich die Waffe nahm, ich weiß es wirklich nicht.« Tränen der Hilflosigkeit und großer Traurigkeit flossen über Teresas Wangen.

»Ich wollte durch diese Geschichte nur sagen: Danke dem Allmächtigsten«, mit dem Kopf zeigte er nach oben, »dass dein Vater die Kugeln aus dem Magazin genommen hat. Sonst hättest du vielleicht zwei Menschen verletzt oder sogar umgebracht und dein Leben zerstört. Du bist eine wunderbare, attraktive, junge Frau, die ihren Weg und ihr Glück im Leben finden wird. Eines Tages wird die Sonne nur noch für dich scheinen. Da bin ich mir sicher!« Er glättete sanft ihre wunden Hände. Teresa lächelte ihn traurig an.

»Vielleicht wird die Menschheit in ein paar tausend Jahren die nächste Stufe der Evolution erreichen. Weißt du, wie man sie erkennt?«

Teresa verneinte. »Einige Wörter werden verschwinden. So wie: Rache, Mord, Provokation ...« Er half ihr, vom Sofa aufzustehen. »Und jetzt fahre ich dich nach Hause, vorausgesetzt, du versprichst mir etwas«, und nicht auf ihre Antwort wartend, fügte er hinzu: »Du machst keine Dummheiten!?«

»Ich verspreche es. Ich werde es nicht tun.»

Am selben Abend rief sie ihre Mutter an. Sie erzählte ihr von den Ereignissen dieses Tages. Ab und zu schluchzte sie. Ihre Mutter kämpfte darum, ihre Stimme zu beherrschen. Am Ende des Gesprächs sagte sie zu Teresa: »Wir vermissen dich so sehr. Ich lebe immer noch in Krakau, aber in sechs Monaten ziehe ich in unser Haus um. Komm zu uns, bitte. Wir werden wieder eine Familie sein. Das verspreche ich dir. Du kannst meinen Job übernehmen, du bekommst meine Wohnung ... Komm bitte her.«

Zweites Kapitel

Krakau. Das Doppelleben

(Die Gegenwart)

Die Ereignisse von heute Morgen verfolgten sie den ganzen verdammten Tag lang, wie sie diesen Montag nannte. Vor ihren Augen sah
sie immer noch die neugierige Nachbarin, die wohl keinen besseren Job
hatte, als die Mieter zu beobachten. Ein Taxifahrer, der sie angemacht
hatte und mit dem sie sich für heute oder eigentlich für die ganze Woche
für Fahrten verabredet hatte, konnte ihre schlechte Laune auch nicht ändern. Er hatte versprochen, sie morgens immer abzuholen und zur Schule
zu bringen. Er wollte für die Fahrten nicht einmal einen Groschen, weil
er die Strecke ohnehin jeden Tag zurücklegte. Teresa war damit nicht
einverstanden. Sie gab ihm zehn Zloty, was immer noch nur die Hälfte
dessen war, was ihm zustünde.

Als sie ausstieg, wiederholte er sein Angebot: »Morgen früh warte
ich auf Sie!«

Teresa sah ihn sich genauer an. Der Mann war sehr gutaussehend.
Helles, leicht lockiges Haar, ein Dreitagebart, der ihm noch mehr Ausstrahlung verlieh, und lächelnde, blaue Augen ... Etwas schoss ihr durch
den Kopf. Zum ersten Mal seit ihrer Trennung von Steven.

In der Schule hatten die Schüler instinktiv einfühlsam auf die
schlechte Laune "der englischen Dame" – wie sie sie nannten – reagiert
und sich äußerst ruhig verhalten. Alle hörten konzentriert ihren Vortrag
über die Londoner U-Bahn und den Unterschied in der Namensgebung
zwischen der amerikanischen und englischen Sprache.

Zwei Schüler hatten ihr bis vor Kurzem viele Probleme bereitet. Wie
Teresa schnell bemerkte, konkurrierten sie miteinander, wer von ihnen
die Aufmerksamkeit der Klasse mehr auf sich ziehen wird. Das ging

meist mit lauten Witzen über andere Schüler oder an ihre Adresse gerichtet einher, was sie um ein Haar aus dem Gleichgewicht gebracht hatte. Eines Tages befahl sie einem von ihnen, in der Klasse zu bleiben, während sie den anderen Schüler in die Pause gehen ließ. Sie setzte sich auf den Tisch vor ihm und legte herausfordernd ein Bein auf das andere. Ihr Rock erhob sich und zeigte ihre wohlgeformten Oberschenkel.

Marcus Baginski war ein Schlitzohr. Er sah sie mit einem lächelnden Blick an. Unter dieser Hülle bemerkte sie ein Nervenbündel, was er zu verbergen versuchte. Sie legte ihre Hand auf seine Schulter.

»Weißt du, warum ich wollte, dass du in der Klasse bleibst?«

»N… nein. Ich weiß es nicht«, er stotterte. »Vielleicht, weil du auf mich stehst?«

»Weißt du, was ich mit so einem Scheißer wie dir mache?« Sie drückte seinen Arm so fest, dass er sich zur Seite lehnte.

»Du weißt nicht, wer mein Vater ist! Wenn er will, wird er sich um dich kümmern, sodass du aus der Schule und auf die Fresse fliegst.«

»Und hast du eine Ahnung, wer mein Freund ist? Wenn ich ihm sage, dass mich ein Mistkerl in meiner Klasse belästigt, wird er dich in einer dunklen Gasse erwischen und dir alle Zähne ausschlagen. Dir und deinem Kumpel, wenn du nicht aufhörst, mich bei der Arbeit zu stören. Hast du verstanden, was ich zu dir gesagt habe?« Sie hob ihre Hand hoch und verpasste ihm fast eine Klatsche.

»Ja«, er antwortete leise und zog seinen Kopf ein.

»Versuche es noch einmal und ich garantiere dir, dass dein wichtiger Vater den Schuldirektor schneller in seinem Büro besuchen wird, als du denkst.«

Er versuchte es nicht mehr. Nicht nur das, der Junge wurde auch einer der besten Schüler in der Klasse. Während dieses Gesprächs hatte Teresa fast die Kontrolle über sich selbst verloren und erkannt, dass Drohungen kein richtiges Mittel zur Erziehung und die falsche Methode waren.

Andererseits erweist sich die Angst als die älteste und effektivste Erziehungsmethode. War es vielleicht sogar möglich, auf diese Weise beispielsweise einen Häftling vollständig zu resozialisieren?

Resozialisation. Teresa hatte sich viele Male Gedanken darüber gemacht. Sie fragte einmal einen Dozenten für Psychologie danach, aber selbst er konnte keine eindeutige Antwort geben. Seiner Meinung nach konnte man einer anderen Person körperliche Schmerzen zufügen und sie so sehr erniedrigen, dass sie vor einem auf die Knie gehen wird. Aber wenn ein gewalttätiger Mensch freigelassen wird, wird er einen anderen sehr wahrscheinlich auch verletzen, ohne mit der Wimper zu zucken.

Teresa reservierte die letzten zehn Minuten jeder Lektion für einen Teil eines Films in der englischen Originalversion. Die Aufgabe der Schüler war es, so viele unbekannte, neue Wörter wie möglich aufzuschreiben, die sie zu Beginn der nächsten Lektion kurz durchdiskutierten.

Bevor sie die Schule verließ, bat sie der Direktor, mit einer der Schülerinnen zu sprechen. Das Mädchen kam wieder mit blauen Flecken in die Schule. Diesmal wurden Ausreden wie: "Ich bin vom Fahrrad gefallen" von keinem der Lehrer ernst genommen. Ihre Aufgabe war es herauszufinden, welcher Elternteil sie offenbar schlug und warum. Nur auf dieser Grundlage könnte der Direktor geeignete Maßnahmen ergreifen.

Das Mädchen betrat das Büro mit gesenktem Kopf und drückte nervös ihre Finger zusammen. Wenn das Elend einen Namen hätte, hätte man es in diesem Moment Lucyna Metich genannt.

Teresa näherte sich ihr und hob sanft ihr Gesicht an. Das blaue Auge, die geplatzte Lippe und die geschwollene Nase zeigten deutlich, dass jemand sie ein paar Mal mit der Faust geschlagen hatte. Teresa umarmte sie herzlich und drückte sie fest. Sie bemitleidete das Mädchen so sehr, dass ihr die Tränen über die Wangen rollten und auf die Haare der viel kleineren Schülerin fielen.

»Wirst du mir alles erzählen, Lucyna?«

»Ja«, das Mädchen schluchzte auf ihre Brüste.

Der Grund für diese Verletzungen war einfach. Einfach wie Alkoholismus, der Menschen in aggressive Tiere verwandeln kann.

»Mein Vater war ein lieber Mann, bis er mit dem Trinken angefangen hat.«

Teresa beruhigte sie, so gut sie es nur konnte, und versprach, dass ihr Vater ihr nichts mehr tun würde. Die Tatsache, dass sie ihr die Wahrheit gesagt hatte, würde es wahrscheinlich ermöglichen, die Angelegenheit ohne polizeiliches Eingreifen in Ordnung zu bringen.

»Mein eigener Vater schlägt mich grundlos. Ich springe lieber in die Weichsel, als dorthin zurückzukehren!« Sie wischte mit ihrem Ärmel über die rotzige Nase.

»Kennst du eine Familie, bei der du erst mal bleiben kannst?« Teresa bemerkte, dass das Mädchen ernsthaft darüber nachdachte, sich etwas anzutun. Sie durfte unter keinen Umständen allein gelassen werden. Eine sofortige Einweisung ins Krankenhaus würde die ohnehin schon schwierige Situation nur noch verschlimmern.

»Ich habe niemanden in Krakau. In Skawina habe ich Großeltern von der Seite meiner Mutter.«

»Und was macht deine Mutter? Ist sie auch wie dein Vater ...?«

»Nein. Sie arbeitet als Verkäuferin bei Kaufland. Sie kommt immer spät nach Hause. Seit mein Vater seinen Job verloren hat, trinkt er jeden Tag und terrorisiert uns. Es wird immer schlimmer und schlimmer ...« Lucyna ließ ihren Kopf wieder auf Teresas Brust senken.

»Können wir ihn anrufen? Würdest du mir seine Telefonnummer geben?«

Das Mädchen nickte und schrieb die Handynummer ihres Vaters auf ein Blatt Papier, das Teresa ihr gab. Teresa setzte sich auf den Stuhl hinter dem Schreibtisch des Direktors und tippte die Nummer im Telefon ein. Erst nach einer Weile nahm der Mann den Hörer ab. Sie erklärte ihm den Grund für dieses Gespräch und drohte ihm, dass sie, wenn er nicht in zwei Stunden zu ihr kam, ohne Skrupel einen Polizeiwagen schicken würde, mit der Begründung, seine Tochter geschlagen zu haben. Sie gab ihm die Adresse der Praxis und ihren Nachnamen. Dann befahl sie dem Mädchen, im Flur zu warten, und bat den Direktor, zu ihr zu kommen.

»Wie ist es passiert? Oder besser gesagt, Teresa, wer war es?«

Der Direktor zog die Jacke aus und hängte sie über einen der Stühle, die neben seinem Schreibtisch standen. Er setzte sich vor sie hin und hob seine Hand, als Teresa von seinem Schreibtisch aufstehen wollte, als wolle er sie wissen lassen, dass sie in dieser Angelegenheit das Sagen hatte. Die Junisonne strömte in das Büro und füllte es mit Sommerwärme.

»Ihr Vater schlägt sie, wenn er trinkt, und es scheint so, dass er es jeden Tag tut. Lucyna will nicht nach Hause zurück. Das Mädchen drohte, Selbstmord zu begehen. Sie müssen selbst einsehen, dass wir es nicht so belassen können. Wir haben mit dieser Angelegenheit begonnen und müssen sie auch beenden, sonst haben wir dieses arme Mädchen auf dem Gewissen.«

Teresa setzte sich hin und griff spontan zu ihrer Handtasche. Sie hatte Lust, zu rauchen. Sie glaubte, es würde sie beruhigen. Aber Rauchen ist nicht beruhigend. Als Psychologin wusste sie das sehr gut. Eine Zigarette und ein Glas Wein am Abend wurden dennoch zum täglichen Ritual. Sie saß dann bequem im Sessel, legte ihre Beine auf einen Stuhl, schloss die Augen und genoss das Rauchen so wie ein Junkie. In solchen Momenten wanderte sie in ihrer Fantasie zu einem wunderschönen Strand, der mit Kokospalmen bewachsen war. Die Sonne und die sanfte Brise aus dem Meer liebkosten ihren nackten Körper auf dem heißen Sand. Eines Tages würde sie an einen solchen Ort ziehen. Vielleicht würde sie dort Frieden, Glück und Liebe finden.

»Ich stimme Ihnen vollkommen zu. Es ist unsere Pflicht, diesem Kind zu helfen. Was raten Sie?« Der Direktor rutschte mit dem Stuhl nach vorne, legte seine Hand in die Schreibtischschublade und suchte anscheinend nach etwas. Nach kurzer Zeit zog er etwas heraus, legte es auf den Tisch und faltete dann die Hände auf der Arbeitsplatte.

»Sie ist kein Kind mehr, Herr Direktor. Erinnern Sie sich? Ich schlage vor, dass wir eine rauchen gehen, draußen können wir uns weiter unterhalten. Meine Nerven lassen mich heute im Stich. Ich würde gerne so einen Bastard wie ihn schnappen und ihm die Fresse polieren, wie er es bei seiner Tochter getan hat.«

Sie wusste, dass der Direktor gelegentlich rauchte. Er verheimlichte es, aber es war schwierig, etwas vor aufmerksamen Lehrern zu verbergen.

»Die Nerven lassen Sie heute im Stich, Teresa? Oder belastet Sie die Dunkelheit der menschlichen Seele, die Sie versuchen bei Ihren Patienten zu ergründen?«

»Nein. Eigentlich, ja. Manchmal denke ich, dass es gut wäre, bestimmte Dinge aus meinem Gedächtnis zu löschen und von vorne anzufangen. Ich versuche, Privat- und Berufsleben zu trennen, aber es funktioniert nicht immer.«

Plötzlich verspürte sie das Bedürfnis, den Ballast, der sich in ihr angesammelt hatte, anzusprechen und dann wegzuwerfen. Sie sprach nie mit jemandem über ihre Arbeit. Auch im Gespräch mit ihren Eltern versuchte sie, dieses Thema zu vermeiden.

»Wer aufmerksam zuhört, behält alles. Ist es das, worum es geht?« Kochanowski nahm eine Packung "Lucky" aus der Schublade und steckte sie in seine Jackentasche.

»Ja. Mehr oder weniger ja. Wie soll man zum Beispiel jemandem, der versehentlich einen Unfall verursacht hat, bei dem eine ganze Familie ums Leben gekommen ist, erklären, dass er kein Mörder ist? Er muss damit leben, er kann es nicht rückgängig machen. Eines Tages wird er ein normales Leben beginnen, aber das Bewusstsein über das Geschehen wird erhalten bleiben.«

»Aber ist er ein Mörder oder ein Täter?« Er nahm Teresa unter den Arm und führte sie zur Tür.

»Es kommt darauf an, wie wir das Wort Mörder definieren«, Teresa hängte die Tasche über ihre Schulter.

»Lassen Sie uns bei unbeabsichtigtem Töten bleiben. Mord klingt brutal und wird mit Vorsatz in Verbindung gebracht. Ein Verkehrsunfall mit Todesfolge, bei dem der Fahrer unter Alkoholeinfluss stand, ist jedenfalls ein Mord. Und machen Sie Schluss mit diesem "Herr Direktor", bitte. Alle nennen mich Waclaw.«

Teresa lächelte ihn an.

Sie kamen an der erstaunten Lucyna vorbei, die wahrscheinlich dachte, dass sie jetzt allein hier sitzen bleiben musste. Der Direktor wandte sich an sie, als hätte er sie gerade erst bemerkt.

»Du wirst hierbleiben. In ein paar Minuten sind wir wieder da.«

»Ja, Herr Direktor«, das Mädchen senkte den Kopf und sah auf ihre Füße.

Unten, vor dem Gebäude, wo sich der Raucherpavillon befand, stellte Teresa ihm ihren Plan vor.

»Metich wird heute um fünfzehn Uhr in meine Praxis kommen«, sie schaute auf die Uhr. »Ich werde mit ihm reden, aber das wird sicher nichts ändern. Dieser Mann braucht eine Langzeittherapie. Kurz gesagt, man muss ihn für einige Zeit in eine geschlossene Anstalt einweisen. Solche Entscheidungen werden vom Gericht erlassen. In der Regel dauert es sehr lange, und wir dürfen keine Zeit verlieren. Am besten wäre es, wenn er eine Behandlungsgenehmigung unterschreibt und sich sofort einer Therapie unterzieht. Das wiederum kann auch ein Problem sein. Wie finde ich eine Anstalt, die ihn sofort aufnimmt?«

Für einen Moment rauchten sie schweigend.

»Das ist kein so großes Problem, wie Sie denken.« Er lächelte geheimnisvoll und löschte die Zigarette in einem Stand-Aschenbecher. »Ein wenig Vitamin B, wie Beziehungen, öffnet alle Tore. Lucyna wird in der Schule bleiben und ihre Hausaufgaben machen, bis ihr Vater abgeholt wird.«

»Wer holt ihn ab?« Teresa verbarg ihre Verblüffung nicht.

»Ich werde die Stadtwache bestellen, die ihn erst mal herbringt. Und Ihre Aufgabe ist es dann, seine schriftliche Zustimmung zur Behandlung einzuholen. Wenn er unterschreibt, öffnen Sie die Tür und lassen die

Vertreter der Behörden hinein. Die werden sich um den Rest kümmern. Lassen Sie uns nach oben gehen. Ich muss einen Freund anrufen.«

Teresa hörte pünktlich um fünfzehn Uhr ein Klopfen an der Bürotür. Zwei Stadtwächter führten den wackeligen Metich rein, ohne auf eine Antwort zu warten.

»Guten Morgen, Frau Doktor.« Einer von ihnen lächelte Teresa an. »Wir haben ihn mitgebracht, wie es mit Direktor Kochanowski vereinbart wurde. Er hat etwas Widerstand geleistet, aber wir erklärten ihm höflich, dass es nur seinem Wohle dient.«

In dem Stadtwächter erkannte sie Marian Ugoda, dem sie vor einem Jahr eine Stellungnahme gab, die es ihm erlaubte, diese Arbeit zu tun. »Guten Morgen, Herr Ugoda. Ich danke Ihnen. Lassen Sie uns für einen Moment allein?«

»Wenn etwas geschieht, rufen Sie bitte. Wir stehen hinter der Tür, Frau Dr. Krammer.«

Sein Kollege nahm den Schlüssel aus der Hosentasche und löste die Handschellen von Metich. Sie beobachteten ihn und sein Verhalten eine Weile, dann verließen sie das Büro.

»Bitte kommen Sie näher, Herr Metich.«

Der Mann war etwa fünfundvierzig Jahre alt, von geringer Größe und ungepflegt. Der unangenehme Geruch von Schweiß, Alkohol und Urin drang von Weitem in ihre Nase, sodass sie ihn nicht bat, sich auf einen der Stühle neben ihrem Schreibtisch zu setzen.

»Ihre Tochter kam ein paarmal hintereinander mit blauen Flecken zur Schule. Heute hat sie uns gesagt, dass Sie sie geschlagen haben. Sie schlagen Ihr eigenes Kind ohne Grund. Können Sie mir das erklären? Warum, um Himmels willen, tun Sie das?«

Auf Teresas Schreibtisch lag ein Antrag auf Einweisung in eine psychiatrische Einrichtung für Alkohol- und Drogenabhängige. Dort sollte er nur ein paar Wochen bleiben und dann eine Langzeittherapie beginnen.

»Na und? Ich schlage sie, weil sie meine Tochter ist, sonst würde ich sie nicht schlagen.« Metich kratzte nervös seinen Unterarm, einmal mit der linken, einmal mit der rechten Hand.

Teresa wusste bereits, dass Metich den Antrag unterschreiben würde, selbst wenn sie die Wachen rufen und sie ihm helfen müssten, einen Stift in der Hand zu halten. Falls er sich doch weigerte, blieb eine letzte Möglichkeit: Der Patient war gefährlich und bedrohte andere Personen. Zum Beispiel: Er hat einen Psychotherapeuten überfallen. Die Wachen würden ihre Aussage bestätigen.

»Zwei Möglichkeiten, Herr Metich. Behandlung und anschließende Therapie, die ich durchführe. Ich verspreche, dass wir alles tun werden, was wir können, um Sie wieder in ein normales Leben zurückzubringen.«

»Oder was?« Er hob seinen Kopf und sah sie mit roten Augen an.

»Oder ich werde dich für lange Zeit hinter Gitter bringen! Ich würde es mir an deiner Stelle nicht mal eine Minute überlegen.« Sie drehte den Antrag in seine Richtung und legte einen Stift vor ihn.

Er näherte sich dem Schreibtisch mit unsicherem Schritt.

»Wo soll ich unterschreiben?«

Teresa zeigte mit dem Finger auf die Stelle. Der Mann nahm den Stift zwischen seine zitternden Finger. Mit der linken Hand hielt er seine rechte Hand, um das Zittern für einen Moment zu kontrollieren, und verfasste Schmierereien, die niemand jemals ablesen könnte.

»Werden Sie mir wirklich helfen?« Er sah sie an, diesmal mit einem flehentlichen Blick.

»Ja, ich verspreche es.«

Plötzlich verging ihre Wut. Er tat ihr leid. Sie ging zur Tür und sagte zu den Wächtern, dass sie hereinkommen sollen. Als sie die Handschellen sah, die sie dem Mann anlegen wollten, wandte sie sich an Ugoda: »Nicht nötig. Stimmt doch, Herr Metich, dass es nicht notwendig ist?«

»Ja. Nicht nötig.«

*

Noch am selben Tag verabredete sie sich mit ihrer Freundin Olga im Café "Jubilat" in einem Kaufhaus. Sie kehrte in ihrer Erinnerung oft zu dem ersten Treffen mit ihr vor über drei Jahren zurück. Einen Monat nach ihrer Rückkehr nach Polen hatte sie von ihrer Mutter den Englischunterricht an einer Gymnasialschule übernommen. Marta hatte nicht bis zum Ende des Schuljahres mit dem Umzug gewartet und war bereits Anfang März in ihr neues Zuhause bei Zakopane umgezogen.

Eines Tages fand Teresa eine Karte in ihrem Portemonnaie, die sie von dem unbekannten Mädchen vor der Tuchhalle erhalten hatte. Darauf stand: "Ich suche eine Freundin". Sie brauchte jemanden, mit dem sie über ihre Probleme sprechen konnte, jemanden, mit dem sie ins Kino oder einfach shoppen gehen konnte.

Teresa wusste, von welcher Art Freundschaft dieses charmante Mädchen schrieb, als sich ihre Wege zufällig kreuzten. Vielleicht war es unbewusst der Grund, warum sie das Blatt Papier wieder vom Boden aufhob und in ihr Portemonnaie steckte. Mach etwas Verrücktes! Entkomme dem markierten Weg, den Stereotypen, dem normalen, langweiligen Leben. Sie dachte nicht über die Folgen nach. Jemand, der bereit ist, eine Pistole an die Schläfe zu legen, denkt nicht über die Folgen einer solchen Tat nach. Dieser Jemand ist verrückt.

Ich bin verrückt!

Sie rief die angegebene Telefonnummer an. Nach drei Klingeltönen unterbrach sie die Verbindung. Eine Minute danach läutete ihr Telefon.

»Ja, bitte.« Ihre Stimme zitterte vor Aufregung.

»Hast du angerufen, Süße?« Olgas Stimme hatte einen klaren, aber sehr schönen, melodischen russischen Akzent.

»Ich glaube, ich habe mich verwählt. Wir kennen uns nicht … eigentlich haben wir uns einmal getroffen …«

»Bist du Engländerin?« Das Mädchen unterbrach sie. »Ich erinnere mich nicht an dich. In der Regel rufen mich Männer an und bitten um ein Treffen. Aber wenn du willst? Ich sehe kein Problem darin.« Sie sprach diese Sätze in einem Atemzug, ohne eine Pause zu machen.

»Das ist es nicht. Du hast mir eine Karte mit deiner Handynummer gegeben. Du suchst eine Freundin. So hast du es geschrieben: "Ich suche eine Freundin".«

»Vor Weihnachten auf dem Marktplatz! Du bist es. Jetzt erinnere ich mich an dich – du bist so schön. Wie eine Barbie-Puppe. Hast du Zeit?«

Teresa hatte mehr als genug davon. Nach nur einer Stunde saßen sie sich in einem Café gegenüber und nach den nächsten fünfzehn Minuten hielten sie sich wie zwei Schwestern, die sich nach Jahren der Trennung wiedertrafen, an den Händen.

»Ich arbeite seit einem Jahr in Polen und bin sehr erfolgreich. Ich habe alles, was ich mir wünsche.«

Teresa berührte den Zobel-Pelz, den Olga auch diesmal trug. Das weiche, zarte Fell machte Platz für ihre Finger. Ein angenehmes Gefühl von Wärme durchdrang ihre Hand. Teresa hatte Lust, ihr Gesicht an das Fell zu schmiegen und dabei ihre Augen voller Wonne zu schließen.

»Aber es war nicht immer so gut. Ich war siebzehn Jahre alt, als ich anfing, für eine Agentur zu arbeiten, die Models für Fotos und Bekleidungspräsentationen einstellte. Am Anfang war alles schön. Ich habe auch gutes Geld erhalten. Ich dachte, es würde immer so sein, also habe ich die Schule abgebrochen. Später verdienten wir immer weniger, obwohl wir immer mehr zu tun hatten. Die Agentur hat uns gerne Geld für das Leben, Kleidung und Vergnügen geliehen. Junge Mädchen wollen Spaß haben, das ist wohl normal. Eines Tages sagten sie uns, dass es Zeit sei, das Geld zurückzugeben. Als sie alles aufzählten, musste jeder von uns ihnen über zehntausend Dollar zurückgeben. Woher hätten wir so viele Penunzen beschaffen sollen!? Sie sagten, dass wir das Geld schnell verdienen können, nur müssen wir uns ab und zu um die Jungs kümmern, die gut für die Gesellschaft netter Mädchen bezahlen. Tagsüber waren wir Models, nachts Dirnen. Es gab immer noch kein Geld. Vorher nicht, nachher auch nicht. Vor meiner Abreise hatte ich bereits zwanzigtausend

Dollar Schulden. Ich floh, nachdem sie sagten, dass sie mich töten, wenn ich die Schulden nicht zurückzahlen würde. Jetzt ist es anders. Hier diktiere ich die Preise und niemand bestiehlt uns. Du wirst es selbst sehen, nach zwei Monaten wirst du nicht mehr wissen, was du mit einer solchen Kasse machen sollst! Du bist so hübsch, die Reichsten werden sich um dich schlagen. Du wirst es sehen.«

Teresa hörte ihr mit Unglauben und voller Angst zu. Olga behandelte sie wie eine Berufskollegin, doch sie wusste noch gar nicht, ob sie es wagen würde, einen solchen Schritt zu tun. Bisher hatte sie ihr nur von ihrem Leben in England erzählt, von ihrer gescheiterten Beziehung zu Steven, der sie mit seinem Freund betrogen hatte, was der Grund dafür war, dass sie nach Polen zurückkehrte, zu ihren Eltern. Sie erzählte ihr noch etwas:

»Weißt du, ich war nicht so heilig, wie alle dachten. Ich war auch nicht sehr gut an der Uni, weißt du, ich war eigentlich die schwächste Studentin. Aber ich habe einmal eine ebenfalls schwache Studentin belauscht, die am Telefon über ihr Examen plauderte, das sie bestanden hatte, ebenso, wie sie vorher die Prüfungen bestanden hatte. Du verstehst schon … Sie war überhaupt nicht hübsch, also dachte ich, wenn sie das konnte, würde ich es auch versuchen. Seitdem bin ich ohne Probleme durchgekommen. Ich musste nur Englisch lernen. Die Professorin bevorzugte Studenten …« Teresa log wie gedruckt und sah Olga dabei in die Augen. Sie wollte ihr imponieren und ein Bild von sich selbst präsentieren, dass die Aufmerksamkeit einer neuen Freundin, die Erfahrung mit der Eroberung von Männern hat, verdienen könnte.

»Dann hast du Erfahrung. Aber du musst an eine Sache denken: Sie zahlen, und du musst tun, was sie wollen, sonst verlierst du die Kunden. Ist alles klar?«

Teresa war sich nicht sicher, ob alles so klar war, aber sie nickte zustimmend.

»Und jetzt«, Olga sah auf die Uhr, »müssen wir los. Ich habe dich mit einem Kunden für achtzehn Uhr verabredet. Ein Millionär und dazu noch ein gutaussehender. Du musst dir um nichts Sorgen machen. Ich werde dich mitnehmen und dort auf dich warten. Du bist für eine Stunde geplant und musst aufpassen, dass du nicht länger bleibst. Keine Angst, alles wird gut. Denke an das Geld, das du verdienen wirst. Und du musst nur die Typen in ihren Gehirnen aufmischen. Und weißt du, wo sie es haben? Bestimmt weißt du es – zwischen den Beinen. Einige haben kleine Gehirne, andere etwas Größere, gekrümmte oder gerade, dicke oder dünne, aber alle werden von ihnen gesteuert. Vergiss nicht, eine Kappe auf ihre Gehirne zu setzen, sonst kannst du Schnupfen bekommen.« Sie nahm eine Schachtel aus der Tasche und legte sie in Teresas Hand. »Und noch eine Sache. Du kannst nicht als Teresa arbeiten, es klingt zu anständig, außerdem muss niemand deinen richtigen Namen kennen. Hast du noch einen anderen oder gefällt dir ein anderer? Wir werden dich sofort umtaufen.«

»Mein zweiter Vorname ist Amanda.« Teresa hatte Angst, bald ohnmächtig zu werden. Sie nahm den letzten Schluck kalten Kaffee.

»Amanda ist ein schöner Name. Also steh auf, Amanda.« Wieder sah sie auf die Uhr, die zwanzig vor sechs zeigte.

Teresa verließ den angeblich gutaussehenden Millionär nach nur vierzig Minuten. Olga wartete im Auto auf sie und rauchte eine Zigarette.

»Warum so schnell? Hat er dich rausgeschmissen?«, fragte sie mit verärgerter Stimme.

»Nein, er ist eingeschlafen.«

Teresa nahm, ohne sie zu fragen, ihre Zigarette und zog stark daran. Sie fing an zu husten.

»Das ist gut. Sehr gut. Wenn sie schlafen, sind sie glücklich.« Olga nahm die Zigarette zurück. »Rauchen musst du noch lernen. Es ist nicht so einfach, wie es scheint. Und du musst dir keine Sorgen um das Geld machen, du bekommst es von mir und ich rechne mit ihnen ab.« Sie zog ein Bündel gerollter Banknoten heraus und gab es Teresa. »Fünfhundert. Zähl nach.«

Teresa steckte das Geld in die Tasche, ohne die Rolle abzuwickeln.

»Und ich habe noch etwas anderes für dich.« Sie griff zum Rücksitz. »Ein Geschenk. Es wird dir passen, weil wir gleich groß sind, wie zwei Schwestern.«

Als Teresa den Pelz sah, wurde sie sprachlos. Sie legte das Gesicht auf ihn und genoss seine Geschmeidigkeit und Wärme.

»Ich kann nicht, ich kann das wirklich nicht. Es ist so eine teure Pelzjacke.«

»Es ist von Herzen, als Beweis unserer Freundschaft, jetzt und für immer. Du musst sie nehmen.«

Teresa zog sie sofort an, legte den Kragen hoch und schloss ihre Augen. Olga warf den Zigarettenstummel aus dem Fenster und fuhr los.

Sie trafen sich seit fast einem halben Jahr nicht mehr. Olga führte die Agentur weiter und Teresa wurde unabhängig und beendete gleichzeitig die Freundschaft, die sie beide angeblich vereint hatte. "Freundschaft" war ein zu erhabenes Wort für das Verhältnis zwischen ihnen. Der Wendepunkt, der ihre Wege trennte, war Olgas letzter Auftrag. Ohne ihr Details zu nennen, führte sie Teresa an einem Januarabend zu einer privaten Party in einer Villa, irgendwo mitten im Wald, und überließ sie dem Schicksal: drei Mistkerle, die sich als eiskalte, perverse Sadisten erwiesen. Außer ihr waren noch ein paar andere Mädchen auf der Party. Zwei von ihnen waren sicherlich nicht volljährig. Eine von ihnen machten sie betrunken, indem sie ihr den Inhalt einer Flasche Wodka mit Gewalt in den Mund gossen. Das Mädchen weinte und verteidigte sich erfolglos. Alle anderen beobachteten die Szene, gelähmt vor Angst, nicht mutig genug, um aufzustehen und sie zu verteidigen. Danach zogen die Kerle das Mädchen aus und banden sie nackt an einen Stuhl. Einer von ihnen erklärte, dass es jede von ihnen treffen könne, wenn sie ihre Wünsche nicht erfüllen würden. Bis heute hatte Teresa diesen Typen von starkem Körperbau im Gedächtnis behalten. Er trug eine Brille mit einer dünnen, goldenen Fassung und hatte einen seltsamen Akzent, den sie nicht entschlüsseln konnte. Er packte Teresa am Hals und begann mit ihr die Treppe nach oben zu laufen, wo es, wie sie vermutete, andere Räume gab, in denen nichts Gutes vor sich ging.

Sie fragte ihn, ob sie eine Flasche Champagner mitnehmen könnte, die sie zusammen im Zimmer trinken würden. Ihre Ruhe und Gelassenheit warfen ihn völlig aus der Rolle. Er blieb auf der Treppe stehen und löste seinen Griff. Er schob sie in Richtung Saloon und befahl ihr, sich zu beeilen. Teresa nahm die erste Sektflasche aus dem Tresor und stieg die Treppe hinter ihm hinauf. In dem Moment, als er ihr den Rücken zukehrte und die Tür in dem Raum schloss, schlug sie mit der Flasche auf seinen Kopf. Er fiel bewusstlos um und versperrte den Ausgang mit seinem mächtigen Körper. Mit großer Mühe schob sie ihn zur Seite und ging vorsichtig nach unten. Teresa schaffte es, unbemerkt zu entkommen. Sie rief Olga an und drohte, dass sie, wenn sie sie nicht sofort abholte, die Polizei durch einen weiteren Telefonanruf informieren würde. Olga wartete anscheinend in einem Auto in der Nähe, weil sie in weniger als fünf Minuten ankam. Als sie gerade auf die Hauptstraße abbog, sagte Teresa ihr, sie solle anhalten. Sie nahm ein Messer aus der Handtasche und legte es ihr an den Hals.

»Du Schlampe! Du wusstest, was dort auf uns warten würde. Du hast uns diesen Monstern zum Fraß vorgeworfen.«

Sie verlor um Haaresbreite die Kontrolle und hätte ihr fast mit der rasiermesserscharfen Klinge ins Gesicht geschnitten.

»Ich wusste nichts davon!« Olga schwor, dass sie keine Ahnung hatte, was diese Typen taten.

Teresa glaubte ihren Worten nicht. Sie befahl ihr, sie nach Hause zu bringen und sie ein für alle Mal in Ruhe zu lassen.

Als Olga sie einige Zeit darauf anrief und sie bat, sich zu treffen, war Teresa ein wenig überrascht und besorgt.

Diesmal ließ ihre ehemalige Freundin beim Treffpunkt lange auf sich warten. Nach einer halben Stunde stand Teresa auf und wollte wieder gehen, aber da erschien Olga wie ein Geist vor ihr. Olga umarmte sie, als ob sich zwischen ihnen nichts geändert hätte. Teresa ahnte, dass sie mit Absicht später gekommen war oder sie vielleicht sogar aus der Ferne beobachtet und sich ihr erst im letzten Moment genähert hatte.

In den ersten zehn Minuten plauderte Olga darüber, wie groß ihr Erfolg war, sie hatte sogar ein neues Auto mit offenem Dach gekauft und meinte, dass sie eines Tages zusammen eine Reise machen müssten.

»Und was ist mit dir? Arbeitest du noch?«

»Ja, es hat sich nichts geändert. Ich arbeite noch in der Schule, ich verdiene zusätzlich etwas Geld in der Klinik ... Alles ist in Ordnung.«

»Das war nicht das, was ich meinte. Komm zu mir zurück, schließlich waren wir so erfolgreich.« Olga schaute ihr direkt in die Augen. Da war etwas in ihrem Blick, worüber Teresa sich ein wenig Sorgen machte: Kälte.

»Warum sollte ich zurückkommen? Du hast ein Vermögen mit mir gemacht. Hast du nicht genug, willst du noch mehr!?«

»Du hättest dich um nichts Sorgen machen müssen, ich habe mich um alles gekümmert. Dates, Kunden, Hotels, ich habe dich sogar gefahren, wenn es nötig war. Wir waren echte Freundinnen.«

»Echte Freundinnen? Dir geht es nur um das Geld, mehr nicht. Außerdem geht es mir jetzt gut, ich kann ohne dich und deine Freundschaft auskommen.« Teresa versuchte, sich zu beherrschen und ihre Stimme nicht zu erheben, um die Aufmerksamkeit der anderen Gäste nicht unnötig auf sich zu ziehen.

»Dir geht es auch nur um die Kohle. Gib es zu. Sonst würdest du es nicht tun, sondern von deinen bescheidenen Gehältern leben.«

»Woher weißt du, was ich tue? Vielleicht ist jetzt mein Gehalt ausreichend für mich.«

»Gib nicht vor, die heilige Schlampe zu sein! Glaubst du, ich weiß nicht, was du tust?«

»Ich weiß nicht, was du weißt und wer dir etwas erzählt hat. Ich stehe dir nicht im Wege und du kommst mir nicht in die Quere.« Teresa wusste, dass sie gleich die Kontrolle über sich verlieren würde. Sie beschloss, dieses Gespräch zu beenden. »Lass uns in Frieden auseinandergehen.« Sie reichte Olga die Hand.

»Was immer du willst.« Bevor Teresa reagieren konnte, nahm Olga ihren Kopf zwischen die Hände und legte den Mund an ihre Lippen.

Sie wehrte sich nicht gegen diese unerwartete Geste und glaubte, dass es ein Ausdruck der Versöhnung sei. Sie musste im Geiste zugeben, dass sie einen Champion in Sachen Küssen vor sich hatte. Sie spürte die Wärme und Zartheit ihrer feuchten Lippen. Olga spreizte mit der Zunge ihre Lippen und steckte sie in ihren Mund. Der Kuss schenkte ihr unerwartet Freude und sie lief nicht vor ihm davon. Sie schloss die Augen und erwiderte ihn. Für einen Moment träumte sie davon, in das Auto zu steigen und zu ihr zu fahren, um diese wunderbare Liebesgeschichte dort zu beenden. Sie würde sie ausziehen, ihr dickes Haar ausbreiten und ihren schönen Körper streicheln.

Am Tisch daneben starrten zwei Teenager mit weit geöffneten Augen auf die Szene. Die Mädchen packten ihre Hände und schauten sich in die Augen, als ob sie plötzlich den Mut hätten, die Sympathie auszudrücken, die sie füreinander empfanden.

Teresa öffnete die Augen und ihr Traum verflog noch schneller, als er begonnen hatte.

Olga hatte sie die ganze Zeit angesehen. Ihr kalter Blick fror das Blut in ihren Adern ein. Es war nicht Liebe oder Verlangen, sondern Wut, Verachtung, ja sogar Hass.

Teresa schob sie energisch von sich weg. Sie trennten sich ohne ein Abschiedswort. Dieses Mal für immer.

*

Mit "Baby" hatte sie sich um neunzehn Uhr an einer Straßenbahnhaltestelle verabredet, die sich zwei Blocks von ihrer Siedlung entfernt befand. Sie hatte ihn bereits mehrmals getroffen und zählte ihn zu den besten Kunden. Er hatte Geld wie Heu. Er verhandelte nicht mit ihr, sondern bezahlte den bereits stark überhöhten Preis für ihren Service. "Baby" brauchte dringend den Rat eines Psychologen, stattdessen nutzte Teresa seine psychischen Probleme bewusst aus und verdiente viel Geld mit ihm.

Die ticken alle anders!

Sie traf sich nicht mit normalen Gästen. Sie suchte oder wählte interessante Fälle aus, wie sie jene Verrückten nannte, die bereit waren, sich ganz ihrer Herrschaft zu unterwerfen.

Die Autonepiophilie ist eine Art Abweichung, die Radek alias "Baby", wie er sich selbst nannte, seit seiner Jugend verfolgt hatte. "Baby" hatte sein Haus an der Ausfahrt nach Tarnów, wo er sie zu solchen Treffen oder, wie Teresa es nannte, zu "Vorführungen" mitnahm. Bei ihrem ersten Treffen erklärte er, was ihre Rolle war. Nachdem er eine Windel angelegt und sich einen Schnuller in den Mund gesteckt hatte, war alles klar.

"Baby" wurde auf dem Land als zweites Kind einer armen Bauernfamilie geboren. Die fünf Jahre ältere Schwester hatte die Aufgabe, sich um den Bruder zu kümmern, während die Eltern auf dem Feld arbeiteten. Meistens hatte sie keine Lust dazu. In solchen Fällen legte sie das nackte Kind auf einen Haufen Heu und lief zu ihren Freundinnen, um mit ihnen mit Puppen zu spielen. In der ersten Klasse der Grundschule machte der Junge immer noch in die Buchse, was ein großes Problem für seine Eltern war. Schläge, die er dafür von seinem Vater bekam, machten die Sache noch schlimmer. Nach der Grundschule nahm seine kinderlose Tante – die Schwester seiner Mutter – den Jungen zu sich, weil sie in ihm großes Potenzial und eine hervorragende Lernfähigkeit sah. Nach dem Abschluss des Ingenieurstudiums begann Radek in einem staatlichen Unternehmen zu arbeiten, und nach einigen Jahren, in denen er dort keine Perspektiven für sich sah, gründete er seine eigene Produktionsfirma und heiratete sogar. Die Ehe zerbrach relativ schnell, im Gegensatz zu dem Unternehmen, das sich von Jahr zu Jahr immer besser entwickelte.

Seine Ex-Frau erwischte ihn ein paar Mal, wie er in eine Windel gewickelt und mit einem Schnuller im Mund dasaß. Zuerst nahm sie es mit Humor, sah es als Witz an, erkannte aber schnell, dass Radek nicht "alle Tassen im Schrank" hatte, und verließ ihn.

Teresa machte bei ihrem ersten Treffen einen Fehler, weil sie mit ihm über seine "leichte Abweichung" sprechen wollte. "Baby" überzeugte sie schnell von der Sinnlosigkeit eines solchen Gesprächs und sagte ihr unverhohlen: »Ich bezahle dich, du Hure, für den Service, nicht für das Reden!«

Und er bezahlte viel. Sie kassierte ihn doppelt ab und behandelte ihn wie Dreck, was ihn noch mehr in Ekstase versetzte.

Der Montag hatte nichts mit dem schönen Wetter zu tun, das von einem Radiomoderator angekündigt worden war. Alles lief nicht so, wie sie es sich vorgestellt hatte. Auch das Treffen mit "Baby" war, wie sie es später formulierte: beschissen.

Radek kroch nackt auf dem Boden herum, mit einer Windel um seinen dicken Arsch, die hin und wieder zu den Knien rutschte, und einem Schnuller im Mund. Sie folgte ihm, und von Zeit zu Zeit zog sie die Windel hoch, in die richtige Position, und streichelte seinen Kahlkopf. Er hingegen, als Beweis für totale Hingabe, zog den Schnuller aus dem Mund und küsste ihre Füße, die in hochhackige Schuhe gesteckt waren. Es ging alles gut, bis sein Knie versehentlich auf ihren Zehen landete. Amanda, die vor Schmerz zischte, trat ihm reflexartig in den Arsch. Das "Baby" fiel auf den Bauch und furzte gleichzeitig laut. Der Gestank füllte das ganze Wohnzimmer, was sie noch mehr in den Wahnsinn trieb. Sie trat ihn wie eine Besessene in den Arsch, fluchte und nannte ihn einen von den schlimmsten Hurensöhnen. Radek wehrte sich nicht, sondern rollte sich wie ein Embryo zusammen. Er steckte seine Hand in die Windel und masturbierte, während sie einmal auf der linken, einmal auf der rechten Pobacke Tritte austeilte. Fast zeitgleich mit dem Höhepunkt erschien ein brauner Fleck auf der Windel. Der letzte Tritt landete auf seinem Bauch.

»Jetzt räume hinter dir auf! Zähl nicht auf mich.«

Sie ging zum Stuhl, wo er seine Sachen abgelegt hatte, und nahm ein paar Banknoten aus seiner Brieftasche. Sie zählte den fälligen Betrag ab und steckte das Geld in ihre Handtasche.

»Ein Hunderter extra für die Scheiße.«

Radek sagte nichts. Sie ging zu ihm. Er hatte die Augen geschlossen und ein Lächeln auf dem Gesicht. Er atmete gleichmäßig.

»Wenn sie schlafen, sind sie glücklich«, sie wiederholte Olgas Worte lautstark.

Er schlief nicht! Ein wenig Scham, die er noch hatte, ließ ihn nicht in ihre Augen schauen.

Teresa ging hinaus und rief ein Taxi. Sie drehte unwillkürlich den Kopf zum Haus. Im Fenster sah sie seine Gestalt. Er beobachtete sie. Als er ihren Blick sah, schob er den Vorhang zu und floh ins Innere, was bei ihr zuerst ein leichtes Lachen und dann einen gewaltigen Lachanfall auslöste. Sie stand vor der Einfahrt und hielt sich vor Lachen den Mund fest, sodass die Fahrer der vorbeifahrenden Autos auf sie aufmerksam wurden.

Überraschend, noch am selben Abend, erhielt sie eine Nachricht von ihm, in der er sie um das nächste Treffen bat.

*

Sie konnte in dieser Nacht lange Zeit nicht einschlafen. Mit ihren Gedanken ging sie ständig nach London zurück, zu den glücklichen Momenten, die sie mit Steven verbracht hatte. Sie wollte sich in seine Arme kuscheln und all ihren Schmerz und ihr Leid hinausschreien.

Nach kurzer Zeit kehrten der Anblick ihrer Nachbarin, die über ihr Erbrochenes kniete, und dann Lucyna mit blauen Flecken im Gesicht vor ihrem inneren Auge auf.

Sie wachte um sechs Uhr morgens auf. Der vergessene Traum kam in dieser Nacht wieder zurück und erinnerte sie an die Existenz eines Dämons, der sie verfolgte. Diesmal kniete sie in ihrem Traum vor ihm sowie vor Gott nieder und bat um Vergebung, um eine Chance für ein neues Leben und um ein wenig Liebe, die sie so schrecklich vermisste. Satan in Gestalt eines Mannes mit dunkler Haut und kurzem Bart, bekleidet mit einer schwarzen Lederjacke, unter welcher ein lächerlich kurzer Eselschwanz und eine ebenfalls schwarze Lederhose zum Vorschein kamen, lachte sie aus und erniedrigte sie damit noch mehr.

»Deine Bitte ist nicht ehrlich genug! Zeige mir mehr Reue und Unterwerfung. Ich habe aus dir das gemacht, was du jetzt bist, und du bleibst so, so lange ich es will!«

Teresa umarmte seine Beine und küsste seine hohen, mit Mist verdreckten Stiefel. Plötzlich sah sie eine zusammengerollte Peitsche in seiner Hand, an der im Abstand von wenigen Zentimetern Metallkugeln befestigt waren, die die Haut in Stücke reißen sollten.

Er rollte die Peitsche aus und bewegte sie langsam über ihren mit Furcht erfüllten Körper. Sie konnte ihre Stimme nicht kontrollieren und hatte Angst vor Schlägen, die ihr grausam wehtun würden.

»Du wirst noch vier weitere Tage SIE bleiben. Dann werde ich dich befreien.«

»Wer soll ich werden, mein Herr? Wer bin ich jetzt, mein Herr?«

Anstelle einer Antwort, durchdrang das Rauschen einer in Bewegung gesetzten Peitsche die Luft. Metallkugeln durchschnitten ihr Hemd entlang ihres Rückens, mit der Kraft und Geschwindigkeit von Pistolenkugeln. Bewusstlos fiel sie ihm vor die Füße.

An diesem Morgen saß sie in der Hocke unter der Dusche, hielt ihre Knie umschlungen und bewegte den ganzen Körper ständig nach vorne und nach hinten. Ein nasses Hemd, mit einem gleichmäßigen Schnitt entlang des Rückens, enthüllte die gesamte Wirbelsäule.

Einsamkeit! Depression! Vielleicht der Beginn einer Paranoia. Vier Tage, sagte er, vier Tage ... und was dann? Was wird mit mir geschehen? Ich werde verrückt werden! Ich habe nicht die Kraft, neu anzufangen. Ich will nicht noch einmal anfangen!

Sie drehte den Wasserhahn auf. Das kalte Wasser brachte fast das Herz zum Stillstand. Sie sprang aus der kalten Wasserströmung und zog ihr zerrissenes Hemd aus.

Teresa hörte schweigend Radio, wie jeden Tag. Sie stützte die Stirn mit der rechten Hand und schloss die Augen. Die Ereignisse von gestern gingen ihr wie ein Film mit einem schrecklichen Drehbuch wieder einmal durch den Kopf. Sie konnte das Frühstück nicht aufessen. Sie warf das Rührei in den Abfalleimer, packte zwei Sandwiches in Alufolie und legte sie in die Tasche.

Bevor sie die Wohnung verließ, blätterte sie die Seite im Kalender um.

Dienstag, neunzehn Uhr ... Teresa lächelte ein wenig. Sie mochte es, sie mochte es, sich mit ihm zu treffen. Sie fühlte sich danach, als hätte sie mit Dr. Hawlett gesprochen. Völlig befreit, sogar sorgenfrei. Mit dem kleinen Unterschied, dass sie nichts gestehen und niemandem etwas sagen musste. Ihre einzige Aufgabe war, die Augen zu schließen und zu genießen. Wandern in einen anderen Raum, in eine andere Zeit.

Sie stieg schnell die Treppe hinunter und blieb in der Nähe des Aufzugs stehen, genau am Ort des gestrigen Geschehnisses. Langsam sah sie sich um, und als sie niemanden sah, atmete sie erleichtert auf. Es gab keine Spur von Dorota.

Kristof wartete auf sie, er stand vor seinem Taxi. Als er sie sah, erhellte sich sein Gesicht mit einem Lächeln. Teresa näherte sich ihm vorsichtig, als hätte sie Angst, dass er sich ihr sofort an den Hals wirft und sie begrüßt, oder sie sogar drückt, wie eine alte Freundin. Sie behandelte Menschen mit professioneller Distanz. Sie war es, die im Kontakt mit anderen die Grenzen diktierte und setzte und nicht umgekehrt.

Was den Taxifahrer betraf, hatte sie sich geirrt. Zugegebenermaßen stand er an der Beifahrerseite und öffnete ihr die Autotür mit der Routine und Freundlichkeit, mit der er die meisten Kunden behandelte, aber es wich nicht von den Normen des Savoir-vivre ab.

»Die Woche begann großartig, aber wie wird sie enden, Frau ...?«, fragte er, als er schon am Steuer saß.

»Ich weiß nicht, bitte sagen Sie es mir. Ich gebe keine langfristigen Prognosen ab.« Sie fragte sich, ob sie ihm ihren Namen verraten sollte. Mit einigem Zögern fügte sie hinzu: »Teresa. Oder, wenn Sie es lieber hätten, Fräulein Teresa.«

»Fräulein Teresa klingt viel besser.« Er hielt vor einer roten Ampel an und gab ihr eine der Visitenkarten, die in einer festgesteckten Box am Cockpit platziert waren. »Wie Sie gestern sagten: Es wird eine wunderschöne Woche sein! Unter einer Bedingung: dass Sie sich überreden lassen, einen Kaffee mit einem armen, einsamen Taxifahrer zu trinken.«

Teresa sah ihn mit Vergnügen an. Seine Kleidung, ein riesiges goldenes Rubinsignet und ein mit Edelsteinen veredelter Chronograph zeigten etwas ganz anderes.

»Also will mich ein armer Taxifahrer zu einem Date einladen? Herr Kristof Karpinski«, sie las seinen Namen von der Visitenkarte ab.

»Es wäre mir eine Ehre ... Oder ist das eine grausame Mesalliance für Fräulein Teresa?«

»Ich akzeptiere einen solchen Unsinn nicht. Das sollte niemand akzeptieren. In der heutigen Welt werden menschliche Werte durch andere Faktoren bestimmt, nicht unbedingt durch Reichtum oder Herkunft.« Sie bemerkte, dass der Taxifahrer eine andere, etwas längere Route gewählt hatte, aber sie reagierte nicht darauf.

»Ich stimme Ihnen vollkommen zu. Allerdings sind nicht alle der gleichen Meinung. Die materielle Situation hat und spielt eine entscheidende Rolle im Leben und in den sozialen Beziehungen ...«

»Fahren Sie schon lange Taxi? Oder ist es vielleicht einfach so ein Hobby?«, unterbrach sie ihn.

»Ich arbeite seit drei Jahren als Taxifahrer und habe den Job sozusagen von meinem Vater geerbt. Er arbeitete über zwanzig Jahre lang hier in Krakau, am Steuer. Dann zog er sich zurück. Ich studiere und finanziere mein Studium mit diesem Job. Mir bleiben noch zwei Semester.«

Kristof kratzte an seinem Kinn. Normalerweise tat er das, um seine Verlegenheit zu verbergen, diesmal war es wegen einer kleinen Lüge. Sein Vater fuhr nur in den ersten Jahren ein Taxi. Die letzten zehn Jahre verbrachte er hinter einem Schreibtisch und verfügte über eine eigene kleine Flotte von Autos, die Passagiere beförderte.

»Und weiter?«

»Ich studiere Wirtschaftswissenschaften. Ich interessiere mich ein wenig für Politik ... Wir werden sehen. Und Sie? Was machen Sie?«

»Wir sind bereits da.« Sie zeigte mit der Hand auf das Schulgebäude. Kristof hielt den Wagen vor dem Innenhof an. Ein Mann klopfte an die Scheibe. Kristof öffnete das Fenster.

»Herr ... Herr …, bringen Sie mich nach Katowice zum Flughafen?«

Ein älterer Mann löste mit einer Hand den Knopf am Kragen seines Hemdes und fixierte mit der anderen die Tasche, die ständig von seiner Schulter rutschte.

»Na so was!? Das ist doch ein langer Weg!«

»Ich weiß. Aber ich habe es eilig. Der Bus ist mir entwischt. Ich werde gut bezahlen ...«

»Nun, gut. Okay«, er zwinkerte Teresa zu und lächelte breit.

Sie gab ihm einen Geldschein. Kristof, eindeutig beleidigt, drückte ihre Hand weg.

»Bis morgen. Danke für die Fahrt.«

»Bis morgen, Fräulein Teresa.« Dann wandte er sich zu seinem Gast, der noch an der Seite des Taxis stand. »Steigen Sie bitte ein, das Flugzeug wird nicht warten.«

Die letzten Tage des Unterrichts an der Schule wurden von allen mit einer gewissen Erleichterung gesehen. Die Noten in den Fächern waren noch nicht vergeben, aber jeder Schüler war sich seines eigenen Wertes in den Augen der Lehrer bewusst. Einige von ihnen hatten noch eine letzte Chance auf Verbesserung. Teresa war stolz darauf, dem Direktor zu sagen, dass sie keine Einwände gegen ihre Schüler hatte. Einige von ihnen nahmen sogar zusätzlichen Englischunterricht. Dies waren in der Regel Schüler mit Familien in Ländern, in denen Englisch gesprochen wurde und zu denen sie in den Urlaub fuhren. Sie konnte mit ihnen frei auf Englisch sprechen, was die anderen motivierte, noch mehr zu lernen.

Am Ende der ersten Stunde betrat der Schulleiter das Klassenzimmer und bat sie, für ein paar Worte mit ihm nach draußen zu gehen.

»Lucynas Mutter ist in meinem Büro. Es wäre gut, wenn Sie die ganze Situation erklären könnten.« Der Direktor rieb sich die Stirn mit einer gewissen Verlegenheit.

»Macht sie Probleme?«

»Nein. Ich denke, dass sie niemand genau informiert hat. Sie weiß nicht einmal, wo ihr Mann ist und was mit ihm los ist.«

»Weiß sie, warum ...?«

»Ja. Lucyna erklärte es ihr. Können wir jetzt gehen?« Er zeigte mit der Hand auf das Büro. »Können Sie den Unterricht unterbrechen?«

»Ja. Es wird wohl nicht lange dauern. Ich hoffe es zumindest.«

Als sie Teresa und den Direktor sah, stand Frau Metich auf und wandte sich in ihre Richtung.

»Gestern Abend erzählte mir Lucyna, was passiert ist: dass mein Mann sie geschlagen hat, und Sie ließen ihn wegsperren. Ist das nicht übertrieben? Man lässt Menschen nicht einfach im Gefängnis einsperren oder dort, wo er jetzt ist.« In ihrem Gesicht sah man Nervosität und Ent-rüstung über die Situation. »Ich werde es nicht dabei belassen, glauben Sie mir! Ich warte auf eine Erklärung, sonst gehe ich zur Polizei und beschuldige Sie der Gewalt und Gesetzlosigkeit gegen meinen Mann.« Die Frau war kurz davor, zu weinen. Ihre müden Augen waren voller Verzweiflung.

Teresa musste die Spannung abbauen, die ein weiteres Gespräch hätte mit sich bringen können.

»Das tut uns sehr leid. Das war der einzige Ausweg und die einzige Lösung für das Problem. Bitte vertrauen Sie mir. Ihre Tochter hat, glaube ich, nicht die ganze Wahrheit gesagt.«

»Ich höre zu. Bitte erzählen Sie es mir jetzt. Ich werde nicht gehen, bis ich die ganze Wahrheit erfahre.«

»Entschuldigen Sie mich für eine Sekunde. Bitte setzen Sie sich.« Der Direktor wies Frau Metich auf den Platz hin und verließ das Büro.

Ein verdammter Feigling. Wenn es drauf ankommt, verpisst man sich.

»Erstens, Ihr Mann hat Lucyna keinen Klaps verpasst. Er hat sie verprügelt! Zweitens, nicht zum ersten Mal, sondern immer wieder. Ich bin überrascht, dass Sie das noch nicht bemerkt haben. Vielleicht schlagen Sie sie auch und Sie denken, dass es ganz normal ist?«

»Nein, ich schwöre, ich habe sie noch nie geschlagen. Als sie klein ... Manchmal ein Klaps, aber es ist wahrscheinlich normal ...«

»Lucyna drohte, sie würde eher in die Weichsel springen, als nach Hause zu gehen. Hat sie jemals über Selbstmord gesprochen?«

»Niemals! Um Himmels willen, so was war nie Thema bei uns.«

Es herrschte eine kurze Stille, die der Direktor unterbrach. Er kam herein, gefolgt von seiner Sekretärin mit einem Tablett, auf dem eine Kaffeekanne und drei Tassen standen. Die Sekretärin stellte das Tablett auf den Schreibtisch und hob die Kanne auf, um Kaffee einzuschenken.

»Ich werde es tun. Vielen Dank, Margot.«

Er lächelte die junge Sekretärin an und sah ihr gleichzeitig in die Augen. Margot erwiderte sein Lächeln. Sie ließ ihren Blick nicht von ihm. Teresas Aufmerksamkeit entging nicht das leichte Blinzeln der Sekretärin.

»Ihr Mann ist in guten Händen. Dies ist ein Problem, mit dem viele Menschen konfrontiert sind, und viele von ihnen stehen wieder auf eigenen Füßen, vorausgesetzt, sie erhalten Unterstützung von ihren Freunden und von der Familie. Ich gebe Ihnen die Adresse des Zentrums, in dem Ihr Mann sich aufhält.«

Der Direktor öffnete die Schublade seines Schreibtisches und durchsuchte die Papiere. Teresa bemerkte, dass ein Blatt Papier mit Adresse und Telefonnummer vor ihm auf der Tischplatte lag.

»Ist es das, was Sie meinen?« Sie deutete auf den Zettel.

»Ja. Genau das.« Er gab ihn der Frau. »Sie haben das Recht, Ihren Mann zu besuchen, wann immer Sie wollen.«

»Vielleicht erzählen Sie uns, wie es dazu kam, dass Ihr Mann angefangen hat ... Ich meine das mit dem Alkohol, mit der Gewalt gegen Ihre Tochter, vielleicht auch gegen Sie?« Frau Metich zögerte mit der Antwort. Doch dann, nach einer kurzen Pause, begann sie, über das Alkoholproblem ihres Mannes zu sprechen. Schon nach wenigen Minuten verschwand die sichtbare Spannung auf ihrem Gesicht, die sie die ganze Zeit begleitete. An ihre Stelle trat Erleichterung, die man spürt, wenn man das Gewicht von seinen Schultern wirft.

*

Er wartete am vereinbarten Treffpunkt auf sie. Sie stieg in das Auto, schnallte sich an und korrigierte ihre Brille. Eine Perücke und eine große Sonnenbrille wurden in ihrem zweiten Leben, im Leben der Frau, in die sie sich am Abend verwandelte, zu unverzichtbaren Accessoires. Amanda war anders. Es war die Art, von der die Männer träumten. Für die sie alles opferten.

Es dauerte einige Zeit, bis sie ihre Rolle perfekt beherrschte. Ein Moment, ein paar Blicke, ein kurzes Gespräch und sie konnte den jeweiligen Kerl unfehlbar einschätzen und wurde zu einem Traum für ihn, für den er so viel bezahlte.

Und die Kunden bezahlten für Träume, für Momente, für Illusionen, die ihnen für den Rest ihres Lebens niemand wegnehmen wird. Etwas, das man jeden Tag hat, hört auf, ein Traum zu sein. Für die Männer war sie nur eine Berührung, ein wunderbares Bild der Schönheit, eine Explosion und ein warmer, kurzlebiger Zephyr.

Andrew war ihr erster und ständiger Bewunderer. Als seine Frau ihr zweites Kind zur Welt brachte, wurde er ihr gleichgültig. Seine Anbetung und seine Versuche, ein normales Sexualleben zu führen wie bisher, lehnte sie kalt ab und sagte, dass sie nicht mehr bereit sei, mit ihm zu schlafen. Sie kümmerte sich um die Kinder, und er musste sie verstehen. Er konnte und wollte es jedoch nicht.

Eine Zeitlang gab er seiner Frau vor dem Schlafengehen zum Essen oder zu den Getränken Schlaftropfen. Es war ein harmloser, aber wirkungsvoller Baldrian. Eine dreifache Dosis schlug sie nach kurzer Zeit nieder. Er liebte die Momente, in denen er alles mit ihr tun konnte, was ihm die Lust und die Fantasie erlaubten. Die Sache schien nach seiner Vorstellung zu laufen, bis seine Frau eine Flasche Baldriantropfen in der Schublade fand. Sie brachte schnell ihre plötzlichen Schläfrigkeitsattacken mit diesem Medikament in Verbindung. Sie leerte die Flasche und goss Tee hinein, danach beobachtete sie ihren Mann genau. Sie bemerkte, wie er zwei Esslöffel aus der Flasche in ihren Orangensaft goss. Nachdem sie ihn getrunken hatte, tat sie so, als wäre sie unglaublich müde. Andrew brachte sie ins Schlafzimmer. Als er sie auszog, öffnete sie die Augen und machte einen höllischen Spektakel. Seitdem befriedigte Amanda seine Bedürfnisse im Zusammenhang mit der Somnophilie – sexuelle Deviation, die sich in der Verbindung von Vergnügen mit einer Frau äußert, die schläft oder bewusstlos ist. Ihre einzige Aufgabe war es, nach dem Trinken eines Glases Wein die Augen zu schließen und den Moment scheinbarer Müdigkeit zu genießen. Sie verwandelte sich in eine schlafende Prinzessin.

Andrew war ein gutaussehender, großer, gepflegter Mann mittleren Alters, was ihr solche Begegnungen zweifellos leichter machte. Sie fragte sich oft, warum er seiner Frau plötzlich völlig gleichgültig wurde. Einmal schlug sie ihm vor, sie zu überreden, einen Arzt aufzusuchen. Er weigerte sich und sagte, dass er jetzt sie hätte – Amanda – und damit gut umgehen könnte.

Sie war eingeschlafen! Diesmal war sie wirklich eingeschlafen.

Der Albtraum, das Treffen mit Olga und das schwarze Loch, in das sie fiel, hatten eine Spur hinterlassen. Andrew weckte sie durch sanftes Streicheln über ihr Gesicht. Sie griff nach seiner Hand, ohne ihre Augen zu öffnen, deren Lider schwer wie Blei waren. Ein glückseliges, fast vergessenes Gefühl der Sättigung strahlte aus ihrem Schoß und umfasste die Brüste mit harten, erregten Brustwarzen. Sie war sich sicher, dass sie Steven sehen würde, wenn sie ihre Augen öffnete. Sie berührte sofort sein Gesicht, spürte den Geschmack seiner Lippen, den Geruch seiner Haut.

»Schon einundzwanzig Uhr. Es tut mir leid, dass ich dich nicht vorher geweckt habe, aber du hast so süß geschlafen.«

Andrew saß angezogen da und hielt mit beiden Händen ihre Hand. Die Verlegenheit war auf seinem Gesicht zu erkennen. Er hatte Angst vor ihrer Reaktion, genauso wie er immer noch die Auseinandersetzung mit seiner Frau vor Augen hatte, als sie herausfand, wie er sie benutzte. Sie drohte ihm, dass sie ihn wegen Vergewaltigung anzeigen und ihm alles wegnehmen würde, die Kinder und das Haus, und dass sie ihn nur mit einem Koffer gehen ließe. Er entschuldigte sich auf Knien bei ihr und versprach, dass dies nicht noch einmal passieren würde.

Seine Worte erreichten Teresas Bewusstsein. Sie befreite ihre Hand aus seinen Händen und der Zauber platzte wie eine Seifenblase.

»Ich brauche ein paar Minuten. Wirst du mich in die Stadt bringen?«

Sie stand auf, wickelte sich in ein Laken und ging auf das Badezimmer zu, ohne auf sein Nicken oder seine Antwort zu warten.

*

Am nächsten Tag stand sie an der Bushaltestelle und sah sich nach Kristofs Taxi um. Er verspätete sich. Aus der Ferne sah sie einen roten Bus und beschloss, einzusteigen. Der Bus hielt neben ihr und der Fahrer öffnete die Vordertür. Teresa ließ zwei ältere Frauen vor und setzte einen Fuß auf die Stufe. Im selben Moment fuhr ein Taxi vor den Bus und setzte zurück. Kristof stieg aus und ging auf sie zu.

Der Busfahrer, der den Taxifahrer sah, sagte zu Teresa: »Ich sehe, dass ich einen Konkurrenten habe, mit dem ich mich nicht messen kann, aber ich lade Sie bei der nächsten Gelegenheit ein.«

»Diese Dame hat bereits Fahrten bis Ende des Jahres bestellt. Sie müssen lange warten.«

»Aber ich habe nichts bestellt oder versprochen, Herr Kristof.« Teresa stieg von der Bus-Einstiegsstufe auf den Bürgersteig hinab. »Ich entschuldige mich bei Ihnen«, sagte sie zu dem Busfahrer, der nur verständnisvoll nickte.

»Der Wagen ist heute nicht gestartet! Die Batterie ist leer. Ich habe den Nachbarn um Hilfe gebeten und wir haben ihn mit einem Überbrückungskabel zum Laufen gebracht. Daher die Verspätung.«

»Ist ja nichts passiert. Schließlich habe ich diesen Bus immer genommen und ich kann immer noch mit ihm fahren.« Teresa setzte sich bequem hin und dachte im Geiste, dass sie nur ungern wieder auf die oft überfüllten öffentlichen Verkehrsmittel umsteigen würde.

»Fahren Sie nicht selbst ein Auto?« Kristof fuhr schnell los, da er den Bus nicht länger aufhalten wollte.

»Ich bin früher gefahren, habe aber drei Jahre lang nicht hinter dem Steuer gesessen.«

»Ein Unfall?«

»So könnte man es nennen. Ich habe viele Jahre in England gelebt.«

»Daher dieser melodische Akzent!«

Teresa sah ihn ein wenig überrascht an.

»Ich dachte nicht, dass es jemand bemerken würde. Wie auch immer, meine erste Fahrt in Krakau endete in einem Fiasko. Ich verließ den Kreisverkehr gegen den Verkehr und im letzten Moment fuhr ich, um einen Unfall zu vermeiden, auf den Bürgersteig und fegte ein paar Mülltonnen runter.«

»Hat man Ihnen den Führerschein abgenommen?«

»Niemandem ist etwas passiert, also hatte ich keine Probleme. Ein Polizist riet mir, ein paar Fahrstunden zu nehmen und mit einem Fahrlehrer zu üben.«

»Sie haben ihn vor sich, Teresa. Ich helfe Ihnen gerne, schließlich habe ich als Fahrlehrer gearbeitet. Es ist nicht schwer, Sie werden sehen.

Übrigens, bei der Gelegenheit möchte ich Sie gern zu einem Kaffee einladen.« Er drehte seinen Kopf zu ihr, schaute ihr aufmerksam in die Augen und wartete auf ihre Zustimmung.

»Halt!«, schrie sie plötzlich und bedeckte ihr Gesicht mit den Händen.

Das Auto hielt mit quietschenden Reifen wenige Zentimeter vor einem Fahrzeug an, das an einer roten Ampel stand.

»Kaffee ja. Fahren definitiv nicht!«

»Da wir noch am Leben sind, sollen wir uns nicht vielleicht duzen?« Er reichte ihr seine Hand. Teresa nahm sie.

»Die Ferien beginnen nächste Woche. Kannst du ohne die Verabredung zum Kaffee noch ein paar Tage aushalten?«

»Habe ich eine Alternative?«

»Lass es sein.«

Er hielt vor der Schule an, nahm ihre Hand und sah ihr wieder tief in die Augen.

»Selbst, wenn ich einen Monat warten müsste, würde ich es tun. Es gibt Momente im Leben eines jeden Menschen, auf die er sehr lange wartet. Manchmal übersieht man sie nur einfach.«

»Vielleicht fahre ich mit dem zukünftigen Präsidenten, aber ich weiß noch nichts darüber?« Sie lachte laut und umarmte ihn, so wie man einen guten Freund umarmt, mit dem einzigen Unterschied, dass die Umarmung etwas länger dauerte als üblich.

Sie drückte langsam ihr Gesicht an seine Wange und vernahm seinen angenehmen Geruch. Sie fühlte, wie er den Atem anhielt.

»Danke fürs Mitnehmen. Bis morgen.« Sie zog den Griff und drückte die Tür auf.

Kristof, angetan von dieser Geste, sagte kein Wort. Erst als sie die Tür zuschlug, fügte er hinzu: »Morgen komme ich früher, aber ich werde noch heute die verdammte Batterie ersetzen.«

*

In der Schule konnten sowohl Schüler als auch Lehrer die Entspannung spüren, die mit den bevorstehenden Ferien einherging. Niemand aus dem pädagogischen Team fragte nach Hausaufgaben oder belastete seine Schüler mit Tests. Teresa verlängerte Teile von Englisch-Lernfilmen um eine halbe Stunde. Die restliche Zeit sprach sie über England und die Jahre, die sie in London verbracht hatte.

»Warum sind Sie zurückgekommen? Schließlich hatten Sie dort alles.« Teresa hörte diese Frage häufig. Einige der Schüler konnten nicht verstehen, dass jemand gegen den seit Jahrzehnten vorherrschenden Trend aus einem Traumland zurückkehrte.

»Hier habe ich das, was mir am wertvollsten ist. Meine Familie. Außerdem, wer sonst könnte euch so gut Englisch beibringen?«

Nach einer solchen Antwort stellte in der Regel niemand mehr ihre Entscheidung infrage.

Teresa blieb nach der letzten Lektion im Lehrerzimmer, weil der Direktor mit ihr sprechen wollte. Da klopfte Lucyna Metich an die Tür.

»Kann ich Sie kurz stören, Frau Krammer?« Lucyna machte einen ganz anderen Eindruck als am Montag. Mit einem Lächeln auf dem Gesicht sah sie sich im Raum um. In ihrer gesamten Gestalt war die Veränderung sichtbar.

»Komm herein, bitte.« Teresa stand auf, nahm ihre Hand und setzte sie auf einen Stuhl. »Was ist passiert, Lucyna?«

»Nichts ist passiert. Ich wollte nur den Dank von meiner Mutter ausrichten und ... ich möchte Ihnen ebenfalls danken.«

»Wie fühlt sich dein Vater?«

»Mama sagte, er sei okay. Ich war nicht da.«

»Wirst du ihm verzeihen?« Teresa beobachtete sie aufmerksam.

»Nein. Das werde ich nie vergessen.« Ernsthaftigkeit und Entschlossenheit erschienen auf ihrem Gesicht.

»Willst du, dass wir darüber reden, wenn du bereit bist? Die Zeit heilt alle Wunden. Vielleicht wirst du es in ein paar Tagen aus einer anderen Perspektive betrachten.«

»Und niemand wird davon erfahren?«

»Niemand. Ich verspreche es.« Teresa hob mit einem Lächeln zwei Finger hoch.

»Das ist gut, denn ich würde nicht wollen ...«

»Niemand will, dass seine privaten Angelegenheiten öffentlich besprochen werden. Deshalb entscheiden sich viele Menschen für ein solches Gespräch mit jemandem, dem sie vertrauen.«

»Wie Sie?«

»Genau, wie ich. Hast du noch Unterricht?« Lucyna nickte. »Dann musst du jetzt gehen. Nächste Woche werde ich dich kontaktieren. Gut?«

»Ja. Nochmals vielen Dank.«

Teresa führte sie zum Flur. Durch das Fenster an der Tür von Kochanowskis Büro sah sie die Sekretärin auf seinem Schreibtisch sitzen. Die beiden lächelten sich an und unterhielten sich, als würde die Welt um sie herum aufhören zu existieren. Teresa ging zurück in ihr Zimmer, nahm ihre Sachen und verließ die Schule.

Seit einem Jahr, einmal pro Woche, kam eine Patientin zu ihr zur Therapie, über die sie in der Krakauer Zeitung gelesen hatte, bevor sie sie persönlich kennenlernte. Die Meldung über den Unfall, den sie verursacht hatte, schockierte sicherlich viele Menschen, die davon gelesen oder gehört hatten.

"Sophie F. fuhr an einer roten Ampel in die Kreuzung ein und erzwang die Vorfahrt. Ein sich nähernder Opel Astra fuhr geradeaus, um eine Kollision zu vermeiden. Er geriet unter eine Straßenbahn, die an einer Haltestelle stand. Der Fahrer Manfred S. starb auf der Stelle. Seine beiden Kinder im Alter von vier und sechs Jahren wurden schwer verletzt ins Krankenhaus gebracht. Wie der Chefarzt Andrej Muschynski mitteilte, wurden die Kinder sofort operiert und befinden sich nun auf der

Intensivstation. Der Verursacher des Unfalls wurde ebenfalls ins Krankenhaus gebracht. Sophie F. stand unter schwerem Schock. Nach Zeugenaussagen hat die Frau, wahrscheinlich von der Sonne geblendet, das rote Licht übersehen."

Das vierjährige Mädchen starb nach einer Woche, der Junge überlebte sie um vier Tage. Die Ehefrau und Mutter der Kinder konnte das Leid, das ihr Herz zerriss, nicht ertragen. Zwei Tage nach der Beerdigung von Mann und Kindern beging sie Selbstmord. Sie vergoss Benzin und setzte sich dann in ihrem neu gebauten Haus in Brand.

Sophie Furman wurde in eine psychiatrische Klinik eingewiesen, die sie nach sechs Monaten verließ. Ihre Depression erforderte eine weitere psychotherapeutische Betreuung.

Auf dem noch jungen Gesicht der 42-jährigen Sophie war eine Erschöpfung zu erkennen, die für Menschen unter dem Einfluss gestörter Geisteszustände charakteristisch ist. Die Auswirkungen der Depression und der Medikamente, die sie nahm, wurden in ihren stumpfen, kraftlosen Augen deutlich.

Bei ihrem ersten Treffen und Gespräch mit Sophie bemerkte Teresa, dass ihre zukünftige Patientin sie als Vertraute bezüglich ihrer Sorgen und Probleme sah, die nicht unbedingt mit dem Unfall zusammenhingen. Der Unfall war nur ein Tropfen, der das Fass zum Überlaufen brachte und ihren mentalen Zusammenbruch verursachte.

Während ihrer ersten Sitzungen hielt sie ihre Hand und erzählte Geschichten voller Kummer von der Arbeit und dem Leben. Teresa hatte den Eindruck, dass sie all der Dreck, den die Patientin ihr anvertraute, durchlief und in ihrer eigenen Psyche Wurzeln schlug. Heute hatten sie das letzte Treffen vor den kommenden Ferien. Teresa hatte für den September noch zwei weitere Termine mit ihr abgestimmt und angekündigt, dass sie dann ihre Therapie beenden würde.

Bei dem heutigen Termin bemerkte sie mit Erstaunen das strahlende Gesicht der Patientin. Ohne ihre Neugier zu zeigen, bat Teresa sie, sich hinzusetzen. Sie wusste sehr wohl, dass sie bald erfahren würde, was die Ursache für diese plötzliche Veränderung war.

»Ich habe getan, was Sie mir geraten haben. Und ich bin so glücklich! Endlich traf ich jemanden, der mich versteht und zuhören kann.« Ihre Augen leuchteten auf. Dunkle Kreise unter ihnen, die auf Schlaflosigkeit hinwiesen, verschwanden unter dem Make-up.

»Haben Sie einen Mann kennengelernt?« Teresa verbarg ihre Verblüffung nicht.

»Ja! Und er ist nicht irgendein Mann! Er antwortete auf meine Anzeige im Internet. Gestern haben wir uns zum ersten Mal getroffen. Er ist eine große Persönlichkeit im Außenministerium. Er kommt aus Österreich oder der Schweiz.«

»Hat er nicht gesagt, woher er kommt?«

»Er wollte nicht zu viel über sich selbst reden, aber ich erkannte es durch den Akzent. Vor zwei Jahren traf ich im Urlaub ein paar Polen, die seit vielen Jahren in der Schweiz leben. Sie sprachen genauso wie er. Er muss sehr reich sein.« Sophie lächelte wieder und seufzte vor Bewunderung.

»Warum glauben Sie, dass er reich ist? Männer geben oft nur vor, reich zu sein, um eine Frau zu erobern, und später stellt sich heraus, dass alles auf Kredit gekauft oder geliehen wurde.«

»Er ist kein bunter Fuchs. Ich kenne mich aus mit Menschen. Außerdem will er mir nächste Woche seine Villa außerhalb der Stadt zeigen. Er sagte, dass er auf der ganzen Welt auf die Jagd geht. Wenn sich das jemand leisten kann, muss er reich sein. Sie können nicht immer ein Skeptiker sein, das haben Sie mir selbst gesagt.«

»Also gut. Sie haben mir alle Argumente genommen.« Teresa war es im Grunde genommen gleichgültig. Ihr einziger Wunsch war jetzt, Sophie nie wieder in ihrem Sprechzimmer zu sehen.

»Sie denken, dass er nur etwas Spaß haben will und dann ...«

»Das habe ich nicht gesagt. Aber ich habe eine Idee, um Ihre Bedenken zu zerstreuen.« Teresa machte eine Pause, um noch mehr Interesse an ihrem Vorschlag zu wecken.

»Werden Sie mir sagen, was ich zu tun habe?«

»Sie sollen Spaß haben! Sie werden mit ihm spielen. Wenn er gegenüber Sie keine ernsthaften Absichten hat, können Sie sich hinterher sagen: Es war schön!«

»Ich weiß nicht, ob ich das kann.« Diesmal erschien eine Sorgenfalte auf ihrer Stirn.

»Sie müssen sich ändern! Andernfalls werden Sie Ihr ganzes Leben in einem solchen Sprechzimmer verbringen.« Teresa bewegte ihre Hand herum und zeigte den ganzen Raum. »Lassen Sie uns nun über Ihre Woche und das, was in der Zwischenzeit passiert ist, sprechen.«

»Also am Sonntag, direkt nach der heiligen Messe ... Hier muss ich hinzufügen, dass ich an diesem Tag gleich zweimal Glück hatte. Sie werden nicht erraten, was passiert ist.«

»Aber ich bin sicher, dass Sie es mir gleich verraten werden.« Teresa schob Sophies Hand weg, die nach ihrer griff.

»Er offenbarte sich mir ... Der Heilige Geist! Und er befahl mir ...«

Teresa legte ihre Ellbogen auf die Knie und versteckte ihr Gesicht in den Händen. Sie wollte aufstehen, den Hals ihrer Patientin mit den Fingern greifen und mit solcher Kraft zusammendrücken, dass kein einziger Tropfen Blut in ihr Gehirn gelangte, sodass kein Atemzug in ihre Lungen gelangen würde. Sie zu erwürgen, ihre blutunterlaufenen und vor Qual im Kopf verdrehten Augen zu sehen, würde ihr Vergnügen bereiten oder sie vielleicht sogar befriedigen, wie es einem Nekrosadisten in solch einem Moment geschieht.

An diesem Tag hatte sie den Eindruck, dass viele Monate der Zusammenarbeit mit Sophie Furman umsonst gewesen waren.

*

Teresa sah auf die Uhr. Acht vor sechs. Die Stunde im Fitnessstudio hatte sie kaputt gemacht.

Ich glaube, ich werde alt!

Sie freute sich über die Ferien genauso wie ihre Schüler. Sie hatte ab der folgenden Woche keine neuen Termine vereinbart. In anderthalb Wochen, das heißt unmittelbar nach dem Ende des Schuljahres, würde sie für ein paar Tage zu ihren Eltern gehen. Ihr Vater plante eine Fahrradtour. Sie wollten nach Limanowa fahren, dort übernachten und am nächsten Tag nach Wadowice weiterfahren. Wenn es das Wetter erlaubte, natürlich. Sie war keine begeisterte Radfahrerin und studierte die Karte mit einigen Bedenken.

»Du musst dir um nichts Sorgen machen.« Henry versuchte, seiner Tochter Mut zu geben. »Es ist nur scheinbar so weit weg. Wir fahren in dem Tempo, das zu dir passt. Dies ist kein Wettkampf. Du wirst sehen, es wird wunderschön.«

»Leicht gesagt. Du fährst fast jeden Tag mit dem Fahrrad und ich kann die Anzahl der Male, die ich in diesem Jahr auf mein Fahrrad gestiegen bin, mit den Fingern einer Hand abzählen. Eigentlich fahre ich nur, wenn ich bei dir bin.«

»Gehst du noch ins Fitnessstudio?«

»Ja, aber es ist wahrscheinlich nicht dasselbe. Ich habe etwas mehr Angst vor vorbeifahrenden Autos, als vor dieser Strecke.«

»Henry hat sich für eine Route entschieden, bei der du keine Angst davor haben musst«, fügte Marta hinzu.

»Sicherlich durch die Berge?« Teresa scherzte und sah den nickenden Kopf ihrer Mutter mit Entsetzen.

Egal. Man lebt nur einmal!

Konrad hatte sich letzte Woche nach einer einmonatigen Pause bei ihr gemeldet. Sie entdeckte, welche Rolle sie bei den Treffen mit ihm spielen musste, während der Arbeit, die ihre zweite Persönlichkeit verrichtete. Amanda war an allem schuld! Teresa hatte nichts mit ihr zu tun. Teresa war ein Beispiel für ein ordentliches, organisiertes Leben voller

Freundlichkeit und Bescheidenheit. Sie beobachtete ihre andere Persönlichkeit mit Furcht. Die andere Frau wollte mit jeder Woche, mit jedem Monat die ganze Macht über sie und ihre Seele übernehmen. Teresa konnte sich gegen diese Veränderung nicht wehren. Sie sah in ihr die Kraft und Vulgarität, mit der sie überall durchdringen konnte. In der männlichen Welt wurde sie zur Ikone. Für jeden dieser Freier auf eine andere Art und Weise, so, wie sie sie sehen wollten und was sie in ihr sehen wollten.

Konrad sah in ihr eine Domina. Und sie spielte diese Rolle perfekt. So sehr, dass der Schmerz, den sie ihm zufügte, real und schrecklich wurde, obwohl sie ihn nur so auslöste, wie es der Kunde wollte. Die Freude, die er am Ende einer solchen Vorführung empfand, war die Krönung, die Wiedergutmachung des ihm zugefügten Leidens. Etwas, worauf es sich zu warten lohnte, wofür es wert war, die Zähne zusammenzubeißen. Die Befreiung des Märtyrers ist die Belohnung für sein Leiden. Der letzte Tritt zwischen den Beinen löste Leiden aus, die sich im nächsten Moment in einen Schrei der endlosen Ekstase verwandelten.

Konrad Nawracki leitete ein großes Industrieunternehmen. Er war ein Mann, vor dem seine Untergebenen Angst hatten, und seine Vorgesetzten sprachen mit Respekt und Achtung über ihn. Alle außer ihr.

Sie ersetzte eine Sporttasche durch eine kleine schwarze Reisetasche. Perücke, schwarze Brille ... und ein letzter Blick in den Spiegel. Die Uhr an der Wand zeigte Viertel vor sieben an. Er wollte sie wie immer mit dem Taxi von der Bushaltestelle abholen und dann zu einem Hotel außerhalb der Stadt fahren. Jedes Mal ein anderes Taxi, jedes Mal ein anderes Hotel. Sie fragte sich, wann es endlich vorbei war mit allen ihr unbekannten Hotels. Dies war bisher nicht der Fall gewesen. Sie hatte den Eindruck, dass sie wie Pilze nach dem Regen aus dem Boden schossen, für die Bedürfnisse ihrer und aller anderen Freier in der Gegend.

Teresa stand an der Bushaltestelle und lehnte sich an einen Pfosten, an dem eine Fahrplantafel angebracht war. Als sie ein Taxi sah, das vor ihr hielt, bekam sie weiche Knie.

Kristof Karpinski achtete nicht auf sie, da er mit dem Telefon beschäftigt war. Wahrscheinlich nahm er im Moment einen anderen Auftrag an, weil er etwas auf einem Blatt Papier bemerkte, das an das Cockpit über dem Radio geheftet war.

Konrad saß allein auf dem Rücksitz. Sie wartete nicht, bis er aus dem Auto stieg und die Tür für Sie öffnete. Sie setzte sich schnell neben ihn und warf die Tasche unter die Füße.

Kristof verließ die Bushaltestelle und schloss sich schnell dem zu diesem Zeitpunkt gestiegenen Feierabendverkehr an.

Schon nach einem kurzen Moment der Fahrt verspürte sie eine seltsame Vorahnung, die sie nicht rational erklären konnte. Es hing vielleicht mit der Angst zusammen, dass Kristof sie trotz Verkleidung erkennen könnte. Das würde das Ende ihrer Bekanntschaft bedeuten, und sie hoffte unbewusst, dass sie sich eines Tages zu etwas mehr entwickeln würde.

Das dumme, lächelnde Gesicht des Schlaumeiers, der neben ihr saß, ärgerte sie ebenso wie die Tatsache, dass das Auto von einem Mann gefahren wurde, von dem für sie mehr abhing als von dem Geld, das sie heute verdienen würde, oder den Tritten, die sie an den vor ihr kriechenden demütigen Gast verteilen wird.

»Was gibt es? Was ist es, das dich so sehr unterhält?«, fragte sie ihren Gast, korrigierte die Brille auf der Nase und bedeckte gleichzeitig die rechte Seite ihres Gesichts mit der Hand, damit Kristof sie nicht erkennen konnte.

»Nichts. Was soll sein? Du gefällst mir. Wir haben uns schon lange nicht mehr gesehen.« Er legte seine Hand auf ihr Knie und bewegte sie unter dem Rock langsam immer höher und höher.

Amanda drückte ihre Beine fest zusammen und hinderte ihn daran, ihre Oberschenkel zu betatschen. Mit ihrer linken Hand hielt sie seine Finger fest.

»Was ist in dich gefahren? Seit wann bist du so anständig?« Das Lächeln verschwand aus seinem Gesicht. Sein Kopf wurde puterrot.

»Nicht jetzt und nicht hier!« Sie flüsterte durch die Zähne.

Anscheinend entmutigte das Konrad nicht von weiteren Balzangriffen, denn die Berührung seiner Hand verwandelte sich langsam zu dem Griff eines Rohrschlüssels.

Amanda ließ seine Hand los, legte sie sofort zwischen seine Beine und fing den Inhalt des Schrittes mit einem eisernen Griff ein. Das Gesicht des Mannes wurde abwechselnd grün vor Schmerz und rot vor Wut.

»Du Schlampe! Hast du schon das Spiel angefangen? Du wirst es bekommen!« Er schlug ihr mit der Faust in den Bauch.

Ein Schmerzensschrei brach aus ihrem Mund aus, sie beugte sich nach vorne und hielt den Atem an.

»Was, zum Teufel, ist da los?« Kristof schaute in den Spiegel und beobachtete diese Szene. »Sind Sie nicht bei Sinnen?! Ein Frauenboxer ist heute bei mir gelandet!«

Er fuhr an den Straßenrand und hielt das Auto an. Amanda, die nicht auf weitere Entwicklungen warten wollte, sprang auf den Bürgersteig und verschwand in der Menge der Passanten.

Sie verbrachte den Abend allein, saß vor dem Fernseher und schluchzte vor Wut und Hilflosigkeit. Das dritte Glas Wein und die nächste von vielen Zigaretten verbesserten ihre Stimmung nicht.

Die Zeit für Veränderungen in ihrem Leben war gekommen. Sie wusste, dass sie endlich mit der Faust auf den Tisch schlagen musste, sonst würde sie bis zum Hals in diesen Schlamm geraten, der nun bis zu den Knien reichte. Das Umwerben eines gutaussehenden Taxifahrers führte dazu, dass der nach Liebe und Zärtlichkeit dürstende Teil von Teresas Persönlichkeit immer mehr versuchte, über die kalte und anspruchsvolle Amanda zu dominieren.

Nicht mehr lange ... noch ein Tag ... ein paar Tage. Nach den Sommerferien werde ich anfangen, ein normales Leben zu führen. Ich werde sehen, wie es läuft.

In den Tiefen ihres Geistes wollte sie, dass Kristof ihr wieder ein Treffen anbot. Dann würde sie ihn nicht abweisen, sie würde nicht auf unbestimmte Zeit verschieben, was sie sich in ihrem Herzen so sehr wünschte.

Sie schaltete den Computer ein und öffnete eine Diplomarbeit, die sie vor einigen Wochen begonnen hatte, ins Englische zu übersetzen. Nach einem Jahr Aufenthalt in Polen hatte ihr die Mutter vorgeschlagen, eine Tätigkeit als vereidigte Übersetzerin für Englisch zu beantragen. Sie bestand die Prüfung ohne Probleme. Seitdem hatte sie die Möglichkeit, offiziell als Übersetzerin zu fungieren und die übersetzten Texte zu beglaubigen.

Für die letzten paar Seiten benötigte sie fast vier Stunden. Nach Mitternacht legte sie sich schlafen und vergaß das abendliche Ereignis im Taxi völlig.

Am nächsten Tag erinnerte sie sich wieder an die Episode. Sie hatte leichte Bauchschmerzen und spürte die Prellung, die Konrads Faust auf ihr hinterlassen hatte, der diesmal die Rollen umgedreht und ihr sein wahres Gesicht gezeigt hatte.

Sie beschloss, früher von zu Hause wegzugehen und mit dem Bus zur Schule zu fahren. Die Angst, dass Kristof sie gestern erkannt hatte, erlaubte ihr nicht, ein Treffen mit ihm zu riskieren.

Sie stand bereits seit gut zehn Minuten mit einer Gruppe von gelangweilten Leuten an der Haltestelle. Alle warteten auf den verspäteten Bus, und Teresa hörte sich die Klagen einiger von ihnen an.

»Hören Sie zu, gnädige Frau! Es hat sich seit dem kommunistischen Regime nichts verändert. Sie fahren, wie und wann sie wollen.« Ein dünner Mann zog tief an einer Zigarette und sah nervös ab und zu auf die Uhr.

Die angesprochene Frau zuckte nur mit den Schultern.

»Denn, wenn Sie für so ein armseliges Geld fahren müssten, würden Sie das auch so machen, eine verdammte Kacke.« Ein anderer Mann, der eine Aktentasche fest unter dem Arm hielt, hakte nach: »Woher wissen Sie, wie viel sie verdienen? Vielleicht ist es nicht so schlimm.« Der Hagere hustete aus und zertrampelte die Zigarettenkippe auf dem Bürgersteig.

»Oh, es ist schlecht, oh, sehr schlecht! Ich sage Ihnen, dass sie nicht so viel verdienen«, sagte die Frau, die als Erste von dem Hageren angesprochen wurde.

»Woher wissen Sie das?« Sie wurde von dem Mann mit der Aktentasche gefragt.

»Und wer verdient heutzutage gut?« Sie wandte sich ihm mit dem Gesicht eines Gewinners zu.

»Wer? Wer?« Er trampelte auf einer Stelle, als ob es kalt wäre. »Im Ministerium verdienen sie viel, weil sie das Geld unter sich aufteilen.«

»Und Huren, weil die aus dem Ministerium sie sich leisten können und sie gut bezahlen.« Der Typ mit der Aktentasche grinste breit.

Der Hagere stieß ein heiseres Gelächter aus. Teresa senkte ihren Kopf, als ob sie befürchtete, dass jeder anfangen würde, mit den Fingern auf sie zu zeigen und zu sagen: "Siehst du! Das ist eine von ihnen. Tagsüber gibt sie vor, eine anständige Psychologin und Lehrerin zu sein, und abends verdient sie nebenbei mit Ficken zusätzliches Geld. Eine Schlampe!"

Sie bemerkte das Taxi nicht, das neben ihr auf der Fahrbahn hielt.

»Teresa! Bitte steig ein.« Der Fahrer kippte die Beifahrertür leicht an.

Teresa zögerte, aber sie hatte keinen Mut, sich zu weigern. Als sie in das Auto stieg, kam die heisere Stimme des Hageren an ihre Ohren: »Sehen Sie! Wenn Sie solche schlanken, meterlangen Beine hätten, müssten Sie auch nicht den Bus nehmen.«

»Was faseln Sie nur! Er ist einer von ihren Bekannten. Schließlich hat er sie mit dem Namen angesprochen.« Die Frau schien empört zu sein.

Teresa schlug die Tür zu und legte den Gurt an. Ihre Beine zitterten leicht aus Angst, dass Kristof sie gestern erkannt hatte und sie nach diesem Ereignis fragen würde. Sie bemerkte, dass seine rechte Hand in einen Verband gehüllt war.

»Was ist passiert?«, fragte sie leise und zeigte auf seine Hand.

»Die unterschiedlichsten Gäste bestellen ein Taxi. Manchmal bekommt man einen Verrückten, Nervösen, Betrunkenen oder einen Boxer wie gestern: einen Frauenboxer.« Mit der linken Hand rückte er den Verband an seinem Handgelenk zurecht.

Teresa saß steif da und schaute schweigend nach vorne auf die Straße.

»Solche Typen kann ich nicht leiden«, er nahm das Thema wieder auf und blickte auf seine Beifahrerin, die sich noch mehr in den Sitz drückte. »Sie steigen in ein Taxi und beginnen ihre Stärke zu zeigen oder versuchen sich bei einer schwächeren Frau zu entladen. Gestern hat einer von ihnen eine Pussy bestellt und sie auf dem Rücksitz begrabscht.«

»Wie geht das denn ... eine Pussy bestellen?« Teresa tat so, als wäre ihr dieses Thema fremd.

»Na ja ... eine Prostituierte. So eine erkenne ich aus hundert Metern Entfernung. Man fährt ... wie gesagt. Die Puppe erlaubte ihm nicht, im Auto begrabscht zu werden, und der Streit begann. Als er sie schlug, hielt ich das Auto an.«

Teresa legte unwillkürlich ihre Hand auf den Bauch.

»Sie sprang heraus und der Gast fing an, mich anzumachen, weil ich das Auto anhielt und sie entkommen ließ.«

»Und die verletzte Hand? Übrigens, ein besserer Verband wäre sinnvoll.«

»Ich bin okay. Es ist nur ein Kratzer. Ich habe dem Typ ein paarmal auf die Fresse gehauen.« Er sagte es mit einer solchen Leichtigkeit und einem solch lockeren Tonfall, dass jeder Zuhörer den Eindruck haben musste, dass das Schlagen der Passagiere bei diesem Taxifahrer das Normalste unter der Sonne war.

»Hast du ihn hart getroffen? Ist er zu Boden gegangen?«, fragte sie ihn bewundernd, atmete gleichzeitig tief ein und sah ihn mit Achtung an.

»Er fiel auf die Knie. Ich habe einen Pinsel aus seiner Nase gemacht. Er wird es nicht so schnell wagen, wieder eine Frau zu schlagen. Dieser Schurke!«

In dem Moment schönte Kristof den wahren Verlauf der Dinge und versuchte, in den Augen von Teresa als Verteidiger einer wehrlosen Frau noch mehr an Wert zu gewinnen. Tatsache war, dass er den Kerl zweimal mit der Faust geschlagen hatte. Einmal ans Kinn, einmal an die Schulter. Doch dann hatte der andere es mit zwei Schlägen in seinen Bauch erwidert. Kristofs Handgelenk verletzte sich auf dem Bordstein, wo er fast landete. Sein Passagier flüchtete, genau wie die Frau, die von ihm geschlagen worden war, ohne für die Fahrt zu bezahlen.

Teresa berührte sanft seine Hand, mit der er den Schalthebel hielt. Sie berührte die verletzte Stelle so zart, als ob sie hoffte, sie zu heilen und ihn sofort von den Schmerzen zu erlösen. Noch nie hatte sie jemand verteidigt. Und selbst die Tatsache, dass er es getan hatte, ohne zu wissen, wer die gestrige Pussy war, änderte nichts daran, dass sie es war und er dem perversen Gast die Fresse poliert hatte – um sie zu verteidigen. Sie fragte sich, ob Steven das auch getan hätte, kam aber zu dem Schluss, dass ein so kultivierter Mann wie er es nie gewagt hätte, dies zu tun. In dem Moment hatte sie Lust, Kristof zu umarmen und zu küssen. Stattdessen stellte sie ihm eine Frage, ohne zu riskieren, dass ein solches Zeichen der Dankbarkeit eine unerwartete Reaktion hervorrufen oder sogar zu einem Unfall führen könnte: »Wann machst du heute Feierabend?«

*

Er holte sie kurz vor siebzehn Uhr von der Praxis ab und kündigte an, dass er eine Überraschung vorbereitet hätte und den Nachmittag gemeinsam mit ihr an einem wunderbaren Ort verbringen würde. Auf die Frage, ob es Częstochowa – Tschenstochau, eine Pilgerstadt – sei, lachte er und versprach Teresa, dass die Fahrt außerhalb der Stadt maximal eine halbe Stunde dauern würde.

Es dauerte weniger als eine halbe Stunde. Von der Straße nach Norden nahm er einen Feldweg und nach etwa fünfhundert Metern fuhr er auf einen leichten Hügel, auf dem ein paar Büsche und junge Birken wuchsen. In der Mitte gab es eine kleine Lichtung, auf der er das Auto parkte. Erst nach dem Verlassen des Wagens konnte sie die Schönheit dieser Ecke bewundern. Der Blick auf die Getreidefelder und die Stadt im Süden war faszinierend. Mit Vergnügen zog sie die Luft tief in ihre Lungen, die nach blühenden Frühjahrsblumen roch.

»Das ganze Grundstück bis zu der Straße gehört mir. Ich werde hier eines Tages ein Haus bauen.« Kristof näherte sich dem Kofferraum und öffnete ihn mit einem Schlüssel. »Kannst du mir helfen?«, fragte er und zeigte ihr den Inhalt. Teresa war erstaunt, als sie die Überraschung sah, die er vorbereitet hatte. Sie hatte einen Spaziergang in der schönen Umgebung erwartet, und plötzlich stellte sich heraus, dass er sie zu einem Picknick einlud. Sie zogen zwei mit Küchentüchern bedeckte Weidenkörbe, einen Klapptisch und zwei Stühle aus dem Kofferraum, die Angler normalerweise zum Fischfang mitnehmen.

Kristof breitete eine Decke aus, stellte die Körbe darauf und baute Tisch und Stühle auf.

»Um deiner Frage zuvorzukommen ... du bist die erste Frau, die ich hierhergebracht habe.« Er nahm sie an der Hand und schaute direkt in ihre Augen, um zu beweisen, dass er die Wahrheit sagte.

Teresa senkte den Blick. Sie wollte ihm eigentlich eine Frage stellen, aber nicht sofort. Sie wollte bis zum Ende des Treffens damit warten.

»Das Picknick wurde von meiner Mutter vorbereitet und offen gesagt, ich bin neugierig, was wir in diesen Körben finden werden.«

»Was hast du ihr gesagt?«

»Ich sagte, dass ich ein schönes und nettes Mädchen kennengelernt habe, dem ich mein Herz gerne schenken würde, wenn es nur wollte.«

»Das schöne und nette Mädchen wird über dieses Angebot nachdenken und nach gewisser Zeit antworten. Ein netter und warmherziger Junge, der unterdrückte Frauen verteidigt, muss sich in Geduld üben. Wie reagierte deine Mutter auf ein solches Geständnis ihres Sohnes? Mütter sind in der Regel eifersüchtig, wenn es um ihre Söhne geht.«

»Meine Mutter ist eine intelligente, freundliche und wunderbare Frau. Eine Kinderärztin. Sie arbeitet in einem Krankenhaus an der Kopernikus-Straße. In ihrer Freizeit schreibt sie Kindermärchen. Sie veröffentlichte sogar ein paar Bücher. Die meisten von ihnen verschenkte sie an ihre jüngsten Patienten. Meine Mama sagte heute nur: "Dann muss ich ein wunderbares Picknick vorbereiten, und denk an eine Sache, Kristof: Versuche es nicht damit … nicht gleich beim ersten Date.«

»Mütter haben immer Recht.« Teresa lächelte ihn an und drückte vorsichtig die Finger seiner verletzten Hand. Der Verband war neu und wurde von jemandem gemacht, der darin geschult war.

»Dann lass uns sehen, was uns erwartet.« Kristof kniete vor den Körben nieder und begann ihren Inhalt auf den Tisch zu stellen.

Teresa hob ihre Handtasche auf. Sie zog das Handy heraus und schaltete es aus, dann nahm sie die Uhr von ihrem Handgelenk ab und warf sie zusammen mit dem Handy in die Tasche.

Drittes Kapitel

Martyrium

Der Tod ist keine leichte Sache

Amanda saß draußen in einem Café, von wo aus sie die Tuchhalle und das Denkmal von Adam Mickiewicz sehen konnte. Die Uhr am Turm der Marienkirche zeigte neunzehn Uhr an. In dem Moment, als sich das Trompetensignal über den gesamten Marktplatz zu verbreiten begann, hielten viele Touristen an und drehten den Kopf zur Kirche. Die Junisonne am wolkenlosen Himmel erwärmte ihren Körper angenehm. Am Morgen hatte sie aufmerksam die Wettervorhersage für das kommende Wochenende gehört. Sie verabredete sich mit ihren Eltern, wollte am Samstag hinfahren und bis Sonntag bleiben. Nur sie drei, die ganzen zwei Tage. Teresa freute sich wie ein kleines Kind auf diese Reise. Sie beobachtete oft heimlich ihre Eltern, wenn sie zusammen waren. Wenn sie gemeinsam Essen zubereiteten oder fernsahen, verhielten sie sich wie zwei verliebte junge Menschen, die sich gerade erst kennengelernt hatten. In solchen Momenten hielten sie Händchen, der Vater scherzte oft, küsste ihre Mutter. Teresa erkannte, dass er all die Jahre der Trennung wiedergutmachen wollte.

Sie drückte sich in die Rückenlehne des Rattan Stuhls, setzte ihr Gesicht der Sonne aus und legte ihre Beine aufeinander. Ihre Gedanken kehrten zum gestrigen Nachmittag zurück – zu dem Picknick mit Kristof außerhalb der Stadt. Er zeigte ihr, wo sie das Haus bauen würden. Wo die Terrasse, wo die Garage, das Wirtschaftshaus und der Garten sein werden. Sie liefen zusammen über das Grundstück und hielten Händchen. Manchmal hielt er sie auf und achtete auf die imaginäre Treppe oder Schwelle, über die sie fast stolpern würden. Auf dem Rückweg, wieder im Auto, fragte er sie, ob sie in zwei Wochen ein Wochenende mit ihm verbringen wollte. Am nächsten Tag sollte er mit zwei ukrainischen Geschäftsleuten nach Warschau reisen und erst am Montag zurückkehren.

»Magst du Radfahren?« Sie dachte darüber nach, ihn auf die geplante Reise zu ihren Eltern mitzunehmen. Sie würde ihnen nichts davon erzählen. Die beiden würden sich sicher freuen, dass sie endlich jemanden gefunden hatte.

»Radfahren ist meine Lieblingsbeschäftigung! Schon als Kind träumte ich davon, eine Rikscha zu kaufen und meinem Vater Konkurrenz zu machen, indem ich mein eigenes Unternehmen eröffne.« Er kratzte sich am Bart. In seinen Gedanken fragte er sich, wo er das Fahrrad so schnell besorgen könnte. Wenn er ein neues kaufte, würde Teresa sofort seine Lüge erkennen. Er beschloss, seine Freunde zu fragen, ob sie ihm ein Rad leihen würden. Als letztes Mittel blieben Verkaufsanzeigen.

Bei seinem Anblick geriet sie ins Träumen. Er stand am Denkmal und sah sich um.

Sie alle lügen. Er nicht!

"Pan Tadeusz", wie er sich selbst nannte, sah genauso aus wie auf dem Foto, das er ihr geschickt hatte. Groß, schlank, die dunkle Haut und das schwarze Haar eines typischen Südländlers. Der leichte Umriss eines starken, schwarzen Bartwuchses deutete darauf hin, dass "Pan Tadeusz" sich zweimal täglich rasieren musste.

Er trug ein weißes Hemd mit langen Ärmeln und eine Krawatte, die sorgfältig am Halskragen befestigt war. Dazu eine schwarze, passende Jeans, die seine schlanke Figur noch mehr betonte. In der Hand hielt er eine kleine, längliche Papiertüte, die meist für Alkoholflaschen benutzt wird.

Der Mann drehte ihr den Rücken zu und beobachtete die Menschen auf der anderen Seite des Marktplatzes.

Netter Arsch. Ich frage mich, ob es so gut ist, wie er es in seinem Profil beschrieben hat. Ein wenig Vergnügen und Spaß am Ende der Woche würde mir überhaupt nicht schaden.

Amanda dachte einen Moment lang an sich selbst.

Die Stimme der Kellnerin holte sie aus der Fantasie heraus.

»Kann ich Ihnen etwas anbieten?« Das junge Mädchen lächelte sie freundlich an.

»Ich warte auf jemanden«, sie streckte ihre Hand mit der Uhr vor sich aus. »Ich denke, dass er in ein paar Minuten kommen wird, und dann werden wir gemeinsam etwas bestellen, gut?«

»Ja, selbstverständlich. Dann komme ich später noch mal.« Wieder lächelte sie sie an und ging.

Amanda ließ die Männer normalerweise fünfzehn Minuten auf sich warten. Beobachtete neugierig, wie sie herumliefen und ungeduldig auf die Uhr schauten. Sie empfand dabei eine Art Vergnügen und sah in ihren Augen das Verlangen. Sie würden alles für diesen einen Moment geben, den Moment, in dem sie sie besitzen können, und den Moment, in dem Amanda sie in Besitz nehmen wird. Dann wurden sie zu kleinen, wehrlosen Jungen. Sie sah bei einigen von ihnen die Traurigkeit in den Augen, wenn die Zeit vorbei war und sie gehen mussten. Amanda brachte sie dann schnell in die Realität zurück, indem sie auf die Uhr schaute und sagte: "Schatz, ich habe noch andere wichtige Termine, nimm es dir nicht zu Herzen!"

Das Interesse an ihrer Person machte ihr fast so viel Freude wie das Geld, das sie verdiente.

Diesmal entschied sie sich, es nicht zu übertreiben. In der Statur von "Pan Tadeusz" gab es etwas, das ihr Respekt, vielleicht sogar ein wenig Angst bereitete. In seiner Nachricht bezeichnete er sich selbst als einen fünfunddreißig Jahre alten rumänischen Geschäftsmann. Seine Firma beschäftigte sich mit dem Handel und versuchte Kontakte zu polnischen Geschäftsleuten zu knüpfen. Er sprach ziemlich gut Polnisch, weil seine Mutter aus Danzig stammte. Der Mann wollte sich nicht dauerhaft an eine Frau binden, denn ständige Geschäftsreisen ließen es nicht zu. Er stand finanziell sehr gut da und Amanda würde es nicht bereuen, ihn zu treffen. Er würde sie sehr großzügig belohnen, vorausgesetzt, sie öffnete ihm den "Himmel der Freude", wie er es nannte. Er gab ihr seine Handynummer und bat sie, ihn sofort anzurufen.

Sie hatte seine Nachricht am Sonntag ganz zufällig gelesen. Eigentlich war sie entschlossen gewesen, ihr Profil auf diesem Portal zu löschen, da sie keine neuen Bekanntschaften mehr haben wollte. Die wenigen wohlhabenden Gäste, die regelmäßig mit ihr Termine vereinbarten, reichten ihr völlig aus. Sie notierte sich seine Handynummer aber dennoch und rief ihn nach einiger Überlegung an. Seine Stimme klang warm. Der fremde Akzent und die Ruhe, mit der er mit ihr sprach, beseitigten alle Zweifel. Sie vereinbarte für heute einen Termin mit ihm am Denkmal auf dem Marktplatz.

Nicht mehr lange und ich werde ein normales Leben beginnen. Sie wiederholte es mindestens einmal pro Woche.

Das Geld, das ich beiseitegelegt habe, wird für eine Weile reichen. Vorausgesetzt, ich investiere es gut.

Sie hatte noch keine Ahnung, wie man Geld am besten investiert. Das Auslandskonto brachte nicht viel Gewinn, sondern eher die Sicherheit und das Geheimnis der Anlage. Sie konnte auch nicht bestimmen, wie lange dieses "nicht mehr lange" dauern sollte und welche Rolle Kristof in ihrem verrückten Leben spielen sollte. Sie wusste nur, dass sie bald eine Entscheidung treffen musste.

Am Tisch neben ihr saß eine junge Frau mit einem, schätzungsweise vierjährigen Kind. Es schnitt ihr Grimassen.

Ungezügelter Bastard!

Amanda drehte ihr Gesicht zu dem Kind und hob die Brille hoch, damit es sie besser sehen konnte. Sie streckte die Zunge so raus, dass ihr Ende das Kinn berührte. Mit dem Zeigefinger ihrer linken Hand zog sie die Spitze ihrer Nase nach oben und grunzte wie ein Schwein. Es war keine angemessene Handlungsweise eines Psychologen, aber der Junge ging ihr auf die Nerven.

Er zog seine Zunge heraus und folgte dem Beispiel von Amanda. Er berührte aber nur seine Unterlippe mit der Zungenspitze. Der Versuch, die Nasenspitze hochzunehmen, endete mit einem völligen Misserfolg. Der Finger rutschte über seine Nase und traf das Auge. Das Kind warf sich mit schrecklichem Schreien unter den Tisch.

Amanda stand auf und ging mit ruhigem Schritt in Richtung des Rumänen. Von einem der Tische, an dem vier junge Männer saßen, erreichte sie ein Pfeifen der Bewunderung. Ohne sich umzudrehen, hob sie ihre rechte Hand leicht zur Seite und streckte den Mittelfinger aus. Die Männer brachen in Lachen aus.

Sie näherte sich ihm von hinten und legte ihre Hand auf seine Schulter. Als hätte er es erwartet, drehte er sich ohne ein Zeichen von Erstaunen und mit einem Lächeln in ihre Richtung um.

»Guten Tag, Amanda.«

»Guten Tag, "Pan Tadeusz"«, sie sprach den Namen amüsiert aus. »Ich hoffe, dass du nicht lange gewartet hast?«

Der Mann schüttelte mit dem Kopf.

»Genau richtig.«

»Woher kommt dieser Spitzname? Ich muss zugeben, dass es für einen Rumänen ziemlich ungewöhnlich ist.«

»Ja. "Pan Tadeusz" war mein erstes polnisches Buch, das ich las. Mami gab es mir zu meinem sechzehnten Geburtstag. Ich habe es immer noch.«

»Aus diesem Grund hast du diesen Ort für unser Treffen gewählt?« Sie zeigte mit der Hand auf das Denkmal. Seine Art zu sprechen erschien ihr etwas kindisch, es passte überhaupt nicht zu seinem Aussehen.

Er nickte.

»"Pan Tadeusz" am Adams-Denkmal. Passt perfekt. Deine Mutter lebt in Rumänien?«

»Vielleicht setzen wir uns für einen Moment hin? Hast du etwas Zeit für mich? Wir können uns unterhalten.« Er zeigte mit der Hand auf "Da

Pietro" auf der anderen Seite des Rathauses, wo Amanda zuvor gesessen hatte. Von dort aus kam das Weinen des Kindes immer wieder.

Sie gingen in die von ihm gewählte Richtung. Er packte sie über ihrem Ellbogen. Nicht wie ein Mann eine Frau führt, sondern wie ein Polizist den Täter hält. Es tat ihr nicht weh, aber sie fühlte seinen eisernen Griff.

»Meine Zeit, dein Geld.« Sie versuchte zu lächeln, aber es klappte nicht so gut.

»Das Geld. Ich hätte es fast vergessen.«

Und was dachtest du, warum ich das mache, verdammt noch mal, etwa aus Liebe zu dir?

Sie hätte diese Worte fast laut ausgesprochen.

Die beiden setzten sich an den ersten freien Tisch.

»Meine Mutter starb an Krebs, als ich achtzehn Jahre alt war. Daddy hat in einer Mine gearbeitet. Zwei Jahre später hatte er einen Unfall. Er und ein paar andere starben. Ich blieb allein, aber wie du sehen kannst, komme ich zurecht. Auch beruflich. Hoffentlich läuft es so weiter.«

»Was genau tust du?»

»Handel. Weißt du, damit macht man das beste Geld. Wir importieren hauptsächlich Waren aus Rumänien, Bulgarien und der Türkei und vertreiben sie in unseren Geschäftsstellen. Die Konkurrenz wird auf die Probe gestellt, aber es ist eine Frage der Zeit und wir werden damit umgehen können.«

»Nun, kommen wir zur Sache.«

»Ja, das hätte ich fast vergessen. Du bist bei der Arbeit! Können wir zu dir gehen? Weißt du, ich hasse Hotels. Dort gibt es keine Stimmung. Ich möchte einen Eindruck, eine Illusion haben, dass ich zu Hause bin. Weißt du, was ich meine?« Er zog drei zerknitterte Hundertdollarnoten aus seiner Hosentasche, streckte sie auf dem Tisch aus, rollte sie zusammen und legte sie in Amandas Hand.

Im selben Moment näherte sich der Kellner dem Tisch.

»Möchten Sie etwas bestellen? Haben Sie schon etwas ausgewählt?«

»Steck sie weg! Später kriegst du den Rest«, sagte der Rumäne mit einem Flüstern, das keine Widerrede zuließ.

Amanda zögerte für einen Augenblick. Sie wusste, dass es keinen Rückzug geben würde, wenn sie das Geld nahm. Es war wie ein Job, ein Auftrag, der angenommen wurde. Dreihundert Mäuse Vorauszahlung ließen sie zustimmen. Nur wenige ihrer Stammkunden hatten das Privileg, sie zu Hause zu besuchen.

»Wir haben noch nichts ausgewählt. Wir melden uns gleich bei Ihnen.« Mit der Hand zeigte er dem Kellner, dass er störte und weggehen sollte.

Ohne ein Wort zu sagen drehte der sich um und ging weg.

»Wir gehen«, diesmal wandte sich der Rumäne an Amanda. »Du gefällst mir, und wie du weißt, Zeit ist Geld. Außerdem habe ich ein kleines Geschenk für dich. Der beste französische Rotwein, den ich bisher getrunken habe. Du musst ihn unbedingt probieren.«

Er stand vom Tisch auf. Diesmal nahm er sie an die Hand und führte sie zum Bahnhof. Amanda hatte ein seltsames Gefühl. Sie begann in der Tasche nach den dreihundert Dollar zu suchen, die sie von ihm erhalten hatte. Sie wollte ihm das Geld zurückgeben und schnell weglaufen. Jetzt wurde ihr bewusst, dass sie das Messer zu Hause gelassen hatte. Wenn sie sich in Gefahr befand, hätte sie nur Tränengas, um sich zu verteidigen. Der Rumäne bemerkte ihre Angst. Er blieb stehen und sah ihr ins Gesicht.

»Stimmt etwas nicht?« Er lächelte schelmisch. »Alles wird gut werden. Du musst dir um nichts Sorgen machen. Wir spielen ein wenig, du kassierst das Geld, und wenn du Lust hast, sehen wir uns wieder«, er streichelte ihre Hand. »Okay?«

»Ja, schon gut. Ich habe nur nach den Hausschlüsseln gesucht.«

Sie atmete erleichtert auf. Sicherlich wird alles in Ordnung sein und ihre Ängste würden sich als völlig unbegründet erweisen. Schließlich sah dieser Typ großartig aus und war bestimmt sehr nett.

»Siehst du das Taxi?« Er zeigte mit der Hand auf ein Taxi, das nur hundert Meter entfernt stand. »Komm schnell, bevor es uns jemand weg-schnappt.«

Sie erhöhten den Schritt. Der Mann öffnete die Hintertür und wartete darauf, dass sie sich hinsetzte. Er selbst saß vorne neben dem Fahrer.

"Pan Tadeusz" ging in Richtung Aufzug. Amanda wollte schreien: "Nein, nur das nicht! Nicht der verfluchte Aufzug!" Aber sie entschied sich, nichts zu sagen.

Der Mann drückte den Knopf neben der Tür. Sie öffnete sich mit ei-nem lauten Krachen. Er stellte sich in die Schiebetür, damit sie sich nicht schloss, und winkte in ihre Richtung.

»Komm endlich.«

Sie ging hinein. Ihr Herz begann heftig zu schlagen, sie konnte nicht mehr atmen.

Er drückte den Knopf mit der Nummer fünf.

»Welches Stockwerk?« Er fragte in der gleichen Sekunde.

Amanda schlang ihre Arme um seine Taille, legte ihren Kopf auf seine rechte Schulter und berührte seinen Hals mit ihrem Mund.

»Fünftes.« Ihre Beine knickten etwas ein. Sie umarmte ihn noch mehr und küsste auch seinen Hals stärker.

Schneller, lieber Gott, fahr schneller!

Sein Hemdkragen rutschte ein wenig nach unten und zeigte ihr einen Teil einer Tätowierung. Der Rest wurde von seinem Hemd verdeckt.

Gleich werde ich das ganze Tattoo sehen.

Der Mann reagierte nicht auf ihre Küsse. Er legte seine linke Hand auf ihre Schulter und richtete sein Gesicht auf den Spiegel, der an der rechten Wand des Aufzugs befestigt war. Er sah hinein, wobei er seinen Kopf einmal in die eine Richtung, einmal in die andere drehte.

Der Aufzug stoppte. Amanda hob ihren Kopf mit deutlicher Erleichterung. Ihr Gesicht war blass, einige Schweißtropfen erschienen auf ihrer Stirn. Die Tür öffnete sich und ließ sie in das Treppenhaus hinaus. Mit schnellem Schritt machte sie sich auf den Weg zu ihrer Wohnung. Sie öffnete die Tür und schaltete die Alarmanlage aus, die an der Wand direkt neben der Tür angebracht war. Sie ging zur Seite und ließ den Rumänen vorbei. Für eine Sekunde fragte sie sich, ob sie den Alarm wieder einschalten sollte oder nicht.

Es ist nur eine Stunde ... und dann verschwinde von hier!

Sie drehte sich zu ihm um.

»Fühl dich wie zu Hause. Vielleicht hast du Lust auf eine Dusche? Und ich möchte dich warnen. Ich habe nur eine Stunde Zeit für dich, also beeil dich.«

»Haben wir etwas Zeit für ein Glas Wein?«

Er setzte sich auf einen der beiden Sessel. Amanda stellte zwei große Rotweingläser auf den Tisch und gab ihm einen Korkenzieher.

»Öffne den Wein. Ich werde mich umziehen und das Bett machen.«

Der Mann nickte nur.

»Wie heißt du eigentlich wirklich mit Vornamen? Schließlich werde ich mich nicht an dich, Herrn Tadeusz, wenden.«

»Iliescu. Mein Vater hat diesen Namen gewählt. Mami wollte Ireneus, aber in Rumänien hätte es niemand aussprechen können.«

»Aber du, wie ich höre, kannst es sehr gut.«

»Ja. Wahrscheinlich wegen des polnischen Blutes, das durch meine Adern fließt.«

Amanda schaltete die Musik ein und verließ das Zimmer.

Nach fünf Minuten kam sie umgezogen zurück. Iliescu drückte sich noch mehr in den Sessel und betrachtete sie mit Bewunderung. Amanda nahm ein Glas in die Hand, das Iliescu zuvor mit dem Wein gefüllt hatte. Ein schwarzer BH bedeckte ihre kleinen Brüste. Auf den Hüften trug sie ein Korsett, an dem sie dünne Strümpfe befestigt hatte, dazu hochhackige Schuhe. Das Ganze war mit schwarzen Seidenhandschuhen, die bis über die Ellbogen reichten, und einer langen Halskette aus Perlen verziert, die sich deutlich von der schwarzen Unterwäsche abhob und dem Outfit noch mehr Charme verlieh.

Sie hoben die Gläser. Iliescu war der Erste, der sprach: »Ich trinke auf deine Schönheit. Ich hoffe, dass du meinen Wein genießen wirst.«

Amanda befeuchtete nur ihre Lippen.

»Ja, er schmeckt gut.«

»Auf ex!« Iliescu stand vom Tisch auf und ging zu ihr. Er legte seinen linken Arm um ihre Taille. Sie stießen mit den Gläsern an.

Er leerte sein Glas in einem Zug. Amanda brauchte ein paar kleine Schlückchen.

Er rückte noch näher an sie heran, stellte zuerst sein Glas, dann ihres auf den Tisch und fing an, ihren Hals zu küssen. Er löste ihren BH mit einer Hand und zog ihn von den Schultern, dann schob er seinen Kopf an ihre Brust und küsste die Brustwarze. In diesem Moment wankte Amanda. Sie trat einen Schritt zurück und packte ihre Stirn mit der rechten Hand. Der Rumäne stand auf und beobachtete sie mit einem Lächeln auf den Lippen. Amanda begann das Gleichgewicht zu verlieren, ihre Beine weigerten sich eindeutig, zu gehorchen. Die Lippen bewegten sich wie bei einem Fisch, den ein Fischer an das Ufer wirft. Sie konnte kein Wort sagen und sah den Mann an.

»Warum?!!!« Ein gedämpfter Schrei brach aus ihrer Kehle aus. »Warum?« Diesmal sagte sie das Wort kaum hörbar.

Der Mann packte sie von hinten unter den Schultern, zog sie zum Sessel und warf sie wie einen Holzklotz darauf. Er setzte sich vor sie und sah sie an, ohne ein Wort zu sagen. Dann goss er Wein in sein Glas und wandte sich ihr spöttisch zu: »Möchtest du gerne eins? Oder passt du diesmal?«

Amanda hatte völlig die Kontrolle über ihren Körper verloren, nur ihre Augen starrten ihn mit Vorwurf und Hass stumpf an. Er nahm eine kleine Flasche aus der Hosentasche und legte sie auf den Tisch vor ihr.

»Siehst du! Ein paar Tropfen aus dieser Flasche haben dich erledigt. Amen im Gebet! Du sitzt vor mir, aber du bist schon tot, eine lebende Leiche, nur dass du es noch nicht weißt. Es tut mir wirklich leid für dich. So ist leider das Leben. Stärkere und Schlauere siegen.«

Amanda rutschte langsam vom Sessel zum Boden. Sie fiel auf die Knie und schlug mit dem Kopf auf die Tischplatte. In dieser Position blieb sie bewegungslos liegen, der Kopf auf dem Tisch, die Hände träge entlang des Rumpfes abgesenkt.

Iliescu näherte sich ihr von hinten, packte sie mit der rechten Hand an den Haaren und zog sie fest zu sich. Anstatt ihren Kopf anzuheben, riss er die Perücke ab und warf sie in die Mitte des Raumes. Amandas Naturhaar floss wie goldene Seide über ihre Schultern. Diesmal packte er ihren Kopf mit zwei Händen und hob sie vom Tisch.

»Wir gehen ins Bettchen, meine Prinzessin. Und noch etwas – nicht, dass ich es vergesse: Grüße von Olga, deiner besten Freundin.« Er schleifte sie träge, wie einen Sandsack, über den Boden in Richtung Schlafzimmer.

Als er sie unter ihren Schultern packte und sie hochhob, schloss Amanda die Augen und verlor das Bewusstsein.

Sie träumte, dass sie nach oben schwebte und sich in der Zeit bewegte. Sie flog nachts über die Häuser des alten Krakaus und nur der Mond erhellte die Straße, über die sie flog. Wieder wurde sie ein dreizehnjähriges Mädchen, das anfing zu reifen. Langsam fiel sie runter und stand plötzlich auf dem Küchenboden in der alten Wohnung. Sie schaute auf die Uhr. Es war ein Uhr in der Nacht. Die Mutter saß immer noch mit diesem Fremden im Schlafzimmer. In dem Schlafzimmer, in das nur ihr geliebter Vater das Recht hatte einzutreten. Sie vernahm ihre Stimme deutlich. Nach einer Weile herrschte Stille. Teresa schlich auf Zehenspitzen, sodass man sie nicht hörte, zum Medizinschrank und öffnete die Tür. Die Mondstrahlen fielen auf ein Regal, auf dem Schlaftabletten platziert waren. Aus dem Schlafzimmer kamen wieder Geräusche. Diesmal war es kein Gespräch. Sie hatte solche Geräusche bereits gehört, als ihr Vater noch bei ihnen lebte und mit ihrer Mutter schlief. Sie verschloss die Ohren mit den Fingern, sodass sie sie nicht mehr hören konnte.

Höre nicht das Lachen der Mutter! Höre kein sorgloses Gespräch mit dem Fremden, der nie in dieser Wohnung toleriert wird! Anscheinend hat die Mutter bereits eine Entscheidung getroffen. Nur sie, ja, nur sie allein wird für immer weggehen.

Wieder schaute sie in das Fach mit den Medikamenten. Die Tabletten waren in drei Stapeln sortiert worden. Die linke bestand aus sehr kleinen Pillen. Unter ihnen befand sich eine Karte mit einer Aufschrift: "Schlaftabletten mit Schokoladengeschmack". Sie betrachtete den nächsten Stapel von Medikamenten. Diese Tabletten waren viel größer. Unter ihnen befand sich eine Karte mit einer Aufschrift: "Schlaftabletten mit Erdbeergeschmack". Mit Ekel drehte sie den Kopf und schüttelte sich in Abscheu. Sie hasste Schokolade und hatte eine Allergie gegen Erdbeeren. Die letzte Hoffnung lag auf dem dritten Stapel. Die Tabletten waren riesig, länglich und sahen aus wie rote Trauben. Unter ihnen befand sich eine Karte mit der Aufschrift: "Schlaftabletten mit französischem Rotweingeschmack". Ohne einen Moment zu zögern, schob sie einen Haufen Tabletten direkt in einen Becher, den sie zuvor mit Wasser aus einem Wasserkocher befüllt hatte. Schon nach wenigen Sekunden verwandelte sich das Wasser in Rotwein. Teresa hielt kurz den Mund an den Rand der Tasse. Tränen flossen über ihre Wangen und vermischten sich mit dem Wein. Sie leerte den Becher mit kleinen Schlückchen. Für einen Moment erstarrte sie, als ob sie sehen wollte, welchen Eindruck dieser Wein auf sie machen wird. Vergeblich lauschte sie vor der Schlafzimmertür ihrer Mutter. Niemand sprach, sie hörte nichts, nicht einmal das leiseste Geräusch.

Egal, schließlich hat sie ihn bereits gewählt. Es gibt jetzt hier keinen Platz für sie.

Nach ein paar Minuten wurde ihr schwindlig. Sie näherte sich langsam dem Fenster. Auf dem Weg dahin griff sie nach den Möbeln oder hielt sich an der Wand fest. Sie schaute in die Dunkelheit der Wohnsiedlung, in der sie lebten. In jedem Fenster leuchteten Kerzen, wie Lichter auf den Gräbern am Allerheiligentag. Das war nicht ihre Siedlung ... das war der Rakowicki-Friedhof. Der, den sie einmal im Jahr, am ersten November, besuchte. Es gab dort kein Grab von jemandem aus ihrer Familie, also stand sie immer vor einem Kreuz und zündete eine Kerze darunter an. Jetzt schaute sie auf dieses Kreuz. Ihr Blick ging an den Gräbern daneben vorbei. Plötzlich hielt sie den Atem an. Eines von ihnen war völlig neu. Ein Holzkreuz mit einer Metalltafel war in den Erdhügel eingeschlagen. Der gleiche Strahl, der das Medikamentenregal beleuchtet hatte, beleuchtete nun den Namen auf der Tafel: Teresa Amanda Krammer. Sie öffnete das Fenster weit und ging barfuß auf die Fensterbank. Sie hielt den oberen Fensterrahmen mit beiden Händen fest. In dem Moment, in dem sie von der Fensterbank abprallte, schaute sie nach oben. Ein Streifen Mondlicht fiel auf ihr tränenüberströmtes Gesicht. Anstatt herunterzufallen, wurde sie wieder aufgehoben und bewegte sich in der Gegenwart. Sie konnte die Augen nicht öffnen. Ihre Augenlider belasteten sie, als ob jemand sie in Blei verwandelt hätte. Ohne Bewegung lauschte sie den Geräuschen, die aus dem Gästezimmer kamen. Sie drehte ihren Kopf leicht nach links, um ein ruhiges Gespräch deutlicher zu hören.

Das sind mit Sicherheit meine Eltern! Sie kamen, um mich zu überraschen, und wollen mich nicht aufwecken. Es ist gut, dass ich den Alarm nicht eingeschaltet habe.

In derselben Sekunde öffnete Amanda mit Entsetzen ihre Augen und drehte ihr Gesicht zu den Geräuschen, die an ihre Ohren drangen. Die ganze Wohnung befand sich in der Dämmerung. Jemand hatte alle Fenster sorgfältig abgedeckt. Sie wollte schreien, aber anstatt um Hilfe zu rufen, schaffte sie es nur, ein leises Geräusch aus ihrer Brust zu bekommen. Zwei Männer, die in dem großen Zimmer am Tisch saßen und fernsahen, hörten nichts.

Sie blickte sich im Raum um und sah dann wieder die Männer an. Alle Schränke in den beiden Räumen waren geöffnet worden und ihr Inhalt lag auf dem Boden.

Der Schmerz, der ihren bewegungslosen Körper ergriffen hatte, wurde unerträglich. Sie konnte ihren Mund nicht öffnen, weil er sorgfältig mit einem Pflaster verklebt worden war. Sie sah nach unten, entlang ihres Körpers. Sie lag nackt da. Die Beine waren nicht gefesselt, aber sie konnte sie nicht zusammenfügen. Der Schmerz wuchs langsam. Amanda vermutete, dass die Droge, die Iliescu in ihren Wein gegossen hatte, nicht mehr wirkte. Sie drehte ihren Kopf zum Nachttisch und zu ihrer Hand, die er an den Bettrahmen gebunden hatte. Sie zitterte, ihr Körper bewegte sich auf der Matratze und eine unmenschliche, gedämpfte Stimme trat aus ihrem Kehlkopf hervor.

Auf dem Nachttisch lag ein langer, blutiger Schraubendreher, der sich normalerweise im Werkzeugkasten befand. Daneben ein Küchenmesser und Stahldraht. Ihre Handgelenke waren mit Fetzen von Küchentüchern gefesselt, aus denen Blut tropfte. Der Grund dafür war ein Draht, der zwischen ihren Unterarmknochen hindurchging und dessen Enden am Bettrahmen befestigt waren.

Die Männer reagierten auf den Schrei der Verzweiflung, den sie aus sich herausholte, standen auf und liefen zu ihr. Iliescu nickte dem anderen nur zu. Der schlug sie, ohne eine Sekunde zu zögern, mit der offenen Hand auf das linke und dann auf das rechte Ohr. Der Aufprall war so stark, dass sie Amandas Halswirbelbewegungen hörten. Durch die Schläge verlor sie wieder das Bewusstsein. Ihre Augen verdrehten sich und ihr Körper fiel zurück auf die Matratze.

»Gute Arbeit.« Iliescu klopfte dem anderen mit Begeisterung auf die Schulter.

Dieser sprach nicht, sondern nickte nur, als ob er sagen wollte: Nichts Besonderes, ich tue es jeden Tag.

»Komm an den Tisch. Wenn die Schlampe wieder zu sich kommt, wird sie sich melden. Wir werden ihr erklären, dass sie die Schnauze halten soll, sonst reist sie sofort ins Nirwana.«

Der zweite sah Iliescu mit runden, erstaunten Augen an.

»Nun dort, wo diese verdammte ... Wie hieß sie denn ...? Ach, Zaneta.«

Der andere nickte verständnisvoll, aber er wusste nicht wirklich, was sein Chef damit sagen wollte.

»Korrigiere die Kamera, weil du sie bewegt hast, und komm, wir schauen uns das Spiel zu Ende an.«

Der andere ging auf die Kamera zu, die er auf einem Stativ an der Seite des Bettes in einer solchen Position platziert hatte, dass sie den ganzen Körper von Amanda umfassen konnte, und prüfte das Bild auf dem Monitor. Er verstellte sie leicht und folgte Iliescu.

Beide trugen nur Hosen. Ihre Oberkörper waren bis zur Mitte des Halses mit Tattoos bedeckt und die Hände bis zu den Handgelenken. Sie setzten sich wieder auf ihre Plätze. Iliescu nahm die Fernbedienung in die Hand und stellte die Lautstärke des Fernsehers ein. Im Sportprogramm zeigten sie Wiederholungen von Fußballspielen aus der vergangenen Weltmeisterschaft.

»Wie war es mit dieser Zaneta, Tobias? Zwei Tage später hatte die Schlampe noch immer geröchelt?«

Der andere nickte und streckte seine Hände nach vorne aus. Er bewegte seinen Mund, aus dem keine Stimme kam, und gleichzeitig arrangierte er schnell Zeichen mit den Händen und beschrieb dieses Ereignis in Gebärdensprache. Der Rumäne sah ihn ernst an.

Zaneta war eine von den "Bienen" gewesen, wie Iliescu seine Mädchen nannte. Die Neunzehnjährige gab in den ersten drei Monaten Tobias das Geld, das sie verdient hatte, pünktlich ab, aber später wurde es immer weniger. »Die schwache Wirtschaftslage ist daran schuld«, hatte sie ihm erklärt. Sie lachte dabei dem Zuhälter ins Gesicht. Genau das hätte sie nicht tun sollen. Wegen seiner Behinderung mochte er es nicht, wenn ihn jemand leichtsinnig behandelte und gleichzeitig dabei lachte. Nach zwei Wochen sagte das Mädchen, dass sie mit diesem Geschäft hier fertig sei und in den Westen gehe, weil sie dort viel mehr verdienen würde. Am selben Abend holten sie sie von der Straße ab, fesselten sie wie ein Ferkel und brachten sie zu den Schrebergärten. Mitte Dezember waren dort alle Häuser leer. Sie wählten eines der größten und am weitesten von der Straße entfernten. Tobias brauchte nur wenige Minuten, um zwei Schlösser aufzubrechen. Sie warfen das Mädchen auf ein Sofa. Der Stumme, der im Gefängnis den Spitznamen "Schlag ins Maul" trug – wegen der Art und Weise, wie er seine Gegner überwältigen und bewusstlos schlagen konnte –, betäubte sie genauso, wie er es nun bei Amanda mit zwei Schlägen auf den Kopf getan hatte. In der Hütte fanden sie einen großen Vorrat an getrocknetem Fleisch sowie ein paar Flaschen Fruchtlikör. Sie beschlossen, dort zu übernachten und etwas Spaß zu haben.

Nachdem sie die erste Flasche ausgetrunken hatten, fanden sie heraus, dass sie einen unglaublichen Aufbruch brachte. Das zeigte "Schlag ins Maul", indem er seine Arme wie Flügel von einem Düsenflugzeug nach hinten ausbreitete. Iliescu hielt sich den Bauch und rollte sich vor Lachen zusammen, bis er Zanetas Blick traf. In der Zwischenzeit war das Mädchen zu Bewusstsein gekommen und beobachtete die Männer verzweifelt. Der Rumäne nahm den Lappen von ihrem Mund ab, mit dem er sie geknebelt hatte.

»Was glaubst du, warum du hier bist?« Er setzte sich neben sie.

»Ich weiß es nicht.« Sie sprach leise.

Die Faust, die ihren Bauch traf, ließ sie erkennen, dass es kein Spaß war. Sie weinte.

»Noch mal. Warum bist du hier?«

»Ich werde das ganze Geld zurückgeben. Ich schwöre es. Ich brauchte Medizin für meinen Sohn. Er ist sehr krank.« Iliescu sah seinen Freund an.

»Das Luder lügt. Ich glaube nicht, dass sie ein Kind hat.« Er zeigte es mit den Händen.

Iliescu stand auf und zeigte Tobias mit dem Kopf, dass er sich um das Mädchen kümmern sollte. Der andere knebelte sie erneut und riss ihre Kleider runter.

Sie vergewaltigten sie abwechselnd brutal die ganze Nacht über, obwohl sie sich nach drei Flaschen Alkohol kaum noch auf den Beinen halten konnten. Gegen vier Uhr morgens nahm Tobias einen Stiel aus einer Schaufel, die in einer Ecke stand, und begann das Mädchen damit zu schlagen. Nach einem der Schläge auf Zanetas Kopf verlor sie das Bewusstsein, was ihn nicht davon abhielt, weiter wie ein Verrückter auf sie einzuprügeln, bis der Stiel in zwei Hälften brach. Blut spritzte auf ihn und überflutete sein Gesicht.

Iliescu rannte aus dem Gartenhäuschen und lehnte sich an einen kleinen Baum, der allein in der Mitte des Grundstücks stand. Dieser Anblick erwies sich selbst für einen solchen degenerierten Menschen wie ihn als zu hart. Ein gewaltiger Brechreiz schüttelte seinen Körper ein paar Minuten.

Oftmals schlug er die "Bienen", wenn sie ihm das Geld, das sie verdient hatten, nicht übergaben, aber das war es dann auch schon. Nach ein paar Tagen, wenn die blauen Flecken verschwunden waren, begann das jeweilige Mädchen wieder zu arbeiten und die Welt war wieder in Ordnung. "Ich mag ein ausgeglichenes und geordnetes Leben!", wiederholte er oft.

Einmal, ganz am Anfang, als er nur wenige "weibliche Arbeiterinnen" unter seiner Obhut hatte, schlug er eine von ihnen etwas zu hart und brach ihr die Hand. Er bedauerte es in den nächsten Wochen, da sein Einkommen deutlich zurückging. Jetzt hatte er einige Mädchen in größeren Städten im ganzen Land und das Geschäft wuchs. Er gab einen Teil seines Einkommens regelmäßig an seinen Chef weiter und musste nicht befürchten, dass er eines Tages eine Kugel in den Kopf bekommen würde. Das Geld, das er ablieferte, gab ihm freie Hand und erweckte Respekt unter anderen, weniger einflussreichen Zuhältern. Einmal im Monat lud ihn der Chef zu einem Besuch ein und diskutierte dann die Fragen der territorialen Verteilung, damit niemand dem anderen in die Quere kam und unnötiges Blutvergießen vermieden wurde.

"Schlag ins Maul" setzte die bewusstlose Zaneta auf einen Hocker, band sie fest und zog eine Decke über sie. Als er ging, verschloss er die Tür mit einem Vorhängeschloss, das er zuvor mit einem Dietrich geöffnet hatte.

Iliescu sprach die nächsten zwei Tage nicht mit ihm. Er hatte eines seiner Mädchen fast liquidiert, und er konnte das nicht einfach vergessen.

Nach zwei Tagen ging Tobias nachts in dieses Häuschen in dem Schrebergarten. Unterwegs kaufte er an einer Tankstelle einen Kanister und füllte ihn mit Benzin.

Das Mädchen saß in der gleichen Position, in der er sie verlassen hatte, da. Er zog die Decke runter. Plötzlich hob sie den Kopf und sah ihn mit ihren blutunterlaufenen Augen an. Vor Entsetzen machte er einen Schritt zurück und fiel auf das Sofa. Für einen Moment konnte er seine Augen nicht von ihr weglenken. Dem Mädchen lief das Blut aus der Nase und es war auch Blut auf dem Lappen, mit dem er ihr den Mund verbunden hatte. Aus ihrem Hals kam ein unglaublicher, unmenschlicher Klang heraus, der ein wenig an das Heulen eines geschlagenen Hundes erinnerte.

Er versuchte, sie nicht anzusehen, als er das Benzin über sie goss. Sie saß die ganze Zeit bewegungslos mit dem Kopf nach oben da. Als er einen Lappen anzündete, um ihn auf sie zu werfen, schien es so, als ob sie ihn mit Dankbarkeit ansah.

Ein paar Tage später erfuhr er zufällig, dass Zaneta nicht gelogen hatte, sie hatte wirklich einen Sohn. Ihr zweijähriges Kind lebte bei seinen Großeltern auf dem Land. Der Junge wurde mit einem Herzfehler geboren und starb am Silvesterabend, zwei Wochen nach dem Tod seiner Mutter.

Iliescu starrte aufmerksam auf das Gesicht seines Kameraden. Offenbar achtete er nicht auf seine Hände, mit denen er etwas sagte, sondern auf seine Lippen, von denen er ablesen konnte. Zum dritten Mal befahl er ihm, von dem Ereignis zu erzählen, und jedes Mal stellte er Tobias dazu eine Frage. Ob die Spuren von ihnen im Schnee beseitigt wurden und ob er an der Tankstelle auch keinen Verdacht erregt hatte. Dieser versicherte, dass niemand jemals auf seine Spur geraten wird. Die Fußspuren hatte er so gründlich entfernt, dass kein Polizist den geringsten Beweis finden wird. Er hatte sogar Benzin nach draußen gegossen und angezündet. Bei Shell zog er sich die Kapuze tief ins Gesicht und niemand konnte ihn erkennen.

Diesmal, nach Tobias' Erzählung, gab es eine lange Pause. Sie starrten beide schweigend auf den Fernseher. Obwohl Brasilien gegen Deutschland bereits fünf Tore gelandet hatte, was eine unglaubliche Sensation war, schien diese Tatsache sie nicht im Geringsten zu interessieren. Auf dem Tisch befanden sich eine Flasche Whisky, den sie aus der

Kommode geholt hatten, ein paar kleine Plastiktüten mit Kokain, zwei aufgerollte Einhundertdollarnoten – zwei der drei, die sie aus Amandas Tasche gezogen hatten – und ihre Kreditkarte. Auf einen der Sessel warfen sie Schmuck und Geld, das sie im Schrank unter der Bettwäsche gefunden hatten.

»Und ich glaube, sie hat sich selbst vor Schmerzen gebissen. Wer weiß ... vielleicht hat sie sich die Zunge abgebissen.«

Bei diesen Worten fiel der Stumme fast vom Sessel. Er sah den Rumänen mit weit geöffneten Augen an und wusste nicht, was er damit sagen wollte.

»Nun, Zaneta, du Narr. Schließlich hast du gesagt, dass sie aus Nase und Mund blutete.«

Erst jetzt begriff er, was Iliescu im Sinn hatte.

»Ja. Es ist durchaus möglich, dass sie so sein wollte wie ich. Eine Stumme!« Er zeigte es mit den Händen.

»Wenn du mir eine einen halben Meter lange Stange in den Arsch geschoben hättest, hätte ich mir bestimmt die Zunge abgebissen.«

»Ich habe sie ihr nicht in den Arsch geschoben.« Er gestikulierte energisch vor den Augen seines Freundes.

»Glaubst du, es hat ihr gefallen?! Dieser Stock muss in ihrem Magen stecken geblieben sein.«

»Eher in der Kehle. Schließlich war sie ein Zwerg! Ein Meter fünfzig, höchstens fünfundfünfzig. Was werden wir jetzt mit dieser hier machen?« Tobias zeigte mit dem Kopf auf das Schlafzimmer.

»Heute Abend werden wir immer noch Spaß mit ihr haben. Morgen ...«, er fuhr mit dem Finger über den Hals. »Weißt du, dass diese Schlampe gebildet ist?«

»Nein. Wie meinst du das?«

Der Rumäne stand auf und näherte sich der Schrankwand. Auf dem Boden lagen Bücher, die sie in der Hoffnung, Geld zu finden, durchsucht hatten. Er hob zwei hoch und warf sie auf die Knie des anderen.

Tobias las die Titel. "Probleme der modernen Familie in hochentwickelten Ländern. Scheidungen. Gründe und Statistiken. Übersetzung aus dem Englischen von Teresa Amanda Krammer, PhD in Psychologie".

»Wenn sie so schlau ist, warum macht sie das? Schließlich denke ich, dass so eine jede Menge Geld verdient.«

»Wer weiß, was in ihrem Kopf vorgeht. Bei ihr scheint im Kopf nicht alles richtig angeordnet zu sein. Die Schlampe dachte, dass sie uns die Kunden ungestraft vor der Nase wegschnappen könnte.«

»Ich hatte noch nie zuvor so eine gebumst. Heute war die Premiere!« Tobias beendete die Gestik und lachte.

Bei dem Geräusch seines Lachens stellten sich bei dem Rumänen die Nackenhaare auf. Tobias' Stimme klang seltsam und unmenschlich. Sie ähnelte dem Klang, der aus einem Brunnen kommt, wenn man hineinruft. Eines Sommertages, als er ein kleiner Junge war, warfen er und ein paar Freunde Steine in einen Brunnen, und einer von ihnen fing an, in den Brunnen zu schreien. Danach schrien alle zusammen wie besessen aus vollem Hals hinein. Das Echo, das dabei herauskam, glich dem Lachen des Stummen.

»Wenn sie wieder zu sich kommt, werden wir sie wieder in Ordnung bringen. Und dann kannst du mit ihr machen, was du willst. Ich will alles auf der Kamera haben. Morgen werden wir von hier verschwinden und diesen Schuppen in die Luft jagen.«

»Wir jagen ihn in die Luft?! Hast du Granaten dabei?«

»Wozu brauchen wir Granaten? Wir zünden eine Kerze im letzten Raum an und öffnen das Gas in der Küche, dann schließen wir alle Türen, und bevor das Gas dort ankommt ...« Mit der Hand zeigte er auf das kleine Zimmer. »... BUMMM!«

Iliescu machte eine Flasche auf. Er goss Whisky in Gläser und öffnete dann eine der Kokaintüten. Er streute das Pulver auf den Tisch, teilte den Stapel mit einer Kreditkarte in zwei gleiche Teile und machte vier gleich lange Linien daraus. Jeder von ihnen nahm eine gerollte Banknote in die Hand. Iliescu war der Erste, der erst den einen, dann den anderen Streifen Koks in seine Nase zog. Er schüttelte kräftig den Kopf. Dann nahm er mit den Fingern den Rest des Kokains von den Nasenlöchern und rieb damit sein Zahnfleisch ein. Er setzte sich in einen Sessel, nahm ein Glas in die Hand und leerte es mit ein paar Schlucken. Tobias reinigte den Kokaintisch auf die gleiche Weise. Sie warfen beide ihre Köpfe zurück auf die Rückenlehnen der Sessel und schlossen die Augen.

»Gute Ware!«

Der Rumäne lächelte in Glückseligkeit. Mit dem Augenwinkel sah er seinen Kumpel an, der immer noch weißes Pulver aus den Nasenlöchern rieb. Er klopfte ihm auf die Schulter.

"Schlag ins Maul" war seine rechte Hand und er war treuer als so mancher Hund. Es gab nichts, was er nicht für ihn tun würde. Es genügte, mit dem Kopf zu nicken, ein Augenzeichen des Rumänen und er machte sich wie ein Pit Bull auf in die Schlacht. Sie hatten sich vor vier Jahren in einem Gefängnis im Nordosten Polens getroffen, wo Iliescu wegen Drogenhandels und Anstiftung zur Prostitution eine fünfjährige Haftstrafe absaß. Dort lernte er fast perfekt Polnisch, und nachdem Tobias in seine Zelle eingezogen war, kam auch die Gebärdensprache hinzu. Als er hinter Gitter kam, hatte Tobias bereits sechs Jahre hinter sich. Die nächsten drei, bis zu seiner Entlassung, saß er zusammen mit seinem zukünftigen Chef in der Zelle.

Tobias Kowatsch hatte viel mehr auf dem Gewissen, als die Anstiftung zur Prostitution oder Drogenhandel. Er war erst drei Jahre alt, als sein Vater seine Mutter für eine andere verließ, ohne sich um die beiden zu kümmern. Er sah ihn nie wieder. Im Alter von vierzehn Jahren versuchte er ihn zu finden, aber die Spur führte ins Nichts. Anscheinend war er in die Vereinigten Staaten aufgebrochen und dortgeblieben. Ein Jahr, nachdem er sie verlassen hatte, lernte seine Mutter einen anderen kennen und heiratete ihn.

»Was hätte ich tun sollen!? Was für eine Wahl hat eine alleinstehende Frau mit einem kleinen Kind?«, sagte sie zu ihm, kurz bevor sein Stiefvater inhaftiert wurde.

Der Stiefvater hatte seine Mutter fast jeden Tag zusammengeschlagen. Er hatte es wohl als Sport betrachtet. Der Junge hasste ihn dafür und konnte nicht verstehen, wie sie es ertragen konnte. Im Alter von zwölf Jahren begann er sie zu verteidigen. In solchen Fällen stieß ihn sein Stiefvater meist von sich oder "beruhigte ihn", indem er ihm in den Arsch trat. Eines Tages begann der Junge die Mutter energischer als sonst zu verteidigen. Er schrie laut und versuchte ihn mit einem Hosengürtel zu schlagen. Der Stiefvater packte ihn am Hals, führte ihn ins Badezimmer und schlug ihm mit offener Hand auf den Kopf. Dann nahm er sein Rasiermesser aus dem Schrank, packte mit zwei Fingern seiner linken Hand die Zunge des Kindes, holte sie heraus, trennte sie mit einem Schnitt ab, warf sie in die Toilette und spülte sie runter. Er sagte: »Jetzt wirst du, du kleiner Furz, mehr Respekt vor deinem Vater haben.« Dies war das erste und das letzte Mal, dass er sich seinen Vater nannte.

Das Gericht verurteilte ihn zu zehn Jahren Haft wegen seiner besonderen Grausamkeit gegenüber dem Stiefkind und der Misshandlung seiner Frau. Nach sechs Jahren wurde er wegen guter Führung entlassen.

Im Alter von vierzehn Jahren begann Tobias Boxtrainings zu besuchen. Er träumte von einer Boxkarriere und sein Idol war Muhammad Ali. Er sah seine Kämpfe viele Male im Fernsehen an und versprach sich, dass er eines Tages im Profiring stehen würde. Im Alter von sechzehn Jahren war er einen Meter und dreiundneunzig Zentimeter groß und wog fünfundachtzig Kilo. Die Trainer waren von ihm begeistert. Sie prognostizierten ihm eine ausgezeichnete Karriere. Der einzige Nachteil war das Verhalten des Jungen gegenüber anderen Jugendlichen in der Sonderschule. Er zeigte seine Stärke nicht nur im Ring, sondern auch andernorts, wo er die Möglichkeit dazu hatte. Eines Tages kaufte er einen Schlagring, den er sofort in der Disco ausprobierte. Mit ein paar Schlägen streckte er drei ältere Jungs auf der Tanzfläche nieder. Einer von ihnen musste mit einer gebrochenen Nase und einem gebrochenen Kiefer ins Krankenhaus gebracht werden. Eine Woche später, während des Trainings, legte er dieses Eisen in den Boxhandschuh. Gleich in der ersten Runde brach er dem Trainer zwei Rippen und das Ganze kam ans Licht. Das war sein letztes Boxtraining. Ihm wurde der Eintritt in den Club auf Lebenszeit verboten.

Drei Jahre später, im Alter von neunzehn Jahren, erfuhr er, dass sein Stiefvater auf freiem Fuß war. Er beschloss, sich an ihm für seine Behinderung zu rächen. Er stellte sich vor, wie er die Schläge mit den Fäusten über den ganzen Körper des Stiefvaters verteilen würde. Metallschlagringe leuchteten an beiden Händen. Der Stiefvater rutschte auf die Knie und legte seine Zunge frei. Dann zog Tobias ein Messer aus der Tasche, trennte sie mit einem Schnitt ab und warf sie in die Gosse.

Eines Abends wartete er an der Ecke der Kneipe, wo sein Vater mit ein paar Freunden zusammen trank. Er wartete bis Mitternacht auf ihn und wollte schon nach Hause gehen, als er rauskam. Das Pech wollte, dass er nicht allein war, sondern in Begleitung von zwei anderen Typen. Er verfolgte sie gut eine halbe Stunde lang, bis sich die Männer trennten. Der Stiefvater lief mit unsicherem Gang allein weiter. Tobias hob einen auf der Straße liegenden Stein auf und wollte den Hinterkopf seines Stiefvaters zertrümmern. Im selben Moment stolperte dieser und fiel zur Seite. Der Stein traf seine Schulter, ohne ihm viel anzutun. Der Mann drehte sich schnell zu ihm um und hob gleichzeitig beide Hände wie ein Boxer im Ring. Im Licht, das von einer Eckstraßenlaterne fiel, erkannte er seinen Stiefsohn.

»Du bist es, du stinkender Mistkerl! Was ist, hast du noch nicht genug? Ich werde dir, du Lump, den Respekt vor älteren Menschen beibringen.«

Sein Stiefvater war etwa so groß wie Tobias, aber mit etwa einhundertzwanzig Kilogramm Gewicht war er ein Superschwergewichtler im Vergleich zu ihm. Der Junge stürzte auf seinen Stiefvater und wollte ihn mit der Faust schlagen, auf der der Metallguss glänzte. Dieser wich zur Seite aus und seine Faust landete auf Tobias' Kiefer, der von dieser Wendung der Ereignisse völlig überrascht war und auf die Knie fiel. In der nächsten Sekunde streckte ihn ein mächtiger Tritt an den Kopf auf den Boden.

Der Mann setzte sich rittlings auf ihn. Mit den Fingern einer Hand öffnete er seinen Mund.

»Du sagst nichts. Zeige, was du da drin hast. Wenigstens hätte man dir eine Schweinezunge implantieren können, zumindest hättest du jetzt ein wenig gegrunzt«. Er lachte spöttisch.

Plötzlich beugte er sich nach links. Sein Gesicht war schmerzverzerrt. Tobias' Messer, das er in der Hand hielt, steckte bis zum Griff in seiner

Niere. Der nächste Schlag traf seinen Hals. Der Mann bewegte sich träge zu Boden.

Genau zur gleichen Zeit hielt ein Polizeiauto auf dem Bürgersteig, direkt vor den beiden Männern, die auf dem Boden lagen. Tobias versuchte, sich von dem unbeweglichen Körper, der auf ihm lag, zu befreien, um zu entkommen, aber die Polizisten waren schneller. Sie legten ihm Handschellen an und brachten ihn sofort ins Gefängnis. Der Stiefvater verblutete, bevor der Krankenwagen ankam.

Die ganze Geschichte hatte er seinem Boss, Iliescu Faltena, an mehreren Abenden erzählt, die sich im Gefängnis in die Unendlichkeit zogen. Jedes Mal versprachen sie sich, dass sie sich nie wieder von den Bullen erwischen lassen würden, und sie redeten über die Dinge, die sie nach ihrer Entlassung drehen und von denen alle Zeitungen berichten würden. Sie träumten von einem Banküberfall und den Millionen, die sie mitnehmen würden. Mit diesem Geld wollten sie in die Karibik fliehen und müssten für den Rest ihres Lebens nicht mehr arbeiten.

Iliescu Faltena wurde in Timişoara geboren und war ein Einzelkind. Er erzählte seinem Kumpel oft von dem Leben in Rumänien. Von seinen anständigen Eltern, die er wegen ihres geordneten Lebens, Kleinmuts, Zeitmangels und Unverständnisses für ihren Sohn hasste, der nur wollte, dass sie ihn manchmal an die Hand nahmen und mit ihm ins Kino oder einfach mit ihm spazieren gingen. Abends überprüfte die Mutter meist die Arbeit ihrer Schüler oder befragte den Jungen nach dem Unterricht in der Schule. Der Vater kam später als seine Mutter nach Hause und sprach nur über seine Patienten.

Sein Vater war immer noch ein geschätzter Arzt und seine Mutter eine pensionierte Lehrerin. Er machte seinen Eltern bis zu seinem fünfzehnten Lebensjahr keine Probleme. In der Schule hatte er nur sehr gute Noten und positives Feedback der Lehrer, sodass die Eltern zu dem Schluss kamen, dass ihr Sohn in ihre Fußstapfen treten würde. Ein Jahr später erlebte der Junge eine völlige Verwandlung. Er bemerkte, dass er einen großen Einfluss auf seine Altersgenossen hatte. In der Schule war er in den Pausen meist von einer Gruppe von Jungen umgeben und jeder wollte sein bester Freund werden. Zweifellos war er in der Lage, jeden ohne Mühe um den Finger zu wickeln. Er wählte vier Freunde aus, seiner

Meinung nach die treuesten, und beschloss, die Schule zu erobern, was ihm in gewisser Weise auch gelang. Niemand hatte den Mut, sich ihm zu widersetzen.

Die Eltern hatten ihren Sohn finanziell nicht zu sehr verwöhnt. Er erhielt jeden Monat Taschengeld, aber schon wenige Tage später hatte er nichts mehr übrig. Über seine finanzielle Situation sagte er immer: "Die Ebbe ist größer als die Flut". Er beschloss, dies zu ändern, indem er von einigen Mitschülern die "Erhebung des Tributs" einführte. Er wählte ein paar von ihnen, die dafür am besten geeignet waren. Diejenigen, deren Eltern Geld hatten, oder einfach die, die er nicht leiden konnte. Plötzlich stellte sich heraus, dass es keine Zeit mehr zum Lernen gab, denn andere Dinge wurden wichtiger als die Schule. Einige der besten "Kollegen" aus der Klasse mussten die Hausaufgaben für den Chef machen und im Gegenzug ließ er sie in Ruhe. Leider reichten selbst vorbildlich geschriebene Aufgaben nicht aus, um gute Noten zu erhalten. Er schaffte es nur mit Mühe in die nächste Klasse. Eltern und Lehrer spreizten hilflos die Hände und hofften, dass sich der Junge im nächsten Jahr mobilisieren wird und wieder lernt.

Vanesa war zweifellos das schönste Mädchen in der Schule. Ein Jahr älter als er, ging sie auf die High School. Eines Tages ging Iliescu in der Pause auf sie zu.

»Hast du heute nach der Schule etwas vor? Würdest du mit mir ins Kino gehen?«, fragte er und sah ihr lächelnd in ihre schwarzen Augen.

Vanesas Wangen wurden in der gleichen Sekunde rot.

»Und in welchen Film?« Das Mädchen wusste nicht, wie man aus der Situation herauskam.

»Bedeutet das, dass du zustimmst?«

Jetzt wirst du mir nicht entkommen!

»Bist du immer so direkt? Ich kenne dich überhaupt nicht.«

»Es ist höchste Zeit, das zu ändern. Findest du das nicht auch?«

Vanesa nickte nur mit dem Kopf. Der Junge gefiel ihr sehr und sie wollte ihm natürlich keinen Korb geben. Sie hatte ihn schon ein paarmal bemerkt und hätte nie zu träumen gewagt, dass Iliescu zu ihr kommen und ein Treffen vorschlagen würde.

»Nun. Aber vielleicht lädst du mich statt ins Kino in ein Café ein? In der Altstadt gibt es solche ...«

»Was auch immer du willst! Heute nach der Schule warte ich auf dich«, er hatte sie unterbrochen und ihre Hand gepackt. »Ich mag dich. Du gefällst mir sehr.«

Das Mädchen errötete noch mehr. Sie wollte ihm sagen, dass er ihr auch gefiel, aber sie antwortete stattdessen: »Danke. Jetzt muss ich in den Unterricht.« Die Pause war noch nicht vorbei, aber sie wollte ihm nicht zeigen, wie verlegen sie von dieser unerwarteten Situation war.

Sie drückte seine Hand und rannte los.

Die beiden trafen sich in der Folge fast jeden Tag nach der Schule. Nach einer Woche der Bekanntschaft schlug er vor, ihr sein Zimmer zu zeigen, wo sie gemeinsam Mathematik lernen könnten. Als sie seine Hausaufgaben für ihn machte, bot er ihr ein Glas des angeblich besten französischen Weins an. Nach zwei Gläsern konnte Iliescu mit ihr machen, was er wollte.

Manchmal ist es gut, einen Vater als Mediziner zu haben.

Im Arbeitszimmer seines Vaters gab es viele verschiedene Medikamente, auf die viele Apotheken stolz sein würden.

Dies war das erste Mal für Vanesa. Für ihn eines der nächsten unbedeutenden Abenteuer.

Es schien ihr, dass sich der Himmel über ihr geöffnet hatte.

Seitdem trafen sie sich nur noch bei ihm. Seine Eltern arbeiteten lange und kamen meist erst am Abend zurück. Das Mädchen bestand darauf, dass sie gemeinsam lernten und erst dann miteinander schliefen. Iliescu war anfangs nicht sehr glücklich darüber, aber am Ende stimmte er zu. Seine Schulnoten verbesserten sich bereits nach wenigen Monaten und er wurde wieder zu einem der besten Schüler.

Vanesa erfüllte im Bett jeden seiner Wünsche. Sie wollte, dass er glücklich war, und merkte nicht, wie abhängig sie von ihm geworden war.

Nach der Abiturprüfung begann sie ein Praktikum in einem Krankenhaus, mit der Absicht, sich auf ein Medizinstudium vorzubereiten. Sie hätte nicht einmal gedacht, dass Iliescu andere Pläne mit ihr hatte. Sein Geldbeutel war wieder leer, weil er seine "Interessen" ihretwegen vernachlässigt hatte.

Eines Tages sagte er ihr, dass sie sich trennen müssten, weil er Schwierigkeiten hatte und nicht zulassen durfte, dass sie deswegen leiden musste. Er traf sie eine Woche lang nicht. Das Mädchen weinte ständig und rief ihn jeden Tag an. Er ging nicht ans Telefon und erschien nicht mehr bei ihr. Eines Tages wartete sie vor dem Haus auf ihn und bestand auf ein Gespräch. Sie drohte damit, dass sie sich, wenn er nicht mit ihr redete, das Leben nehmen würde. Er brachte sie nach oben. Vanesa zog ihre Kleidung aus und flehte ihn an, mit ihr ins Bett zu gehen. Sie würde alles für ihn tun. Er stimmte zu und legte sich neben sie. Er küsste sie und streichelte ihren Körper. Nach einer Weile sagte er ihr, dass er ihrer nicht würdig sei und es besser für sie wäre, wenn sie einen anderen finden würde. Er hätte auch viele Schulden, weil er einige Wetten verloren hatte und nicht wusste, wie man da rauskam. Sie würden ihn wahrscheinlich töten, also wollte er nicht, dass sie bei ihm blieb, denn sie könnten ihr auch etwas antun.

»Wir werden zur Polizei gehen und ihnen alles erzählen, es wird sicher einen Ausweg geben. Ich werde mir von meinen Eltern Geld leihen und du könntest die Schulden begleichen«, bot sie ihm an.

Er schüttelte den Kopf.

»Du kennst diese Typen nicht. Die verstehen keinen Spaß. Deine Eltern haben nicht genug Geld, um alles zurückzuzahlen. Ich will nicht, dass jemand wegen mir einen finanziellen Verlust erleidet. Aber vielleicht gibt es doch einen Ausweg.« Nach einer Weile fügte er hinzu: »Nein, nein, nein, es ist unmöglich!«

»Sag schon, bitte. Du weißt, dass ich alles ...«

Er drehte ihren Kopf in seine Richtung und sah ihr traurig in die Augen. Da waren Tränen auf ihren Wangen. Sie hielten auf ihren wohlgeformten Lippen an und tropften dann auf ein Kissen.

»Du bist zu schön, als dass andere Männer ... Ich würde nicht zulassen, dass andere deinen Körper küssen.«

Mit dem Mund trocknete er ihre Tränen. Mit seiner Zunge berührte er den zarten, dunklen Flaum über ihrem Mund, der ihr einen unglaublichen Charme verlieh. Er sah ihren nackten Körper an. Schöne, große Brüste mit kleinen, steilen Brustwarzen, die unter dem Einfluss ihres erregten Atems schwangen. Sie beugte ihr linkes Bein und zeigte eine leicht zugewachsene Schoßdecke, von der aus, ein Weg der schwarzen, kurzen Haare bis zum gepiercten Nabel lief.

»Viele Männer würden gut bezahlen, um mit dir schlafen zu dürfen.«

Ein Strom von Tränen pflasterte einen neuen, breiteren Weg auf ihren Wangen. Sie sprach nicht mehr. Sie begann ihn fieberhaft auszuziehen und seinen Körper zu küssen.

Zu Beginn holte er sie durchschnittlich zweimal pro Woche ab und brachte sie an verschiedene Orte. Er wartete im Auto, das er sich von seinem Vater geliehen hatte. Nach ein paar Wochen musste sie jeden Tag Kunden besuchen, manchmal sogar mehrere am selben Tag. Sie gab ihm das ganze Geld. Iliescu zählte zwanzig Prozent davon ab und gab es ihr zurück.

Nach dem Schulabschluss spendierten die Eltern dem Einzelkind eine Reise für einen Monat nach Amerika. Kurz nach ihrer Rückkehr verschwand Vanesa spurlos. Die Polizei befragte Iliescu zweimal in dieser Angelegenheit. Er sagte, dass er nichts über sie wüsste. Schließlich hätten sie sich vor ihrer Abreise getrennt.

Vanesas Eltern sahen ihre Tochter nicht mehr. Angeblich rief sie sie später ein paar Mal kurz an, aber sie wollte ihnen nicht sagen, wo sie war und wann sie nach Hause zurückkehren würde.

Zwei Jahre später kaufte Iliescu sich in Deutschland ein Auto und traf zufällig auf die Typen, an die er das Mädchen für zweitausend Dollar verkauft hatte. Auf die Frage, was mit ihr geschehen war, zuckte einer von ihnen nur mit den Schultern und sagte: »Die Sau wurde schwanger und wollte nicht mehr arbeiten, und wir tolerieren keine Arbeitslosigkeit. Wenn du etwas zu verkaufen hast, lass es uns wissen. Wir bezahlen am besten.« Alle lachten laut.

Sie boten ihm einen Job an, dem Iliescu zustimmte. Nach etwa zwei Monaten, die er damit verbrachte, das Geld in Bars gegen "Schutz" zu kassieren, traf er den heutigen Chef. Alle nannten ihn Monsignore. Er kannte seinen richtigen Namen nicht.

Monsignore mochte Iliescu anscheinend, weil er dem Jungen einen anderen, besseren Job anbot. Seitdem fuhr er die Mädchen in die Bars und nach der Arbeit brachte er sie in die Quartiere.

Nach einem Jahr landete er in Polen und übernahm die Stelle eines der untergeordneten Ganoven von Monsignore, den sie "Töpfer" nannten. Der "Töpfer" starb bei einem Unfall in seinem eigenen Auto, und zwar unter unerklärlichen Umständen auf einem Parkplatz bei Hilton. Es wurde gesagt, dass angeblich der Kraftstofftank in seinem Mercedes undicht war und eine Explosion stattfand. Infolgedessen wurden fünfzehn weitere, in der Nähe parkende Autos zerstört.

Nach sechs Monaten Arbeit landete Iliescu im Knast. Wie sich herausstellte, arbeiteten zwei seiner Leute an zwei Fronten. Nach dem Prozess fand Monsignore heraus, wer die Polizei informiert hatte, und wurde diesen Stinker schnell los, wie ihm einer der Typen berichtete, die ihn im Gefängnis besuchten. Sie würden ihm das Geld und die Dinge zur Verfügung stellen, um die er während seiner Zeit im Gefängnis gebeten hatte. Nachdem er entlassen wurde, sorgte Tobias für seine Sicherheit. Dem Stummen vertraute er mehr als allen anderen, die bisher für ihn gearbeitet hatten.

"Schlag ins Maul" wachte als Erster auf. Er rieb sich die Augen und sah auf die Uhr. Es war kurz vor zwei. Er stand von seinem Sessel auf, streckte die Arme und ging gähnend aus dem Zimmer, um zu sehen, ob Amanda wieder zu sich gekommen war.

Sie hatten keine Angst, dass Amandas Nachbarn sie hören und die Polizei rufen könnten. Tobias hatte seine Hausaufgaben gründlich gemacht. Sie wussten, dass die Wohnung nebenan schon seit Langem leer war, denn die Mieter arbeiteten im Ausland, während das Paar unten in den Urlaub gefahren war. Vor einiger Zeit wollte er sogar in Amandas Wohnung eindringen und sie durchsuchen, als sie weg war, aber er bemerkte eine Alarmanlage, als er eine Minikamera in einen Spalt unter der Tür schob. Er hatte dem Rumänen vorgeschlagen, sie von der Straße zu holen, wie sie es mit Zaneta getan hatten, aber der hatte einen anderen Plan entwickelt.

Im Raum herrschte Dunkelheit. Amanda hatte ihre Augen weit offen, und als sie ihn sah, fing sie an, sich zu winden, als wolle sie sich von ihren Fesseln befreien. Sie weinte vor Angst und Hilflosigkeit. Jede ihre Bewegung verursachte schreckliche Schmerzen. Von dem Moment an, als sie wieder zu sich gekommen war, betete sie für einen schnellen Tod. Sie versöhnte sich mit ihm, und jedes Mal, wenn sie ihre von Draht durchbohrten Hände ansah, erkannte sie, dass es kein Entkommen vor dem Tod gab. Fragmente ihres geliebten Hamlet flogen ihr ständig durch den Kopf: "Sterben – schlafen – schlafen! Vielleicht auch träumen? Ja, da liegt's: Was in dem Schlaf für Träume kommen mögen, wenn wir den Drang des Ird'schen abgeschüttelt, das zwingt uns stillzustehn.

Sie vernahm den seltsamen Geruch von verschwitzten Männern und spürte den Schmerz nach der Vergewaltigung, als sie bewusstlos war.

"Schlag ins Maul" kam auf sie zu. Er bedeckte ihren mit Klebeband verschlossenen Mund mit seiner linken Hand, mit der rechten machte er eine Faust und legte sie unter ihre Augen. Diese Geste war so deutlich, dass sie sie ohne Worte verstand. Sie vermutete, dass er stumm war. Alle anderen würden zumindest ein Wort zu ihr sagen.

Trotz der großen Angst, die sie lähmte und ihr die Sinne raubte, bemerkte sie den von Tattoos bedeckten Körper des Folterers. Es handelte sich um Einzelzeichnungen, die ohne Ordnung und Gestaltung gemacht wurden und nichts gemeinsam hatten.

Eine nackte Frau, ein faschistisches Hakenkreuz neben ihr, dann eine Kobra und so weiter. Sie entstanden wahrscheinlich in größeren Abständen und hatten ein Ziel: Die freie Fläche auf der Haut dieses abstoßenden Mistkerls zu befüllen.

Tobias war keiner der Männer, die das Begehren einer Frau wie Amanda entfachen konnten. Sein Gesicht war mit Sommersprossen und Narben bedeckt. Er hatte eine geschwungene Boxernase und einen unangenehmen Mundgeruch, der höchstwahrscheinlich durch schlechte Zähne verursacht wurde. Er erfüllte sie mit Ekel. Wäre nicht das Band gewesen, mit dem ihr Mund verklebt war, hätte sie sich auf ihn übergeben.

Obwohl der Raum angenehm kühl war, war ihre Haut mit Schweiß bedeckt. Amanda hatte aufgrund der Handverletzungen starkes Fieber.

"Schlag ins Maul" überlegte es sich einen Moment lang und betrachtete ihren ganzen Körper. Er hielt seinen Blick an ihren Händen an, die mit Handtuchfetzen gefesselt waren. Auf dem geronnenen Blut befand sich ein Weg des neuen Blutes, gemischt mit Eiter, der sich bis zu den weißen Achseln erstreckte.

Er stand auf und verließ den Raum. Nach einer Weile kehrte er zurück und hielt eine Zange in seinen Händen, die er aus dem Werkzeugkasten gezogen hatte.

Als Amanda sie sah, wand sie sich auf dem Bett. Ihre leise, durch das Klebeband gedämpfte Stimme klang verzweifelt. Sie hatte sich zuvor versprochen, dass sie keine Angst zeigen und nicht um Gnade oder um ihr Leben betteln würde. Diese beiden Psychopathen wollten sie so sehen: auf den Knien, machtlos und alles für sie tuend, um ihr Leben zu retten. Am Ende würden sie sie sowieso ermorden, wie es ihr der Rumäne versprochen hatte. Trotzdem konnte sie sich nicht beherrschen.

Schneidet mir die Finger einzeln ab!

Stattdessen schnitt Tobias den Draht ohne große Mühe ab, zuerst links, dann rechts. Sie fühlte nicht den geringsten Schmerz. Ihre Hände fielen träge neben ihren Oberkörper.

Sie sind schon tot ... ich bin es noch nicht!

Als Kind hörte sie diese Worte in einem Lied, aber jetzt konnte sie sich nicht mehr an den Interpreten erinnern. Sie passten einfach zu ihrer unglücklichen Situation. Amanda dachte ständig an den Tod. Und eine Frage ging ihr nicht aus dem Kopf: Wann werde ich wissen, dass es vorbei ist?

Sie stellte sich den Tod vor und lag mit offenen Augen da. Nicht atmend, unbeweglich, einfach tot. Nur ihre Augen und ihr Gehirn werden alles registrieren, wie ein elektronisches Gerät, das auf Stand-by-Funktion geschaltet ist. Es wird alles in seinem Gedächtnis, auf seiner Festplatte, behalten und jemand wird es lesen und die beiden für ihre Taten bestrafen. Sie hoffte, dass es kein guter Gott sein würde, sondern der Satan aus ihren Albträumen, der mit der grausamsten Strafe aufwarten würde, die solche Bestien ihretwegen erleiden müssten.

Tobias nahm das Band von ihrem Mund, dann hob er sie auf und trug sie wie ein kleines Kind ins Bad. Er stellte sie in die Badewanne und ließ das Wasser auf sie laufen.

Als er sie zurückbrachte, stand Iliescu nackt vor der Kamera und war damit beschäftigt, sie aufzustellen. Er breitete eine Decke auf dem Laken aus, um die Blutflecken abzudecken.

Plötzlich wandte er sich ihr zu. In drei Schritten war er bei ihr und packte ihre Kehle mit einer Hand.

»Wir fanden nur sechzigtausend. Ist das dein ganzes Geld?« Er lockerte den Griff.

»Ja. Hier, ja«, flüsterte sie. »Aber ich werde euch noch viel mehr geben, wenn ihr mich gehen lasst.«

»Eine Million ... und du bist frei.« Er sah seinen Kumpel an und zwinkerte mit einem Auge.

»Ihr werdet eine Million bekommen. Ich schwöre es euch, versprecht nur, dass ihr mich freilasst.« Amanda legte ihre Arme um ihre Taille, beugte ihren Kopf nach vorne und fiel vor ihm auf die Knie.

»Wir lassen dich gehen, versprochen. Aber vorher musst du etwas für uns tun.«

»Ich werde alles tun, was ihr wollt.«

»Das ist gut. Das ist sehr gut. Wir wollen nun die Branche wechseln und ein paar Filme drehen. Ich dachte, du würdest heute die Hauptrolle spielen. Was hältst du davon?«

Amanda nickte nur, ohne ihn anzusehen.

In der Zwischenzeit hatte Tobias seine Klamotten ausgezogen.

»Du musst dein Bestes geben. Bist du bereit dafür?«

»Ja.«

Iliescu nickte in Richtung des Stummen. Dieser schaltete die Kamera ein.

Sie hasste sich selbst für jeden Orgasmus, der ihren schmerzenden Körper erschütterte. Er schenkte ihr nicht die geringste Befriedigung, sondern einen schrecklichen Schmerz in noch schrecklicherem Leiden.

Der Rumäne gab ihr von Zeit zu Zeit Befehle und sie befolgte sie wie ein Roboter, der von seiner Stimme gesteuert wurde. Die Zeit schien stillzustehen, bis der barmherzige Gott ihr erlaubte, das Bewusstsein zu verlieren.

Irgendwann wachte sie wieder auf.

Ich habe geschlafen. Wieder träumte ich von etwas Schrecklichem.

Sie fragte sich, warum sie nackt auf ihrer Lieblingsdecke lag. Sie versuchte, sich an den Schrecken zu erinnern, von dem sie geträumt hatte. Durch ein verdecktes Fenster drang ein Sonnenstrahl, der den Raum beleuchtete.

Es ist Zeit zum Aufstehen, Schlafmütze. Ich muss noch packen, meine Eltern werden heute auf mich warten. Unmittelbar nach dem Frühstück werde ich sie anrufen.

Sie drehte ihren Kopf zur Tür. Neben ihr stand der Stumme. Er trug nur Shorts. Auf den Fingern der rechten Hand strahlte ein Metallschlagring, von dem aus, das Sonnenlicht reflektierte und wie in einem Prisma gebrochen wurde. Das Licht ließ bizarre Muster an der Decke entstehen. Der Rumäne stand an der Wand.

»Du hast mir versprochen, dass ihr mich gehen lassen werdet. Ich habe alles getan, was du wolltest. Lasst mich in Ruhe. Bitte.« Sie wollte aufstehen, aber der Stumme drückte sie nach hinten.

»Ich kann nicht, du musst mich verstehen. Nachdem du uns gesehen hast, können wir es uns nicht mehr erlauben.«

»Ich werde euch Geld geben! Ich werde euch alles geben! Bitte.«

Der erste Schlag auf den Kopf schnitt die Haut von der Schläfe bis zur Wange ab und zeigte den nackten Knochen. Der zweite schnitt ihre Unterlippe durch. Die nächsten waren auf ihre Rippen gerichtet, die nicht in der Lage waren, dem Eisen zu widerstehen – sie brachen wie Streichhölzer.

Als sie die Augen öffnete, sah sie den Stummen auf ihren Beinen sitzen, mit erhobenen Händen und einem blutbefleckten Schraubendreher darin. Er lehnte den Rumpf leicht nach hinten, mit der Absicht, ihr einen tödlichen Stich zu versetzen.

In der gleichen Sekunde lenkte der kräftige Knall der aufgebrochenen Haustür seine Aufmerksamkeit ab. Ein Schuss aus der Pistole eines Polizisten streifte nur seine rechte Seite und traf Iliescu in den Oberschenkel. Statt in Amandas Herz stach der Schraubendreher durch ihre Haut unter dem Nabel und blieb bis zum Griff in ihrem Bauch stecken.

Der nächste Schuss traf Tobias genau zwischen die Augen. Ein mit Gehirnmasse vermischter Blutstreifen strömte über sein Gesicht. Tobias' Körper fiel nach hinten.

Iliescu legte seine Hände hinter den Kopf.

»Ich habe nichts getan! Sie kann bestätigen, dass ich nichts getan habe!«, schrie er die Polizisten an, die den Raum stürmten, in Masken und kugelsicheren Westen.

Derjenige, der den tödlichen Schuss in den Kopf des Stummen abgefeuert hatte, lief auf ihn zu.

»Halt dein Maul!« Der Aufprall des Gewehrs in den Bauch haute Iliescu zu Boden. Der andere Polizist drehte seine Hände nach hinten und legte ihm Handschellen an.

Der Offizier, der die Aktion befehligte, lief auf eine Frau zu, die vor der Eingangstür stand.

»Hast du uns angerufen?« Er packte die Frau an der Schulter.

»Ja.« Dorota sah den Polizisten mit offenem Blick an. Ihr blasses Gesicht verschmolz fast mit der Wand.

»Wir haben einen Krankenwagen gerufen, der Arzt wird in ein paar Minuten da sein. Bitte geh rein. Deine Nachbarin braucht Hilfe.«

Beim Anblick der nackten, blutigen Amanda, mit einem Schraubendreher im Bauch, dessen schwarzer Griff nach außen ragte, fiel sie fast um.

»Was sie mit dir gemacht haben!« Sie setzte sich neben Amanda, die sich vor Schmerzen wand, und streichelte ihren Kopf. »Alles wird gut werden. Wir werden dich retten. Du musst noch eine Weile durchhalten.« Dann gab sie den Polizisten Anweisungen: »Ich bin Krankenschwester. Kaltes Wasser, Verbände oder Handtücher. Schnell!«

Nach einem kurzen Moment gaben sie ihr das, worum sie gebeten hatte. Tatsächlich arbeitete sie fünf Jahre lang als Putzfrau in einem Krankenhaus. Seit zwei Jahren putzte sie in einem Kaufhaus, und am Wochenende verdiente sie zusätzlich Geld an einer Tankstelle in der Zakopane-Straße. Amanda erkannte sie. Sie packte ihre Hand und versuchte ihr etwas zu sagen.

Dorota lehnte ihren Kopf an ihr Gesicht. Amanda flüsterte ihr etwas ins Ohr. »Wirst du es für mich tun?«

Dorota nickte nur. Dann stand sie auf und ließ den Arzt vorbei.

Plötzlich herrschte ein unglaubliches Chaos in der Wohnung. Alle machten Platz für den Sanitäter, auf den ein junger und noch unerfahrener Arzt einschrie, der offenbar selbst in Panik geriet, als er die zahlreichen Wunden sah, die der jungen Frau zugefügt worden waren.

Zwei Polizisten führten den Rumänen hinaus, ihn unter den Armen haltend. Als sie an Dorota vorbeikamen, trafen ihre Blicke aufeinander. Iliescu hielt eine Sekunde inne, um ihr etwas zu sagen, aber die Frau war schneller: »In der Hölle wirst du schmoren! Aber bevor du dort ankommst, wirst du auf den Knien darum bitten, von dieser Welt genommen zu werden. Das verspreche ich dir!«

Die Polizisten drückten ihn zur Tür, bevor er etwas antworten konnte.

Sie nutzte die Verwirrung aus, betrat die Küche und schloss die Tür hinter sich. Dorota öffnete den Schrank unter dem Spülbecken, ohne darüber nachzudenken. Sie schob den Abfalleimer zur Seite und hob ein loses Brett im Schrankboden hoch. Auf dem Boden befand sich eine große, schwarze Geldbörse, ähnlich der von Kellnern, verpackt in einer transparenten Plastiktüte. Dorota versteckte sie unter dem Pullover, hinter dem Hosengürtel. Sie legte das Brett und den Eimer wieder an seinen Platz zurück. Sie sah sich um. Ihr Blick fiel auf einen kleinen Kalender mit Terminen, Telefonnummern und E-Mail-Adressen. Sie versteckte ihn auch hinter dem Gürtel und verließ unbemerkt die Wohnung. Im Portemonnaie befanden sich eine Schweizer Kreditkarte, ein Ersatzschlüssel für die Wohnung mit einem Anhänger, auf den Amanda den Alarmcode von der Haustür schrieb, mit einem Gummiband fixierte Banknoten, eine SD-Speicherkarte und ein Federmesser mit eingravierten Initialen.

Zwei Tage später konnte Dorota dank einer Kollegin, die als Krankenschwester in der Chirurgie arbeitete, Amanda am späten Abend zum ersten Mal besuchen. Normalerweise durfte nur die Familie der Patienten zu so später Stunde im Krankenhaus bleiben. Amandas Eltern wachten den ganzen Tag über an der Seite ihrer Tochter, und Dorota wollte sich nicht mit ihnen treffen, um Fragen über das Ereignis zu vermeiden. Daher bat sie ihre Kollegin Karolina, sie anzurufen, wenn Amanda allein war.

Karolina gab ihr eine weiße Schürze und eine Maske. So getarnt weckte sie nicht den geringsten Verdacht des Personals.

Es gab vier Betten im Zimmer. Bevor sie sich ihrer Nachbarin näherte, sah sie einen Mann, der neben einem von ihnen saß. Die Frau, die er an der Hand hielt, sah mit irren Augen an die Decke.

»Entschuldigung, Frau Doktor«. Er hatte sich an sie gewandt.

»Ich bin keine Ärztin, aber vielleicht kann ich etwas helfen?«

»Meine Frau hat einen schrecklich trockenen Mund, ich wollte ihr Wasser geben, aber ich schaffe es nicht. Sie öffnet ihren Mund nicht. Ich weiß nicht, was ich tun soll.«

Der Mann saß auf einem Stuhl und hielt eine Flasche Mineralwasser in seinen zitternden Händen. Tränen flossen aus seinen Augen. Dorota sah ihn mit Mitgefühl an und ihr Herz zog sich bei diesem Anblick zusammen. Mehrere Jahre lang sah sie im Krankenhaus so viel Leid und menschliche Tragödien, dass es für den Rest ihres Lebens reichte, wie sie eines Tages feststellte. Sie konnte sich nicht damit abfinden, und so entschied sie sich, einen anderen Job zu suchen.

Sie setzte sich auf das Bett neben der kranken Frau und zog die Maske von ihrem Gesicht.

»Bitte geben Sie mir die Flasche, und Sie müssen Ihre Frau so anheben, dass sie sich hinsetzt.«

Dorota legte ihre Hand unter ihren Kopf und legte die Flasche an die trockenen Lippen. Die Frau nahm ein paar kleine Schlückchen und drückte ihren Mund wieder zusammen.

»Gleich werden wir es erneut versuchen. Legen Sie sie erst mal wieder hin.« Dorota wollte aufstehen und gehen, aber der Mann hielt sie eine Weile auf.

»Ein halbes Jahr nach der Geburt unserer Tochter wurde sie krank. Husten, wissen Sie. Sie konnte nicht atmen und fühlte sich schlecht. Die Ärzte sagten, es könnte eine Lungenentzündung oder Bronchitis sein. Schließlich wurde sie ins Krankenhaus gebracht. Hier, nur zu einer anderen Station. Sie haben Krebs diagnostiziert. Meine Frau hat nie geraucht und plötzlich so eine Diagnose. Sie kämpfte ein Jahr lang gegen die Krankheit und wir dachten, sie hätte sie überwunden. Vor weniger als sechs Monaten fanden sie Metastasen in der Leber und vor zwei Monaten im Gehirn. Seit ein paar Tagen redet sie nicht mehr, sondern schaut nur noch zur Decke. Es ist so schrecklich für uns. Jeden Tag fragt unsere Tochter nach ihrer Mutter und weint vor Sehnsucht. Ich will sie nicht hierher mitnehmen, ich möchte, dass sie sich an ihre Mutter erinnert, wie sie vorher war. Vielleicht nicht ganz gesund, aber ...«

»Es tut mir sehr leid. Ich habe so viel Mitgefühl mit Ihnen. Die ganze Hoffnung in Gott.«

»Es gibt keinen Gott, der ihr helfen kann. Ich würde mein Leben für sie opfern.«

»Bitte sagen Sie das nicht. Wunder geschehen wirklich, nur müssen wir sehr stark an sie glauben.« Sie drückte seine Hand fest zusammen.

»Die letzten Worte, die meine Frau sagte, bevor sie in diesen schrecklichen Zustand fiel, war ihre Bitte, sie nach ihrem Tod zusammen mit dem Monster, das sie von innen auffrisst, zu verbrennen.«

Amandas Bett war auf beiden Seiten mit Sichtschutzwänden versehen. Dorota trat zwischen sie ein und setzte sich auf einen der beiden Stühle, die dort standen. Sie nahm Amandas Hand. Als sie das schrecklich verletzte Gesicht sah, wurden ihre Augen feucht.

Zwei Plastikschläuche, die in ihre Nase eingeführt worden waren, versorgten die Lungen mit Sauerstoff. Ein Tropf war mit der rechten Hand verbunden. Der Monitor im Regal daneben zeigte den Puls und die Herzfrequenz an.

Amanda hatte ihre Augenlider leicht geöffnet. Als sie Dorota sah, zeigte sich ein leichtes Lächeln auf ihrem Gesicht. Sie bewegte ihren Mund, als wollte sie ihr etwas sagen.

»Sag nichts. Du darfst dich im Moment nicht anstrengen.«

Amanda drehte nur ihren Kopf und zog Dorotas Hand zu sich, um sich ihr zuzuwenden. Dorota legte ihr Ohr an ihren Mund.

»Das tut mir leid … wegen Montag, im Treppenhaus.« Sie flüsterte kaum hörbar.

»Mir tut es leid. Ich habe es verdient. Dein Geld hat mir ermöglicht, diese verdammte Woche zu überleben.«

»Du hast es gefunden?«

Dorota nickte. Amandas Mund bewegte sich, aber sie konnte keine Stimme hervorbringen.

»Sag nichts«, Dorota hob den Kopf. »Morgen werde ich wiederkommen. Du wirst dich besser fühlen. Du wirst sehen.«

Für einen Moment sahen sie sich schweigend an.

»Ich sterbe«, sagte Amanda so laut, dass Dorota sie verstand.

»Sag nicht so etwas. Du bist jung. Du wirst es schaffen.« Sie glaubte selbst nicht an ihre Worte. Der nächste Raum, in den sie normalerweise Patienten von hier brachten, war der Leichenraum.

"Schlag ins Maul" hatte sie auf schreckliche Weise verstümmelt, bevor er ihr Herz mit einem tödlichen Stich treffen wollte. Die Ärzte, die Amanda operierten, waren der Meinung, dass ihr Folterer einen viel schrecklicheren Tod verdiente als den, der ihn traf.

Dorota blieb noch über eine Stunde. Amanda drückte Dorotas Hand fest an ihr Herz und ließ sie nicht los. Sie lehnte sich zu Dorota hin und flüsterte ihr ins Ohr, wie ein Geständnis, eine Beichte. Sie sprach über ein Schweizer Bankkonto, auf dem sie viel Geld in verschiedenen Währungen angesammelt hatte. Sie sprach auch über einige der Gäste, die sie traf, und über ihr Doppelleben, das sie drei Monate nach ihrer Rückkehr von London nach Krakau zu führen begann. An all dem war ein Stück Papier mit Olgas Telefonnummer und ein paar Worten Schuld: "Ich suche eine Freundin".

Sie beneidete und bewunderte gleichzeitig ihre Schönheit, ihr Selbstvertrauen und später, als sie sie besser kennenlernte, wie sie in der Lage war, jeden Mann um den kleinen Finger zu wickeln. Sie wusste genau, worum es ging, aber sie wollte unbedingt versuchen, ausprobieren, sich in eine andere Frau zu verwandeln, eine, die volle Macht und Kontrolle über die Männer hat. Der zweite Grund, der bei all dem tatsächlich ausschlaggebend war, war zweifellos Geld. Plötzlich stellte sich heraus, dass das Einkommen aus der regulären Arbeit nicht ausreichte, um ihre Bedürfnisse zu decken, und sie versprach sich, ihren Vater nie wieder um finanzielle Unterstützung zu bitten. Es war höchste Zeit, auf eigenen Füßen zu stehen. Nach dem ersten Auftrag, den sie von einer Agentur erhielt, die Olga im Namen eines anderen leitete – den Namen hatte sie nie herausgefunden –, heulte sie den ganzen Abend zu Hause. Aber am zweiten Tag tröstete sie sich schnell mit einer neuen Handtasche, die zu dem Fell passte und ihre Schulter schmückte. Es dauerte einige Zeit, bis sie wirklich Macht über Männer gewann und in der Lage war, die Situation während solcher Treffen vollständig zu kontrollieren. Aber danach meisterte sie diesen Beruf perfekt, wie sie glaubte. Sie war in der Lage, ihre Gefühle auszuschalten und die Macht über die traurigen und bedauernswerten Wesen mit dünnen Beinen und hervorstehenden Bäuchen zu übernehmen. Nach einiger Zeit stellte sie fest, dass die Agentur die Hälfte der Einnahmen als Provision kassierte. Sie beschloss, sich unabhängig von ihr zu machen und eigene Kunden im Internet zu finden, was sich als kein solches Problem herausstellte, wie es ihr zunächst schien. Nachdem sie einen Kreis von Stammkunden aufgebaut hatte, wollte sie die Daten auf dem Portal, auf dem sie ihre Dienste anbot, löschen, aber es stellte sich heraus, dass es einen Tag zu spät war.

»Einige von ihnen sind abscheuliche Viecher mit sadistischen Neigungen, die eine Bestrafung verdienen. Du wirst alles in meinem Notizbuch finden«, sagte sie zum Schluss zu Dorota.

»Ich werde mich darum kümmern. Ich verspreche es.« Dorota stellte sich vor, wie süß Rache sein konnte. Sie würde sich für ihr erfolgloses Leben rächen, für diejenigen Typen, die sich von ihr Geld geliehen hatten und ihr unsterbliche Liebe versprachen, aber nach wenigen Wochen nur noch schmutzige Socken hinterließen.

»Ich werde den Rest des Geldes an deine Eltern weitergeben.«

Amanda verneinte.

»Mein Vater ist reich. Du wirst nichts weitergeben.« Sie legte eine bandagierte Hand auf ihre Handfläche.

Dorota besuchte sie noch dreimal. Amanda öffnete nur einmal bei ihrem zweiten Besuch ihre Augen und sprach mit ihr.

»Er kam heute Abend zu mir. Diesmal sah er ganz anders aus als beim ersten Mal. Er war gutaussehend und sogar charmant. Aber ich erkannte ihn sofort.« Sie versuchte, mit Mühe ein Lächeln aus sich herauszuholen.

»Hast du geträumt?« Dorota streichelte ihre Wange.

»Nein, es war kein Traum. Luzifer besuchte mich zum zweiten Mal.«

»Jesus Maria, heiliger Josef ... Rette uns vor dem Bösen, rette uns vor der Hölle! Was wollte der Teufel von dir? Hast du ihm deine Seele versprochen, für ...?«

»Er hat mir keine Vereinbarung angeboten, die ich sowieso nicht akzeptiert hätte. Ich glaube, er wusste davon, weil er mir sagte, dass es bei mir das Ende ist. Aber wegen des Leides, das ich während meines Lebens erlitten habe, wird er mich in Ruhe lassen. Ein anderer wird sich um mich kümmern, wenn ich gehe.«

»Wer?«

»Gabriel.«

»Sein Bruder!«

Dorota fiel auf die Knie und flüsterte das Gebet um Erlösung und Gnade für Amandas Seele. Nach einer Weile stand sie auf und setzte sich auf die Bettkante.

»Ich bete jeden Tag für dich. Ich glaube, dass ER gerecht und gnädig ist und mein Gebet erhört wird.«

»Ich habe keine Kraft mehr. Ich dachte nicht, dass das Sterben so schrecklich ist und so lange dauern könnte. Ich will, dass es schnell endet. Bitte ihn, dass er ...« Amanda schloss die Augen. Tränen von Schmerz und Verzweiflung flossen über ihre Wangen.

Bei ihrem letzten Besuch traf Dorota auf Amandas Eltern. Ihre Tochter war zwei Tage lang nicht bei Bewusstsein. Die Frauen umarmten sich gegenseitig herzlich. Auf Martas Gesicht war das Leiden, das durch die Betreuung des einzigen Kindes verursacht wurde, deutlich zu sehen. Dunkle Ringe unter den Augen zeigten, dass die Frau lange Zeit nicht geschlafen hatte.

»Ich kann es nicht fassen, dass ich erst so spät bemerkt habe, dass etwas mit Ihrer Tochter nicht stimmt. Wenn die Polizei früher gekommen wäre ...« Dorota senkte traurig den Kopf.

»Ohne Sie wären sie geflohen. So wird zumindest unsere Teresa gerächt werden«, sagte der Mann mit einem deutlichen englischen Akzent.

»Teresa?«, fragte Dorota überrascht.

»Teresa. Unsere einzige, geliebte Tochter. Sie kennen wahrscheinlich ihren Namen nicht.« Marta griff die Hand ihrer bewusstlosen Tochter und legte sie auf ihre Wange.

»Ich kann nicht verstehen, wie diese Männer in die Wohnung unserer Tochter gekommen sind. Schließlich hat Teresa immer den Alarm eingeschaltet, auch wenn sie zu Hause war.« Henry wandte sich an Dorota.

Niemand weiß von dem doppelten Gesicht ihrer Tochter. Soll ich ihnen davon erzählen? Nein, definitiv nicht!

»Sie müssen der Polizei diese Frage stellen. Ich hörte nur Teresas Schreie aus ihrer Wohnung kommen, weil ich die Treppe hinunterging. Wissen Sie, der Aufzug war besetzt. Deshalb habe ich die Polizei gerufen. Die Polizei betrat den Raum nicht sofort, sie hörte nur an der Tür zu. Später kamen die mit den Masken, stellten einige Kameras auf und erst nach einer halben Stunde brachen sie die Tür auf.«

Dorota vergaß zu erwähnen, dass ihre Lieblingsbeschäftigung darin bestand, die Nachbarn zu belauschen. Sie wusste alles über jeden von ihnen. Sie wusste, wann sie von der Arbeit kamen, wann sie schlafen gingen und auch ... mit wem. Am Freitag wollte sie nach unten gehen, aber als sie die Nachbarin schreien hörte und das Flehen um Gnade, ging sie zurück und legte das Ohr an die Tür. Die Geräusche aus der Wohnung zeigten deutlich, dass Amanda auf einige gefährliche Typen gestoßen war und Hilfe brauchte. Ohne einen Moment nachzudenken, rief sie die Polizei.

Viertes Kapitel

Rache

(kann manchmal blind und grausam sein)

Der Tod von Teresa Amanda Krammer wurde am Montag, den 20. Juni, offiziell bekannt gegeben. Zwei Tage zuvor, während eines morgendlichen Besuchs, erklärte der Arzt, dass Amandas Pupillen nicht auf Licht reagierten. Ihr Gehirn arbeitete nicht mehr so, wie es sollte – wie eine infizierte Festplatte in einem Computer. Zwar schickte es noch Befehle an Herz und Lunge, aber nach Ansicht des Abteilungsleiters, Professor Dr. Krzemieński, war die Einstellung der Arbeit dieser Organe eine Angelegenheit von wenigen Stunden. Die Frage, ob sie ihre Tochter künstlich am Leben erhalten wollten, verneinten Marta und Henry fast gleichzeitig. Sie kannten die Meinung ihrer Tochter, weil sie die Gelegenheit hatten, mehrmals mit ihr darüber zu sprechen. Das letzte Mal hier, im Krankenhaus. Ihr Vater hatte seiner Tochter auch vorgeschlagen, dass er sie in ein Krankenhaus in London bringen würde, wenn sie es wünschte. Sie weigerte sich und behauptete, dass sie hier die gleiche gute Pflege habe wie anderswo.

»Würden Sie zustimmen, dass die Organe Ihrer Tochter das Leben von jemandem retten?«, begann der grauhaarige Professor vorsichtig.

Marta warf sich weinend in Henrys Arme und nickte zustimmend.

»Ja. Unsere Tochter hätte nichts dagegen, dass ihr Tod das Leben anderer Menschen rettet«, bestätigte Henry.

»Ich danke Ihnen. Wenn mehr Menschen eine solche Entscheidung getroffen hätten, hätten wir vielen anderen Betroffenen helfen können. Ich kann Ihnen versprechen, dass Ihre Tochter in gewisser Weise immer noch unter uns sein wird. Das Krankenhaus kümmert sich um alles, einschließlich des Bestattungsunternehmens. Wir kümmern uns auch um eine würdige Beerdigung. Der Sarg wird versiegelt und zum Friedhof

Ihrer Wahl transportiert. Es wird keine Probleme damit gegeben, ich verspreche es«, erklärte der Arzt. »Morgen bringen wir Ihre Tochter in ein anderes Krankenhaus, wo wir alles durchführen werden ... Sie müssen einige Dokumente im Voraus unterschreiben, was leider eine notwendige Formalität ist.«

Beide stimmten schweigend zu.

*

Am nächsten Tag, kurz vor Mitternacht, hielt ein großer, schwarzer Geländewagen mit diplomatischen Kennzeichen auf dem Parkplatz vor dem Friedhof an der Ausfahrt aus Krakau. Hinter dem Steuer befand sich ein Mann mittleren Alters mit einem massiven Körperbau. Er blickte auf die Uhr, die zehn Minuten vor Mitternacht zeigte. Er senkte die Rückenlehne des Sitzes ein wenig ab, nahm die mit einem dünnen, vergoldeten Metallgestell versehene Brille ab und rieb sich mit den Händen Augen und Gesicht. Er saß bequem auf einem Ledersitz, schloss die Augen und hörte mit klarer Zufriedenheit die Musik, die das Innere des Autos füllte. Mozarts Werk wurde von einem seiner Lieblingsorchester – den Wiener Philharmonikern – aufgeführt.

Das Klopfen an die Scheibe holte ihn aus den Gedanken heraus. Er setzte seine Brille auf und senkte die Seitenscheibe. Der grauhaarige Mann nickte bei seinem Anblick leicht mit dem Kopf, zeigte mit der Hand auf das hinter dem Jeep geparkte Auto und machte einen Schritt zurück. Der Fahrer stieg aus, näherte sich dem Heck des Autos und öffnete die Klappe des Kofferraums. Ein weiterer Mann stieg aus dem neben ihm geparkten Auto aus. Er näherte sich ihnen nicht, sondern ging langsam um den Parkplatz herum, schaute auf jeden Busch und blickte in alle Richtungen. Nach ein paar Minuten kam er zu den anderen.

»Alles in Ordnung.«

Zusammen mit dem Grauhaarigen gingen sie zum zweiten Auto und zogen einen Körper vom Rücksitz, der in ein Laken gehüllt war. Sie trugen ihn vorsichtig zum offenen Kofferraum des Autos vor ihnen, woraufhin der Bewacher ging und den Grauhaarigen und den Fahrer des Jeeps allein ließ. Die beiden sprachen ein paar Minuten lang leise. Der Grauhaarige nahm eine Ledertasche heraus, öffnete sie und zeigte nacheinander verschiedene Gegenstände, wobei er Anweisungen dazu gab.

»Dieses Fläschchen enthält eine Mischung aus Barbituraten. Der Wirkstoff verlangsamt die Aktivität des Gehirns und wirkt auf das Nervensystem. Diese vier Ampullen enthalten Morphium. Alle sechs Stunden gibst du ihr die richtige Dosis«, er zog die Spritze heraus und zeigte ihm, wie er sie befüllen sollte. »Du musst das Präparat nicht direkt injizieren, es genügt, es in die Kanüle am Infusionsbeutel zu geben. Ich habe ihn auf den Bauch geklebt und um den Körper gewickelt. Du musst keine Angst haben, er wird nicht runterfallen.«

Sie entfalteten das Laken und sahen die entblößte Person für eine kurze Zeit an. Der Jeep-Fahrer rieb sich in Gedanken die Stirn und versuchte anscheinend, sich an etwas zu erinnern. Er schloss den Kofferraum, zog die Aktentasche aus dem Innenraum heraus und gab sie dem Grauhaarigen. Dieser öffnete sie und überprüfte den Inhalt sorgfältig.

»Wie vereinbart, achthunderttausend Euro. Acht Bündel à hunderttausend.«

»In Ordnung.« Der Grauhaarige schloss die Aktentasche.

»Wird sie wieder gesund? Sie sieht so aus, als hätte sie ein Truck überrollt.«

Der Grauhaarige bewegte nur die Schultern als Zeichen seiner Gleichgültigkeit.

Sie verabschiedeten sich, ohne ein Wort, ohne sich die Hände zu reichen, und stiegen in ihre Autos. Bevor er den Motor anmachte, sah der Fahrer des Jeeps nach oben, zum einzigen Stern, der am Horizont des Himmels leuchtete. Was er für seinen Glücksstern hielt, war in Wirklichkeit ein Telekommunikationssatellit.

Zwei Millionen für die Lieferung! Er lachte vor sich hin, dann drehte er die Musik lauter, ließ den Motor an und verließ den Parkplatz mit voller Geschwindigkeit. Eine lange Strecke wartete auf ihn.

*

Die Beerdigung fand vier Tage später statt. Marta beobachtete ungläubig die Menschenmassen, die gekommen waren, um sich von ihrer Tochter zu verabschieden.

»Schau«, sagte sie zu Henry, »unsere Tochter lebte hier erst seit drei Jahren, und so viele Leute haben sie gekannt.«

Sie blickten auf die versammelten Menschen. Abgesehen von Marta und Henrys engster Familie kamen viele Schüler und alle Mitarbeiter der Schule, in der sie gelehrt hatte, zur Beerdigung. Ebenso Mitarbeiter des Klinikums, des Fitnessstudios ... Henry informierte auch Cindy Lardes, ihre frühere beste Freundin, die wiederum ihren ehemaligen Verlobten und ihre drei Lieblingsprofessoren anrief.

Cindy heiratete ein Jahr zuvor, so wie Teresas ehemaliger Verlobter, Steven Milles, seinen Freund Bob heiratete, den Teresa in ihrem Bett besser kennenlernen konnte.

Cindy und ihr Mann, Steven mit Bob und nur einer der Professoren, Sir Edward Pollman, kamen nach Krakau. Die anderen sagten ab.

Dr. Hawlett war ein Jahr zuvor gestorben, kurz vor der Pensionierung. Er hatte den Wunsch eines ehemaligen Freundes nicht erfüllt und besuchte Krakau nie.

Der Anblick von Steven, der Bobs Hand hielt, führte zu Flüstern und Stößen zwischen den Schülern des Gymnasiums.

Nach der Trauermesse in der Kapelle des Rakowicki-Friedhofs wurde der Sarg an den Ort gebracht, an dem Teresa begraben werden sollte.

In seiner Trauerrede lobte der junge Priester den Mut, mit dem Teresa die Demütigung ertrug, und sprach über das Leid, das ihr von den zwei grausamen Verbrechern zugefügt wurde. Er sprach auch über ihr kurzes und engagiertes Leben, dass sie Schülern und Patienten geholfen hatte, den richtigen Weg zu finden.

Am Ende der Menge stand eine einsame Frau, die sich auf einen der Grabsteine lehnte und der Rede des Priesters aufmerksam zuhörte. Sie trug ein schwarzes Kleid und ihr helles Haar war mit einem Tuch bedeckt. Traurigkeit und Müdigkeit zeichneten sich auf ihrem Gesicht ab.

Keiner von euch weiß mehr über ihr wahres Leben als ich. Ich versprach ihr, dass es so bleiben wird. Für immer.

Die Staatsanwaltschaft leitete ein Verfahren gegen Iliescu Faltena ein. Während der Verhöre schob er die ganze Schuld auf seinen Komplizen, Tobias Kowatsch. Er behauptete, dass er es war, der einen Plan entwickelt hatte, diese Prostituierte auszurauben und einen Film zu drehen, den sie später verkaufen würden. Darüber hinaus behauptete er, unter dem Einfluss von Drogen gehandelt zu haben, die ihm von dem Stummen gegeben wurden. Niemand glaubte seiner Aussage, weil er sie mehrmals geändert hatte. Außerdem wurde die Behauptung, dass eine so respektable Person wie eine Lehrerin und Psychologin eine Prostituierte sei, von jedem als völlig unsinnig, sogar als absurd betrachtet. Man glaubte, das wäre von ihm erfunden worden, um seine Schuld zu schmälern. In Teresas Wohnung wurde, abgesehen von dem Film, den Iliescu und Tobias aufgenommen hatten, nichts gefunden, was seine Worte bestätigen könnte. Der Laptop und ihr Handy wurden von ihnen komplett zerstört und es war unmöglich, die Daten wiederherzustellen.

Dorota sagte als Zeugin der Staatsanwaltschaft aus. Sie beantwortete die Fragen des Gerichts zu diesem Ereignis mit den gleichen Worten wie Teresas Eltern im Krankenhaus während ihres Treffens. Als sie neben Iliescu stand, konnte sie nicht umhin, ihm in die Augen zu sehen.

»Du Schlampe!« Er flüsterte durch die Zähne. »Wenn ich frei bin, reiße ich deine Eingeweide heraus.«

Henry wartete am Eingang zum Flur auf sie. Er umarmte sie.

»Wir wollen Ihnen etwas geben. Unsere Teresa hätte sicherlich nichts dagegen, dass Sie es bekommen. Bitte behandeln Sie dies als Geschenk von ihr und danken Sie uns nicht. Wenn Sie manchmal an sie denken ... und für ihre Seele eine Kerze anzünden ...« Er gab ihr eine schwarze Schachtel, die mit einem goldenen Band umwickelt war.

In der weiteren Gerichtsverhandlung wollte sich das Gericht unter dem Vorsitz der Richterin Barbara Kraśnik mit dem während der Tat entstandenen Film als Beweismittel vertraut machen. Nach einigen Minuten Filmvorführung verließen zwei Personen den Raum mit der Begründung, dass ihr katholischer Glaube und ihr Gewissen es ihnen nicht erlaubten, sich diese Art von beschämenden Szenen anzusehen.

Iliescu und sein Kumpel hatten die schwarzen Strümpfe von Teresa, in die sie mit Zigaretten Löcher für Augen, Nase und Mund durchgebrannt hatten, über ihre Köpfe gezogen, sodass niemand ihre Gesichter erkennen konnte. Sie vergewaltigten sie einer nach dem anderen, oder sogar beide gleichzeitig. Der Rumäne gab Teresa Befehle, und sobald sie nicht schnell genug reagierte, schlug er ihr mit der Faust ins Gesicht. Auf ihren Unterarmen waren Spuren von Verstümmelungen zu sehen, die ihr von dem Stummen zugefügt wurden. Die Frau konnte ihre Hände nicht bewegen. Einer der Ärzte, der später als Zeuge aussagte, erklärte, dass durch die Verletzung – das Durchstechen der Unterarme mit einem Schraubendreher – Sehnen beschädigt wurden.

Der Film dauerte etwa eineinhalb Stunden, denn nach jeder aufgenommenen Szene schalteten die Kriminellen die Kamera aus und vor der nächsten Vergewaltigung wieder ein. Während der letzten Sequenz des Films, in der Iliescu über dem Kopf der halb bewussten Teresa saß und sie unter den Armen hielt, sodass sie sich nicht bewegen konnte, und der Stumme ihr in den Bauch schlug, rutschte die Richterin bewusstlos auf den Boden. Die nächste Anhörung wurde daher um zwei Wochen verschoben. Gegen die vom Landgericht verhängte fünfundzwanzigjährige Freiheitsstrafe legte die Verteidigung Berufung ein, mit der Begründung, dass der Angeklagte unter dem Einfluss von Drogen und Alkohol handelte.

Im Gefängnis akklimatisierte Iliescu sich schnell und hoffte, dass Monsignore alles tun würde, um ihn da rauszuholen.

»Es ist nur eine Frage der Zeit.« Er wiederholte es jeden Tag.

Doch die Tage vergingen und er erhielt keine Nachrichten von seinem Chef. Als ihn sein Anwalt, Robert Pralat, besuchte, sprach Iliescu ihn darauf an. Der Anwalt antwortete ausweichend.

»Schließlich habe ich hunderttausende Dollar abgeliefert. Ich denke, ich kann etwas als Gegenleistung dafür erwarten, verdammt. Ich habe nicht die Absicht, in diesem Verlies zu verrotten!« Iliescu hob seine Stimme, als er die Hilflosigkeit des Anwalts sah.

»Ich kann dir nicht helfen, du musst geduldig sein. Ich verspreche, dass ich dir das nächste Mal eine bessere Nachricht bringen werde.« Er schaute sich ängstlich um und sah einen Wächter an, der vorgab, nicht auf sie zu achten.

»Ich brauche Kies, sonst verrecke ich hier. Hast du Geld mitgebracht?«

»Ich habe nur zweitausend bei mir, aber ich muss es dem Direktor melden, sonst werden sie mich mit dir in der Zelle einbuchten.« Er hatte fünftausend in der Tasche, aber er kam zu dem Schluss, dass es sowieso Geldverschwendung gewesen wäre.

Faltena kann keiner helfen!

Monsignore war sich dessen auch bewusst und hatte dem Anwalt über einen seiner Leute befohlen, sich aus dem Fall zurückzuziehen.

»Gib mir das Geld, ich werde es mit der Wache auf meine eigene Art und Weise erledigen.«

Der Anwalt nahm Geld aus der Jackentasche. Unter dem Tisch zählte er zweitausend ab. Auf seinem Rücken spürte er kalten Schweiß, der bis zu seinem Gesäß floss. Angesichts der Vorstellung, dass er die Nacht unter all den Verbrechern verbringen müsste, die monatelang oder sogar jahrelang nicht mit einer Frau geschlafen hatten, wurden seine Beine aus Angst weich. Er war ein stattlicher Mann, und auf dem Weg in den Raum, in den sie den Rumänen brachten, hatte er den Blick von mehreren Gefangenen gesehen. Einer von ihnen zog seine Zunge heraus und bewegte sie über die Oberlippe, wobei er seine Augen verdrehte.

Der Anwalt rollte das Geld zusammen und gab es Iliescu, der es in seiner Hand versteckte.

»Ich muss los. Ich habe heute noch eine Anhörung.«

»Warum so eilig, verdammt! Ich will von dir hören, was mit mir passiert, zum Teufel! Wann ist meine nächste Anhörung? Ich kann hier nicht bis ins hohe Alter sitzen.«

»Nächstes Mal werde ich mehr wissen. Ich verspreche es.«

In Amerika würdest du, Arschloch, auf einem elektrischen Stuhl landen, und niemand würde sich deinetwegen den Kopf zerbrechen, so wie hier!

Er stand vom Tisch auf, ohne Iliescu die Hand zu reichen. Auf weichen Beinen verließ er das Gefängnis und wiederholte die ganze Zeit: Nie mehr, nie mehr.

Der Rumäne sah weder ihn noch einen der Monsignore-Leute wieder.

Er war in einer Zelle mit einem vierzigjährigen Bauern aus einem Dorf, nicht weit von Posen entfernt, eingesperrt. Josef Delong tötete seine Schwiegermutter, weil sie sich für ihre Tochter einsetzte, die er unter Alkoholeinfluss mit den Fäusten schlug. Die tapfere Frau stellte sich vor ihre Tochter und schützte sie mit ihrem eigenen Körper, in der Hoffnung, dass der Trunkenbold zur Besinnung käme und sie in Ruhe lassen würde. Sie lag sehr falsch. Delong packte ihre Kehle mit dem eisernen Griff seiner Faust von der Größe eines Brotlaibs. Er ließ sie erst los, als er den zerquetschten Kehlkopf spürte. Als wäre nichts passiert, ging er schlafen. Seine Frau rannte schockiert aus dem Haus und irrte die ganze Nacht über die Felder. Erst am zweiten Tag riefen die Nachbarn die Polizei, als zwei kleine, verzweifelte Kinder durch den Innenhof rannten und nach ihrer Mutter suchten.

Die Gesellschaft eines gefräßigen Bauern war nicht sehr angenehm. Nach zwei Monaten durfte Iliescu jedoch in der Schreinerei arbeiten. Dort hatte er die Möglichkeit, seine Führungsqualitäten unter Beweis zu stellen. Er umgab sich schnell mit einer Gruppe von Gefangenen, die ihn wie ihren Chef behandelten. Iliescu konnte auch Kontakt mit den Wachen aufnehmen, sodass sie manchmal eine Schachtel Zigaretten für ihn besorgten oder ihm kleine Gefälligkeiten einräumten.

Nach drei Monaten wurde Delong in eine andere Zelle verlegt. Auf die Frage von Iliescu, ob jemand anderes bei ihm einziehen würde, sagten die Wachen, dass sie keine Ahnung hätten und nicht über solche Dinge entscheiden würden.

Am Dienstagabend, den sechsten Dezember, suchten die Wachen in der Zelle vergeblich nach dem Rumänen.

»Jemand soll ihm befohlen haben, die Werkstatt aufzuräumen, aber das war um siebzehn Uhr, also sollte er sich bis jetzt zurückgemeldet haben«, sagte einer von ihnen.

»Soll ihn der Schlag treffen! Wenn er ausfliegt, können wir uns von der Arbeit verabschieden.« Der andere zog seine Mütze vom Kopf und fing nervös an, seine Glatze zu kratzen.

»Alarm?« Der Älteste von ihnen holte das Telefon aus seiner Tasche, um den Direktor zu informieren.

»Warte. Sehen wir uns zuerst in der Werkstatt um. Vielleicht ist er dort nur eingeschlafen?«

»Oder er hat beschlossen, uns ein Weihnachtsmann-Geschenk zu basteln.« Der erste lachte nervös.

Alle drei eilten in die Werkstatt. Atemlos standen sie vor einer leicht geöffneten Tür. Derjenige mit der Glatze griff nach der Pistole. Ausgerechnet jetzt konnte er das Holster nicht öffnen. Die Verriegelung darin klemmte bombenfest. Sein jüngerer Kollege beeilte sich, ihm zu helfen. Er zog mit solcher Energie an dem Gürtel, der die Waffe hielt, dass er ihn zusammen mit der Schnalle herauszog.

»Verdammt, du hast jetzt richtig Mist gebaut!« Der Glatzköpfige wandte sich mit einem theatralischen Flüstern an ihn.

»Denn wenn du Idiot mindestens einmal im Monat diese verkackte Pistole reinigen würdest, wäre das nicht passiert. Wann hast du sie zuletzt herausgezogen?«

»Lass mich nachdenken ... Vor einem Jahr. Meine Alte ärgerte mich und ich hielt sie an ihren Kopf. Ich habe ihr gesagt: Wenn du deine

Klappe nicht schließt, bleibe ich für den Rest meines Lebens an meinem Arbeitsplatz.«

»Und was hat sie gesagt?«, fragte der Dritte.

»Ach. Was sollte sie sagen?«

»Hat sie dich verlassen? Gestehe.«

»Sie ging nicht weg, sondern eilte zur Toilette. Sie machte die Strumpfhosen voll, aus Angst.«

Der Jüngste kniete vor der Wand nieder und machte deutlich, wie paradox die von seinem Freund dargestellte Szene war. Er bedeckte seinen Mund mit den Händen, um nicht vor Lachen los zu prusten.

»Ich denke, ich werde auch gleich vor Lachen in die Hose pinkeln.« Der andere lachte laut und packte mit den Händen in seinen Schritt.

»Warum habe ich euch das gesagt, fuck, warum!? Jetzt wird das ganze Gefängnis über mich lachen.«

»Niemand wird lachen. Wir werden es niemandem sagen. Aber hast du jetzt wenigstens Respekt zu Hause?«

»Weiß ich das? Am zweiten Tag erzählte sie mir, dass sie eines Tages eine Suppe aus Pilzen kochen wird, die sie selbst sammeln würde. Seitdem habe ich keine Pilze mehr gegessen.«

»Ruhe! Habt ihr es gehört?«

Alle drei setzten ihre Ohren an die Metalltür. Ein erstickter Schrei kam aus der Halle. Sie entsicherten die Waffen und betraten die dunkle Werkstatt. Einer von ihnen machte den Lichtschalter an. Die Neonröhren funkelten, und erst nach wenigen Sekunden erhellte das Licht die Halle. In der Mitte hatte jemand einen schweren Zimmertisch aufgestellt, auf dem Iliescu mit ausgestreckten Armen und Beinen lag. Sie näherten sich ihm vorsichtig.

Hose und Slip des Rumänen lagen in einer Blutlache auf dem Boden. Der Anblick war zweifellos nicht einer der angenehmsten. Der jüngste der Wachen drehte sich um und rannte, seinen Mund mit den Händen bedeckend, auf die Toilette zu.

Iliescu sah sie kläglich an. Sein Mund war mit grauem Klebeband verschlossen worden, mit dem die Gefangenen Pakete zuklebten. Die gespreizten Arme und Beine waren nicht an den Tisch gebunden, sondern mit riesigen, etwa zwanzig Zentimeter langen Nägeln darauf festgenagelt. Ein großer Blutfleck an seinen Haaren deutete darauf hin, dass jemand ihm mit einer Metallstange auf den Kopf geschlagen hatte, die neben dem Tisch auf dem Boden lag. Die Nägel, mit denen die Beine auf den Tisch genagelt wurden, gingen perfekt durch die Mitte der Schienbeine. Wie einer der Wachleute bemerkte, musste jemand zuerst Löcher in die Schienbeine gebohrt und dann die Nägel eingeschlagen haben, sonst wäre es unmöglich gewesen, eine so millimetergenaue Arbeit umzusetzen. Er hatte Recht. Am zweiten Tag fanden die Wachen, die die Arbeit der Häftlinge überwachten, in einem geschlossenen Werkzeugschrank einen blutverschmierten Schraubendreher und einen Bohrer.

Der jüngste Wachmann kam von der Toilette zurück und alle drei standen still am Fuße des Rumänen und sahen ihn aufmerksam an.

»Etwas, verdammt, vermisse ich hier.« Der Glatzköpfige hob seine Mütze an und kratzte sich am Kopf.

»Mir gefällt es auch nicht. Seht euch seine ausgestopften Wangen an. Er sieht aus wie der Hamster meiner Tochter, wenn er eine ganze Karotte auffrisst.« Der Älteste zeigte auf Faltenas Gesicht, der vor Schmerz seine Augen verdrehte und immer lauter stöhnte.

»Was ihm unten fehlt, ist in seinem Mund. Hast du schon mal einen Kerl ohne Eier gesehen?« Der Jüngste nickte und zeigte zwischen seine Beine.

»Scheiße. Mann, in deiner Haut würde ich jetzt nicht stecken wollen. Irgendjemand, wir wollen nicht wissen wer, weil es uns nichts angeht, hat dir den ganzen Sack und seinen Inhalt in das Maul gestopft.« Der Kahlköpfige kratzte seinen Kopf mit zwei Händen, die Mütze zwischen den Beinen haltend.

»Hör auf, zum Teufel, dich zu kratzen! Ich kann mir das nicht ansehen, weil es ansteckend ist.« Der Älteste schubste den Kollegen.

»Ich mache es immer, wenn ich nervös werde. Ich kann nichts dagegen tun.«

»Im Moment machst du ihn damit nervös. Sieh, wie er pfeifend atmet. Der arme Mann würde sich auch gerne kratzen, aber er kann sich nicht bewegen. Lasst ihn jetzt in Frieden, lasst ihn eine Weile ruhen. In Kürze werden wir den Direktor anrufen.«

»Kommt, wir verschwinden, denn ich muss gleich wieder kotzen.« Der Jüngste drehte sich um und war der erste, der zur Tür ging.

*

Der Polizeichef, der den Fall untersuchte, sagte später: »Ich möchte glauben, dass es nur ein Zufall ist, dass die Wunden an den Händen und die Stellen, an denen sie gemacht wurden, wie bei der Frau aussehen, die er und sein Komplize so bestialisch gefoltert haben, bis sie starb.« Und leise zu sich selbst: »Er hat es verdient!«

Bereits nach einer Woche wurde die Untersuchung eingestellt, weil man keinen Tatverdächtigen ermitteln konnte. Im Gefängnis gab es Gerüchte, dass jemand von außen befohlen hatte, sich um den Rumänen zu kümmern. Angeblich war für seine Verstümmelung viel Geld geflossen. Man hat von zehntausenden von Dollar gesprochen. Die Gefängnisleitung unternahm in diesem Fall keine Schritte und behauptete, es handele sich um unbegründete Gerüchte. Außerdem hatte der Direktor ganz andere Dinge im Kopf. Vor Weihnachten wollten er und seine Frau zwei Wochen lang in den Bergen Ski fahren, aber in letzter Minute musste er seine Pläne ändern. Es wurde gemunkelt, dass seine Frau ein unerwartetes Erbe von einer Tante aus den Vereinigten Staaten erhielt, und die beiden beschlossen, Weihnachten und Silvester auf den Malediven zu verbringen. Nach drei Wochen in einem Gefängniskrankenhaus in der Nähe von Warschau, sagten Ärzte zu Iliescu, dass sie ihn in wenigen Tagen entlassen würden und er schließlich in seine Zelle zurückkehren könnte.

Einer der anwesenden Krankenpfleger fügte hinzu: »Dich erwartet der nächste Mordprozess. Zaneta. Sagt dir dieser Vorname etwas? Die DNA von dir und deinem Freund wurde im Kleingartenhaus gefunden, wo du sie brutal ermordet hast.«

Am nächsten Tag fand ihn derselbe Krankenpfleger morgens tot im Badezimmer. Sein Körper war noch warm. Iliescu Faltena hatte sich aufgehängt, indem er ein Ende des Bettlakens an eine Wasserleitung gebunden hatte, die unter der Decke verlief. Das Bettlaken dehnte sich unter dem Gewicht seines Körpers so aus, dass die Spitzen seiner Zehen den Boden berührten. »Hat einer von euch den erhängten Mann gesehen, bevor der Krankenpfleger ihn fand?« Diese Frage stellte der Arzt den Gefangenen, die in den Betten des Krankenzimmers lagen.

Zwei von ihnen gaben vor zu schlafen, drei von ihnen schauten ohne ein Wort an die Decke, nur Rachowiak rieb sich die Augen, als ob er gerade aufgewacht wäre.

»Nein, wir haben nichts gehört. Glauben Sie, Herr Doktor, dass er uns zuerst nach unserer Zustimmung gefragt hat, und dann ging er weg, um sich zu erhängen?«

»Du, Rachowiak, philosophiere hier nicht!«, sagte der Krankenpfleger zu ihm.

Der Mann wiederholte es: »Wir haben nichts gehört. Sonst hätte einer von uns ihn runtergeholt oder euch gerufen.«

Die anderen beiden stimmten ihm zu. Er drehte den Kopf zum vergitterten Fenster. Seine Gedanken kehrten zu dem Ereignis vor einigen Stunden zurück.

Jeder im Raum war durch ein plötzliches Keuchen und Schürfen aus dem Badezimmer geweckt worden. Nur das Bett des Rumänen war leer. Die Steppdecke lag auf dem Boden. Lange Zeit sprachen sie kein Wort miteinander. Nach einer Weile konnte einer von ihnen die Stille nicht mehr ertragen und rief zu Rachowiak: »Geh, fuck, zu ihm und schneide das Arschloch ab!«

»Geh selbst.«

Er zog sich die Bettdecke über den Kopf und schlief nach kurzer Zeit wieder ein. Dann wurde er durch den Druck der Harnblase geweckt. Vom Badezimmer aus kam immer noch das Schürfen der Füße auf dem Boden. Schließlich konnte er die Schmerzen in seiner Blase nicht mehr ertragen und stand geknickt auf. Er trippelte ins Badezimmer. Der Rumäne hing in der Dunkelheit und drehte sich an dem Bettlaken. Rachowiak schaltete das Licht ein und ging an ihm vorbei, dann setzte er sich auf die Toilette gegenüber dem hängenden Mann. Der Rumäne beruhigte sich und sah ihn mit seinen blutigen Augen an. Nur wenige Sekunden später senkte Rachowiak den Kopf und bedeckte sein Gesicht mit den Handflächen. Plötzliche Darmkrämpfe führten dazu, dass er sich zum ersten Mal nach drei Tagen seit der Operation des Magens entleerte. Bevor er von der Toilette aufstand, schaute er ihm noch einmal in die Augen. Er wollte ihm etwas sagen, etwas über das verfluchte und ungerechte Leben, das er mit anderen geteilt hatte, und über die Tatsache, dass jetzt jeder von ihnen litt und bedauerte, aber er kam zu dem Schluss, dass dies für den erhängten Mann nicht mehr die geringste Bedeutung hätte.

Nach einer Weile stand er von der Toilette auf, spülte und ging zum Waschbecken. Er wusch sich die Hände, wischte sie ab und näherte sich dem Rumänen. Rachowiak blieb einen Meter vor ihm stehen, wobei er seinem Blick auswich. Er kniete sich in solcher Entfernung vor ihm nieder, dass er sich die Beine nicht mit dem Blut auf dem Boden, das mit Urin vermischt war, schmutzig machte. Dann umfasste er die Beine des Rumänen mit beiden Armen. Er hielt den Kopf an seine Oberschenkel und hängte sich mit seinem ganzen Gewicht dran. Er stand erst auf, als der Körper des Rumänen aufhörte, im Todeskampf zu zittern. Gebogen von den Schmerzen seines operierten Magens, aus dem die geplatzten Geschwüre entfernt worden waren, näherte er sich wieder dem Waschbecken. Im Spiegel sah er das Gesicht eines Fremden. Stark abgemagert, faltig, mit dunklen Augenhöhlen, glich er nicht dem Mann, der er vor ein paar Monaten noch war. In der Ecke des Spiegels sah er die Silhouette des toten Iliescu. Das blasse, abscheuliche Gesicht des Toten, der in schrecklichem Leid gestorben war, ähnelte mit der Farbe seinem eigenen. Die Augen des Rumänen waren leicht geöffnet und seine rosa Zunge hing zwischen den entblößten Zähnen, wie bei einem wütenden Wolf.

Rachowiak beneidete ihn ein wenig. Er sehnte sich nach dem Leben, das er bis vor Kurzem gelebt hatte. Im Moment wollte er sterben, sich unwiderruflich aus der Anwesenheitsliste streichen und für immer gehen.

Er wusch sich wieder die Hände und ging ins Bett. Doch er konnte nicht einschlafen. Seine Gedanken gingen bis in die Zeit, als sein Leben voranschritt, ohne große Hindernisse auf eigens für ihn geschaffenen Gleisen.

Vor einem Jahr war Katarina, seine geliebte und über alles vergötterte Frau, von einem zweiwöchigen Urlaub in Spanien an der Costa Brava mit ihrer besten Freundin zurückgekehrt. Nach drei Tagen verschwand sie, ebenso einige ihrer besten Kleider. Sie fuhr am Morgen weg, ließ zwei Kinder und einen lakonischen Abschiedsbrief zurück, in dem sie ihm mitteilte, dass sie ihn und das Verließ, in dem sie lebten, nicht mehr ertragen konnte. Jetzt könnte er sich zur Abwechslung mal um die Erziehung der Kinder und den Haushalt in diesem Loch kümmern, in dem ihr Bein nicht mehr stehen wird.

Katarina hatte einen gutaussehenden Spanier getroffen und sich in ihn verliebt. Er überredete sie, ihren Mann zu verlassen und zu ihm nach Spanien zu ziehen. Aber unter einer Bedingung: Sie musste die Kinder ihrem Mann überlassen. Dieser Spanier, Carlos, war es, der Katarina am Morgen mit dem Auto von zu Hause abholte.

Kamils Eltern übernahmen die Erziehung der Kinder, und er fiel in ein Loch, aus dem er nicht mehr herauskam. Er arbeitete weiterhin als Lehrer in einer ländlichen Schule und war nicht mehr an der Aussicht auf das Amt des Direktors interessiert. Die Leute lachten hinter seinem Rücken und zeigten mit den Fingern auf ihn. Sätze wie "Schau, das ist derjenige, den die Frau mit zwei Kindern zurückgelassen hat" hörte er täglich, also griff er jeden Abend nach Alkohol. Zunächst schien es ihm, dass er diese Trunkenheit, die seine Nerven beruhigte, kontrollieren konnte, aber als er schon vor der Arbeit nach der Flasche griff, erkannte er, dass er das Ziel, das er sich in seinem Leben gesetzt hatte, nicht erreichen würde.

Anfang November brach die Polizei die Tür in seinem Haus auf. Sie zogen ihn in den Innenhof und legten ihm Handschellen an. Seit zwei Tagen war er nicht mehr nüchtern. Er leistete keinen Widerstand, weil er sich kaum auf den Füßen halten konnte. Die Polizisten drängten sich durch die wütende Menschenmenge, die sich vor seinem Haus versammelt hatte. Einige von ihnen schrien ihn an: »Hängt den Hurensohn auf! Schneidet ihm die Eier mit einer Sense ab! Der Vergewaltiger!« Ohne die Polizei hätten ihn die Leute zweifellos in seinem eigenen Hinterhof gelyncht.

Erst am nächsten Tag las ihm der Staatsanwalt die Anklage vor. Vergewaltigung und Misshandlung einer vierzehnjährigen Schülerin, Boguslawa C.

Nach einem zweimonatigen Aufenthalt und ständigen Verhören im Untersuchungsgefängnis wurde er in die nahegelegene Großstadt abtransportiert. Sein Verteidiger drängte ihn, die Schuld zu gestehen, sonst könnte er bis zu fünfzehn Jahre lang inhaftiert werden. Das Opfer der Vergewaltigung war bei dem Prozess nicht anwesend, nur ihre Eltern wedelten ständig mit den Fäusten in seine Richtung. Er gab keine Schuld zu. Das Gericht erkannte die familiären Probleme und die damit verbundene Depression des Angeklagten als mildernden Aspekt an und verurteilte ihn zu acht Jahren Gefängnis.

Iliescus Leiche wurde von seinen Eltern nach Timişoara überführt, wo er beerdigt wurde. Niemand sonst nahm an der Trauerfeier teil, außer ihnen und vier Mitarbeitern der Bestattungsfirma. Die Mutter riss sich die Haare aus und gab sich und ihrem Mann die Schuld für den Verlust des einzigen Kindes. Der Mangel an Zeit, die Sorge um ihre eigene Karriere und der Druck, den sie auf ihn ausübten, damit er zu ihrem würdigen Nachfolger und einem Sohn wurde, mit dem sie sich rühmen konnten, führten dazu, dass er aus Wut auf seine Eltern einen anderen Weg einschlug. Einen Weg, den er mit seinem Leben bezahlte.

»Unser Sohn wurde nicht böse geboren. Wir haben ihn zu einem bösen Menschen gemacht!«, sagte sein Vater nach der Beerdigung.

Kamil Rachowiak wurde schneller entlassen, als er es erwartet hatte. Direkt aus dem Gefängniskrankenhaus wurde er nach Hause gebracht. Man sagte ihm, dass er ein freier Mann sei.

Eine Freundin der angeblich vergewaltigten Boguslawa C., mit der sie sich stritt, hatte ihren Eltern von der gesamten Inszenierung der Vergewaltigung und der Prügel erzählt, die ihrem Lehrer zu Unrecht angelastet wurden. Die Anschuldigung sollte die Rache für die schlechten Noten sein, die er ihr im Zeugnis gegeben hatte. Sie schlug Boguslawa auf ihren eigenen Wunsch an die von ihr angezeigten Stellen. Und zwar so, dass der Arzt bei möglichen gynäkologischen Untersuchungen keine Zweifel an der Vergewaltigung hätte. Bevor sie sie schlug, aß Boguslawa einen ganzen Blister Schmerztabletten und weinte nicht einmal, als sie sie mit einem Besenstiel haute ... und die anderen Dinge tat.

Zu seiner Überraschung fand Rachowiak seine Frau zu Hause. Als wäre nichts passiert, kümmerte sie sich um die Kinder und führte den Haushalt.

»Bist du schon da? Es ist höchste Zeit, denn wir alle warten auf dich.« Das waren die einzigen Worte, die sie bei seinem Anblick sagte.

»Es hat einige Zeit gedauert, aber ich bin schon da.«

»Setz dich an den Tisch, ich mache dir gleich Essen.« Sie zog seine Jacke aus und führte ihn zum Tisch. Kamil, durch die Krankheit geschwächt, hielt sich kaum auf den Beinen.

Sie sprachen nie über ihre Affäre, er verlor nie ein Wort über ihren Betrug. Nach einem Monat verließen sie das Dorf und zogen in den Norden des Landes, wo er zum Direktor einer Grundschule ernannt wurde, als Entschädigung für den ungerechtfertigten Verdacht auf ein Verbrechen und einem im Gefängnis verbrachten Jahr. Fünf Monate später gebar Katarina ein drittes Kind. Pablo hatte schwarzes, lockiges Haar und seine Augen glichen zwei glühenden Kohlensteinen.

*

Die Frau saß am Tisch mit Blick auf die Bar, hinter der ein junger Barkeeper Getränke mixte. Ab und zu zeigte er unglaubliche Geschicklichkeit, indem er mit den Gläsern jonglierte. Er warf eins hoch und fing es hinter seinem Rücken wieder auf. Zur gleichen Zeit goss er Alkohol ins nächste, das vor ihm stand. Zwei junge Frauen, die an der Bar saßen, beobachteten ihn aufmerksam. Der Barkeeper war ein großer Mann mit einem schwarzen, sorgfältig geschnittenen Dreitagebart. Seine seitlich geschwungenen Haare bedeckten sein rechtes Ohr. Die blauen, lebhaften Augen warfen Blicke auf die Restaurantgäste. Sie kontrastierten mit seinem dunklen Teint und gaben ihm noch mehr Sexappeal. Er achtete nicht auf die zwei Mädchen, die ihn ansahen, und trotzdem hatte die Frau, die allein am Tisch saß, den Eindruck, dass diese Vorstellung nur für die beiden bestimmt war.

Nach ein paar Minuten näherte sich ein Mann ihrem Tisch. Er hinkte leicht mit seinem linken Bein. Er trug einen marineblauen Anzug und ein hellblaues Hemd mit der Aufschrift "Camp David", der Kragen war weit geöffnet.

Er riecht nach Geld.

Der Mann schüttelte ihr nicht die Hand und begrüßte sie nicht. Er setzte sich ihr gegenüber.

»Bist du ...? Wie heißt du noch mal? Zum Teufel, ich habe es vergessen.«

»Dorothea. Du bist Karol, ja?«

»Karol!? Okay, von mir aus! Was willst du trinken? Ich trinke am Abend normalerweise roten, trockenen Wein.« Er nickte dem Kellner zu, der am Eingang zum Saal stand, und ohne auf eine Antwort zu warten, bestellte er eine Flasche Château.

»Also Dolores?«

»Dorothea. Wie ich dir schon sagte, meine Kollegin ...«

»Ich weiß, deine Freundin hat das Land verlassen. Hast du doch gesagt. Ich bin kein Idiot! Nun zum Punkt. Ich bin ein verdammt beschäftigter Mann und ich kann meine Zeit nicht mit Blödsinn und Plaudern verschwenden. Ich denke, wir verstehen uns gegenseitig. In der Regel bekomme ich, was ich will. Man kann alles für Geld kaufen, und du bist nur eine Ware für mich.«

Die Frau nickte und sprach nicht.

»Ich möchte, dass du weißt, dass ich Tausende von Menschen unter mir habe und ich derart wichtige Unternehmen leite, dass du dir das nicht im Entferntesten vorstellen kannst. Politiker fressen mir aus der Hand. Verstanden? Und es wäre besser für dich, glaub mir, wenn sich herausstellt, dass ich nicht umsonst hier bin.«

Er senkte seine Stimme, als der Kellner mit einer Flasche Wein und zwei Weingläsern auf sie zukam. Der Kellner goss ein wenig Wein in die Gläser und servierte ihn zum Kosten. Der Mann setzte seine Nase an ein Glas, drehte es, stellte es weg, hob es wieder hoch und roch noch mal daran. Nach einer Minute sog er einen winzigen Schluck Wein ein, hielt ihn die ganze Zeit in seinem Mund und schmatzte. Die Frau sah ihn mit Vergnügen an. Sie leerte den Inhalt ihres Glases und zeigte dem Kellner, dass er ihr vollständig einschenken sollte.

Der Blick des Mannes fiel auf Dorotheas Dekolleté. Eine enge, rote Bluse hielt mit Schwierigkeiten zwei riesige Brüste in Schach, die sich offenbar aus der Gefangenschaft befreien wollten. Sein Versuch, den Wein zu schlucken, scheiterte. Er verschluckte sich. Rot im Gesicht befahl er dem Kellner, zu gehen. Er füllte das Glas selbst bis zum Rand.

»Wo sind wir stehen geblieben?«

Er konnte seinen Blick immer noch nicht von ihren Brüsten abwenden. Beim Anblick eines Tattoos in Form eines riesigen Schmetterlings, der zum Fliegen aufstieg, wurden seine blutigen, haselnussbraunen Augen rund. Aus dem Mundwinkel flossen rote Tropfen auf sein Kinn. Ein roter Fleck erschien auf dem Kragen des Hemdes.

Dorothea gab ihm eine Serviette.

»Ich glaube, ich habe deine Freundin nur zweimal getroffen. Sie wollte nicht tun, was ich wollte, und damit endete unsere Beziehung. Ich verstehe nicht, verdammt, warum sie dir meine Telefonnummer gab!« Er log, weil er nicht wirklich wusste, welche Freundin sie gemeint hatte. Abgesehen davon, war es ihm im Moment völlig egal.

»Es ist ganz einfach. Ich erfülle jeden Wunsch.«

»Wirst du alles tun, worauf ich Lust habe? Wirklich?«

»Alles hat natürlich seinen Preis … und alles hat seine Grenzen.«

»Fünfhundert!?«

»Für eintausend kannst du mich die ganze Nacht lang haben und tun, was du willst. Ich gebe dir die Garantie, dass du so etwas noch nicht erlebt hast. Ich bin einfach so eine, die alles gibt, glaub mir.«

Es herrschte Stille. Sie tranken beide Wein.

Er sah ihr ins Gesicht. Eine kleine Nase, sinnliche, rot bemalte Lippen, blaue Augen und diese riesigen Brüste, auf die er jedes Mal seinen Blick richten musste. Das schwarze, schulterlange Haar kontrastierte mit ihrer weißen Haut. Er fragte sich, ob die Brüste natürlich waren.

Eigentlich ist es mir egal und interessiert mich einen Scheißdreck. Die Schlampe kriegt das, was sie verdient. Ich werde ihr diesen Schmetterling herausschneiden. Jeder echte Jäger sammelt Trophäen von der Jagd.

Dorothea wiederum wurde auf seine Statur aufmerksam. Sie war sehr beunruhigt über sein Gewicht. Sie schätzte es auf etwa Hundertzwanzig Kilo. Noch nie hatte sie es mit einem so mächtigen Mann zu tun gehabt.

Vielleicht sollte ich mich zurückziehen, solange noch Zeit ist?

Von der Bar hörte man das Kichern der beiden Mädchen. Der Barkeeper erzählte ihnen etwas und sie brachen hin und wieder in Lachen aus. Er stellte gerade neue Cocktails vor sie hin. Auf der Seite befanden sich noch vier benutzte Gläser, die er nicht weggeräumt hatte. Es schien, dass jeder von ihnen viel Spaß hatte.

Und wer weiß, wie dieser Abend enden wird?

»Wir gehen!« Seine feste Stimme löste sie aus ihrer Nachdenklichkeit.

»Wohin gehen wir?«, fragte sie, obwohl sie wusste, wohin er sie bringen würde. Dreißig Kilometer von Krakau entfernt hatte er ein Ferienhaus, das allein im Wald stand.

»Das geht dich nichts an. Morgen bringe ich dich nach Hause.«

Sie schaffte es kaum, ihren Wein auszutrinken, und er stand bereits neben ihr und hielt sie an der Hand. Er warf einen Geldschein auf den Tisch und zog sie in Richtung Ausgang.

»Verdammtes Wetter! Scheiße. Gut, dass ich mein Auto vor dieser Kneipe geparkt habe.«

Die wenigen Meter, die sie brauchten, um zum Auto zu gelangen, reichten aus, um ihre Frisur vollständig zu zerstören. Für einen Moment schien es so, als öffnete der Himmel seine Pforten und goss Hunderte von Litern Wasser über die beiden.

Der Mann stieg in das Auto, ohne sich um sie zu kümmern. Dorothea lief um den Wagen herum und setzte sich vorne neben ihn hin.

Die Straße war nicht weiter als fünfzig Meter sichtbar, aber er raste mit achtzig Kilometer pro Stunde durch die Stadt.

»Du musst dich nicht so beeilen, ich habe das Taxameter noch nicht eingeschaltet.«

»Halt die Klappe!«

»In der Regel nehme ich die Knete im Voraus, denn ...«

»Du wirst sie kriegen, sobald wir ankommen«, unterbrach er sie. »Magst du Mozart?« Er schaltete das Radio ein.

»Ich mag die Deutschen nicht.«

»Mein Gott, du bist dumm. Er war ein Österreicher. Wahrscheinlich bevorzugst du Disco Polo?«

Er schaltete auf den CD-Player um. Aus den Lautsprechern kam klassische Musik, die diesen sintflutartigen Abend noch entsetzlicher machte.

»Ich mag Unterhaltungsmusik. Die, die jeden Tag im Radio läuft.«

Und morgen werde ich für dich, du Hurensohn, Mendelssohns Trauermarsch zum Abschied spielen.

Für den Rest der Strecke wechselten sie kein Wort. Nach fünfzehn Minuten lenkte er das Auto von der Hauptstraße in den Wald. Nach einigen weiteren Minuten Fahrt auf der unebenen Straße, die sein Jeep mit

Leichtigkeit meisterte, erreichten sie ein von einer hohen Mauer umge-
benes Haus. Er hielt das Auto vor dem Tor an und drückte die Fernbe-
dienungstaste am Dachhimmel. Das Tor öffnete sich lautlos. Er parkte
vor dem Hauseingang.

»Steig aus. Wir sind da.«

»Bringst du mich morgen früh nach Hause? Ich habe keine Ahnung,
wo wir sind.«

Sie öffnete die Autotür, blieb danebenstehen und wartete darauf, dass
der Mann zu ihr kam. Er ging jedoch an ihr vorbei, als hätte sie sich in
Luft aufgelöst, und suchte nach dem richtigen Schlüssel, während er sich
der Eingangstür näherte. Der Mann leuchtete mit einer kleinen Taschenlampe, öffnete die Tür und trat ein.

»Worauf wartest du noch? Vielleicht soll ich dich auf den Händen
tragen?«

Dorothea ging ins Haus und schlug die Tür hinter sich zu. Sie sah sich
neugierig im Wohnzimmer um. Geweihe von Hirschen hingen dort an
der Wand, und ein paar ausgestopfte Vögel standen in einem Glas-
schrank. Sie ahnte, dass er hierherkam, um zu jagen.

»Setz dich. Fühl dich wie zu Hause. Was möchtest du trinken?«

Sein Ton wurde angenehm.

Verdächtig freundlich.

»Bleiben wir beim Wein. Ich würde gerne ein Glas Wein trinken. Im
Restaurant hat er mir sehr gut geschmeckt. Wie soll ich dich nennen?
Kannst du mir deinen Namen verraten?«

»Du kannst Karol zu mir sagen. Was den Wein betrifft, ich habe hier
einen viel Besseren als den, den wir getrunken haben. Ich mache jetzt
aber erst Kaffee. Wir werden uns aufwärmen, bevor ...« Er ging zur Küche, die mit dem Wohnzimmer verbunden war. »Zieh deinen Mantel aus
und mach es dir bequem.« Er zeigte auf ein großes Ledersofa.

Dorothea warf ihren Mantel auf einen der Sessel und sank auf den
weichen Sitz des Sofas. Sie sah ihre Hände an. Ihre Finger zitterten leicht

vor Angst. Sie legte ihre Hände zwischen ihre Oberschenkel. Im Haus war es warm, aber sie zitterte am ganzen Körper.

Nach ein paar Minuten näherte er sich ihr. Er stellte ein Tablett mit einer Kanne Kaffee, zwei Tassen, einer Flasche Wein und zwei Weingläsern auf dem Tisch ab. Dann griff er in die Jackentasche und zog seine Brieftasche heraus, nahm ein paar Scheine und legte sie vor sie hin.

»Zähle es.«

»Nicht nötig, ich glaube dir.«

»Heute vertraut man niemandem mehr. Nur die Knete zählt. Du kannst alles haben, alles, was immer du willst, wenn du genug von diesem Papier hast.«

»Hast du dafür Liebe gekauft?«

»Was ist Liebe? Du glaubst wahrscheinlich nicht an so einen Unsinn! Warum bist du hierhergekommen?«

»Aus Liebe zum Geld.« Beide lachten.

Auf einmal hatte sich die Atmosphäre völlig verändert. Zuerst hatte sie ängstlich erwartet, dass sich der Typ auf sie stürzen und versuchen würde, sie zu vergewaltigen, und plötzlich lachten sie zusammen.

Er gab ihr ein Glas Wein. Sie stießen an.

»Auf einen schönen Abend.«

»Auf eine erfolgreiche Nacht.« Er sah ihr in die Augen, aber schon in der nächsten Sekunde senkte er den Blick auf ihre Brüste.

Er legte seine Hand auf ihre Schulter und drückte sie leicht näher zu sich. Dann schaltete er das Radio mit der Fernbedienung ein.

»Ist es die Musik, die du magst?«

»Ja. Ich mag sie. Die meisten Menschen hören Radio und solche Musik.«

Er nickte zustimmend.

»Auch ich höre gerne Radio, wenn es mir die Zeit erlaubt.«

»Was machst du? Was machst du beruflich, wollte ich fragen?«

Er überlegte einen Moment lang.

»Das ist eigentlich kein Thema für den heutigen Abend. Ich kümmere mich um den Handel. Ich überwache die Branche sorgfältig und versuche sicherzustellen, dass jeder davon profitiert.«

»Du zuallererst.«

»Ich natürlich auch. Sonst würde ich es nicht tun. Und du? Tust du das, sozusagen, beruflich oder einfach nur, um dein Einkommen aufzubessern?«

»Ich bin von Beruf Nivelliertechnikerin.«

Dorothea hatte keine Ahnung, wie er auf ihren Witz reagieren würde. Sie wollte ihre starke Nervosität vor sich selbst verbergen. Sie konnte sich nicht vorstellen, was im nächsten Moment passieren würde, und sie hatte schreckliche Angst vor ihm. Er sah aus wie ein skrupelloser Mann, dazu sein mächtiger Körperbau ... Er war nicht nur groß, sondern auch stark und wuchtig gebaut.

»Ich habe noch nie von so etwas gehört.«

»Ich nivelliere Erektionen bei Männern. Tatsächlich bin ich eine Amateurin. Ich versuche so viel wie möglich ...«

Ihr Witz wurde ohne das geringste Lächeln akzeptiert.

»Weiß jemand, dass du mich heute getroffen hast?«

»Nein, ich erzähle niemandem, was ich tue und wen ich treffe.«

»Das ist gut. Das ist sehr gut.«

Er stellte die leere Tasse auf den Tisch, öffnete ihre Hose, zog ihre Bluse aus, dann den BH. Wie hypnotisiert starrte er auf ihre Brüste. Er spreizte sie sanft auseinander, und als er sah, wie sich dort ein Schmetterling auf den Abflug vorbereitete, schob er plötzlich seinen Kopf nach hinten.

»O Gott! Sag, dass sie echt sind. So etwas habe ich noch nie gesehen.«

»Sie gehören mir, und glaube mir: die sind echt!«

Die beiden zogen sich weiter aus und gingen in den ersten Stock, wo sich das Schlafzimmer befand. Sie bestand darauf, ihre Handtasche mitzunehmen, und behauptete, dass sich darin ein paar Dinge befanden, die sie unter solchen Umständen immer mitnahm.

Sein Gewicht überwältigte sie. Sie bekam kaum Luft. Erst als er seinen Kopf von ihren Brüsten schob, atmete sie erleichtert auf. Jede ihrer Muskeln war angespannt wie Geigensaiten.

Vielleicht ist er nicht wie die anderen. Vielleicht lag Amanda falsch oder er hat sich verändert. Schließlich ändern sich die Menschen manchmal. Selbst Kriminelle werden zu ehrlichen Bürgern.

Sie hob ihre rechte Hand über den Kopf und legte sie unter das Kissen. Mit der linken umarmte sie seinen Kopf. Der Mann keuchte wie eine Lokomotive. Sie fühlte seinen schnellen Atem auf der Brust. Sein Kopf senkte sich immer tiefer, bis er auf ihren Oberschenkeln lag, die er nach einer Weile ausbreitete.

Sie sah ihn nicht an. Ihr Blick ging immer wieder durch den Raum. Die Wände und Decken waren mit hellen Holzpaneelen verkleidet. Neben einer Wand befand sich eine Kommode, an der eine Stehlampe das Licht im Spiegel reflektierte und den ganzen Raum erhellte. Die Fensterläden an zwei Fenstern waren sorgfältig geschlossen. Sie hatte den Eindruck, dass sie völlig vom Rest der Welt isoliert waren.

Das riesige Bett, auf dem sie lagen, war zwischen diesen beiden Fenstern platziert worden. Auf dem Tisch daneben lagen Accessoires, die zweifellos auf die sadistischen Tendenzen des Hausherrn hinwiesen. Dorothea konnte ihre Augen nicht von ihnen wegreißen. Sie wusste nicht genau – abgesehen von der Lederpeitsche und den Handschellen –, welche Funktionen sie erfüllen sollten. In Gedanken versunken bemerkte sie nicht, dass er sich erhoben und auf die Ellbogen gelehnt hatte. Sie fühlte ihn in sich. Durch das plötzliche Eindringen rief er Schmerzen bei ihr hervor. Sie zog sich reflexmäßig nach oben. Er packte sie an den Schultern und zog sich auch höher. Schon nach wenigen Sekunden wurden seine Bewegungen intensiver, und aus seinem Hals kam ein Geräusch, das an ein geschlachtetes Ferkel erinnerte. Dann rutschte er träge von ihr runter.

Gott sei Dank, es ist vorbei!

»Du bist schnell, aber jetzt steh auf, ich kann nicht mehr atmen.« Sie klopfte ihm mit ihrer linken Hand auf die Schulter. Die rechte Hand hielt sie immer noch unter dem Kissen.

Er erhob sich zuerst auf die Ellbogen, dann stützte er sich mit den Handflächen ab. Er hatte etwas Unglaubliches in den Augen, etwas, was ihr Angst machte.

Sie schaffte es nicht, auf seinen Schlag mit der Faust auf die linke Wange zu reagieren. Ihr Kopf sprang zur Seite wie ein getretener Ball.

»Du Hure, du hast die Dreistigkeit, mir zu sagen, was ich zu tun habe? Was ich gleich mit dir machen werde, geht weit über deine primitive Vorstellungskraft hinaus. Morgen wirst du betteln, dass ich dich töte und dein Leiden verkürze. Deine Freundin hatte das große Glück, dass sie sich nicht denjenigen anzuschließen hatte, die im Wald ruhen. Dich, Schlampe, werde ich lebendig vor dem Haus begraben. Ich habe bereits einen Ort und eine Kiste vorbereitet, wo du den Rest deines Lebens verbringen wirst. Du hast selbst darum gebeten!«

Er hob seine Faust hoch, um sie wieder zu schlagen, aber diesmal schaffte sie es, zu reagieren. Seine Hand stieß auf etwas in der Luft, was ihn etwa zwanzig Zentimeter vor ihrem Gesicht stoppte. Sie hatte ihm mit einem Federmesser genau in die Mitte seiner Hand gestoßen. Mit der linken packte er das Handgelenk der verletzten Hand und beugte sich vor Schmerzen.

»Ich werde dich töten, du Schlampe!«

Mit seinem Unterarm drückte er ihre Kehle zu und mit der linken Hand schlug er ihr das Messer aus der Hand, das auf den Boden fiel. Die in gotischer Schrift eingravierten Initialen T.A.K. waren auf dem Griff des Messers zu sehen.

Nur wenige Sekunden später wurde das Gesicht der Frau rot. Ihre Augen verdrehten sich, sodass der weiße Augapfel zu sehen war. Sie schlug ihn, kratzte seinen Rücken und hoffte, dass er zumindest für einen

Moment den Griff losließ und sie in der Lage sein würde, Luft zu schnappen. Ihr Körper begann zu zittern. Ihre Faustschläge wurden immer schwächer und schwächer und hinterließen keinen Eindruck bei dem Mann, der auf ihr lag.

Das ist wahrscheinlich das Ende.

Das Leben flog vor ihren Augen vorbei wie bei einem Film, der in beschleunigtem Tempo abläuft. Sie sah sich als dickes, hässliches Mädchen mit langen Zöpfen in der ersten Klasse. Sie stand am Ende der Schülergruppe. Ab und zu stießen die Jungen sie an und zogen an ihren Haaren, und sie stand bewegungslos mit Tränen in den Augen da. Der Film bewegte sich immer schneller und sie nahm nur die traurigsten Momente ihres Lebens auf.

Sie stand an einem Grab. Daneben zwei Särge, die gleich dem Boden überlassen werden sollten. Darin waren die Leichen ihrer Eltern, die bei einem Autounfall ums Leben gekommen waren. Ihr Vater war nie ein guter Fahrer gewesen. Sein dritter Unfall endete tragisch. Der Lastwagen, dem er die Vorfahrt genommen hatte, teilte das Auto in zwei Hälften. Beide Elternteile starben auf der Stelle. Sie saß auf dem Rücksitz. Abgesehen von leichten Schnittwunden erlitt sie keine schweren Verletzungen. Leute, die sie aus dem Wrack zogen, sagten, dass der Schutzengel sie fest an der Hand halten müsse. In der nächsten Szene sah sie sich selbst in der Küche stehen. Ihr Mann, ihre erste Liebe, lief auf sie zu und schlug sie mit den Fäusten, weil sie vergessen hatte, ihm Zigaretten zu kaufen. Sie fiel auf den Boden. Das Blut tropfte aus ihrer Nase und er trat ihr in den Bauch. Ein Krankenwagen brachte sie ins Krankenhaus. Der Arzt lehnte sich über sie und verkündete, dass sie ihren Sohn im fünften Monat der Schwangerschaft verloren hatte und dass sie nie wieder Kinder bekommen könne. Plötzlich verlangsamte sich der Film und stoppte, als Amanda ihre Ohren packte, sich leicht zurücklehnte und sich mit dem Knie auf das Hineinrammen vorbereitete ...

Dorothea beugte ihr Bein leicht und versetzte dem Mann, der sie ersticken wollte, mit all der Energie, die noch in ihrem geschwächten Körper geblieben war, zwei Stöße zwischen seine Beine. Sie spürte seine Genitalien auf ihrer Haut, die unter dem Einfluss der Stöße regelrecht platt wurden. Wie Schweinekoteletts unter einem Holzstößel.

Plötzlich lockerte er seinen eisernen Griff. Mit lautem Stöhnen fiel er aufs Bett und rollte sich vor Schmerzen neben ihr hin und her.

Sie schnappte fieberhaft nach Luft und versuchte erfolglos, aufzustehen. Schließlich rutschte sie nach dem zweiten misslungenen Versuch vom blutbefleckten Bett herunter. Sie fiel neben dem Messer hin und stand gleich wieder auf, indem sie sich an dem Bettrahmen festhielt. Das Licht der Stehlampe spiegelte sich in der glitzernden Klinge des Messers wider, das sie in die Hand genommen hatte. Ihr Schatten fiel an die Wand, enthüllte die unglaubliche, verformte Statur ihres Körpers und gab der Situation dadurch noch mehr Schrecken. Sie erkannte, dass sie jetzt die einzige und letzte Chance hatte, mit dem Leben davonzukommen.

Entweder ich oder er. Es ist besser, diesen Hurensohn sterben zu lassen, denn ich werde das noch nicht tun.

Sie näherte sich dem Kerl leicht taumelnd, der sich vor Schmerzen zusammengerollt hatte. Er hielt seine Hände im Schritt und drehte sich stöhnend einmal in die eine, einmal in die andere Richtung. Blut floss aus seiner verletzten Hand über seine Oberschenkel und versickerte in der Matratze.

»Ich werde die Schlampe töten, ich werde die Nutte töten ...«, wiederholte er mit gedämpfter Stimme.

Sie hielt das Messer mit zwei Händen vor sich her und zitterte vor Angst. Ihr unglaublicher Schrei, ähnlich dem eines Karatekas vor dem Brechen eines Ziegelhaufens, lenkte seine Aufmerksamkeit nur für den Bruchteil einer Sekunde von den schmerzenden Hoden ab. Mit Entsetzen sah er in ihr verändertes, gerötetes Gesicht. Sie gab ihm nicht die Zeit, die letzten Worte auszusprechen, die das Bitten um Barmherzigkeit enthalten hätten.

*

Drei Tage später fuhren zwei Polizeiautos vor der Waldresidenz des Handelsberaters Dr. Georg Maier vor. Vier Polizisten stiegen aus und näherten sich dem leicht geöffneten Eingangstor.

»Herr Leutnant, was sollen wir tun?« Derjenige, der aus dem zweiten Auto stieg, wandte sich an den ältesten Offizier.

«Was ist das für eine Frage?! Was sollen wir tun? Wir gehen hinein. Der Staatsanwalt selbst rief uns an, damit wir den Mann finden. Seit drei Tagen gibt es kein Lebenszeichen mehr von ihm. Es wird gemunkelt, dass sich sogar das Ministerium Sorgen um ihn macht.« Der älteste von ihnen wandte sich an die übrigen Polizisten.

Leutnant Kazimir Osocki war seit 23 Jahren bei der Polizei tätig und hielt diese Aufgabe für einen Routineeinsatz.

»Mit Sicherheit hat er gesoffen und heilt den Kater mit einer weiteren Flasche. Jetzt hat er sich in der Zeit verschätzt und ist eingeschlafen. Fast jeden Tag rufen uns Frauen an, deren Männer nicht nach Hause kommen, weil sie ein wenig gefeiert haben. Die Welt wird nicht zusammenbrechen, wenn wir manchmal aus dieser Tretmühle herauskommen. Aber bei diesem Typ ist es eine andere Sache. Anscheinend ist er ein Prominenter, und selbst Warschau sucht seit zwei Tagen nach ihm. Aus Deutschland kamen ein paar Geschäftsleute, und ohne ihn kommt man nicht weiter«, sagte er zu seinem jüngeren Fahrer.

Sie gingen hinein. Einer von ihnen sah in den Jeep, der vor dem Eingang geparkt war. Er packte den Griff und öffnete die Autotür.

»Es scheint, dass der Mann zu Hause ist. Er hat sich nicht einmal die Mühe gemacht, das Auto abzuschließen.«

»Herr Leutnant! Auch die Eingangstür ist offen.« Der Fahrer, Wachtmeister Stanislaw Musial, wandte sich an den Chef und zeigte zu der leicht geöffneten Haustür.

»Was auch immer! Du, Musial, gehst mit mir. Ihr bleibt hier und schaut euch ein wenig um.«

»Sollen wir die Nachbarn befragen, ob sie etwas Verdächtiges gesehen haben?«, fragte ein Polizist, der weiter hinten stand.

Kadett Tomas Koslowski hatte seine Arbeit bei der Polizei unmittelbar nach dem Abschluss der Polizeischule vor sechs Monaten angefangen. Er hatte wegen seines Humors einen guten Ruf unter den Kollegen. Selbst in den schlimmsten und gefährlichsten Situationen scherzte er, um die Spannung, die sie oft begleitete, zu lockern.

Zwei von ihnen brachen in Lachen aus. Der Leutnant drohte ihm nur scherzhaft mit dem Finger.

»Verdammt! Es scheint, dass sich dieser Typ mit jemandem einen blutigen Kampf geliefert hat.« Musial zeigte auf die Blutspuren auf dem Boden.

»Geh nach oben, ich schaue mich hier um.«

Osocki sah in jede Ecke des Wohnzimmers. Zwei leere Weingläser und zwei halb volle Kaffeetassen, die auf dem Tisch standen, zogen seine Aufmerksamkeit auf sich.

Jemand hat ihn besucht. Anscheinend war es kein sehr begehrter Besucher, was die Blutspuren im Flur zeigen.

Er hörte die Schritte eines Kollegen, der nach unten kam.

»Und was ist da oben? Hast du ihn gefunden?«

»Niemand ist da. Das Bett ist mit Blut bedeckt. Ich glaube, jemand hat ihn dort getötet. Oder vielleicht hat er sich selbst verstümmelt. Wie auch immer, ich habe nichts gefunden. Der Typ mag heißen Sex, denn es gibt solche Dinge auf dem Nachttisch, dass ich Gänsehaut bekommen habe. Herr Leutnant, Sie müssen es selbst sehen.«

Im selben Moment kam Koslowski in den Salon.

»Wir haben ihn gefunden! Dort, auf der anderen Seite des Hauses.«

»Lebt er?« Der Leutnant sah ihn fragend an.

»Kalt wie Eis, Herr Leutnant.«

»Scheiße! Dann haben wir ein Problem.«

»Ein Problem, mild formuliert. Der Typ liegt in einem Sarg. Jemand hat ihn offenbar da reingeworfen, aber vergessen, ihn zu begraben.«

»Was für einen Unfug erzählst du mir? Für deine dummen Witze mache ich dich ...« Diesmal drohte er ihm mit der Faust.

Koslowski zuckte mit den Schultern und ging zum Ausgang. Osocki und Musial folgten ihm.

Unteroffizier Grasta stand mit einer Hand in der Hosentasche vor einem ausgehobenen Grab. In der zweiten hielt er eine Zigarette, an der er immer wieder nervös zog. Seine Stiefel und Hosenbeine waren mit Schlamm beschmutzt. Beim Anblick des Leutnants warf er den Zigarettenstummel weg und holte seine Hand aus der Tasche.

»Er liegt da. Steif wie ein Baumstamm, He..., Herr Leutnant. Ich war unten, um zu sehen, ob er noch lebt, aber ich konnte ihn nicht bewegen, so steif ist er. Der Mann stinkt bereits, er muss seit etwa drei Tagen so daliegen.«

Alle vier standen vor der Grube und blickten schweigend nach unten. In einer Box aus ungehobelten Brettern lag ein mächtig gebauter Mann in einer Tiefe von etwa einem Meter, mit dem Gesicht nach unten. Sein Körper und sein Kopf steckten zur Hälfte in Schlamm. Der Mann trug eine Winterjacke mit Kapuze. Die rechte Hand war nach vorne gezogen. Sie umklammerte den Rand der Box und war mit einer Bandage umwickelt. An seinen Beinen, bekleidet mit hohen Gummistiefeln, war ein Deckel auf der Box angelegt. Er bestand aus vier Brettern, die von innen mit Querlatten verschraubt waren.

»Diese Bretter, He..., Herr Leutnant, ich habe sie ins Grab gelegt, damit ich hinuntergehen konnte, um nach ihm zu schauen. Sie lagen obenauf.« Er zeigte die Stelle mit der Hand.

»Musial, weißt du, was zu tun ist?« Osocki sprach zu seinem Untergebenen.

»Jawohl, Herr Leutnant. Arzt und Krankenwagen.«

»Benachrichtigen Sie die Dienststelle, sie sollen die Staatsanwaltschaft und dieses verdammte Ministerium informieren.«

»Jawohl.« Der Polizist drehte sich um und rannte zum Auto.

»Leutnant, sehen Sie hier. Es sieht so aus, als hätte jemand etwas an diesen beiden Orten vergraben. Die Erde ist noch frisch.« Koslowski näherte sich der angedeuteten Stelle.

Der Leutnant und der Sergeant sahen in diese Richtung.

»Vielleicht gehe ich zu Musial und sage ihm, dass er noch ein paar weitere Leute anfordern soll, um uns zu helfen.« Grasta sah den Offizier ängstlich an. Er hatte die Befürchtung, dass er sich weigern würde und sie selbst Löcher graben müssten.

Der Leutnant nickte schweigend mit dem Kopf.

Nach einer Stunde fuhr ein großes Polizeiauto auf den Platz vor dem Haus, gefolgt von einem Krankenwagen. Zwei Polizisten der Ermittlungsabteilung begannen sofort, die Spuren zu sichern. Die restlichen vier Neuankömmlinge zogen Spitzhacken und Schaufeln aus dem Auto und stellten sie vor das Haus. Sie mussten noch zwei Stunden warten, bevor sie den Befehl zum Ausheben der Grube erhielten, was von Leutnant Osocki angezeigt wurde.

Die Polizisten mussten nicht zu tief graben, um auf eine Kiste zu stoßen, die derjenigen ähnelte, in der Dr. Georg Maier lag, der inzwischen identifiziert und abtransportiert worden war. Der Polizist, der den Deckel der Kiste öffnete, sprang beim Anblick einer Leiche aus der Grube, als wäre er mit kochendem Wasser übergossen worden. Grasta feuerte eine Zigarette von der anderen. Niemand hatte den Mut, das erste Wort zu sagen. Sogar Kozlowski, sonst sehr gesprächig, versteckte sein Gesicht hinter den Händen.

Die Frau konnte nicht älter als fünfundzwanzig Jahre sein. Bis zur Mitte des nackten Körpers war sie mit einer Decke bedeckt. Sie hatte sich alle Fingernägel abgebrochen, als sie versuchte, aus der Kiste rauszukommen. Blut und tiefe Kratzer waren auf dem Deckel sichtbar, was deutlich darauf hindeutete. Zwischen ihren Fingern und an der Seite ihres Kopfes befanden sich Haarbüschel, die sie sich wahrscheinlich aus Verzweiflung oder während des zum Scheitern verurteilten Kampfes gegen den Tod herausgerissen hatte. Neben ihrem Körper sah man vier leere Flaschen Mineralwasser, eine Taschenlampe und ein Buch. An ihren Füßen lagen noch zwei weitere, volle Flaschen, aber die schmale Kiste erlaubte es nicht, sie zu erreichen, was ihrem Folterer wohl klar war, als er sie in den selbst gebauten Sarg gesteckt hatte. Der Arzt, der auf Wunsch von Osocki blieb, bis sie das Loch ausgegraben hatten, stieg zum Opfer hinab. Dabei stellte er seine Füße auf quer genagelte Bretter, wie auf einer Leitersprosse.

Er lehnte sich über die Leiche der Frau, nahm das Buch in die Hand und blätterte ein paar Seiten durch.

»Was ist los, Herr Doktor?« Osocki brach das Schweigen.

»Sie starb etwa zur gleichen Zeit wie dieser Mann, vor circa drei, vielleicht vier Tagen. Wie lange sie schon hier liegt, kann ich nicht genau sagen. Eine Woche, zwei oder mehr. Jemand wollte, dass sie langsam stirbt und viel Zeit zum Nachdenken hat.«

»Warum glauben Sie das?«

»Mineralwasserflaschen, eine Taschenlampe und die Bibel zeigen dies deutlich. Und noch eine Sache. Sehen Sie diesen dicken Schlauch in der Ecke?«

»Ja. Was ist damit?«

»Luft. Er versorgte sie mit Luft von außen, damit sie nicht gleich erstickte.«

»Nur der Mensch kann so grausam sein!« Osocki drückte nervös seine Fäuste.

»Sie war sehr schön.« Einer der Polizisten, der das Loch gegraben hatte, wischte heimlich die Augen und die Nase mit einem Taschentuch ab.

Erst jetzt achteten alle auf ihr Gesicht.

»Meine Herren! Jetzt graben wir hier in der Mitte. Beeilt euch, denn gleich wird es dunkel.« Der Leutnant zeigte auf die Stelle, an der sie graben sollten.

»Vielleicht können wir es auf morgen verschieben, Herr Leutnant? In einer Stunde wird es ...«

»Grasta, nicht reden, sondern einfach mit Koslowski das Licht organisieren. Schau in den Schuppen und in die Garage. Los!«

»Jawohl!«

Die Polizisten stellten zwei Halogenleuchten auf, die von dem für das Ausgraben der Grube verantwortlichen Team mitgebracht wurden. Darüber hinaus fanden Koslowski und Grasta eine Reihe von Weihnachtslampen für die Dekoration des Hauses.

»Herr Leutnant!«

»Was willst du, Koslowski?«

»Dort, in der Garage, gibt es noch so eine Kiste. Wir zeigen sie Ihnen.«

Alle drei gingen zu der von Koslowski und Grasta erwähnten Garage. Als sie zurückkamen, schwieg Osocki und dachte über etwas nach.

Noch vor Einbruch der Dunkelheit legten die Polizisten im Garten die nächste Kiste frei. Keiner von ihnen wollte den Sarg öffnen. Der Leutnant nahm ein Brecheisen in die Hand und ging mithilfe seiner Leute nach unten in die Grube.

Der Körper in der Kiste war vollständig mit einer grauen Decke bedeckt. Der Leutnant fing das Ende der Decke ein, ließ sie aber schnell wieder los.

»Herr Doktor! Bitte, das ist Ihr Job.«

Der Leutnant stieg aus der Grube und half dem Arzt, hinunterzusteigen.

»Es scheint mir, dass dies kein Friedhof ist, sondern ein Übergangslager. Er wollte nicht, dass sie sterben.«

»Wie meinen Sie das, Herr Leutnant?«, fragte einer der neu eingetroffenen Polizisten.

»Ich weiß es noch nicht. Ich weiß es noch nicht«, wiederholte er, »aber vielleicht finden wir es eines Tages heraus.«

Dr. Stanislawski nahm die Decke aus dem Gesicht der Frau und beleuchtete es mit einer Taschenlampe. Plötzlich erstarrte das Blut in seinen Adern und sein Schrei scheuchte Hunderte von Vögeln auf, die sich in den Bäumen auf den Schlaf vorbereitet hatten.

»SIE LEBT!!!!«

Die 27-jährige Teresa Olsztynska hatte von Zeit zu Zeit für eine Agentur gearbeitet. Sie war in den Augen der Männer eine wahre Schönheit, und viele von ihnen hätten alles aufgegeben, um sie für immer zu besitzen. Sie war erschienen, als sie Geld brauchte, dann verschwand sie für ein paar Wochen spurlos, und niemand kümmerte sich um ihr Verschwinden. Nur ihre engste Freundin hatte ihre eigene, erfolglose Suche nach der Vermissten begonnen.

Der Staatsanwalt hoffte, dass das Mädchen in der Lage sein würde, auszusagen und zu erklären, unter welchen Umständen sie sich im Haus des Handelsberaters, Dr. Georg Maier, befand und was dort geschehen war.

Nach zwei Wochen im Krankenhaus stellten die Ärzte fest, dass das Mädchen völlig den Verstand verloren hatte, und sie hatten keine Hoffnung auf Genesung. Teresa Olsztynska kam in eine geschlossene psychiatrische Einrichtung, wo sie den Rest ihres Lebens verbringen sollte.

*

Ende September, und der Sommer hat nicht die Absicht, sich von uns zu verabschieden.

Dorota blickte durch das Straßenbahnfenster auf die Menschen, die in kurzen Hemden auf dem Bürgersteig gingen. In den letzten Monaten hatte sie sich stark verändert. Ihr langes, blondes Haar, umklammert mit einem Bernsteinverschluss, fiel auf den Rücken. Die lose Bluse schien etwas zu groß zu sein, doch trotzdem bedeckte sie den Ausschnitt und die wohlgeformten, großen Brüste. Ein blasses Gesicht mit eingefallenen Wangen und ein paar Falten auf der Stirn wurden mit einem sorgfältigen

Make-up kaschiert. Die Augen verbargen sich hinter einer großen Sonnenbrille. Sie hatte mehr als fünfzehn Kilo verloren und sah sich mit Entsetzen im Spiegel an. Ihr Bauch wurde immer flacher und ihre Rippen wurden von Woche zu Woche immer sichtbarer.

Seit einigen Monaten nahm sie, sobald es das Wetter erlaubte, eine Straßenbahn zum Marktplatz, wo sie normalerweise eines der Restaurants betrat und eine Tasse Kaffee trank, danach ging sie in den Planty-Stadtpark. Sie versuchte, ihre Gedanken von den Ereignissen am Anfang dieses Jahres abzuwenden, aber sie kamen ständig wie ein Bumerang zu ihr zurück.

Es hatte zwei Tage gedauert, bis sie nach Hause kam. Sie verirrte sich im Wald und hatte keine Ahnung, wie man da rauskam. Sie nahm ihr Handy ein paar Mal in die Hand, um Hilfe zu rufen, aber sie hatte dort kein Netz. Am Ende war der Akku leer und sie war komplett auf sich selbst gestellt.

Als sie schließlich zu Hause ankam, verließ sie die Wohnung für eine Woche nicht. Sie lauschte ständig an der Tür, um zu hören, ob die Polizei kam, um sie zu verhaften. Von einem Tag auf den anderen kehrten alle Details der Nacht, in der sie den Mann getötet hatte, in ihr Bewusstsein zurück.

Bis heute wachte sie jeden Tag mehrmals in der Nacht auf und war mit Schweiß bedeckt. Jedes Mal sah sich selbst mit Amandas Messer, das sie in beiden Händen hielt, und wie sie sich auf ihn stürzte, mit dem Wunsch, ihn abzustechen. Im Bruchteil einer Sekunde drehte er sich zur Seite und das Messer durchbohrte die Matratze. Im nächsten Moment spürte sie einen starken Schlag auf den Hinterkopf und verlor das Bewusstsein.

Sie öffnete die Augen, noch bevor sie wieder völlig zu sich kam. Sie lag nackt in einer Kiste, die einem Sarg ähnelte, halb im Schlamm versunken, der zusammen mit dem Regen die Wände einer Grube hinunterfloss, in der sich die Kiste befand. Wahrscheinlich durch ein Wunder gelang es ihr, aufzustehen und auf zwei Brettern nach oben zu klettern.

"Karol" stand gekrümmt vor dem Haus und hielt die verwundete Hand fest. Auf das von der Anstrengung rote Gesicht und auf die Brille mit einem dünnen, goldenen Gestell flossen Regentropfen. Bei ihrem Anblick stürzte er in ihre Richtung, wobei die Hände nach vorne gestreckt waren.

»Du Schlampe! Verrecke endlich!«

Plötzlich wurde ihr klar, dass er diese Worte mit einem deutschen Akzent ausgesprochen hatte, was ihr vorher nicht aufgefallen war, als sie mit ihm gesprochen hatte.

Dorota, fast ohnmächtig, fiel auf die Knie, als er einen halben Meter entfernt war. Er schaffte es nicht, anzuhalten, und flog wie ein Rugby-Spieler über sie. Der einzige Unterschied war, dass dahinter anstelle des Spielfeldes ein Loch mit einer Kiste war, in die er mit dem Kopf nach vorne fiel. Sie näherte sich dem Rand und beobachtete für einen Moment den bewegungslosen Körper mit dem Gesicht im Schlamm. Sie zog die Bretter heraus und warf sie neben einen Erdhaufen.

Dorota betrat das Haus, nahm dort eine Dusche und brachte sich in Ordnung. Bevor sie das Grundstück verließ, näherte sie sich noch einmal der Kiste, wo sich ihr Folterer in der gleichen Position wie vorher befand. Vom bewölkten Himmel fiel ein eisiger Regen. Der Wind durchdrang ihren Körper, der vor Angst zitterte. Sie faltete ihre Hände, um zu beten. Aus ihrem Mund kamen die Worte: »Vater unser im Himmel ...« Auf einmal schien es ihr, dass sie Schreie und Klagen aus dem Grab hörte. Nach einem Moment wurde diese Stimme durch den leiseren Klang des Klopfens auf dem Brett ergänzt. Sie drehte sich, dem Wahnsinn nahe, auf der Ferse um und eilte wie eine Irre zum Eingangstor.

Im Wald, auf dem Weg nach Hause, zog sie aus ihrer Handtasche die Perücke und Amandas Messer heraus. Für einen Moment überlegte sie, ob sie diese Dinge in einen Graben werfen und mit Blättern bedecken sollte. Nach einer Weile steckte sie die Sachen wieder in ihre Handtasche. In Amandas Notizbuch strich sie mit dem Kugelschreiber einen der drei Namen durch, die sie mit einem Lippenstift hervorgehoben hatte.

Der Sadist Karol ist nicht mehr da, jetzt sind Herr Lukas und Herr Cyril an der Reihe. Dorothea wird sich um euch kümmern, das ist so sicher wie das Amen in der Kirche. Ich versprach es ihr am Sterbebett, und das ist das Gleiche, als hätte ich es dem Herrgott geschworen. Versprochen ist versprochen!

Auf den folgenden drei Seiten gab es eine Reihe von Internetadressen mit Amandas Kommentaren, wie "Narzisst" oder "pädophile Tendenzen" oder einfach "Kretin", "Idiot", "Arm", "Klein". Bei einigen Adressen hatte sie die Telefonnummer eingetragen und ein Sternchen gesetzt. Dorota ahnte, dass es ihre besten Kunden waren.

Das verkackte Internet! Es kostete sie das Leben.

Fast den ganzen Weg über konnte sie ihre Tränen nicht zurückhalten. Sie wiederholte andauernd das Gebet zum Engel des Herrn: »Heiliger Schutzengel mein, lass mich dir empfohlen sein ...« Aus der Seitentasche ihrer Handtasche nahm sie einen Rosenkranz heraus, den sie ständig wiederholte und erst nach der Rückkehr nach Hause aus ihren Händen befreien sollte.

Diesmal erwies sich der Engel nicht als sehr gnädig für sie, er hatte wahrscheinlich andere, wichtigere Aufgaben zu erfüllen. Viele Stunden lang wanderte sie durch den Wald. Sie übernachtete in einer Waldhütte, die von den Forstleuten gebaut worden war. Am zweiten Tag hatte sie mehr Glück. Sie erreichte schnell die Straße, wagte es aber nicht, die Autos anzuhalten. Sie ging immer noch durch den Wald, aber in einer solchen Entfernung, dass sie die Straße nicht aus den Augen verlor.

Dorota sah sich im Straßenbahnwagen um. Ihr gegenüber saß ein Mann mit einem kleinen Mädchen, das etwa drei Jahre alt war. Er war, wie sie ihn beurteilte, in ihrem Alter und von durchschnittlicher Größe. Er hatte eine sichtbare Glatze und ein ehrliches Gesicht. Seine grünen Augen durchleuchteten sie regelrecht. Das Mädchen, mit ihrem wunderschönen lockigen Haar und dem bezaubernden Gesicht eines Engels, das Kinder in ihrem Alter gewöhnlich haben, umarmte ihren Vater und sah sie auch genau an.

Dorota, die sich wegen der Situation eindeutig verlegen fühlte, wollte ihn schließlich ansprechen, aber in diesem Moment wandte er sich ihr zu.

»Entschuldigen Sie bitte, aber ich kenne Sie.«

»Ausgeschlossen. Ich kenne Sie nicht. Sie müssen sich irren. Es gibt so viele Menschen auf der Welt, ähnlich wie ... Ah! Ich weiß. Sie sind ... damals im Krankenhaus. Jetzt erinnere ich mich. Das ist Ihre Tochter, über die Sie gesprochen haben.«

»Das ist mein Daddy!« Das Kind kuschelte sich noch mehr an seinen Vater.

»Wie geht es Ihnen? Mein Mitgefühl.«

»Ich muss damit klarkommen. So ist das Leben. Um uns herum sterben andere, und wir gehen weiter ...« Er streichelte das Gesicht des Kindes. »Und Ihre Freundin?«

Dorota schüttelte mit dem Kopf.

»Wie Sie sagten: Andere sterben, und wir gehen weiter, bis wir eines Tages stolpern.«

»Mein Name ist Josef«, er streckte ihr seine Hand entgegen, »Josef Dorocki. Und dieses junge, charmante Mädchen heißt Monika.«

»Dorot...ta. Dorota Bednarek.« Sie gab ihm die Hand.

»Jeden Sonntag nehme ich Monika mit, zum Eis essen, gegenüber dem Adam Mickiewicz-Denkmal. Vielleicht kennen Sie das Restaurant? Und dann machen wir einen Spaziergang entlang des Marktplatzes und der Weichsel.«

»Ich kenne Krakau wie meine eigene Westentasche.« Dorota nahm ihre Brille ab und schob sie nach oben in ihr Haar, wobei sie den Mann genau musterte. Er sah wie ein ehrlicher und freundlicher Mensch aus. »Welches Eis magst du?« Sie wandte sich dem Kind zu.

»Schokoladeneis.«

Das Mädchen stand auf und näherte sich ihr. Sie umschlang ihre Taille fest und kuschelte sich an sie. Dorota hielt bei diesem Anblick den Atem an. Sie spürte die angenehme Hitze von Monikas warmem Gesicht auf ihrem Bauch. Sie hatte Angst, dass sie gleich in Weinen ausbrechen und das Kind erschrecken könnte. Dorota hob ihre Hand und legte sie langsam auf ihr weiches, feines Haar. Sie ließ die linke Hand auf ihrem Kopf, legte die rechte auf ihren Rücken und drückte sie ebenso fest.

»Also, wir essen heute alle Schokoladeneis. Und dann ... dann wird es die Zeit zeigen.«

Sie zog ihre Brille runter, um ihre Tränen zu verbergen, die sie nicht stoppen konnte.

Mein Sohn würde jetzt zwölf Jahre alt sein. Ich wollte ihn so gern in meine Arme nehmen. Ich frage mich, wie er jetzt wohl aussehen würde?

*

Seine Stimmung glich dem Novemberwetter: kalt und bewölkt. Er hatte seiner Frau und dem Sohn versprochen, dass sie heute im Rathausrestaurant zu Abend essen würden, und plötzlich diese Sache hier.

»Wo fahren wir hin, Herr Leutnant?« Wachtmeister Stanislaw Musial öffnete seinem Chef die Autotür.

»Hier hast du die Adresse.« Er gab dem Fahrer einen Zettel und sah auf die Uhr. Es war zwölf Uhr mittags.

»Ich weiß, wo es ist, Herr Leutnant«, Musial hatte das Blatt Papier abgelegt, »das ist in der Nähe von Kalwaria. So ein Grundstück mit Ferienhäusern. Alle Krakauer Prominenten haben dort Sommervillen. Eine Stunde Fahrt und wir sind vor Ort, Herr Leutnant.«

»Zuerst fahren wir zum Flughafen. Wir müssen zwei Typen aus der Warschauer Untersuchungsabteilung abholen. Die Hauptstadt schickt uns Verstärkung, als ob wir es nicht selbst schaffen würden. Erinnerst du dich an den Mann, den wir Anfang des Jahres in seinem eigenen Grab gefunden haben?«

»Ja, natürlich. Ich werde das für den Rest meines Lebens nicht vergessen.«

»Ja, genau. Vor einem Monat wurde ein weiterer gefunden. Jemand hat ihm den Schwanz abgeschnitten und ihm in den Arsch gesteckt. Der

246

Typ war angeblich am Leben, als man es ihm angetan hat. Es stellte sich heraus, dass der Mann ein Freund des ersten war. Gemeinsam jagten sie und hatten gemeinsame Interessen. Sie mochten beide die "harte Fahrt". Sie holten Huren zu sich und missbrauchten sie. Wir haben es geschafft, zwei Prostituierte zu finden, die einmal an einer solchen Party beteiligt waren. Sie sagten, es sei das einzige Mal gewesen, und sie würden bei so etwas nie wieder mitmachen. Eine von ihnen wurde so verprügelt, dass sie im Krankenhaus landete. Sie haben auch von denen gehört, die nie zurückgekommen sind. Sie hatten Angst, etwas zu sagen, weil einer Prostituierten keiner glauben will. Cops jagen sie nur von einer Ecke zur anderen, es sei denn, sie schmieren sie. Berufsrisiko, wie sie es nannten. Hast du etwas über dieses Schmieren gehört?«

»Ich!? Herr Leutnant, so etwas habe ich noch nie gehört. Unglaublich!« Musial bewegte sich nervös hinter dem Steuer, als ob die Sitzheizung seine Hose wegbrennen würde.

»Es stellte sich heraus, dass die DNA, die sie gesichert hatten, bei beiden Morden identisch war. Das Werkzeug des Mörders ist auch das gleiche. Ein Skalpell oder sehr scharfes Messer.«

Sie kamen erst nach sechzehn Uhr am Tatort an, weil sich das Flugzeug, mit dem die angeblich besten Spezialisten der Ermittlungsabteilung herflogen, um mehr als zwei Stunden verspätete.

Die Polizisten, die vor dem Eingang standen, richteten sich beim Anblick eines Offiziers auf und hoben die Hände an ihre Mützen. Sie ließen sie rein. Drei Männer in weißen Anzügen sicherten den Tatort und durchsuchten jeden Zentimeter des Raumes, in dem die Leiche lag.

Als der Leutnant den Mann sah, der an einen Bettrahmen gefesselt war, blieb er wie festgenagelt stehen. Der Anblick war nicht sehr angenehm. Einer der Männer im Anzug näherte sich ihm und gab ihm die Hand.

»Kapitän Tarowski«, stellte er sich vor. »Eigentlich sind wir so weit. Sie können sich umsehen und sich einen Überblick von allem verschaffen.«

»Was haben Sie gefunden, Kapitän?«

»Wir haben lange, schwarze Haare gesichert, aber ob sie dem Mörder gehören, kann ich jetzt nicht sagen. Einer seiner Kollegen fand ein Federmesser in einem Straßengraben.« Er gab ihm eine Plastiktüte vom Tisch, in der sich das Messer befand.

Der Leutnant nahm es in die Hand und betrachtete es aufmerksam.

»T.A.K. Wenn das Initialen sind, würde ich gerne wissen, wem sie gehören.« Er gab einem der ankommenden Ermittlungspolizisten das Messer.

»War er am Leben, als sie ihm das angetan haben?« Osocki wandte sich wieder an den Kapitän.

»Das wurde wahrscheinlich von einer Frau gemacht, mit der er Geschlechtsverkehr hatte. Es sieht so aus, als wäre er am Leben gewesen, als seine Genitalien abgeschnitten wurden, was im Übrigen die Todesursache war. Er ist einfach verblutet.«

»Was schlagen Sie vor?« Diesmal stellte er die Frage an die neuen Kollegen.

»Wir werden jede Prostituierte holen, die wir kriegen können. Danach lassen wir DNA-Tests machen, und früher oder später werden wir sie finden. Diese Angelegenheit hat Vorrang, und es ist nur eine Frage der Zeit, bis wir auf sie stoßen.«

»Was tun wir, wenn der Mörder keine Prostituierte ist?«

Für einen Moment herrschte Stille.

»Es spielt keine Rolle, wer sie ist, sie wird eines Tages einen Fehler machen. Jeder hinterlässt Spuren«, sagte der andere.

»Sie warf das Messer weg, als wollte sie uns sagen, dass die Arbeit erledigt ist. Wenn wir sie jetzt nicht finden, werden wir sie nie finden.« Der Leutnant erhob seine Stimme ein wenig.

»Herr Leutnant, ich denke, diese drei Typen verdienen, was mit ihnen passiert ist. Dieser hier war wahrscheinlich ein Ephebophilia Phobiker.«

Musial gab ihm eines der Fotos, die auf einer Kommode lagen. Das Foto zeigte ein nacktes Mädchen, etwa fünfzehn Jahre alt, das an einen Stuhl gefesselt war. In ihren Augen zeigte sich Todesangst. Aus der Nase und der verletzten Lippe floss Blut.

»Wer war er?« Osocki hielt das Bild in der Hand und sah fragend auf das Gesicht des Offiziers. Leise fügte er hinzu: »Wovon zum Teufel redest du?«

»Der Kollege meinte, es war jemand, der an Nymphophilie litt, besser bekannt als Lolitakomplex. Also, jemand, der in sehr junge Mädchen verknallt ist. Aber ich glaube nicht, dass wir es jemals wirklich wissen werden.« Kapitän Tarowski warf einen Blick auf die Leiche. »Vielleicht war er ein Sadist. Wie wäre es mit einem Pädophilen? Eines können wir völlig ausschließen, und zwar, dass das Verbrechen von einem Kind oder einem so kleinen Wesen wie dem auf dem Foto begangen wurde. Wenn wir sie finden könnten, würde sie uns zweifellos bei unserer Untersuchung helfen.«

Nach sechs Monaten vergeblicher Suche nach dem Mörder wurde der Fall in die "untere Schublade" gelegt. Obwohl weitere Fotos auftauchten, die die Verbrechen der drei ermordeten Männer gegenüber Frauen und ihre Sexualpraktiken dokumentierten, trugen sie nicht zur Aufklärung der Mordfälle bei. Das 15-jährige Mädchen auf dem Foto wurde allerdings gefunden. Sie gab zu, dass sie eine von vielen Frauen auf der von diesen Männern organisierten Party war, aber sie erinnerte sich an vieles davon nicht mehr, da die Männer sie gezwungen hatten, Alkohol zu trinken. Daher konnte sie keine nützlichen Informationen für die Untersuchung liefern. Der Druck der verhörenden Polizisten auf die Gymnasiastin verursachte den psychischen Zusammenbruch des Mädchens, worauf der Arzt und ihre Eltern sich weigerten, eine weitere Befragung zu erlauben.

Die Leichen von vier jungen Frauen, eingewickelt in Plastiktüten und begraben im Wald in der Nähe der Waldhütte, in dem Dorota Zuflucht fand, wurden nie gefunden.

*

Pawel Drazny, der Leiter des Standesamtes, blinzelte mit den Augen und blickte von oben auf ein ungewöhnliches Paar, das an diesem Mittwochmorgen heiraten wollte. Die Aprilsonne strahlte direkt über den Dächern benachbarter Häuser, fiel mit all ihrer Frühlingskraft in den Raum und erhellte die Menschen, die sich in ihm versammelt hatten. Zwischen dem Mann und der Frau saß ein vierjähriges Mädchen, das nicht besonders auf die Worte des Beamten achtete.

Dorota hatte ein blaues Kleid an und ihr Hals verzierte eine Perlenkette, deren Glanz den Raum zu füllen schien. Ab und zu blickte sie lächelnd auf ihren zukünftigen Mann, der wiederum seine Nerven nicht unter Kontrolle hatte und sich die steifen Finger rieb.

Monika trug ein weißes Kleid, weiße Strumpfhosen, und ihr Kopf war mit einem rosa Hut geschmückt, unter dem helles, lockiges Haar über ihre Schultern floss. Das schöne Gesicht des Kindes war dem mittleren Fenster zugewandt, in dessen oberer Ecke eine riesige Spinne ein Netz webte.

Der Blick des Standesbeamten folgte dem des Mädchens.

»Ich muss zugeben, beim Frühjahrsputz wurde dieser Raum übersehen. Du musst keine Angst vor ihr haben, Monika, sie ist so weit weg, sie wird dir nichts tun.« Der Beamte lächelte das Mädchen an.

»Ich habe keine Angst vor ihr.« Das Mädchen drehte sein Gesicht zu ihm und war ein wenig beunruhigt über die Tatsache, dass sie sich plötzlich im Mittelpunkt der Aufmerksamkeit der versammelten Menschen befand. Aus Verlegenheit glättete sie das Kleid auf ihren Knien.

»Es ist gut, dass du keine Angst vor ihr hast, denn sie hat uns gute Nachrichten gebracht. Ich erkläre nämlich Kraft meines Amtes, dass Dorota Bednarek und Josef Dorocki eine Ehe eingegangen sind. Bevor der Bräutigam die Braut küsst, habe ich noch eine weitere gute Nachricht. Dem Antrag auf Adoption der Tochter von Josef durch seine Partnerin und nun Ehefrau Dorota wurde stattgegeben. Sie, Frau Bednarek, erhalten das Sorgerecht für Monika, was bedeutet, dass Sie offiziell die Mutter dieser schönen, jungen Dame sind.«

Dorota lehnte sich zu dem Mädchen, um sie zu küssen. Sie sah ein sanftes Lächeln, das von ihren Augen ausging. Ein Lächeln und ... die Augen, die sie schon mal gesehen hatte, die genauso aussahen wie damals im Treppenhaus, als sie sich in ihre Richtung drehte und sich ihr mit einem leichten, gelassenen Schritt näherte. Sternenähnliche Funken am wolkenlosen Himmel tanzten in ihren blauen, kindlichen Augen. Dorota konnte den Krampf und die plötzlichen Magenschmerzen nicht aufhalten.

»Sie kam heute Nacht zu mir und sagte mir, ich solle es dir sagen ...«, flüsterte das Kind ihr ins Ohr.

»Welche sie? Monika, wovon redest du da?«

»Sie sagte, du würdest es wissen. Sie ist so wunderbar hübsch.«

Das Mädchen seufzte vor Begeisterung über die Erinnerung. »Sie trug ein weißes Kleid und hatte die gleiche Perlenkette um den Hals wie du.«

»Ich tat doch schon alles, was sie von mir wollte. Warum lässt sie uns nicht in Ruhe? Was hat sie zu dir gesagt? Warum ist sie zu dir gekommen?«

»Weil Kinder sehen, was ihr nicht seht. Und sie sagte ..., sie sagte ...«, das Kind überlegte für einen Moment, »dass sie jetzt dein Schutzengel ist und über dein Glück wachen wird und ..., dass du dir keine Sorgen machen musst, denn du wirst eine gute Mami sein. Und sie sagte ... Satan kommt nicht zu uns. Er ist in unserem Herzen, und manchmal lassen wir ihn einfach raus.« Sie zeigte mit dem Finger auf das Herz.

»Hat sie das gesagt? Bist du dir da sicher?«

»Ja, Mami. Das hat sie gesagt.« Monika nickte und drehte ihren Kopf wieder zum Fenster.

Plötzlich strahlte ihr Gesicht und es zeigte sich ein himmlisches Lächeln darauf. Auf der Fensterbank, an der Außenseite der Scheibe, stand eine mit weißen Federn bedeckte Taube, weißer als der Neuschnee der

Tatra-Gipfel. Sie drehte ihren Kopf einmal in die eine Richtung, einmal in die andere und sah das Mädchen mit Saphiraugen aufmerksam an.

Monika winkte ihr zu. »Guck mal, Mami! Sie schaut uns an.« Sie zeigte in die Richtung des Fensters.

»Wo, Liebling? Ich sehe niemanden.«

In dem Moment flatterte die Taube mit den Flügeln, stieß sich von der Fensterbank ab und flog lautlos durch das Fensterglas in Richtung eines schweren Messingleuchters, der die Decke des Hochzeitssaals schmückte. Für einen kurzen Augenblick setzte sie sich auf einen der vier Lampenträger, erhob sich dann wieder und verschwand diesmal endgültig.

Als Monika eine Feder von oben fallen sah, die sich um ihre Achse drehte und auf Dorotas Knie fiel, atmete sie vor Freude die Luft tief in die Lunge ein. Dorota nahm die Feder vorsichtig wie eine heilige Reliquie in die Hand und hob ihre Augen zur Decke.

»Sie ist in den Himmel geflogen, aber sie wird zurückkehren, wenn wir sie brauchen. Sie hat es mir nicht gesagt«, erklärte Monika, »aber ich weiß es. Weil ich es weiß, weil ich es weiß ...« Sie summte, schlug mit den Fingern auf die Oberschenkel und imitierte das Klavierspiel.

Fünftes Kapitel

Erwachen

(Epilog)

Monikas ausgeprägte Fantasie und die Taubenfeder, die wahrscheinlich beim Lüften der Halle zufällig auf den Kronleuchter gelandet war und während der Trauung herunterfiel, deuteten der tiefgläubigen Dorota an, dass ihre Freundin in dem Moment die ewige Ruhe gefunden hatte.

Elf Monate zuvor (am Tag der Beerdigung von Teresa Amanda Krammer)

Die Umrisse des Gebirges wurden mehr und mehr sichtbar. Der Mann, der das Auto fuhr, schaute wieder in den Spiegel und betrachtete für ein paar Sekunden den Rücksitz. Er fixierte auf der Nase eine Brille in einem dünnen, vergoldeten Gestell und nahm einen Pass aus der Innentasche seiner Jacke heraus. Ein Schild auf der Straße, eine rote Fahne mit einem weißen Kreuz an einem Metallmast sowie Lichter, die in der Ferne sichtbar waren, zeigten an, dass er sich der Grenze näherte. Die Uhr im Cockpit des Autos zeigte sechzehn Uhr fünfzehn.

Die letzten hundert Meter vor der Grenze, die ihn vom Zielland trennte, dauerten unendlich lange. Mit seinen steifen Fingern wischte er sich den rechten vor Angst zitternden Mundwinkel ab. Noch zehn, fünf ... Zwei Meter vor der Schranke hielt er das Auto an und öffnete die Seitenscheibe. Auf der zweiten Spur durchsuchten zwei Zollbeamte den Kofferraum eines weiteren Autos aus den Niederlanden. Zwei junge Männer standen an der Seite und beobachteten schweigend die Arbeit der Zollbeamten. Beim Anblick eines riesigen, schwarzen Deutschen Schäferhundes, der von einer dritten Wache in ihre Richtung geführt wurde, nahm sein Zittern des Mundwinkels deutlich zu. Anscheinend sollte der Hund an den Taschen schnüffeln, um zu sehen, ob irgendwelche Drogen in ihnen versteckt waren.

Zwei junge Beamte kamen aus dem Zollgebäude und gingen zu dem Auto, das vor der Schranke stand. Einer von ihnen umkreiste den schwarzen Jeep mit getönten Scheiben, der andere näherte sich dem Fahrer, der hinter der halb geöffneten Scheibe saß.

»Grüß Gott. Ihre Papiere, bitte.«

Der Zollbeamte streckte seine linke Hand in Richtung des offenen Fensters aus, um sich den Pass geben zu lassen. Die rechte lag auf dem Holster der Waffe. Die Flüchtlingswelle aus afrikanischen Ländern, die Bedrohung durch den Terrorismus in Westeuropa und die jüngsten Terroranschläge, bei denen unbeteiligte Personen getötet wurden, zwangen die Länder, ihre Kontrollen und Vorsichtsmaßnahmen insbesondere an Grenzübergängen zu verstärken.

Der zweite der Wachen erreichte seinen Kollegen und begrüßte auch den Fahrer, der einen Diplomatenpass in der Hand hielt und sie sympathisch anlächelte.

»Grüß Gott«, antwortete er, auch wenn Gott und Religion ihn genauso wenig interessierten wie der Schnee von gestern.

»Dr. Georg Maier.« Der Beamte las den Namen des Jeep-Fahrers, klappte dann den Diplomatenpass zu und gab ihn zurück. »Herr Konsul, wir wünschen Ihnen einen angenehmen Aufenthalt in unserem Land. Auf Wiedersehen.« Er nickte leicht mit dem Kopf und hob seine Hand in Richtung des Grenzgebäudefensters. Die Schranke hob sich.

»Auf Wiedersehen.« Der Konsul fuhr langsam los und lächelte immer noch freundlich. Seine gespannten Gesichtsmuskeln lockerten sich mit jedem Meter, der ihn vom Grenzübergang trennte, mehr und mehr.

Es wird Zeit für eine Pause und für eine weitere Injektion.

Der Mann öffnete das Fach in der Armlehne und überprüfte, ob alles in Ordnung war. Er zog eine Plastikbox heraus und steckte sie in die Innentasche seiner Jacke. Gegen siebzehn Uhr fuhr er auf einen kleinen Parkplatz, wenige hundert Meter von der Hauptstraße entfernt. Er stieg aus dem Auto aus, ging ein Stück und sah sich genau um. Auf dem Parkplatz war außer ihm kein anderer Mensch zu sehen. Er kehrte zum Auto zurück und öffnete den Kofferraum und die seitliche Hintertür auf der Beifahrerseite, dann nahm er eine Decke von dem Körper ab, den er damit bedeckt hatte. Seit der letzten Infusion waren mehr als zwölf Stunden vergangen, und es war höchste Zeit, eine neue Flasche anzuschließen und ihr eine angemessene Dosis Barbiturate und Morphium zu verabreichen, die ihm der grauhaarige Mann auf dem Parkplatz in der Nähe von Krakau gegeben hatte.

Das Gesicht der jungen Frau war mit hellem, fast strohfarbenem Haar bedeckt. Er öffnete ihre Jacke und legte seine Hand auf ihren nackten Körper. Sie war warm. Ihre Brust bewegte sich langsam und rhythmisch auf und ab. Er atmete erleichtert auf. Nur noch vier Stunden Fahrt zu einem vereinbarten Ort und sein Albtraum war vorbei.

Ich habe für dich viel Geld bezahlt, Schlampe. Aber es wird sich für mich trotzdem lohnen.

Als er ihr die Haare aus dem Gesicht zog, erhellte ein Sonnenstrahl das Innere des Jeeps mit aller Kraft. Er wurde blass und sah sie erstaunt an. Dann fuhr er mit der Hand über seinen kahlen Schädel und berührte die Narbe, die nach dem Schlag mit einer Flasche zurückgeblieben war. Er hatte dieses Mädchen getroffen. Es war zweifellos eines derjenigen, die sie für eine Party in seinem Waldhaus bestellt hatten. Für ihn war die Party vorzeitig zu Ende gewesen. Alle waren entsetzt, als er die Treppe hinunterrollte, blutig und fassungslos, dass diese Schlampe ihm einen Schlag versetzt hatte.

Nachdem seine Freunde die Wunde behandelt und ihn bandagiert hatten, wollte er sie sich vornehmen. Sie hatte Glück, dass sie es geschafft hatte zu fliehen, sonst hätte er sie im Wald hinter dem Haus getötet, ohne darüber nachzudenken. Er trank daraufhin eine halbe Flasche Wodka auf ex und schnappte sich dann ein junges Mädchen, das zuvor an einen Hocker gefesselt worden war. Er schlug mit der Faust auf ihr Gesicht ein und trug sie betäubt nach oben.

Jetzt sah er die bewusstlose Frau voller Freude über die verspätete Rache an. Er packte sie am Kinn und drehte ihren Kopf in seine Richtung. Zahlreiche blaue Flecken auf ihrem Gesicht nahmen nun eine gelbe

Farbe an. Bei den Wunden, die von der Schläfe zur Wange und in der eingeschnittenen Unterlippe verlief, waren die Nähte noch nicht entfernt.

»Na, du Hure! Weißt du, was man mit dir machen wird? Du willst es nicht wissen, aber ich sage es dir trotzdem.« Er schlug ihr mit der offenen Hand auf die Wangen. »Sie werden zuerst eine deiner Nieren herausschneiden. Dann einen Lappen deiner jungen Leber, den sie einem betrunkenen Millionär implantieren werden. Später wird die zweite Niere das Leben eines wertvolleren Menschen als dich retten. Am Ende wirst du jemandem, der am meisten bezahlt, dein Herzchen geben. Was sagst du dazu?«

Die Augenlider der Frau begannen nervös zu zucken. Ihre Atmung wurde ungleichmäßig und tiefer als zuvor. Aber es schien, dass es den Mann nicht mehr interessierte, der auf einmal andere, wichtigere Dinge im Kopf hatte. Mit der rechten Hand hielt er seine Blase, die ihm plötzlich und mit großen Schmerzen ankündigte, dass es höchste Zeit war, sie zu entleeren.

Ohne das Auto zu verschließen, rannte er zu den nahen gelegenen Büschen, die den Parkplatz von einer kleinen Lichtung trennten, hinter der sich ein riesiger Wald befand. Als er seinen Reißverschluss öffnete und einen Schritt nach vorne machte, rutschte er auf dem taufrischen Gras aus. Sein linkes Bein blieb bis zur Hälfte seiner Wade mit einem lauten Knacks in einem Fuchsloch stecken. Er war überzeugt, dass er gerade einen trockenen Ast zerbrochen hatte, aber eine gründlichere Untersuchung war erschreckender als die schlimmsten Vermutungen. Zuerst hielt er den Schienbeinknochen, der aus dem durchbohrten Hosenbein herausragte, für ein Stück zerbrochenes Holz. Der atemberaubende Schmerz kam plötzlich und nahm ihm fast das Bewusstsein. Blut sickerte aus der Unterlippe, auf die er vor Schmerzen gebissen hatte, und lief auf sein helles Hemd. Der Urinfleck auf seiner Hose wurde jede Sekunde größer und größer, was ihm im Moment völlig egal war. Mit zitternder Hand zog er die Plastikbox aus der Innentasche seiner Jacke heraus. Er öffnete sie, holte eine Spritze heraus und steckte eine Nadel darauf. Dann brach er eine Morphium-Ampulle auf und zog den gesamten Inhalt hinein. Er war der Meinung, dass die Dosis unzureichend war, und brach die nächste Phiole auf. Er spritzte die Hälfte davon in seinen Oberschenkel, die andere Hälfte in seinen linken Unterarm.

Das Letzte, was er mit nebligen Augen registrieren konnte, war der Anblick einer Frau in einem marineblauen Trainingsanzug, die auf allen vieren in Richtung Wald kroch. Er brauchte eine halbe Stunde, um etwa zwanzig Meter zum Auto zu kriechen, von wo aus er mit seinem Handy Hilfe rief.

*

Drei Tage später hielt ein junges Paar, das in den Flitterwochen von Frankreich nach Liechtenstein unterwegs war, auf dem gleichen Parkplatz. Luci war ein bisschen verrückt oder vielleicht genauer gesagt: ein zerstreutes, fünfundzwanzigjähriges Mädchen mit lockigem, rotem Haar, sommersprossiger Haut und ständig lächelnden, blauen Augen. Pierre Yves, bis Freitag noch ihr Freund, aber seit drei Tagen ihr offizieller Ehemann, war zwei Jahre älter als sie und das Gegenteil von ihr. Er hatte schwarzes, lockiges Haar und dunkle Haut. Sie hatten sich vor drei Jahren im College kennengelernt und waren seitdem ein unzertrennliches Paar. Pierre Yves' Eltern stammten aus Algerien, aber er wurde in Frankreich geboren und lernte nie richtig Arabisch, obwohl sein Vater darauf bestanden hatte. Sie beschlossen, den Honigmonat in der Schweiz und in Österreich zu verbringen. Sie wollten die ersten Tage bei der Familie Luci in Liechtenstein bleiben und dann ihre Reise fortsetzen.

»Komm schon, lass uns ein wenig über die Wiese laufen.« Luci stieg aus dem Auto und begann mit der Gymnastik, wie ein Läufer, der sich auf den Start vorbereitet. »Es wird uns nach einem so langen Weg guttun.«

Pierre Yves folgte dem Beispiel und machte zuerst ein paar tiefe Kniebeugen und dann einen kurzen Sprint, um die vom langen Sitzen steifen Beine zu bewegen. Luci legte ihre Arme um seinen Hals und küsste ihn. Als er ihre Umarmung erwiderte und sie fester drücken wollte, schob sie ihn mit einem Lächeln weg.

»Wer ist der Erste im Wald?!« Sie drehte sich um und rannte, ohne auf eine Antwort zu warten, in Richtung eines Waldes, etwa fünfhundert Meter von ihnen entfernt.

Pierre Yves holte sie ein paar Meter vor den ersten Bäumen ein. Er umarmte sie, hob sie hoch und drehte sich um seine Achse.

»Komm schon, lass uns in den Wald gehen. Schau, wie dicht und wunderschön er ist. So einen habe ich noch nie gesehen«, sagte sie.

»Hast du keine Angst? Er sieht ein wenig gruselig aus. Wahrscheinlich war seit hundert Jahren niemand mehr hier. In diesen Wäldern ist es immer dunkel. Ein perfekter Ort für Vampire und Werwölfe.« Er umschlang ihren Hals und steckte sanft die Zähne in ihre Haut.

»Hör auf, rumzualbern! Jetzt habe ich wirklich Angst.«

»Bei mir wird dir nichts passieren. Ich habe eine Waffe mit Silberkugeln mitgebracht.«

»Nun, wenn das so ist ... Lass uns gehen.«

Sie durchbrachen das Dickicht und gingen nur wenige Meter in den Wald.

»Ich schlage vor, wir gehen zurück. Ich schätze, du hattest Recht, dass hier seit hundert Jahren niemand mehr war.« Luci hielt seine Hand fester und kletterte hinter ihm auf den Stamm eines umgestürzten Baumes.

»Da bin ich mir jetzt gar nicht mehr so sicher. Sieh mal da drüben!« Er zeigte in eine Richtung. »Ich glaube, da hat jemand seine Kleidung weggeworfen.«

»Mal sehen, was es ist.« Sie zog ihn mit sich.

Beim Anblick einer Menschengestalt blieben sie wie angewurzelt stehen. Der junge Mann kniete sich vor einem auf dem Boden liegenden Körper nieder.

»Das ist eine Frau. Sie ist am Leben. Zumindest ist sie noch warm.«

»Sieh nach, ob sie atmet.«

»Wie soll ich sehen, ob sie atmet?«

»Lass mich mal.« Luci lehnte sich über die Frau und hielt das Ohr an ihren leicht geöffneten Mund.

»Und?«

»Sie atmet. Aber sehr schwach. Ich bleibe bei ihr und du rufst Hilfe. Und um Himmels willen, beeil dich! Sie braucht sofort einen Arzt.«

Pierre Yves lief zum Auto, wo er sein Handy gelassen hatte. Luci setzte sich neben die Frau, hob ihren Kopf und legte ihn auf ihre Beine.

»Stirb mir jetzt nicht. Bitte, stirb nicht.« Sie streichelte ihre Wange und nahm die Blätter, die an ihrer Stirn klebten, herunter. »Jemand muss dich sehr verletzt haben, aber jetzt bist du in Sicherheit. Nur ... stirb einfach nicht.«

Luci nahm die geballte Hand der Frau in ihre Hand und hob sie hoch. Sie lockerte ihre Finger. Die Frau hielt gepresstes, mit Gras vermischtes Moos in der Hand.

»Du hast es gegessen!? Lass mich deinen Mund noch einmal sehen.« Luci öffnete die Lippen der Frau und begann, die nicht geschluckten Reste von Moos aus dem Mund herauszuziehen. Die Frau fing an zu husten und öffnete die Augen. Ihre blauen, müden und trüben Augen erhellten sich beim Anblick des schönen Mädchengesichts. Aber nach einer Weile schloss sie sie wieder. Sie hielt Lucis Taille mit der rechten Hand und legte ihren Kopf auf ihre Oberschenkel.

»Gleich ziehe ich sie heraus.« Luci sagte das, als sie sah, dass eine riesige, aufgeblähte Zecke an ihrem Hals klebte. Sie musste an "Prinz" denken, den Hund, mit dem sie ihre Kindheit verbracht hatte. Zuerst war "Prinz" da, dann kam sie. Der Mischling dominierte in der Beziehung, tat, was er wollte, und stellte sich wahrscheinlich vor, dass er ein Rassehund war. Erst als sie ihm eine Runde, mit Blut gefüllte Kugel aus der Haut zog, zeigte er seine Dankbarkeit, indem er sie an ihren Fingern leckte.

»Wo bleibt er so lange? Um Himmels willen, warum dauert es so lange?« Sie war nervös und merkte nicht, dass erst fünf Minuten vergangen waren, seitdem ihr Mann losgerannt war.

In der Zwischenzeit beschloss sie, in dem Haar der Frau nach weiteren kleinen Blutsaugern zu suchen. Sie fand noch zwei Zecken, die sie leicht entfernen konnte. Die Frau reagierte nicht einmal im Geringsten auf die Schmerzen, die sie ihr bereiten musste. Plötzlich kam ihr das Geräusch von Hubschrauberrotoren zu Ohren, das mit jeder Sekunde lauter wurde. Pierre Yves stand mitten auf der Lichtung und schwang das Handy hin und her, bei dem er den Blitz eingeschaltet hatte. Der Hubschrauber mit dem riesigen roten Kreuz landete problemlos auf dem weichen Gras. Zwei Männer in gelben Westen sprangen heraus. Der dritte gab ihnen die gefaltete Trage und blieb im Hubschrauber. Er gab ihnen Anweisungen durch ein Mikrofon, das vor seinem Mund angebracht war.

Pierre Yves zeigte mit der Hand, wohin sie gehen mussten. Alle drei liefen in Richtung Luci, die, als sie sie sah, erleichtert aufatmete.

Die Sanitäter stellten keine Fragen. Mit professionellem Geschick legten sie die bewusstlose Frau auf die Krankentrage. Der Ältere von ihnen zog sterile Handschuhe an, die er aus seiner Umhängetasche nahm. Dann griff er nach dem Intubationsgerät und einer kleinen Taschenlampe. Er öffnete ihre Augenlider und überprüfte die Pupillen. Er nahm zwei weitere Moosstücke aus ihrem Mund, die Luci übersehen hatte, und legte eine Maske auf ihren Mund. Der andere gab Pierre Yves eine Karte mit der Adresse des Krankenhauses, in das sie sie bringen würden, wo er sich über den Gesundheitszustand der Frau informieren konnte. Leider musste das Paar auf dem Parkplatz beim Auto bleiben, bis die Polizei eintraf und ihre Aussage aufnahm. Das war in solchen Situationen eine reine Formalität.

Vier Wochen später, auf dem Rückweg nach Frankreich, beschlossen sie, die im Wald gefundene Frau zu besuchen. Sie hatten zuvor im Krankenhaus angerufen, aber aus Gründen des Datenschutzes wollte ihnen niemand Auskunft geben.

Nachdem Schwester Magdalena ihre Personalien notiert hatte, führte sie sie auf die Intensivstation, von wo aus sie die Frau durch ein großes Fenster sehen konnten.

»Spätestens in zwei, drei Tagen werden wir sie auf eine normale Station verlegen, wo sie eine Weile bleiben wird, bis ...«

»Bis es keinen Grund mehr zur Sorge um ihre Gesundheit gibt. Ich meine den körperlichen Zustand unserer Patientin«, beendete Dr. Neuhaus, der in dem Moment angekommen war, den Satz. Er stellte sich vor und reichte Luci und Pierre die Hand. »Das Sekretariat rief mich an und sagte mir, dass unsere Patientin von Leuten besucht wird, die ihr das Leben gerettet haben.«

»Wir haben sie nur gefunden und Hilfe geholt.« Luci zeigte sich bescheiden.

»Einen Tag später und wir hätten nichts mehr für sie tun können. Sie war sowieso in einem kritischen Zustand. Zuerst gaben wir ihr keine größere Überlebenschance.«

»Jemand da oben«, die Krankenschwester zeigte mit dem Finger zur Decke, »wacht über sie und ließ sie nicht so früh gehen.«

»Wissen Sie, wer sie ist?«, wandte sich Pierre Yves an den Arzt.

»Leider wissen wir nichts. Sie hatte keine Papiere bei sich. Der Fall wurde von der Polizei übernommen, die leider bis jetzt auch nichts herausgefunden hat. Niemand sucht nach ihr, niemand hat sie als vermisst gemeldet.«

»Und sie hat nichts gesagt?«, fragte Luci ihn.

»Sie, Schätzchen, hat noch kein einziges Wort gesprochen«, sagte Schwester Magdalena.

»Ja, leider. Sie steht noch immer unter Schock. Ich fürchte, ihr psychischer Zustand wird eine Therapie erfordern. Langzeittherapie.«

Alle sahen die im Bett liegende Frau an. Als ob sie ahnte, dass man sich hinter dem Glas über sie unterhielt, drehte sie ihren Kopf zu ihnen. Sie beobachtete sie einen Moment lang aufmerksam, lenkte dann ihren Blick wieder weg und blieb still. Luci packte die Hand ihres Mannes und drückte sie mit aller Kraft. Sie kämpfte mit den Tränen.

»Ich bin sicher, dass sie sich bald bei Ihnen bedanken wird, weil Sie ihr das Leben gerettet haben«, fügte der Arzt zum Schluss ohne große Überzeugung hinzu, als ob er seinen eigenen Worten nicht glauben würde.

*

August, zwölf Monate später. Neurologische Klinik von Professor Arthur Werth.

Am großen Panoramafenster saßen schweigend zwei Personen. Sie beobachteten aufmerksam eine junge, hübsche Frau auf einer Bank, die mit dem Kopf über einem Buch gebeugt war, das auf ihrem Schoß lag. Ihr helles, fast strohgelbes Haar fiel auf die Seiten. Nach kurzer Zeit hob sie ihren Kopf energisch zum Himmel. Der Wind blies die Haare weg und zeigte ein blasses Gesicht. Ihre Augen waren geschlossen, nur die Lippen bewegten sich leise und wiederholten den gelesenen Text. Ein aufmerksamer Beobachter konnte eine dünne Narbe sehen, die von ihrer Schläfe bis zu ihrer Wange lief.

Sie öffnete die Augen und sah, dass sie jemand beobachtete.

Es schien, dass das Sonnenlicht, das durch die Wolken drang, nur für sie strahlte und alles um sie herum im Schatten zurückließ. Ihre blauen Pupillen wurden durch plötzlich flackernde Funken aufgehellt, wie Sterne des ganzen Universums, die mit ihrem eigenen Licht leuchten. Ein sanftes Lächeln erschien auf ihrem Gesicht. Sie winkte den Leuten zu. Sie hoben beide fast gleichzeitig die Hände und erwiderten ihren Gruß.

»Also, liebe Kollegin, ich habe gehört, dass unsere Patientin endlich einen Namen bekommen hat?« Professor Werth korrigierte den Kragen seines Hemdes, der mit einer Fliege versehen war.

»Ja, es stimmt. Wir beschlossen, ihr einen Namen aus über hundert von uns für sie aufgeschriebenen auszuwählen. An den Anfang der Liste platzierten wir die beliebtesten.« Dr. Sylwia Gercke drehte ihr Gesicht vom Fenster weg und wandte sich an den Gesprächspartner.

Trotz ihres jungen Alters hatte der Professor sie zu seiner Stellvertreterin ernannt. Er drückte ihr bei einem Treffen aller Mitarbeiter in einer Rede sein Vertrauen aus, wobei sich einige der Ärzte für kompetenter als sie hielten. Er sagte, dass es für ihn ohne ihre Beteiligung, ihr Engagement und ihre Kompetenz schwierig wäre, die Klinik zu leiten.

»Wie lautet ihre Namenswahl?«

»Sie werden es nicht glauben, Herr Professor!« Sie schloss die Augen und zeigte mit dem Finger auf einen aus der Liste. »Ihre Wahl fiel auf den Namen der heiligen Teresa von Jesus. Vielleicht verhilft ihr dieser Name dazu, dass sie sich aus der Kapsel befreit, in die sie sich eingeschlossen hat.«

»Suchen Sie immer noch nach dem Schlüssel, mit dem wir ihr Unterbewusstsein erreichen können? Was werden wir tun, wenn wir feststellen, dass wir ihr damit keinen Gefallen getan, sondern die Büchse der Pandora geöffnet haben?«

»Was schlagen Sie vor, Herr Professor?«

»Geben wir ihr die Chance, ihr Glück in einem neuen Leben zu finden. Und ich bin mir sicher, es wird besser sein als das, was sie zurückgelassen hat.« Sie drehten sich wieder zum Fenster um. Diesmal hatte Teresa sie genau beobachtet. Als sich ihre Blicke wieder trafen, nickte sie ihnen zustimmend zu.

Nach einer Weile öffnete sie das Buch wieder und flüsternd wiederholte sie die Worte der Königin, die an Hamlet gerichtet waren:

Such nicht beständig mit gesenkten Wimpern

Nach deinem edlen Vater in dem Staub.

Du weißt, 's ist aller Los: was lebt, muß sterben

Und Ewges nach der Zeitlichkeit erwerben.

*

Olga Schymanska verließ Polen kurz nach der Beerdigung ihrer ehemaligen Kollegin, weil die Polizei sie immer wieder bedrängte und ständig verhörte. Sie musste ihr Einkommen und ihren Lebensunterhalt offenbaren und wurde wegen Steuerhinterziehung zu einer Gefängnisstrafe verurteilt. Olga war der Ansicht, dass der Boden unter ihren Füßen brannte und sie hier nichts mehr zu suchen hatte. Ende August, nur zwei Monate nach ihrer Abreise, holte sie ihre Vergangenheit auf grausame Weise ein.

Olgas Körper wurde mit durchschnittener Kehle in einem Graben, in einem Vorort von Kiew, gefunden. Vor ihrem Tod wurde sie grausam gefoltert und vergewaltigt.

*

Kristof Karpinski hielt jeden Tag an der Bushaltestelle in der Hoffnung, dass eines Tages Teresa unerwartet dort erscheinen würde, als ob nichts passiert wäre. Er befragte Fahrgäste und Busfahrer erfolglos nach ihr. Erst nach den Ferien erfuhr er in der Schule, in der Teresa lehrte, von ihrem Tod und dem Schicksal, das sie getroffen hatte. Er besuchte mehrmals ihr Grab und legte immer einen Blumenstrauß hin. Einmal traf er dort eine Frau mit einem kleinen Mädchen. Dorota betete, ohne auf ihn zu achten. Monika stützte ihren Kopf an Dorotas Hüfte und wiederholte die Worte des Gebets. Nach einer kurzen Pause wandte sich Dorota ihm zu und schaute ihn unfreundlich von oben bis unten an.

»Wer sind Sie? Wer war sie für Sie?«

»Wer sind Sie?«, fragte das kleine Mädchen wie ein Echo.

»Ich war ein Freund von Teresa. Ich habe sie ein paar Mal zur Arbeit gefahren.«

»Zur Arbeit!?« Dorotas Gesicht nahm plötzlich einen versteinerten Ausdruck an.

»In die Schule, an der sie unterrichtete. Nun, wissen Sie ...«

»Ja, ich weiß.« Sie atmete erleichtert auf. »Ich war ihre Nachbarin ... Ich war ihre Nachbarin und Freundin.«

»Ich vermisse sie so sehr.« Er sah mit Traurigkeit auf die Granit-Grabsteinplatte.

»Ja, wir alle vermissen sie.«

Kristof verkaufte das Baugrundstück, auf dem er sein Traumhaus bauen wollte.

Zeitfracht Medien GmbH
Ferdinand-Jühlke-Straße 7
99095 Erfurt, Deutschland
produktsicherheit@kolibri360.de